Catherine Lloyd wurde in der Nähe von London, England, in eine große Familie von Träumern, Künstlern und Geschichtsliebhabern geboren. Sie schloss ihre Ausbildung mit einem Master in Geschichte am University College of Wales, Aberystwyth, ab und nutzt die dort erworbenen Kenntnisse für die Recherche und das Schreiben ihrer historischen Krimis. Catherine lebt derzeit mit ihrem Mann und ihren vier Kindern auf Hawaii.

CATHERINE LLOYD

DER TOD ERHOLT SICH NIE

EIN FALL FÜR MAJOR KURLAND
& MISS HARRINGTON

STAFFEL 2

Vielen Dank an Sandra Marine und Ruth Long, die dieses Buch für mich gelesen und mir bei der Überarbeitung geholfen haben. Ich habe im letzten Sommer zwei sehr glückliche Wochen in Bath verbracht und bin dabei die Wege gegangen und habe die Orte besucht, die auch Lucy und Robert gefallen hätten. Wer die Gelegenheit hat, dem kann ich einen Besuch in Bath nur wärmstens empfehlen.

Prolog

Kurland St. Mary
Januar 1822

„Robert! Robert, kannst du mich hören?"

Sir Robert Kurland war sich nur vage bewusst, dass etwas nicht stimmte. Er versuchte, sich auf das verschwommene Gesicht seiner Frau zu konzentrieren. Irgendetwas leckte mit lautem Schmatzen an seiner Wange. Er war sich recht sicher, dass dies *nicht* seine Frau, sondern einer seiner Hunde sein musste. Er kniff fest die Augen zusammen und ein stechender Schmerz fuhr mit solcher Macht durch seine Glieder, dass er sich instinktiv krümmte.

„Robert."

Eigentlich hätte er es bevorzugt, zurück in die Bewusstlosigkeit zu gleiten und all das unangenehm grelle Licht um die Gestalt seiner Frau herum nicht ertragen zu müssen. Doch sie schien ihn offensichtlich für irgendetwas zu brauchen und er konnte ihr keinen Wunsch abschlagen.

Wo war er? Seine letzte Erinnerung war, dass er die Haupttreppe von Kurland Hall heruntergeschritten war, um seine beiden jungen Hunde, Picton und Blucher, vor dem Frühstück zu einem kurzen Spaziergang auszuführen. Unter sich spürte er den kalten, harten Boden. Zwar war das immer noch besser, als bis zum Hals im Schlamm von Waterloo zu stecken, allerdings dennoch ausgesprochen unbequem.

„Vielen Dank, Foley." Lucy schien mit seinem Butler zu sprechen.

Robert stöhnte, als etwas Weiches unter seinem Kopf platziert und eine Decke über seinen Oberkörper drapiert wurde.

„Dr. Fletcher ist auf dem Weg, Mylady."

„Nein." Robert schaffte es, die Augen zu öffnen. „Nicht *er*, verdammt!"

„Robert." Lucy beugte sich näher an ihn heran und eine Träne fiel von ihrer Wange auf die seine. „Mein armer *Liebling*…"

Er runzelte die Stirn. „Meine Liebste, es besteht kein Anlass für Tränen. Noch bin ich nicht tot."

Sie versuchte, ein Lächeln aufzusetzen, und wischte sich hastig über die Wangen. „Entschuldige bitte, aber der Anblick von dir auf dem Boden hat mich doch ein wenig mitgenommen." Sie wandte den Kopf in eine andere Richtung. Robert folgte ihrem Blick und sah ein Paar schlammverschmierte Stiefel auf sich zukommen.

„Wir können dich nicht hier draußen in der Kälte liegen lassen. Wenn du es aushältst, werden James und die anderen Bediensteten dich hochheben und ins Bett bringen", sagte Lucy.

Obwohl er kaum in der Position war, zu widersprechen, verspürte Robert dennoch den Impuls dazu. Er spannte sich unwillkürlich an, als sich die Männer um ihn herum versammelten.

„Auf mein Zeichen." Foley hatte jetzt das Kommando übernommen. „Eins, zwei, drei…"

Schon bevor Robert hochgehoben wurde, verschlang der Schmerz ihn vollständig und warf ihn zurück in die Bewusstlosigkeit.

Als er das nächste Mal die Augen öffnete, lag er in seinem eigenen Bett. Die Decke war zurückgeschlagen und Patrick Fletcher, sein Freund und lästigerweise ehemaliger Militärchirurg, blickte ungehalten auf ihn herab.

Jemand hatte Robert bis aufs Hemd entkleidet und dieses so weit hochgezogen, dass der Blick auf die linke Hüfte und den Oberschenkel frei war.

„Warum haben Sie mir nichts davon gesagt?", fragte Patrick mit anklagender Stimme. Seine starken Finger tasteten geübt über die starke Schwellung an Roberts Hüfte.

„Ihre Bettmanieren lassen zu wünschen übrig, Dr. Fletcher. Sie werden mit dem hiesigen Adel wohl kein Vermögen verdienen, wenn Sie Ihre Patienten derart anbrüllen", grummelte Robert.

„Ich brülle Sie an, weil Sie ein wirklich besonders schwerer Fall sind." Patrick legte die Hand an Roberts Stirn. „Zu allem Überfluss haben Sie Fieber."

„*Das* wusste ich bereits."

„Sie hatten mir Weihnachten versprochen, dass Sie mir eine gründliche Untersuchung gestatten würden."

„Sie untersuchen mich doch gerade", bemerkte Robert und erntete dafür einen weiteren zornigen Blick. „Wo ist meine Frau?"

„Sie ist hier, Sir."

Patrick trat einen Schritt zur Seite und gab damit die Sicht auf Lucy frei, die in einem Sessel am Feuer saß.

Ihre Hände hielten krampfhaft ein Taschentuch auf ihrem Schoß umklammert. Die Hunde schliefen seelenruhig zu ihren Füßen. Sie sah ausgesprochen blass aus, doch der Blick, mit dem sie ihn bedachte, war umso entschlossener.

„Ich weiß, du wolltest Dr. Fletcher nicht sehen. Aber wenn der eigene Ehemann bewusstlos in der Auffahrt gefunden wird, ist es legitim, sich über seine Wünsche hinwegzusetzen."

„In der Tat", sagte Robert. „Allerdings wäre es möglicherweise *freundlich* gewesen, eine Weile abzuwarten und den Patienten nach *seiner* Meinung zu fragen."

„Lady Kurland hat richtig gehandelt", warf Patrick ein. „Ich weiß, dass Sie das nicht hören wollen, Robert, aber diese Schwellung am Oberschenkel ist kochend heiß. Ich möchte buchstäblich keine alten Wunden aufreißen, aber ich habe schon von derartigen Fällen von anderen Chirurgen in der Armee gehört. Ich würde gerne die Gelegenheit nutzen, um den Abszess zu drainieren und nach der Ursache zu suchen."

Robert schluckte schwer. Der Gedanke, erneut einen Chirurgen Hand an sich legen zu lassen, löste jeden feigen Impuls in ihm aus. Aus diesem Grund hatte er die Schwellung auch niemandem gegenüber erwähnt, nicht einmal seiner Frau.

„Wenn ich nichts unternehme, werden Sie das Bein wahrscheinlich verlieren und möglicherweise auch Ihr Leben, wenn sich die Entzündung ausbreitet", fuhr Patrick fort.

Lucy trat an die Seite des Doktors und blickte auf Robert herab. „Wie du dir vielleicht vorstellen kannst, wäre es mir lieber, wenn du dich zur Fortsetzung deines Lebens entscheiden würdest."

Er griff nach ihrer Hand. „Dann kann ich nicht anders, als zuzustimmen und mich in die Hände des werten Doktors zu begeben. Wann wollen Sie das Schlachtfest veranstalten?"

Patrick wechselte einen Blick mit Lucy. „Wenn möglich, sofort."

Robert nickte. „Dann geben Sie mir einen Moment mit meiner Frau und ich gehöre ganz Ihnen."

„Ich muss noch die nötige Ausrüstung holen und Foley dazu überreden, mir den besten Brandy im Haus zu überlassen." Patrick packte Robert fest an der Schulter. „Ich werde mein Möglichstes tun, um Ihr Bein zu retten."

Die Stille, die nach dem Gehen des Doktors den Raum erfüllte, wurde nur durch das Knistern des Feuers und das leise Wimmern von einem der Hunde durchbrochen, der offenbar im Traum Kaninchen jagte. Lucy setzte sich auf die Bettkante und schlang die Arme um Roberts Schultern. Er zog sie fest an sich heran und küsste sie auf den Schopf.

„Es tut mir leid, dass ich dir Sorgen bereitet habe."

Sie legte die Hände an sein Gesicht. „Du bist immer eine meiner größten Sorgen gewesen, aber ich habe mich aus gutem Grund für dich entschieden." Sie studierte sein Gesicht. „Soll ich Dr. Fletcher zur Hand gehen oder wäre es dir lieber, wenn ich nicht im Raum bin?"

„Ich würde es bevorzugen, wenn du hier wärst." Er zögerte. „Nur für den Fall."

„Dann werde ich bleiben." Sie küsste sanft seine Lippen. „An deiner Seite." Sie warf einen Blick zum Feuer. „Die Hunde werden allerdings zurück in die Küche müssen." Sie wollte aufstehen, doch er hielt sie zurück.

„Wenn das Undenkbare passiert, habe ich für dich vorgesorgt und den Familienbesitz so gut wie möglich gegen Paul abgesichert, aber ..."

Sie legte einen Finger auf seine Lippen. „Das soll uns jetzt nicht kümmern. Ich habe vollstes Vertrauen, dass du für mich da bist, und ich habe keine Angst vor der Zukunft." Sie lächelte und er hielt an der Erinnerung dieses Moments fest wie an einem kostbaren Juwel. Ihre Stärke und Ruhe waren für ihn nie wichtiger gewesen als in diesem Augenblick.

Er küsste ihre Finger, dann ihren Mund und vertiefte den Kuss, bis sie fest an ihn geschmiegt war und sie beinahe miteinander verschmolzen. Schließlich löste sie sich vorsichtig von ihm. Mit ernstem Blick richtete sie ihr nun etwas zerzaustes Haar.

„Ich muss einen furchtbaren Anblick abgeben."

„Für mich siehst du unglaublich schön aus", erwiderte Robert.

Es klopfte an der Tür und sein Leibdiener Silas streckte den Kopf herein. „Dr. Fletcher hat darum gebeten, dass ich ihm zur Hand gehen soll, Sir. Ich hoffe doch, das ist in Ordnung."

„Kommen Sie nur herein." Robert deutete auf die beiden Hunde. „Aber bringen Sie bitte diese beiden Prachtkerle zuerst nach unten in die Küche und sorgen Sie dafür, dass einer der Stallburschen ihnen zu ein bisschen Bewegung verhilft."

„Sehr wohl, Sir Robert."

Foley trat mit einer Flasche seines besten Brandys ein und stellte sie neben Roberts Bett ab.

„Viel Glück, Sir. Wir alle werden für Sie beten."

Lucy presste die Lippen aufeinander und wandte den Blick ab, als Dr. Fletcher seine rasiermesserscharfe Klinge in die leuchtend rote Schwellung an Roberts Hüfte führte. Wieso hatte ihr Ehemann ihr nicht gesagt, wie schlecht es um sein Bein bestellt war? Und wieso war es ihr nicht selbst aufgefallen? Wenn Robert den Eingriff des guten Doktors überlebte, würde Lucy ihrem Ehemann genau diese Fragen stellen.

„Halten Sie ihn still", wies Dr. Fletcher den Leibdiener an, als sich der Patient trotz der volltrunkenen Besinnungslosigkeit deutlich regte. „Lady Kurland, platzieren Sie die Auffangschale bitte direkt unter der Einschnittstelle."

Obwohl Robert kaum etwas spüren konnte, zuckte er zusammen, als der erste Strom der eitrigen, übelriechenden Flüssigkeit aus dem kleinen Schnitt herausquoll und schließlich in einem Tröpfeln versiegte. Dr. Fletcher drückte vorsichtig auf die Schwellung, bis Blut austrat.

„Ah, einen Augenblick." Er beugte sich näher an den Schnitt und zog mit der Spitze seiner Klinge ein undefinierbares Etwas aus der Wunde. „Schauen Sie sich das an! Das muss noch die ganze Zeit da drin gewesen sein."

„Was genau ist das?", fragte Lucy mit zusammengebissenen Zähnen.

„Sieht für mich aus wie ein Stück blauen Stoffs von Sir Roberts Husarenuniform." Dr. Fletcher lachte laut auf, was auf Lucy in ausgerechnet diesem Moment ausgesprochen unsensibel wirkte. Typisch Mann. „Das muss ich beim letzten Mal übersehen haben. Ich muss ertasten, ob sich noch irgendetwas anderes darin befindet. Sie können die Auffangschale wegnehmen und ich verbinde im Anschluss die Wunde."

Lucy kämpfte gegen einen Anflug von Übelkeit, während sie das Schälchen abdeckte, vor die Tür brachte und dort auf einem Tablett abstellte. Sie hatte bereits eine Nachricht an Grace Turner, die Heilerin im Ort, schicken lassen, in der Lucy die andere Frau darum bat, möglichst bald zum Anwesen zu kommen, um Robert zu untersuchen. Lucy hatte großes Vertrauen in Dr. Fletcher, aber es konnte nicht schaden, auch eine Expertin für Kräutermedizin zu Rate zu ziehen. Die Tränke von Grace hatten Lucys Gesundheit über das letzte Jahr hinweg weit mehr genutzt als jede Tinktur von Dr. Fletcher.

Bevor sie zurück ins Schlafzimmer trat, schickte sie noch ein Stoßgebet gen Himmel. Wenn Robert das fast unvermeidliche Fieber nach Dr. Fletchers Eingriff überlebte, war sie guter Dinge, dass die sture Natur ihres Mannes sein Überleben gewährleisten würde.

Kapitel 1

„Und was ist, wenn ich nicht nach Bath reisen möchte?", fragte Robert, während er seiner Frau mit finsterem Blick beim Richten der Kissen zusah. Regen trommelte sanft gegen die Rautenfenster ihres gemeinsamen Schlafzimmers. Ein kalter Windzug pfiff durch den Kamin und ließ das Feuer kleine Wolken ins Innere spucken. „Was, wenn ich es bevorzugen würde, hier in meinem eigenen Bett, in meinen eigenen vier Wänden zu bleiben?"

„Du versauerst jetzt schon wochenlang in deinem Bett", sagte Lucy und ließ kurz das Bettlaken, das sie gerade richtete, ruhen. „Dr. Fletcher ist der Meinung, dass dir die heißen Quellen in Bath guttun würden. Und in diesem Punkt bin ich ganz seiner Meinung. Ich habe ein Haus in der Nähe der Bäder und des *Pump Rooms* angemietet. Da kannst du das Heilwasser genießen und dich weiteren Anwendungen unterziehen, je nachdem, was Dr. Fletcher empfiehlt."

„Du hast das alles schon in die Wege geleitet, ohne mich zu konsultieren?"

Lucy trotzte seinem empörten Blick. „Wenn ich dich konsultiert *hätte*, hättest du ohnehin Nein gesagt. Es erschien mir viel effizienter, einfach alles zu organisieren und dich vor vollendete Tatsachen zu stellen."

Robert seufzte. „Was ist mit den Hunden?"

„James wird hierbleiben. Er hat mir versichert, dass er sich um sie kümmern wird, als wären es seine eigenen." Lucy bot Robert eine Tasse Tee an. „Foley und dein Leibdiener werden uns begleiten, ebenso wie Betty."

Robert nippte am Tee und musterte die ruhige, aber bestimmte Miene seiner Frau. Er hatte das Gefühl, dass sie Antworten auf jeden möglichen Einwand finden würde, den er nur vorbringen könnte. Nach Patricks Eingriff an seiner Hüfte war Robert in ein Fieber gefallen, das ihn stark geschwächt hatte. Er hatte keinerlei Erinnerung mehr an die ersten paar Tage nach der Operation. Noch immer hatte er nicht die Kraft, sich zu widersetzen, wenn Lucy sich dazu entschied, ihn von einem der Bediensteten in Decken einpacken und in eine Reisekutsche zerren zu lassen.

„Bath ist nicht mehr wirklich in Mode", merkte Robert an. „Brighton ist das neue Lieblingsziel der gehobenen Gesellschaft."

„Daher dachte ich mir, dass du Bath bevorzugen würdest." Sie tätschelte seine Hand. „Außer natürlich, du möchtest gerne dem Prinzregenten bei einem Spaziergang an der Promenade begegnen."

„Guter Gott, nein." Robert erschauderte. Auch wenn es der Prinzregent selbst gewesen war, der ihm den Titel des Baronets verliehen hatte, hatte Robert für den königlichen Dummkopf nur wenig übrig. „Das würde mir ganz und gar nicht gefallen."

„Dann wäre das ja geklärt." Lucy nahm ihm die Tasse ab. „Wir reisen Ende der Woche ab."

Robert ließ sich in die Kissen sinken und akzeptierte seine Niederlage. Wäre seine Frau ein General in der

Armee gewesen, hätte sie Napoleon vermutlich innerhalb eines Monats besiegt. Sie platzierte beiläufig einen Kuss auf seiner Stirn, erhob sich und nahm das Teetablett.

„Ich werde zum Pfarrhaus gehen und meinen Vater über unsere Entscheidung unterrichten. Soll ich deiner Tante Rose etwas ausrichten?"

Robert fiel es immer noch schwer, zu akzeptieren, dass seine geliebte Tante Rose Lucys aufgeblasenen Vater geheiratet hatte. Aber die beiden schienen sich sehr gut zu verstehen.

„Richte ihr nur meine Grüße aus."

Lucy nickte. „Möchtest du noch mit Dermot Fletcher über die Ländereien sprechen?"

„Das werde ich irgendwann im Laufe des Tages machen. Wie lang hast du vor, mich in Bath gefangen zu halten?"

Sie blieb an der Tür stehen. „Mindestens drei Monate."

„*So lange?*"

„So lautet die Empfehlung von Dr. Fletcher." Sie lächelte ihm zu. Erst jetzt kam ihm in den Sinn, dass dies das erste Mal seit Tagen war, dass sie glücklich schien. Er war selbst in den besten Zeiten kein besonders umgänglicher Mann und als Invalide war er zehnmal so übellaunig.

„Vielen Dank", sagte Robert widerwillig.

Lucy zog eine Augenbraue hoch. „Wofür?"

„Dafür, dass du alles organisiert hast."

Sie besaß die Frechheit, laut zu lachen. „Jetzt weiß ich sicher, dass es dir immer noch nicht gut gehen kann. Normalerweise wäre es dir ein Bedürfnis, die Sache endlos mit mir auszudiskutieren." Sie öffnete die Tür und verließ das Zimmer, doch eine Spur ihrer Heiterkeit blieb bei Robert.

Es war schön, sie wieder lachen zu sehen – auch wenn sie sich über ihn lustig machte. Im vergangenen Jahr hatte es Zeiten gegeben, in denen er fast gedacht hätte, dass er ihr Lächeln nie wieder zu Gesicht bekäme. Aber sie schien inzwischen wieder bei weit besserer Gesundheit und ganz ihr altes Ich zu sein. Auch wenn dieses Ich manchmal *durchaus* anstrengend sein konnte ...

Nachdem sie sich mit Foley unterhalten hatte, ging Lucy die Auffahrt von Kurland Hall hinunter, bis sie die Rückseite der Kirche erreichte. Sie nahm die Abkürzung über den Kirchhof, bis sie direkt auf der gegenüberliegenden Straßenseite des Pfarrhauses herauskam. An diesem kalten und windigen Morgen war es geboten, nicht zu lange zu verweilen. Es hatte Lucy sehr überrascht, dass Robert ihr nicht sofort befohlen hatte, die Reise nach Bath abzusagen. Vielleicht war er nach drei Monaten der Untätigkeit seit den Weihnachtsfeierlichkeiten ebenso gelangweilt wie sie, auch wenn er immer wieder gerne dagegen argumentierte, das Haus zu verlassen.

Sie war davon überzeugt, dass ein Tapetenwechsel und die heißen Quellen in Bath seiner Genesung zuträglich sein würden. Dr. Fletcher und Grace Turner, die Heilerin im Ort, sprachen in hohen Tönen von der Idee und das reichte Lucy. Sie würde niemals vergessen, mit welchem Geschick Dr. Fletcher erneut

Roberts Leben und sein Bein gerettet hatte. Sie würde für immer in seiner Schuld stehen.

Am Eingangstor zum Pfarrhaus blieb sie stehen und entschied sich dazu, den Haupteingang zu nehmen. Der goldbraune Stein des Hauses war inzwischen von rötlichem Efeu bewachsen, was die zehn Jahre alte, glatte Fassade etwas weniger schroff wirken ließ. Der neumodische Bau hatte Robert nie gefallen. Doch Lucy wusste insgeheim die Wärme und Symmetrie des Pfarrhauses zu schätzen, nachdem sie nun drei Jahre im elisabethanischen Kurland Hall gelebt hatte. Und doch war dies nicht länger ihr Zuhause und ihr Vater hatte eine neue Ehefrau, der jegliche Höflichkeit gebührte. Lucy wartete, nachdem die Türglocke durch das Haus hallte. Zu ihrer Überraschung öffnete schließlich ihr Vater selbst die Tür.

„Meine Güte, Lucy. Wie schön, dich zu sehen." Er kniff ihr in die kalte Wange. „Du siehst heute gut aus, meine Liebe. Ich wollte gerade ausreiten. Bist du hier, um mit mir zu sprechen?"

Lucy folgte ihm in die Eingangshalle und er schloss die Tür hinter ihnen. „Sir Robert und ich werden wie geplant Ende der Woche nach Bath aufbrechen."

„Ausgezeichnete Neuigkeiten, meine Liebe." Der Pfarrer rieb die Hände zusammen. „Ich wünsche Sir Robert eine schnelle und umfängliche Genesung."

„Danke. Ich habe ihm versprochen, dass du Mr Fletcher falls nötig bei Angelegenheiten, welche die Ländereien betreffen, behilflich sein würdest." Lucy nahm ihre Haube ab, zog die Handschuhe aus und legte alles auf dem Tisch in der Halle ab.

„Natürlich, natürlich." Der Pfarrer blickte diskret auf seine Taschenuhr, nahm seine Reitgerte und setzte einen Hut auf. „Dürfte ich dich in die Hinterstube führen? Rose und Anna werden sicher hoch erfreut sein, dich zu sehen."

Lucy ließ sich den Gang hinunter führen und von ihrem Vater die Tür öffnen.

„Meine Damen, Lucy ist hier, um euch zu besuchen." Der Pfarrer schenkte seiner neuen Ehefrau ein Lächeln. „Sie wird mit Sir Robert Ende der Woche nach Bath reisen. Ich habe ihr versichert, dass ich Mr Fletcher jede Hilfe zukommen lassen werde, die er benötigt."

Er verbeugte sich und wollte gerade umkehren, doch Lucy legte eine Hand auf seinen Ärmel.

„Ich wollte dich noch eine weitere Sache fragen, Vater." Sie lächelte ihn an. „Würdest du mir gestatten, Anna mit nach Bath zu nehmen? Ich würde mich über ihre Gesellschaft ausgesprochen freuen."

Der Pfarrer sah hinüber zu seiner neuen Frau. „Was hältst du von diesem Plan, meine Liebste? Kannst du Anna für ein paar Monate entbehren?"

Rose lächelte Lucy und Anna zu. Mit ihrem freundlichen Lächeln und den gleichen dunkelblauen Augen wie ihr Neffe Robert war Tante Rose eine ausgesprochen gutaussehende Dame. „Es wird langsam Zeit, dass ich mich nicht länger auf Anna verlasse, um jedes kleine und große Problem im Haushalt zu lösen. Ich muss der Verantwortung meiner neuen Position gerecht werden." Sie tätschelte Annas Hand. „Wenn du deine Schwester begleiten möchtest, werde ich dir gerne die Erlaubnis erteilen."

Anna blickte unsicher von Lucy zu Rose. „Ich bin mir nicht sicher …“

Der Pfarrer räusperte sich. „Und ich muss mich auf den Weg machen. Anna, wenn du deine Schwester nach Bath begleiten möchtest, hast du dafür meinen Segen. Und ich hoffe, dass du *diesmal* einen jungen Mann finden wirst, der dir so sehr zusagt, dass du in Erwägung ziehst, ihn zu heiraten.“ Er verbeugte sich und verließ das Zimmer. Auf dem Weg zu den Ställen hinter dem Haus rief er die Hunde mit einem Pfeifen zu sich.

Rose klopfte auf den Platz neben sich. „Setz dich doch bitte, Lucy. Wie geht es Robert? Ich bin sehr froh, dass er sich dazu entschieden hat, zur Erholung nach Bath zu gehen.“

Anna kicherte. „Ich glaube kaum, dass Robert besonders viel mit der Entscheidung zu tun hatte, Rose. Lucy hatte schon alles organisiert und ihn so spät wie möglich darüber in Kenntnis gesetzt.“

„Es war nicht *wirklich* so spät wie möglich“, verteidigte sich Lucy. „Allerdings hatte ich für den Fall, dass er sich widersetzt, bereits in Erwägung gezogen, ihn einfach mit Schlafmitteln ruhig zu stellen und in die Kutsche verladen zu lassen.“

Rose lachte. „Mein Neffe lässt sich nur ungern Befehle geben, aber du scheinst ein Talent dafür zu haben.“

„Lucy ist den Umgang mit schwierigen Männern gewohnt“, sagte Anna. „Trotz der Bemühungen meines Vaters, Anthonys und der Zwillinge hat sie sich in der Regel durchgesetzt.“

Rose läutete die Glocke für die Bediensteten, bestellte frischen Tee und nahm dann wieder ihren Platz ein.

Obwohl ihre überraschende Entscheidung, den Pfarrer zu heiraten, noch nicht besonders lange her war, schien sie sich im Pfarrhaus recht wohl zu fühlen. Noch bemerkenswerter war der Umstand, dass sie ehrlich glücklich darüber wirkte, erneut geheiratet zu haben. Die erwachsenen Kinder aus ihrer ersten Ehe hatten sich geweigert, der kleinen Hochzeitszeremonie beizuwohnen. Aber da sie sich mit ihnen zerstritten hatte, hatte ihr das überhaupt nichts ausgemacht.

Anna schenkte Tee ein und bot Lucy ein Stück Kuchen an. Die blonden Locken ihrer Schwester fielen zu einer mühelos eleganten Frisur, die bei Lucy nie im Leben auch nur annähernd so gut ausgesehen hätte. Dazu trug sie ein schlichtes blaues Kleid, das dennoch ihre wunderschöne Figur betonte. Es war *wirklich* schade, dass Anna noch keinen Ehemann gefunden hatte. Trotz Annas Bedenken, war Lucy entschlossen, ihrer Schwester eine weitere Gelegenheit zu bieten, den Mann ihrer Träume zu finden. Bath war zwar nicht London, aber wie Lucy in Erfahrung gebracht hatte, gab es dennoch ein paar gesellschaftliche Anlässe, bei denen sich einige geeignete Gentlemen auf der Suche nach einer Ehefrau finden lassen könnten ...

„Ich denke, du solltest deine Schwester begleiten, Anna." Rose nahm eine Tasse Tee entgegen. „Du hast die letzten drei Monate ausschließlich damit verbracht, mich zu unterstützen." Ihr warmes Lächeln zeigte deutlich die herzliche Zuneigung zu ihrer neuen Stieftochter. „Ich weiß nicht, was ich *ohne* deine Hilfe getan hätte. Du verdienst ein paar Wochen der Freiheit." Anna biss sich auf die Lippe. „Aber ich bin hier sehr glücklich ..."

„Komm doch *bitte* mit." Lucy lehnte sich nach vorn und ergriff die Hand ihrer Schwester. „Robert wird sich jeden Tag Behandlungen unterziehen, sodass ich die Zeit fast völlig allein verbringen muss. Wir können die Läden und die Büchereien erkunden und zusammen ins Theater gehen."

„Das klingt wirklich sehr verlockend", gestand Anna. Sie wandte sich Rose zu. „Bist du *wirklich* sicher, dass du auch ohne mich zurechtkommst?"

„Nein, aber ich werde mein Bestes geben", erwiderte Rose. „Ich muss irgendwann lernen, was es heißt, dem Pfarrer eine gute Ehefrau zu sein. Ich hatte nicht damit gerechnet, dass ich noch einmal so spät in meinem Leben heiraten würde, aber ich habe die Herausforderung schon immer geliebt."

„Dann nehme ich deine Einladung an", sagte Anna mit einem Lächeln auf den Lippen. „Und damit muss ich jetzt meine Garderobe in Augenschein nehmen. Ich glaube, ich habe gar nichts Vernünftiges, das ich tragen könnte!"

„Wir können in Bath ein paar neue Kleider kaufen", ermutigte Lucy ihre Schwester. „Ich habe das jedenfalls vor."

Als sie den Tee ausgetrunken hatten, begleitete Anna Lucy zuerst in die Küche, wo Lucy sich mit den Bediensteten unterhielt, bevor die beiden hinaus in den Garten gingen.

Am hinteren Tor blieb Lucy stehen und musterte ihre Schwester.

„Willst du wirklich so ungern mit nach Bath kommen? Ich habe mich in letzter Zeit manchmal gefragt, ob das Leben im Pfarrhaus für dich ... schwierig geworden sein könnte."

„Glaube bitte nicht, dass Rose mir gegenüber nicht gütig war", sagte Anna eilig, um die Sorgen ihrer Schwester zu zerstreuen. „Sie ist genau so freundlich, wie sie nach außen scheint und wirkt Wunder auf das schwierige Naturell von Vater." Sie seufzte. „Ich fühle mich nur manchmal so überflüssig. Sie sind so glücklich zusammen. Und nachdem ich so lange allein den Haushalt geführt habe, hasse ich den Gedanken, wieder die Rolle der unverheirateten Tochter, die noch zu Hause wohnt, spielen zu müssen."

„Das kann ich gut nachvollziehen." Lucy nickte. „Ich war früher ebenso frustriert." Sie küsste Anna auf die Wange. „Vielleicht wirst du weitab von Kurland St. Mary die Gelegenheit erhalten, dir Gedanken über deine Zukunft zu machen."

„Vielleicht werde ich das." Anna zitterte und zog ihr wollenes Halstuch enger um die Schultern. „Jetzt muss ich aber wirklich wieder ins Haus und entscheiden, welche Kleider ich mitnehmen könnte, damit ich nicht allzu furchtbar aussehe."

„Ich bezweifle, dass du jemals furchtbar aussehen würdest", sagte Lucy, während Anna schon wieder auf dem Rückweg zum Haus war.

Lucy hatte zu ihrer Zufriedenheit alles erreicht, was sie sich für diesen Morgen vorgenommen hatte. Mit einem Lächeln auf den Lippen und federnden Schrittes machte sie sich auf den Weg zurück nach Kurland Hall. *Manche* Leute würden vielleicht sagen, sie mischte sich gern überall ein. Sie sah sich allerdings lieber als eine Frau, die das Unmögliche vollbrachte. Robert würde wieder zu Kräften kommen und Anna vielleicht endlich den passenden Ehemann finden. Wahrscheinlich wären die beiden ihr irgendwann einmal dafür dankbar.

Als sie auf die Auffahrt nach Kurland Hall bog, näherte sich ein Reiter und kam vor ihr zum Stehen.

„Guten Morgen, Lady Kurland." Dr. Fletcher lüftete zur Begrüßung den Hut. „Wie ich höre, haben sie meinen schwierigsten Patienten davon überzeugt, meinem Rat zu folgen und sich zur Genesung nach Bath zurückzuziehen?"

„Ich bin zuversichtlich, dass er das tun wird, Dr. Fletcher." Lucy blickte zum Doktor hinauf und erntete von ihm ein breites Lächeln.

„Ausgezeichnete Neuigkeiten. Ich werde mich Ihnen in der ersten Woche anschließen, bis ich einen guten Arzt in Bath gefunden habe, der meinen Behandlungsplan für Sir Robert auch angemessen umsetzen kann."

„Sie können gerne bei uns wohnen, Sir. Ich habe ein ganzes Haus angemietet und wir haben mehr als genug Platz."

„Vielen Dank, Mylady." Dr. Fletcher berührte die Krempe seines Huts. „Das würde mir das Leben deutlich erleichtern. Mein neuer Lehrling hier in Kurland St. Mary sollte in der Lage sein, sich um alle medizinischen Anliegen zu kümmern, während ich fort bin."

„Das ist gut zu wissen", gestand Lucy. „Ich würde es nur ungern sehen, wenn das gesamte Dorf wegen uns ohne ihre Dienste auskommen müsste."

Dr. Fletcher zuckte mit den Schultern. „Ohne Sir Robert hätte ich nicht einmal ein Dorf, dem ich meine Dienste anbieten könnte. Nur wenige Landbesitzer würden einem katholischen Iren ein Haus zur Verfügung stellen – selbst wenn dieser ein Veteran des letzten Krieges ist."

„Wie geht es Penelope, Dr. Fletcher?", fragte Lucy.

Der Doktor grinste. „Sie kennen meine Frau, Lady Kurland. Sie leidet nicht gerade leise und die ‚unwürdigen Umstände der Schwangerschaft' stoßen ihr sauer auf." Er seufzte. „Wo wir gerade davon sprechen, ich sollte mich wohl besser auf den Heimweg machen, bevor sie mich suchen kommt."

„In der Tat."

Lucy trat einen Schritt zurück, um ihm genug Platz zum Wenden des Pferds zu geben. Er ritt in Richtung des Dorfs davon, wo er und seine Frau in einem bescheidenen Haus zwischen der Schule und dem Ententeich wohnten. Sie überlegte kurz, Penelope zum Nachmittagstee auf dem Anwesen mit der Kutsche abholen zu lassen, aber es gab noch einige organisatorische Dinge zu erledigen. Und Penelope war nicht dafür bekannt, besonders bereitwillig ihre Hilfe anzubieten.

Lucy betrat Kurland Hall durch einen der Seiteneingänge und ließ ihre matschverschmierten Halbstiefel in der Waschküche zurück, bevor sie die Treppe hoch in den Hauptteil des Hauses ging. In der mittelalterlichen Residenz stieg ihr sofort der angenehme Duft von Bienenwachs und Potpourri in die Nase. Auf der Treppe kam ihr Dermot Fletcher, der jüngere Bruder des Doktors und Verwalter der Ländereien von Kurland, entgegen.

„Guten Morgen, Mylady", begrüßte er sie und verneigte sich vor ihr. „Wie ich höre, werden Sie nach Bath reisen."

„Ja, wir reisen Freitag ab", sagte Lucy.

Dermot nickte. „Ich bin gerade auf dem Weg zu Sir Robert, um mit ihm die Pläne für die Monate seiner Abwesenheit zu besprechen." Er zögerte. „Es sei denn, Sie wünschen, dass ich später wiederkomme?"

„Machen Sie das ruhig", erwiderte Lucy. Sie hatte noch einiges zu erledigen, bevor sie Robert wieder aufsuchen würde. „Und richten Sie ihm aus, dass ich mich später zum Nachmittagstee zu ihm gesellen werde."

„Wie Sie wünschen, Mylady." Dermot verbeugte sich erneut und setzte seinen Weg fort. Lucy ging weiter in ihr Arbeitszimmer. Sie setzte sich an den Schreibtisch und widmete sich der beängstigend umfangreichen Aufgabe, einen halben Haushalt für drei Monate an einen völlig neuen Ort ziehen zu lassen. Doch davon ließ sie sich nicht entmutigen, denn sie rief sich in Erinnerung, dass die größten Hindernisse bereits überwunden waren: Robert hatte der Reise zugestimmt und Anna würde sie begleiten. Mit diesem Gedanken im Hinterkopf nahm sie sich ein frisches Blatt Papier und setzte die Feder an. Es gab noch einen letzten Brief, den sie an einen Bekannten aus der Marine in Bath schreiben musste ...

Kapitel 2

„Nun, das entspricht nicht ganz meinen Vorstellungen von Reinlichkeit, aber ich denke, es sollte uns gelingen, es für Sir Robert recht gemütlich zu machen, denken Sie nicht, Foley?"

Lucy strich den Rock ihres knittrigen Reisegewands glatt und blickte zu Foley, der sie auf der Besichtigung des angemieteten Hauses begleitet hatte.

Die Fassade des Stadthauses bestand aus dem für Bath typischen, honigfarbenen Kalkstein. Lucy war nach der Besichtigung der fünf Stockwerke, des Kellers und des Dachbodens von all den Treppen sehr außer Atem und Foley keuchte fast schon. Robert hatte sie auf dem Sofa im Salon des ersten Stockwerks mit Blick auf die Straße sitzen lassen, während sie zusammen mit dem Butler die oberen Etagen erkundete.

Foley nickte. „Ich glaube, das wird uns gelingen, Mylady. Ich werde unsere Bediensteten anweisen, das Haus ordentlich zu putzen, bevor sie morgen wieder abreisen."

„Das ist eine ausgezeichnete Idee. Dann wissen wir immerhin, dass die Arbeit auch gut erledigt wird. An der *Qualität* der Einrichtung habe ich allerdings nichts auszusetzen." Lucy nahm ihre Haube ab. „Könnten Sie vielleicht in der Küche darum bitten, Tee und eine Kleinigkeit zu essen in den Salon bringen zu lassen?"

Foley verneigte sich. „Selbstverständlich, Mylady. Die Köchin scheint recht freundlich zu sein. Lassen Sie uns hoffen, dass ihre Kochkünste so gut sind wie ihr Auftreten."

Lucy ging die Haupttreppe hinunter und betrat den Salon. Robert hatte sich inzwischen von seinem Platz erhoben und wandte sich zu ihr um, als sie eintrat. Lucy bemerkte die dunklen Ringe unter seinen Augen.

„Das ist keine besonders gute Aussicht, oder?", sagte Robert.

„Nein, nicht wirklich." Lucy trat zu ihm ans Fenster und ließ den Blick über die mit Gras bewachsene Mitte des *Queen's Square* und die identisch aussehenden Häuser auf der anderen Seite wandern. „Ich war der Meinung, dass es besser wäre, nicht zu nah an einer Hauptsehenswürdigkeiten der Stadt zu wohnen, damit es ein wenig ruhiger ist."

„Ah, eine gute Eingebung." Robert verlagerte unruhig sein Gewicht von einem Fuß auf den anderen und ging wieder zurück zum Sofa, um sich hinzusetzen. „Ich bin nur froh, dass wir nicht mehr in der Kutsche sind. Ich hatte schon befürchtet, dass die Reise nie enden würde."

Lucy nahm neben ihm Platz und strich über seinen Ärmel. „Ja, es zog sich alles recht lange hin. Aber jetzt sind wir ja hier und ich habe Betty und Silas angewiesen, mit dem Auspacken anzufangen. Dr. Fletcher wird morgen mit Anna hier eintreffen und dann ist auch schon alles arrangiert."

Sie fand einen kleinen Fußhocker, zog ihn heran und legte mit geübten Handgriffen Roberts linkes Bein darauf. „Ich habe Tee bestellt und ich habe vor, mich vor dem Abendessen noch mit der Köchin zu unterhalten."

„Die arme Frau", kommentierte Robert mit einem Lächeln auf den Lippen. „Ich hoffe, dass sie nicht beleidigt davonstürmt."

„Sie wurde von Tante Rose wärmstens empfohlen, daher bezweifle ich, dass das ein Problem sein wird." Lucy runzelte die Stirn. „Ich frage mich, ob wir Jeremiah und Benjamin bitten sollten, hier bei uns zu bleiben, anstatt zum Anwesen zurückzukehren. Bei all den Treppen im Haus wäre es vielleicht besser, wenn du jemanden als Hilfe da hättest, falls das nötig werden sollte."

„Ich werde hervorragend allein zurechtkommen, meine Liebste. Soweit ich weiß, ist unser Schlafzimmer auf dieser Etage. Damit muss ich also nur eine einzige Treppe hinunter zur Eingangshalle bewältigen, wenn ich den Wunsch verspüren sollte, auszugehen."

Lucy warf einen zweifelnden Blick auf sein Bein, entschied sich aber dazu, nicht zu widersprechen. Sie hoffte nur, dass er nicht auf Foleys Hilfe angewiesen sein und den alten Mann dann bei einem Sturz versehentlich zerquetschen würde.

Mit einem Klopfen kündigte sich Foley an und trat mit dem Teetablett auf dem Arm ein. Lucy dankte ihm und schenkte sich und Robert eine Tasse ein. Sie probierte auch vom Obstkuchen, den die Köchin ausgewählt hatte. Zu ihrer Zufriedenheit war das Gebäckstück saftig und schmackhaft.

„Wie weit ist es von hier zu den Bädern?", fragte Robert zwischen einem großen Bissen des Kuchens und dem letzten Schluck Tee in seiner Tasse.

„Es sind ein paar Minuten zu Fuß, soweit ich weiß." Lucy schenkte ihm nach. „Mir wurde gesagt, dass es wenig sinnvoll sei, Kutsche und Pferde mit nach Bath zu bringen. Es soll deutlich schneller sein, zu Fuß zu gehen oder eine Sänfte anzumieten. Und darüber hinaus ist es auch noch deutlich günstiger."

„Ich werde meine Pferde sicherlich nicht vermissen", sagte Robert. „Allerdings bereitet mir doch der Gedanke Sorge, mich von zwei kräftigen Kerlen durch diese hügelige Stadt tragen zu lassen." Er legte die Hand auf sein Knie. „Dr. Fletcher hat mir nahegelegt, so viel wie möglich zu gehen und die frische Luft zu genießen."

„Ah, gut, dass du mich erinnerst", sagte Lucy und stellte die Teekanne ab. „Ich muss ein weiteres Zimmer für Dr. Fletcher herrichten lassen." Sie spielte mit den Fingern am Henkel ihrer Tasse. „Ich wünschte ich hätte eines unserer Hausmädchen mitgebracht. Ich kann von Betty kaum erwarten, sich um drei Zimmer kümmern zu müssen."

„Wie du selbst bereits angemerkt hast, wurden die Bediensteten hier wärmstens von meiner Tante Rose empfohlen, daher gehe ich davon aus, dass sie keine Probleme damit haben dürften, ein Zimmer für Dr. Fletcher zu entstauben." Robert trank seinen Tee aus, zog seine Lesebrille hervor und öffnete die Zeitung, die Foley irgendwie für ihn aufgetrieben hatte.

Wie sie aus Erfahrung wusste, würde es ab diesem Zeitpunkt nur noch wenig Unterhaltung mit ihm geben, daher stand Lucy auf. „Ich werde mich jetzt mit der Köchin und dem restlichen Haushalt unterhalten und dann prüfen, ob unser Schlafzimmer bezugsbereit ist."

Robert nickte, wandte seinen Blick jedoch nicht von der Lokalzeitung ab. Nach einem letzten Blick auf ihren entspannt wirkenden Ehemann gratulierte Lucy sich selbst dazu, dass sie ihn nicht nur in einem Stück, sondern auch guter Dinge nach Bath verfrachtet hatte. Sie hatte sich Sorgen gemacht, dass die holprige Kutschfahrt vielleicht sein Fieber erneut auslösen würde. Aber er hatte die lange und anstrengende Reise mit ihren zahlreichen Zwischenhalten gut überstanden.

Lucy warf einen Blick ins Schlafzimmer, wo ihre Zofe Betty und Roberts Leibdiener Silas gerade damit beschäftigt waren, das Bett mit den Leinen der Kurland-Familie zu beziehen. Dann ging sie hinunter in die Küche, die sich unterhalb des Straßenniveaus befand. Die Köchin, Mrs Meeks, begrüßte sie und setzte sich mit ihr an den Küchentisch. Lucys Sorge bezüglich der Fähigkeiten der Dienerschaft waren schnell aus der Welt geräumt.

Mrs Meeks hatte es schon mit vielen Invaliden zu tun gehabt und hatte sogar Empfehlungen, welche der vielen Ärzte in Bath wirklich ehrenhafte Männer waren und keine Scharlatane. Lucy schrieb die Namen auf und nahm sich vor, Dr. Fletcher die Liste bei dessen Ankunft zu übergeben.

Nachdem sie auch noch die Einzelheiten zum Abendessen besprochen hatten, stieg Lucy die Treppe wieder hinauf. Ein Blick in den Salon verriet ihr, dass Robert beim Zeitunglesen eingeschlafen war. Also entschied sie sich, vor dem Abendessen ebenfalls noch ein kurzes Nickerchen einzulegen und ging ins Schlafzimmer.

***

Lucy sprang auf, um aus dem Fenster des Salons zu schauen, als eine Kutsche vor der Tür vorfuhr. Dr. Fletcher stieg aus, wandte sich um und half Anna beim Aussteigen.

„Robert! Anna und Dr. Fletcher sind hier!" Lucy wirbelte lächelnd herum und Robert blickte von seiner Zeitung auf. „Ich werde sie unten am Eingang empfangen."

Trotz der etwas größeren Geräuschkulisse des Stadtlebens hatten sie beide gut geschlafen und zusammen ein sättigendes Frühstück eingenommen. Lucy hatte bereits ihre nächsten Tage durchgeplant und fühlte sich bemerkenswert optimistisch.

„Das brauchst du nicht, meine Liebste. Foley wird sich um ihr Gepäck kümmern und sie jeden Augenblick hereinführen." Robert faltete die Zeitung und legte sie auf den Stuhl neben sich. „Wenn ich mich nicht irre, höre ich sie sogar schon die Treppe heraufkommen."

Er stand langsam unter Zuhilfenahme seines Gehstocks auf und wandte sich genau in dem Moment zur Tür, als Foley sie öffnete.

„Sir Robert?" Foley verneigte sich. „Miss Harrington, Dr. Fletcher und *Mrs* Fletcher."

Lucys Kinnlade klappte auf, als Penelope Fletcher sich an Anna vorbeizwängte und zu Lucy herübereilte, um ihr überschwänglich die Hand zu schütteln und ihr einen Kuss auf der Wange zu platzieren.

„Meine *liebe* Lucy, es ist so gütig von dir, Dr. Fletcher und mir anzubieten, hier mit euch in Bath wohnen. Wie du weißt, sind wir gerade in einer außergewöhnlichen Situation. Und da wir ja bald ein Kind erwarten, besteht mein Gatte darauf, dass wir umsichtiger mit unseren Finanzen sein müssen."

Lucy sah an Penelope vorbei zu Anna, die nur die Augenbrauen hob und mit den Schultern zuckte.

„Es ist in der Tat schön, dich zu sehen, Penelope. Wie nett von dir, Anna nach Bath zu begleiten." Lucy warf Dr. Fletcher, der sich gerade mit Robert unterhielt, einen Blick zu. „Allerdings muss ich gestehen, dass ich nicht wirklich mit deiner Ankunft *gerechnet* habe."

Penelope setzte sich mit einem eleganten Schwung ihres Rocks auf das Sofa. Trotz ihrer Schwangerschaft war sie so schön und selbstsicher in ihrem Auftreten wie eh und je.

„Ich konnte Anna nicht erlauben, ganz *allein* zu verreisen." Penelope fächerte sich mit ihrer behandschuhten Hand Luft zu. „Das wäre ja geradezu skandalös gewesen."

Es lag Lucy auf der Zunge, Penelope zu fragen, ob sie denn ihrem eigenen Ehemann nicht vertraute, aber um der Höflichkeit willen behielt sie die Bemerkung für sich. Wenn Penelope eine Woche in Bath auf Kosten der Kurlands verbringen wollte, dann würde Lucy ihr dieses Vergnügen nicht verwehren. Es war nicht leicht, die Frau eines Landarztes zu sein, besonders da Penelope einst von einer Hochzeit mit einem Duke geträumt hatte.

Während Penelope sich zur Begrüßung an ihren ehemaligen Verlobten Robert wandte, ließ sich Anna neben Lucy sinken und sprach mit gesenkter Stimme.

„Ich habe sie *nicht* darum gebeten, mitzukommen, um meine Tugendhaftigkeit zu wahren. Sie saß einfach bereits mit in der Kutsche, als Dr. Fletcher mich abholte." Anna gluckste. „Allerdings sind wir in allen Gasthäusern bestens behandelt worden. Penelope hat sich so hochnäsig verhalten, dass alle annahmen, sie müsse Mitglied der Königsfamilie sein."

„Das kann ich mir nur zu gut vorstellen", murmelte Lucy.

„Dr. Fletcher hat mir verraten, dass er sich Sorgen um ihre Gesundheit macht. Er glaubt, dass ihr die gute Luft hier wohltun wird", sagte Anna.

Lucy seufzte. „Dann werde ich mich wohl mit ihrer Anwesenheit abfinden müssen. Es geht ja nur um eine Woche und wir verdanken Dr. Fletcher so viel."

„Das ist die richtige Einstellung." Anna tätschelte ihre Hand. „Ich muss gestehen, dass ich mich auf die Zeit hier mit dir gefreut habe. Ich hatte vergessen, wie sehr ich den Reiz des Stadtlebens vermisst habe."

„Ich habe vor, mich morgen in den *Assembly Rooms* als Mitglied einzuschreiben und dort unsere Namen in das Gästebuch einzutragen, damit alle Bekannten unserer Familie wissen, dass wir in der Stadt sind, und uns besuchen können", sagte Lucy. „Und dann müssen wir noch Läden besuchen, Kleider kaufen und ins Theater gehen!"

„Es freut mich, dass sich deine Stimmung verbessert hat, liebste Schwester", sagte Anna mit breitem

Lächeln. „Vielleicht wird uns diese Erholungsreise beiden guttun."

Während Anna sich mit Penelope unterhielt, kam Robert zu Lucy herüber, berührte sie an der Schulter und murmelte: „Was um alles in der Welt hat dich geritten, Penelope Fletcher einzuladen?"

„Ich habe sie nicht eingeladen", flüsterte Lucy zurück. „Auf ihre übliche, wenig subtile Art hat sie einfach beschlossen, ihren Mann zu begleiten und mein Angebot einer Unterkunft auszunutzen."

Robert seufzte. „Da das wirklich sehr nach ihr klingt, vergebe ich dir."

„Du wirst sie kaum zu Gesicht bekommen, schließlich wirst du die meiste Zeit mit Dr. Fletcher in den Bädern verbringen. Anna und ich werden uns mit ihr herumschlagen müssen", bemerkte Lucy.

„In der Tat." Er zwinkerte ihr zu. „Ich denke, ich werde mich damit abfinden können. Und ich habe keinerlei Zweifel, dass du aus jedweder Auseinandersetzung als Siegerin hervorgehen wirst."

Foley erschien erneut und bot an, die Fletchers und Anna in ihre jeweiligen Schlafgemächer zu führen. Lucy und Robert blieben allein im Salon zurück. Penelope hatte keine Zofe mitgebracht, daher bat sie das Dienstmädchen, das sie angeworben hatte, damit dieses sich um Annas Bedürfnisse kümmerte, das gleiche auch für die Frau des Doktors zu tun.

Nach wenigen Minuten kehrte Foley mit einem Silbertablett zurück, auf dem eine Visitenkarte lag.

„Da ist ein Gentleman in der Eingangshalle, der Ihnen seine Aufwartung machen möchte, Sir Robert."

Robert nahm die Karte entgegen und runzelte die Stirn. „Kennen wir jemanden namens Benson, meine Liebste?"

„Mir fällt niemand ein." Lucy blickte von ihrer Stickarbeit auf. „Möchtest du den Gentleman empfangen oder sollen wir ihm ausrichten lassen, dass er zu einem geeigneteren Zeitpunkt wiederkommen soll?"

„Schicken Sie ihn hoch", sagte Robert in seinem üblichen Befehlston zu Foley. „Der Tag hat bereits unerwartete Besucher gebracht, was macht da einer mehr schon aus?"

Foley ging mit düsterer Miene Richtung Tür. „Er ist ein *älterer* Herr, Sir, daher könnte es etwas dauern, bis er die Treppen erklommen hat."

Tatsächlich hatte Lucy sich bereits gefragt, ob ihr Besucher schon wieder gegangen war, als er schließlich doch noch im Türrahmen erschien. Der Herr trug eine altmodische Perücke und einen Gehrock, der sich über seine bemerkenswerte Leibesfülle spannte. Ein jüngerer Mann in Bedienstetenuniform begleitete ihn und schien einen Großteil des Gewichts seines Herren zu tragen.

„Lassen Sie mich, Edgar", bellte der ältere Herr und riss sich aus dem Griff des Dieners los. Mit vor Anstrengung gerötetem Gesicht deutete er eine Verbeugung an. „Noch bin ich nicht tot, mein Junge!"

Lucy unterdrückte ein Lächeln, während Robert die Verbeugung ihres Besuchers mit einem Nicken erwiderte. „Guten Tag, Sir William. Ich bin Sir Robert Kurland und das ist meine Frau, Lady Kurland."

„Es ist mir eine Freude, Sie beide kennenzulernen." Sir William nickte Lucy mit freundlicher Miene zu. „Ich sah die Kutsche auf meinen Heimweg von den Bädern und dachte mir, dass ich bei der Gelegenheit gleich meine Aufwartung machen könnte."

„Das ist ausgesprochen freundlich von Ihnen, Sir", sagte Lucy. „Würden Sie sich auf eine Tasse Tee zu uns gesellen?"

Sir William zwinkerte. „Ich würde ein Glas Portwein bevorzugen. Ich habe schon so viel Tee getrunken, dass sich mein Magen umzudrehen droht."

Lucy wandte sich an Foley, der an der Tür stehen geblieben war. „Könnten Sie vielleicht eine Auswahl an Getränken für unseren Gast bringen, Foley?"

„Wie Sie wünschen, Mylady."

Sir William ließ sich behäbig auf einem der Sessel nieder, der unheilvoll unter dem Gewicht ächzte. Den Gehstock lehnte er an den Kamin. „Ich habe das Haus nebenan gemietet."

„Ah, und wie gefällt Ihnen Bath, Sir?", erkundigte sich Robert.

„Ich wäre viel lieber zu Hause. Ich bin nur hier, weil meine Frau und mein verdammter Arzt darauf bestehen."

„Dafür habe ich Verständnis, Sir William." Robert warf einen kurzen Blick hinüber zu Lucy und zog eine Augenbraue hoch.

„Ich vermute, dass Ihre Frau und Familie Sie hierhergebracht haben, weil sie sich um Ihre Gesundheit und Ihr Wohlergehen sorgen, Sir William", sagte Lucy. „Ich denke doch, dass sie nur das *Beste* für Sie wollen."

„Das stimmt, schließlich sind sie alle darauf angewiesen, dass ich das Geld für ihren Unterhalt verdiene“, erwiderte Sir William mit einem Glucksen. Er sprach mit starkem nordenglischen Akzent und einer dröhnend tiefen Stimme. „Ich bin keiner dieser eingebildeten Gentlemen, die nur herumsitzen und nichts tun – Anwesende natürlich ausgeschlossen.“

„Sind Sie in der Industrie tätig, Sir William?“, fragte Robert. „Der Vater meiner Mutter ist so zu seinem Vermögen gekommen, was mir die Möglichkeit gab, recht komfortabel als Landbesitzer und Gutsherr zu leben. Woher stammen Sie?“

„Yorkshire, mein Junge. Mein erstes Vermögen habe ich im Kohlebergbau verdient und bin dann später in den Kanalbau und einige andere Branchen eingestiegen.“

„Mein Großvater lebte ebenfalls in Yorkshire, in Halifax, um genau zu sein. Waren Sie vielleicht mit ihm bekannt?“, fragte Robert. „Sein Name war Samuel Milthorpe.“

„Milthorpe?“ Sir William tupfte sich mit einem Taschentuch den Schweiß vom Gesicht. „Ja, ich kannte einen Mann mit diesem Namen. Er besaß ein oder zwei Töpfereien. Und auch eine Mine, wenn ich mich nicht irre?“

„Das war er vermutlich, ja. Er starb als ich noch recht jung war, aber ich erinnere mich, dass ich ihm einmal begegnet bin während eines Besuchs in London. Er war ein hochgewachsener Mann und ich weiß noch, dass mir seine laute, tiefe Stimme Angst eingejagt hat.“

„Jetzt, da ich Sie mir anschaue, erkenne ich eine gewisse Ähnlichkeit“, sagte Sir William. „Was geschah nach seinem Tod mit seinem Geschäft?“

„Mein Onkel Wilfred hat das Unternehmen einige Jahre geführt. Und jetzt hat mein Cousin Oliver übernommen“, sagte Robert. „Ich erhalte einen Anteil der Gewinne über die Unternehmensanteile meiner Mutter und ich nehme an so vielen Verwaltungsratssitzungen teil, wie ich einrichten kann.“

„Freut mich, dass Sie sich engagieren.“ Sir William bedachte Robert mit einem anerkennenden Nicken. „Einige meiner Söhne sind nicht so eifrig. Das Geld gefällt ihnen natürlich, aber sie wollen sich nicht selbst die Hände schmutzig machen.“

Foley kehrte mit den Getränken auf einem Tablett zurück gefolgt von einem Dienstmädchen, das eine Kanne Tee brachte. Lucy schenkte sich eine Tasse ein, während Robert und Sir William mit einem Glas Portwein anstießen. Sie sah davon ab, Roberts ungewöhnliche Entscheidung zu tadeln, so früh am Tag schon mit einem ihrer Gäste Alkohol zu trinken, da es ihr große Freude bereitete, ihn zur Abwechslung so interessiert und aufmerksam zu sehen.

Soweit sie sich erinnern konnte, hatten Roberts Großeltern mütterlicherseits während Lucys Kindheit Kurland St. Mary nie besucht. Sie hätte sie andernfalls sicher in der Kirche getroffen. Waren sie ferngeblieben, um ihre Tochter in ihrem neuen Aristokraten-Leben nicht zu blamieren oder fehlte ihnen einfach das Interesse, um eine derart weite Reise auf sich zu nehmen? Das würde sie Robert fragen müssen, sobald sie wieder allein waren.

„Und was bringt Sie hierher, Sir Robert?“, erkundigte sich Sir William. „Ist die Kur für Ihre Frau?“

„Nein, ich selbst werde behandelt.“ Robert klopfte mit dem Gehstock gegen den Oberschenkel. „Mein Bein wurde im Krieg verletzt und es gab seitdem einige Komplikationen, weshalb diese Kur notwendig wurde.“

„In welchem Regiment haben Sie gedient, Sir Robert?“

„Bei den 10. Husaren des Prince of Wales.“ Robert zuckte mit den Schultern. „Ein etwas pompös auftretendes Kavallerieregiment, aber auch ein verdammt gutes.“

„Sir Robert wurde bei Waterloo verwundet und hat fast sein Bein verloren“, merkte Lucy an, während Robert ihrem Gast eine beachtliche Menge Portwein nachschenkte. „Unser Arzt, Dr. Fletcher, hat die Kur hier in Bath vorgeschlagen, damit Robert sich von einem Fieber erholen und nach den Komplikationen im Heilungsprozess wieder zu Kräften kommen kann.“

„Mein Dummkopf von einem Arzt ist der Meinung, dass meine *Säfte* wieder in Einklang gebracht werden müssen oder irgend so ein Unfug.“ Sir William schnaubte verächtlich. „Ich war bis zu meinem siebzigsten Lebensjahr keinen einzigen Tag krank. Ich bin zu Hause die Treppe hinuntergefallen und habe mir dabei ein wenig den Kopf angeschlagen. Dem Wehklagen der Weibsbilder nach zu urteilen, kam es aber einem Weltuntergang gleich. Immerhin führt der Trottel keinen Aderlass mehr an mir durch. Und ich muss gestehen, dass ich mich auch nicht darüber beklagen kann, bis zum Hals in dem angenehm warmen Quellwasser der Bäder hier treiben zu können."

Er trank seinen Wein aus und stellte das Glas mit einer Endgültigkeit signalisierenden Wucht auf dem Tisch ab. „Nun, ich sollte wohl wieder aufbrechen. Ich werde meinen Butler in den nächsten Tagen mit einer Einladung zum Abendessen vorbeischicken. Ich würde mich sehr freuen, wenn Sie annehmen würden. Ich kann die Gesichter meiner eigenen Familie nicht mehr sehen, das kann ich Ihnen sagen."

Sir William erhob sich schwerfällig vom Sessel und nahm den helfenden Arm seines Dieners an. „Es war eine Freude, Ihre Bekanntschaft zu machen, Mylady."

„Das beruht auf Gegenseitigkeit, Sir. Vielen Dank für Ihren Besuch." Lucy machte einen Knicks und Robert begleitete ihren Gast hinaus auf den Gang.

Er kehrte bald schon wieder zurück, da er es Foley überließ, seine Gäste zum Ausgang zu führen, anstatt selbst die Treppen zu riskieren. Robert setzte sich zurück ans Feuer.

„Was für ein außergewöhnlicher alter Gentleman", bemerkte Robert.

„Er war ziemlich direkt", erwiderte Lucy.

„Das hat mir gefallen." Robert setzte einen Korken auf die Dekantierflasche des Portweins. „Er hat mich an meinen Großvater erinnert. Ich hatte nicht damit gerechnet, jemanden in Bath zu treffen, der den Aufenthalt bereichern würde, aber es scheint so, als hätte ich damit falsch gelegen."

„Vielleicht solltest du Dr. Fletcher darum bitten, mit Sir Williams Arzt zu reden. Dann könntet ihr euch gleichzeitig behandeln lassen", schlug Lucy vor.

„Ja, vielleicht werde ich das." Robert nahm erneut seine Zeitung. „Hast du irgendwelche Pläne für den Rest des Tages?"

„Ich werde fragen, ob Anna und Penelope mich auf einen Spaziergang begleiten wollen, damit wir uns in der Umgebung ein wenig umsehen können."

„Mit anderen Worten, du möchtest gerne durch die Läden ziehen." Robert lächelte sie an. Er sah erstaunlich entspannt aus. Im Nachhinein war Lucy dankbar, dass der eigenwillige Sir William überraschend beschlossen hatte, sie zu besuchen.

„Wenn wir auf interessante Läden stoßen, könnte es durchaus sein, dass wir der Versuchung erliegen und hineingehen", gestand Lucy. „Es gibt in Kurland St. Mary nur wenig zu bewundern oder zu kaufen."

„Gott sei Dank, sonst würde ich wahrscheinlich bankrottgehen."

„Ich habe fast ein Jahr lang das Nadelgeld, das du mir gezahlt hast, angespart, daher bezweifle ich, dass ich dich brauchen werde, um meine Einkäufe zu finanzieren", erwiderte Lucy.

Robert senkte die Zeitung. „Du bist bemerkenswert gut im Umgang mit Geld."

„Es sei denn, ich werde eine Spielerin ..."

„Und dann würdest du erwarten, dass ich deine Schulden begleiche?" Er gluckste. „Das würde ich vielleicht sogar, nur um zu sehen, wie du versuchst, dich zu rechtfertigen."

In dem Wissen, dass ihr Ehemann viel besser gelaunt war, als sie erwartet hatte, erhob sich Lucy.

„Ich muss noch die Köchin für das Mittagessen über unsere zusätzlichen Gäste informieren und nachsehen, ob Anna zurechtkommt.“

„Was ist mit Mrs Fletcher?“, fragte Robert.

„*Penelopes* Wohlbefinden werde ich den fähigen Händen ihres Ehemannes überlassen“, sagte Lucy mit Nachdruck.

Kapitel 3

Obwohl Bath nicht mehr besonders populär war, wirkte es auf Lucy wie ein reizender Ort. In der *Bond Street* und *Milsom Street* gab es ausgezeichnete Läden, die durchaus mit denen in London mithalten konnten. Überall konnte man alle möglichen Kleinigkeiten zu kaufen, während sie die Auslagen von Hutmachern, Handschuhmachern, Nähern und Kurzwarenläden durchstöberten. Dank des großzügigen Nadelgelds, das sie von Robert erhielt, musste sie nicht länger ihre alten Kleider eintauschen oder lange sparen, wenn sie ein neues Kleid wollte.

Auch der Pfarrer hatte Anna eine großzügige Summe für den Aufenthalt in Bath zur Verfügung gestellt. Vermutlich schwelgte er immer noch im Glück seiner kürzlichen Hochzeit – welche mit dem umfangreichen Vermögen seiner neuen Frau einherging. Und so konnten die beiden Schwestern ihre Einkäufe gemeinsam genießen. Penelopes Budget war zwar etwas begrenzt, aber dafür tat sie lautstark ihre Meinung zu jedem Kauf von Lucy und Anna kund – und bezog sich dabei meist darauf, ob es ihr selbst stehen würde.

Trotzdem fiel es Lucy nicht schwer, Penelopes Anwesenheit zu ertragen, schließlich würde sie nur so lange bleiben wie Dr. Fletcher. Außerdem hatte Lucy Mitgefühl für Penelopes einschränkenden Umstände.

„Dieses Blau würde dir sehr gut stehen, Lucy", sagte Penelope.

„Für mich wäre die Farbe nichts." Lucy wandte sich zu Penelope um. Sie befanden sich gerade in ihrem bisher liebsten Laden für Nähbedarf und durchstöberten Stoffe für Kleider.

Penelope zuckte mit den Schultern. „Aber wenn es dir doch nicht stehen sollte, wenn das Kleid erst fertig ist, kannst du es natürlich trotzdem gerne mir überlassen."

Hinter Lucy unterdrückte Anna ein Kichern. Penelope hatte den gleichen Vorschlag bereits mehrere Male gemacht.

„Dieses Blau könnte an mir auch gut aussehen." Anna fasste den feinen Stoff an.

„Auf *deiner* blassen Haut?" Penelope schüttelte den Kopf. „Das bezweifle ich."

„Ich glaube, ich bevorzuge diesen Musselin-Stoff mit Rosenmuster." Lucy präsentierte ihn Anna. „Was hältst du davon?"

„Mir gefällt er", sagte Anna, um ihre Schwester zu unterstützen. „Kauf doch eine Bahn und wir geben sie Madame McIntosh, damit sie daraus ein Tageskleid für dich macht."

Penelope hob das Kinn und stapfte zum anderen Ende des Ladens, um den dort ausliegenden Hutschmuck zu begutachten. Lucy hielt bei einem eisblauen Satin-Stoff kurz inne.

„Lass es gut sein", flüsterte ihr Anna zu. „Du hast ihr schon zwei Dinge gekauft und sie passt im Moment ohnehin nicht in ihre üblichen Kleider."

„Aber ich kann sie durchaus verstehen“, gestand Lucy. „Ursprünglich war sie Sir Robert versprochen und damit hätte sie über sein Vermögen verfügen können.“

„Sie hat sich gegen eine Ehe mit ihm *entschieden*. Und mit dir ist er weit besser dran. Penelope hätte ihn sehr unglücklich gemacht“, sagte Anna mit Nachdruck. „Lass sie nur schmollen.“

Das Glöckchen über der Tür erklang, als eine neue Gruppe den Laden betrat. Lucy ging an die Theke, um ihre Einkäufe zu bezahlen und diktierte die Adresse für die Lieferung. Sie unterhielt sich mit dem Mädchen an der Kasse, während diese den Stoff und die Ziergarne in braunes Papier einschlug.

Als sie sich wieder zur Tür wandte, erblickte sie Anna, die in der Nähe der Neuankömmlinge stand. Unter ihnen befand sich ein hochgewachsener Mann, der eine blaue Uniform der Royal Navy trug. Die Art, wie Anna still dastand, ließ Lucy aufmerken und sie ging schnell hinüber zu ihrer Schwester.

Als der Marineoffizier sie bemerkte, trat er eilig einen Schritt zurück und verbeugte sich. Anna wirkte verlegen und legte eine Hand auf Lucys Arm.

„Lucy, das ist Captain Harry Akers und seine Familie“, sagte Anna. „Mrs Akers, darf ich Ihnen meine Schwester, Lady Kurland, vorstellen?“

Eine kleine, rundliche Frau mit freundlichem Gesicht machte einen Knicks vor Lucy.

„Guten Morgen, Lady Kurland. Es ist eine Freude, Sie kennenzulernen. Soweit ich weiß, ist mein Sohn Ihrer Schwester während seiner Zeit in London begegnet.“

Lucy lächelte. „Wie schön. Wohnen Sie hier in Bath oder sind Sie wie wir auch in diese schöne Stadt gereist?"

„Wir leben draußen auf dem Land, Mylady, und sind hier, um Kleider und andere Notwendigkeiten für die bevorstehende Hochzeit meiner Tochter Rosemary zu besorgen."

Lucy ging davon aus, dass es sich bei der zukünftigen Braut um die Dritte im Bunde handelte, da das Mädchen bei den Worten der Mutter errötete.

„Eine Hochzeit ist in jeder Familie ein freudiger Anlass. Ich wünsche Ihnen alles Glück der Welt", sagte Lucy freundlich.

„Vielen Dank, My... Mylady", brachte Rosemary stotternd hervor und machte einen Knicks.

Lucy warf einen Blick zu Anna, die sich leise mit dem jungen Captain unterhielt.

„Würden Sie uns in den nächsten Tagen vielleicht auf eine Tasse Tee besuchen kommen, Mrs Akers? Ich bin mir sicher, dass sich meine Schwester freuen würde, die Bekanntschaft mit Ihnen allen wieder aufleben zu lassen."

„Das ist sehr freundlich von Ihnen, Mylady."

„Wir wohnen im Haus am *Queen's Square* Nummer zwölf. Wissen Sie, wo das ist?", fragte Lucy.

„In der Tat." Mrs Akers nickte. „Eine gute Lage und sehr einfach zu finden."

„Dann hoffe ich, dass ich Sie und Ihre Familie bald wiedersehe", sagte Lucy. „Wir wollen uns gleich noch bei den *Assembly Rooms* einschreiben, daher treffen wir uns möglicherweise auch dort oder im *Pump Room*."

„In der Tat. Mein Vater ist schon ein wenig gebrechlich, daher begleiten wir ihn oft zu den *Pump Rooms*, damit er das Wasser dort genießen und sich mit seinen Bekannten treffen kann“, sagte Mrs Akers. „Mein Sohn wartet gerade noch darauf, ein neues Kommando von der Navy zu erhalten, daher freuen wir uns derzeit sehr, auch in den Genuss seiner Gesellschaft zu kommen.“

Lucy ließ diese interessante Information einen Moment auf sich wirken, bis Penelope mit Lucys fertig gepacktem Paket an ihre Seite trat und die Augenbrauen hochzog.

„Lucy, wenn wir *Godwin's Circulating Library* noch besuchen wollen, bevor sie für heute schließt, müssen wir uns wirklich auf den Weg machen.“

Mrs Akers lächelte die beiden an. „Dann wollen wir Sie nicht weiter aufhalten. Es war eine Freude, Sie kennenzulernen, Lady Kurland.“

Sie entfernte sich zusammen mit ihrer Tochter und Anna stieß wieder zu Lucy und Penelope. Ihr Gesicht war noch immer ein wenig gerötet.

„Ich … hatte nicht damit gerechnet, Captain Akers hier in Bath zu begegnen.“

„Hat er nie erwähnt, dass seine Familie in der Nähe lebt?“ Lucy ließ Penelope vor ihr aus dem Laden gehen, damit sie sich weiter mit Anna unterhalten konnte. „Seine Mutter sagte, dass er auf neue Befehle wartet.“

„Ja, das hat auch Harry – ich meine Captain Akers – gesagt“, erwiderte Anna. „Sein letztes Schiff ist in einem Sturm gesunken. Viele der Besatzung sind gestorben.“ Sie legte die behandschuhte Hand auf ihr Herz. „Er hat nur Dank Gottes Gnade überlebt.“

Lucy ließ eine Kutsche passieren, bevor sie die Straße überquerte. „Ich habe seine Mutter eingeladen, uns am *Queen's Square* besuchen zu kommen."

„Das ist sehr nett von dir." Anna überlegte kurz. „Allerdings bin ich mir nicht ganz sicher, was du damit beabsichtigst. Ich habe Captain Akers meine Gefühle sehr deutlich gemacht."

„Welche Gefühle meinst du?", warf Penelope ein. „Bist du diesem Mann etwa schon einmal begegnet, Anna? Hat die Familie deines Vaters in London etwa *Derartiges* gestattet?"

Lucys und Annas Blicke trafen sich. „Vielleicht sollten wir das besprechen, wenn wir etwas mehr Privatsphäre haben."

Anna nickte und sie betraten den Buchladen. Die Luft war erfüllt vom Duft von Tinte, altem Pergament und Leder. Trotz Annas Zurückhaltung kannte Lucy ihre Schwester gut genug, um zu wissen, dass diese noch immer Gefühle für den jungen Mann hegte, egal, was sie dazu sagen mochte. Was auch immer daraus hervorgehen würde, Lucy wollte sichergehen, dass Anna jede Gelegenheit bekam, um sich von ihren Gefühlen zu einer logischen und natürlichen Entscheidung führen zu lassen.

Als sie zum Haus zurückkamen, war Robert schon mit Dr. Fletcher gegangen. Lucy ließ Tee im Salon servieren und machte es sich mit der Lokalzeitung gemütlich. Als Foley mit zwei Visitenkarten auf einem Silbertablett eintrat, wies sie ihn an, die Besucher hereinzuführen.

„Lady Benson und Mr Arden Hall, Mylady."

Foley trat einen Schritt zurück, um die Besucher eintreten zu lassen. Lucy hatte Mühe, die beiden nicht anzustarren. Sie hatte damit gerechnet, dass Sir Williams Frau ebenfalls recht alt sein würde, doch die Frau vor ihr war eine grazile, ätherische Schönheit, die weit jünger aussah als Lucy. „Lady Benson?" Lucy näherte sich ihren Besuchern. „Es freut mich, Sie kennenzulernen."

Lady Bensons Lippe bebte. „Sir William bestand auf meinem Kommen." Mit einer trägen Handbewegung deutete sie auf den jungen Mann an ihrer Seite, dessen Kragen so hoch war, dass er ihn beinahe zu erwürgen drohte. „Das ist mein Sohn Arden."

„Mylady." Arden Hall verbeugte sich überschwänglich, wirkte aber noch unwilliger hier zu sein als seine Mutter. Und das sollte etwas heißen. „Es ist mir eine Freude."

Lady Benson ließ sich in einen Sessel sinken, als hätte sie nicht mehr genug Kraft, um weiterhin zu stehen. Ihr Gewand bestand aus mehreren Lagen dünnen Musselin-Stoffs, durch welche die Kurven ihres Körpers und ihr üppiger Busen deutlich zu erkennen waren. Um ihren Hals war ein sehr teures Halstuch gewickelt, das gekonnt locker über ihre Schultern fiel. Lucy beneidete die Stilsicherheit der Dame, auch wenn sie deren Stil nie hätte nachahmen wollen.

„Kann ich Ihnen etwas zu trinken anbieten?", fragte Lucy.

Arden warf seiner Mutter einen Blick zu. „Ein Glas Brandy wäre schön und ich vermute, meine Mutter nimmt Tee."

Lady Benson legte sich eine Hand an die Stirn. Sie trug kein Bonnet, sondern ein Spitzenhäubchen in ihrem silber-blonden Haar. „Ich habe Kopfschmerzen. Ein Kräutertee wäre gut.“

„Ich bin nicht sicher, ob Lady Kurland damit dienen kann, Mutter.“ Arden lachte. „Bitte entschuldigen Sie das Verhalten meiner Mutter. Sie glaubt, dass die ganze Welt ihr zu Diensten zu sein hat.“

Die hörbare Respektlosigkeit in seiner Stimme ließ Lucy aufhorchen. „Da auch ich häufiger an Kopfschmerzen leide, Sir, kann ich das Befinden Ihrer Mutter durchaus nachempfinden.“ Sie sprach zu Lady Benson: „Vielleicht würde es Ihnen zu Hause im Bett besser gehen, Madam?“

„Ich habe schon fast den ganzen Tag im Bett verbracht“, seufzte Lady Benson. „Aber William hat darauf *bestanden*, dass ich aufstehe und Ihnen meine Aufwartung mache.“ Sie erschauderte. „Er hat sogar die Stimme gegen mich erhoben!“

Lucy erhob sich und schritt hinüber zur Tür. „Dann betrachten Sie Ihre Pflicht als erledigt, Mylady. Es war schön, Sie und Ihren Sohn kennenzulernen.“ Sie öffnete die Tür. „Vielleicht möchten Sie mich ja noch einmal besuchen kommen, wenn es Ihnen besser geht.“

Lady Benson erhob sich und ihr leidender Gesichtsausdruck hellte sich auf. „Und Sie werden Sir William gegenüber sagen, dass ich getan habe, wie mir geheißen war?“

„Selbstverständlich, Madam.“ Lucy nickte. „Ich bin mir sicher, dass er nicht wollen würde, dass es Ihnen schlecht geht.“

„Vielleicht würde er Sie da überraschen", seufzte sie. „Er *lebt* dafür, mich zu erniedrigen."

Arden Hall nahm seine Mutter am Arm und führte sie zur Tür. „Da hat meine Mutter Recht, Lady Kurland. Wir leben alle in Angst vor dem alten Mann." Er nickte Lucy zu und ging an ihr vorbei. „Vielen Dank, dass Sie uns empfangen haben, und noch einen guten Tag."

„Oh!" Lady Benson griff nach Lucys Handgelenk. „Mein Ehemann hat mich darum gebeten, Sie zum Abendessen am Freitag einzuladen. Wäre Ihnen das genehm?"

„Ich glaube schon", sagte Lucy zurückhaltend. „Ich werde mit Sir Robert darüber sprechen und Ihnen Bescheid geben lassen, ob wir kommen können."

„Vielen Dank für Ihre Güte." Lady Benson schenkte ihr ein fast tragisch wirkendes Lächeln.

„Und bitte sagen Sie meinem Ehemann nicht, dass ich beinahe vergessen hätte, Sie einzuladen."

Lucy sah dem merkwürdigen Paar hinterher, während sie die Treppen zur Eingangshalle hinuntergingen. Sie versuchte, den etwas unkonventionellen Besuch besser zu verstehen. Die derzeitige Lady Benson war offensichtlich nicht Sir Williams erste Frau. Außerdem hatte sie Kinder aus einer früheren Ehe; sie konnte also nicht so jung sein, wie sie aussah.

War Sir William wirklich ein Tyrann, der seine Frau aus dem Krankenbett trieb, nur damit diese ihren Nachbarn einen Besuch abstattete? Oder hatte Lady Benson da ein wenig übertrieben? Lucy wusste bereits, auf wessen Seite sie stand, aber sie wollte nicht vorschnell über die Dame urteilen.

Sie setzte sich zurück in ihren Lieblingssessel, von dem aus man auf den Platz vor dem Haus sehen konnte, und trank den Rest ihres Tees aus. Lady Benson war eine wunderschöne Frau. War Sir William ihren Reizen erlegen und hatte erst dann festgestellt, dass sie seinen Vorstellungen nicht ganz entsprach? Lucy würde die beiden im Zusammenspiel sehen müssen, um den Stand ihrer Ehe besser beurteilen zu können. Doch schon jetzt hatte sie Zweifel.

„Guten Abend, meine Liebste."

Sie drehte sich um und erblickte Robert, der gerade hereinhumpelte. Sie stand auf und kam ihm entgegen. Er sah müde aus und ihr schlug ein merkwürdiger Geruch entgegen.

Sie roch an seinem Mantel.

„Worin hast du dich denn gewälzt?"

Er schnaubte. „Das wirst du Patrick fragen müssen. Heute hat er darauf bestanden, dass man mich mit heißem Matsch einreibt und wie eine Mumie aus einem ägyptischen Grab einwickelt."

Lucy vergrub das Gesicht in seinem Hemd, um ihr Lachen zu unterdrücken.

„Oje."

Er hob ihr Gesicht mit einem Finger unter ihrem Kinn, sodass sie ihm direkt in die Augen blickte. „Das war vielleicht ein Anblick. Ich vermute, Patrick hat darauf gehofft, dass sie auch meinen Mund bedecken, damit ich aufhöre, meine Meinung über diese alberne Zeitverschwendung zu äußern."

„Vielleicht solltest du *noch einmal* baden", legte Lucy ihm nahe.

Robert ging hinüber zum Sofa. „Die Sache ist die ... am Ende habe ich es sogar sehr genossen. Die Wärme des Schlammbads ist bis zu den Knochen durchgedrungen und wirkte erstaunlich belebend."

„Wirklich?" Lucy blickte ihn mit geweiteten Augen an. „Ich bin so froh, dass diese ungewöhnliche Behandlung etwas bewirkt hat und du sogar bereit bist, das zuzugeben."

„In der Tat." Robert deutete auf die Teekanne. „Ist noch etwas Tee da? Ich bin ziemlich durstig. Patrick hat mich angewiesen, viel von dem Thermalwasser zu trinken, aber für heute habe ich genug von diesem übelriechenden Gesöff."

Lucy schenkte ihm eine Tasse Tee ein und fand sich mit dem merkwürdigen Duft, der ihrem Ehemann anhing, ab. Wenn es ihm half, würde sie es aushalten. Außerdem roch er nicht viel schlimmer als nach einem Besuch der Schweineställe des Gutshofs in Kurland St. Mary.

„Ich hatte heute Besuch", merkte sie an, als sie ihm die Tasse reichte. „Lady Benson und ihr Sohn."

„War sie ebenso direkt wie ihr Ehemann?", erkundigte sich Robert, nachdem er sich für den Tee bedankt hatte.

„Nein, sie war ganz und gar nicht, wie ich sie mir vorgestellt hatte." Lucy unterdrückte ein Lächeln. „Sie war bemerkenswert attraktiv und viel jünger als Sir William. Sie behauptete immer wieder, dass ihr Mann sie gezwungen habe, aus dem Krankenbett aufzustehen, nur um mir einen Besuch abzustatten und uns zum Abendessen einzuladen."

Robert hielt mit der Tasse auf halbem Weg zum Mund inne. „Das klingt recht seltsam."

„Der Sohn, der sie begleitete, war aus ihrer ersten Ehe und stammte nicht von Sir William."

„War er denn nett?", fragte Robert.

„Nein, er war ebenso merkwürdig und unhöflich wie seine Mutter. Sie hat uns zum Abendessen am Freitag eingeladen."

„Dann sollten wir auf jeden Fall hingehen." Robert trank den Tee in einem langen Zug aus. „Das klingt, als ob sie sehr unterhaltsam sein könnten."

Dem musste Lucy zustimmen. Sie trank ebenfalls ihre Tasse aus und stellte sie zurück auf das Tablett.

„Wir sind außerdem der Familie eines Marineoffiziers begegnet, mit dem Anna aus London bekannt war. Ich habe sie dazu eingeladen, uns zu besuchen. Falls sie *wirklich* kommen sollten, würde ich es sehr begrüßen, wenn wir die Bekanntschaft mit ihnen vertieften."

„Mischst du dich schon wieder in anderer Leute Angelegenheiten ein, Lucy?" Robert zog eine Augenbraue hoch.

„Nicht wirklich." Lucy trotzte seinem amüsierten Blick. „Anna hat mir letztes Jahr von dem Mann erzählt. Ich hatte den Eindruck, dass sie Gefühle für ihn entwickelt hatte, bevor er fortging, um seiner Pflicht nachzukommen."

„Ah, also mischst du dich *tatsächlich* ein, verfolgst dabei aber natürlich nur die besten Absichten."

„Oder ich will nur meiner Schwester dabei helfen, einen Mann zu finden, den sie für den Rest ihres Lebens lieben und schätzen kann." Lucy erwiderte seinen Blick. „Was ist daran auszusetzen?"

„Gar nichts, meine Liebste. Du solltest nur nicht vergessen, dass Anna alt genug ist, um eigene Entscheidungen zu treffen."

„Dessen bin ich mir durchaus bewusst." Lucy nickte. „Ich würde sie nie dazu zwingen, etwas gegen ihren Willen zu tun."

Robert beugte sich vor und küsste sie auf die Wange. „Ich weiß, aber manchmal bist du bei deinen Liebsten ein wenig besitzergreifend."

„Nur mit besten Absichten", verteidigte sich Lucy.

„Ich weiß, aber du hast mir auch gesagt, dass Anna bei der Ehe an sich etwas zögerlich ist." Er sah ihr tief in die Augen. „Ich kann dir nicht zum Vorwurf machen, dass du sie glücklich wissen willst. Aber ich möchte dich dennoch zur Vorsicht mahnen."

„Ich werde mein Bestes tun, mich nicht einzumischen", versprach sie, auch wenn ihre Einmischungen üblicherweise recht erfolgreich waren. „Aber ich werde keine Anstalten machen, die Entwicklung ihrer Beziehung zu stoppen, wenn sie sich gut verstehen sollten."

„Mehr verlange ich nicht. Ich vertraue deinem Gefühl." Er nickte. „Bei all diesen neuen Bekanntschaften gibt es so viel, worauf ich mich freuen kann, dass ich meine Aufregung kaum zu zähmen weiß."

Foleys Räuspern ertönte aus Richtung der Tür. „Entschuldigen Sie, Sir Robert, Mylady. Sie haben einen weiteren Besucher."

„Guter Gott." Robert nahm die Visitenkarte entgegen und las den Namen laut vor. „Mr *Edward* Benson."

Er sah Lucy an und zog die Augenbrauen hoch. „Schicken Sie ihn hoch, Foley. Mir scheint, dass unser interessanter Tag noch nicht vorbei ist, meine Liebste."

Der Mann, den Foley hereinführte, sah Sir William entfernt ähnlich und trug die nüchterne Kleidung eines erfolgreichen Geschäftsmannes.

Er verbeugte sich vor Robert.

„Sir Robert Kurland? Es freut mich, Ihre Bekanntschaft zu machen, Sir. Mein Vater spricht in den höchsten Tönen von Ihnen."

Er hatte einen leichten nordenglischen Akzent, der allerdings von Jahren im Internat abgemildert worden war.

Robert erhob sich und bot Lucy die Hand zum Aufstehen an. „Guten Tag, Sir. Darf ich Ihnen meine Frau, Lady Kurland, vorstellen? Sie hat heute Morgen erst für ein paar Minuten das Vergnügen mit Lady Benson und ihrem Sohn gehabt."

Edwards Miene verfinsterte sich. „Ich hörte davon. Daher bin ich so schnell ich konnte hergeeilt, um etwaige unangenehme Eindrücke zu korrigieren, die meine Stiefmutter bei Ihnen hinterlassen haben könnte."

Robert unterdrückte ein Lächeln. „Da ich selbst noch nicht das Vergnügen hatte, Lady Benson persönlich kennenzulernen, und meine Frau lediglich erwähnte, dass sie uns zum Abendessen eingeladen hat, kann ich dazu leider nichts sagen."

„Meine Stiefmutter kann manchmal ein wenig ... *exzentrisch* sein", sagte Edward unwirsch. „Aber die

Einladung stammt direkt von meinem Vater und ist ernst gemeint.“

„Und wir werden die Einladung annehmen und freuen uns bereits, zur vereinbarten Stunde in Ihrer Residenz einzutreffen“, fügte Robert an und deutete auf das Sofa. „Bleiben Sie noch auf eine Tasse Tee?“

„Ich fürchte, ich muss schon wieder aufbrechen. Mein Vater wünscht noch, mit mir zu sprechen.“ Edward verbeugte sich erneut. „Es war mir eine Ehre Sie kennenzulernen, Sir Robert, Lady Kurland. Ich freue mich darauf, unsere Bekanntschaft beim Abendessen am Freitag zu vertiefen.“ Er drehte sich auf dem Fuße um. Robert starrte einen Moment lang seine Frau an.

„Also das war unerwartet“, sagte Robert. „Hat Sir William ihn hergeschickt, um den schlechten Eindruck auszubügeln? Was um alles in der Welt hat Lady Benson erzählt, was bei ihrem Besuch vorgefallen ist?“

„Ich habe keine Ahnung und die ganze Familie bereitet mir Kopfschmerzen.“ Lucy legte sich die Hand auf die Stirn. „Ich werde mich für ein Nickerchen zurückziehen. Vielleicht kehrt in diese Gesellschaft ja wieder ein wenig Ordnung ein, bis ich aufwache.“

Robert runzelte die Stirn. Er hatte sich so sehr auf seine eigene Gesundheit konzentriert, dass er die Krankheit seiner Frau im letzten Jahr ganz vergessen hatte.

„Geht es dir gut?“, fragte er freiheraus.

„Es geht schon.“ Sie schenkte ihm ein Lächeln. „Ich bin nur ermüdet davon, Penelope und Anna durch die Läden in der *Milsom Street* zu scheuchen. Ich werde wieder wohlauf sein, sobald ich von meinem

Nickerchen aufwache." Er nahm sie bei den Händen und betrachtete ihr Gesicht eingehend.

„Bist du dir sicher?"

„Ja, ich würde es dir sagen, wenn es mir nicht gut ginge." Sie runzelte die Stirn. „Um ehrlich zu sein, habe ich keine Ahnung, warum ich mich plötzlich so müde fühle. Aber ein erholsames Schläfchen macht alles besser." Sie tätschelte seine Wange. „Vielleicht sprichst du in der Zeit mit Dr. Fletcher und fragst ihn, ob du vielleicht noch ein Bad nehmen kannst, um den restlichen Schlamm zu entfernen. Ich würde nur ungern Spuren davon auf den Laken im Bett wiederfinden."

Er erschauderte. „Ich werde ihn fragen. Und jetzt ruh dich aus und wir sehen uns beim Abendessen."

Kapitel 4

Robert erhob sich, als Lucy den Salon betrat. Entgegen seiner anfänglichen Skepsis fühlte er sich nach zwei Wochen der Behandlung in den Heilbädern deutlich besser. Er genoss es außerdem, Zeit mit Sir William zu verbringen. Sie teilten ähnliche Ansichten zur Lage der Nation, Politik und zu den Politikern an sich. Sir William hatte keine Skrupel, seine Meinung auf direktestem Weg kundzutun. Zu Roberts Freude hatte diese Angewohnheit schon bald andere Zuhörer abgeschreckt.

„Du siehst heute Abend wunderbar aus, meine Liebste." Robert musterte Lucys Gewand, das in seinem liebsten Blauton gehalten war.

„Vielen Dank." Sie strich den Seidenstoff glatt. „Das ist ein neues Kleid." Sie fasste sich ans Haar. „Und Anna hat mich frisiert. Gefällt es dir?"

Er ließ die Löckchen auf sich wirken. Tatsächlich bevorzugte er es, wenn Lucy ihr langes Haar zu einer Krone um ihren Kopf flocht, aber er war lange genug mit ihr verheiratet, um sie nicht zu enttäuschen.

„Du siehst wunderschön aus. Ist deine Schwester bereit, uns zu den Bensons zu begleiten?"

„Ja, sie kommt gleich." Lucy näherte sich ihm und richtete seine Krawatte. „Du siehst heute Abend auch sehr schick aus."

„Das tue ich nicht", widersprach er. „Ich habe aus verlässlichen Quellen erfahren, dass grimmig dreinblickende Männer wie ich nur in Uniform gut aussehen."

„Hast du das von Penelope?", fragte Lucy.

Robert verzog das Gesicht. „Wenn man bedenkt, wie schnell sie die Verlobung lösen wollte, nachdem ich verwundet wurde und aus dem Militärdienst ausschied, würde es zumindest zu ihr passen."

„Ihr Verlust ist mein Gewinn", sagte Lucy.

„Ja, aber aus irgendeinem Grund müssen wir uns *trotzdem* mit ihr herumschlagen."

Lucy gluckste. „Das hat mehr mit dem Frauengeschmack deines Arztes zu tun und weniger mit uns. Hat Dr. Fletcher schon einen neuen Arzt für dich hier in Bath gefunden oder wäre er damit zufrieden, dich in den Händen von Sir Williams Arzt zu lassen?"

„Das hat er noch nicht erwähnt. Ich werde ihn morgen nach seiner Meinung fragen." Robert nahm den Gehstock.

„Schließt er sich uns etwa nicht an?", fragte Lucy mit einem Stirnrunzeln.

„Da er gerade erst aus Kurland St. Mary hier eingetroffen ist, will er einen ruhigen Abend im Theater mit seiner Frau verbringen."

Lucy unterdrückte ein Lächeln und Robert hob einen Finger. „Mir ist bewusst, dass die Vorstellung eines ruhigen Abends mit Mrs Fletcher ausgesprochen unwahrscheinlich ist."

„Robert, du bist unmöglich ..." Lucy nahm seine Hand und just in diesem Moment erschien Anna in der Tür.

Sie trug ebenfalls Blau, aber ihr Kleid war mit Blumen gemustert und nicht mit der gleichen feinen Spitze verziert, die Lucys Kleid und Ärmel säumte. Selbst Robert musste eingestehen, dass es keine Rolle spielte, was Anna Harrington trug, da die Blicke ohnehin auf ihr wunderschönes Gesicht gezogen wurden. Im Gegensatz zu Penelope, die auch als große Schönheit galt, beschränkte sich Annas Schönheit jedoch nicht nur auf ihr Äußeres.

„Lucy, du hast dein Halstuch vergessen." Anna drapierte den Paisley-Stoff um die Schultern ihrer Schwester. „Ich weiß, dass wir nur nach nebenan gehen, aber ich möchte nicht, dass du dir eine Erkältung einfängst." Sie bedachte Robert mit einem Lächeln. „Und wie geht es Ihnen heute, Sir? Sie sehen schon viel besser aus."

„Da ich inzwischen auch ohne Hilfe die Treppen hinuntergehen kann, verbessert sich mein Zustand offenbar bereits." Robert hielt den Damen die Tür auf. „Wer hätte gedacht, dass es für die Gesundheit förderlich ist, bis zum Hals in einem trüb-gelben Becken voll kochend heißem Wasser mit völlig fremden Leuten umherzutreiben?"

Anna lachte, während er vorsichtig die steile Treppe meisterte. Er hatte weit mehr Spaß hier in Bath als erwartet und er genierte sich nicht, das auch zuzugeben. Tatsächlich fühlte er sich so gut wie seit Jahren nicht mehr.

Es dauerte nur etwa zwei Minuten, bis sie an die Tür der Bensons klopften und herein ins Warme gebeten wurden. Robert war Lady Benson noch nicht persönlich begegnet. Er hatte nur mit Sir William in den Heilbädern gesprochen und freute sich bereits darauf, endlich den Rest der Familie Benson kennenzulernen. Der Weg die Treppe hinauf fiel ihm ein wenig schwerer als hinunter und so trat er als Letzter in den Salon, in dem Sir William gerade Hof hielt.

Roberts Blick wanderte sofort zu der dürren jungen Frau, die mit mattem Blick an Sir Williams Seite saß. Dank Lucys Beschreibung war ihm schnell klar, dass es sich bei der jungen Schönheit um die Frau ihres älteren Gastgebers handeln musste und nicht um eins seiner Kinder. Hinter ihrem Stuhl standen zwei junge Männer, die kaum alt genug waren, um sich rasieren zu müssen. Drei ältere Männer standen schützend um Sir William versammelt, die allesamt dessen markante Nase besaßen.

Die deutliche Trennung zwischen den beiden Seiten wäre selbst einem beiläufigen Beobachter offensichtlich gewesen. Sir William erhob sich mit einigen Schwierigkeiten und streckte Lucy die Hand entgegen.

„Guten Abend, Lady Kurland. Darf ich Ihnen meine Frau Miranda und meine Söhne Edward, Augustus und Peregrine vorstellen?"

Während Lucy knickste und Anna mit Sir William bekannt machte, stach Robert die ungehaltene Miene der beiden jüngeren Männer ins Auge, die offenbar einer Vorstellung nicht würdig waren.

„Sir Robert." Lady Benson stand nicht auf, sondern
streckte ihm ihre schlaffe Hand entgegen. „Es ist mir
eine Freude. Darf ich Ihnen meine beiden Söhne
vorstellen, da mein Ehemann dies offenbar nicht für
nötig hielt?" Sie deutete mit einem schwachen Winken
in die Richtung der Jungen. „Arden und Brandon, bitte
verbeugt euch vor Sir Robert."

„Ah, eine Liebhaberin Shakespeares, wie ich sehe."
Robert erwiderte die Verbeugung.

„Das war eine Leidenschaft meines ersten
Ehemanns." Lady Benson erschauderte. „Ich hatte in
der Angelegenheit keinerlei Mitspracherecht."

Sie wandte sich zu Anna um, die von den drei älteren
Benson-Söhnen beinahe umzingelt war. „Ist das Ihre
Schwester, Sir Robert? Sie ist ausgesprochen hübsch."

„Anna ist die Schwester meiner Frau", erwiderte
Robert.

Lady Benson kicherte. „Und da haben Sie sich für die
andere entschieden? Wie ... ungewöhnlich."

Robert blickte ihr in die Augen. „Meine Frau ist für
mich mehr als nur ein hübsches Gesicht, Mylady.
Schönheit ist vergänglich, aber ein gutes Herz hat
Bestand."

Lady Benson fasste sich ins Gesicht, als ob sie
kontrollieren wollte, ob *sie* noch immer hübsch war.
„In der Tat. Etwas, das wir alle beherzigen sollten." Sie
erhob sich und tippte Sir William auf die Schulter.
„Sollen wir essen?"

„Bevor ich überhaupt die Gelegenheit hatte, mich mit
Sir Robert zu unterhalten oder unseren Gästen
Getränke anzubieten?" Sir William funkelte sie an. „Es
besteht kein Grund für derartige Eile, meine Liebe."

Lady Benson seufzte und setzte sich wieder hin. „Wie du wünschst."

Sie unternahm keinen Versuch, ein Gespräch mit Anna oder Lucy zu beginnen, und unterhielt sich stattdessen ausschließlich mit ihren Söhnen, die aussahen, als gäbe es keinen Ort, an dem sie weniger gerne wären als bei einem Familienessen.

„Guten Abend, Sir Robert." Der kleinste der Benson-Söhne verneigte sich vor Robert. Er war in ein schlichtes, schwarzes Gewand gekleidet, wie es oft Geistliche trugen. „Ich bin Reverend Augustus Benson. Ich betreue einige Gemeinden im Umland von Bath."

„Es ist eine Freude, Sie kennenzulernen, Sir." Robert neigte leicht den Kopf. „Wohnen Sie hier in Bath oder in einem Haus der Kirche?"

„Ich habe einen Vikar, der sich in meiner Abwesenheit um das Seelenheil meiner Schäfchen kümmert. Daher verbringe ich meine Zeit lieber hier, um wertvolle Unterstützer für meine Gemeinde und das göttliche Werk zu gewinnen." Augustus dachte kurz nach. „Unterstützen auch Sie die Kirche in Ihrer Gemeinde, Sir Robert?"

„Da ich mit der ältesten Tochter des Pfarrers von Kurland St. Mary verheiratet bin, könnte man das wohl sagen."

Augustus zog die Augenbrauen hoch. „Der Vater von Lady Kurland und Miss Harrington ist ebenfalls ein Diener der heiligen Kirche?"

Robert dachte kurz nach. „Nun, manchmal bin ich mir nicht ganz sicher, was das *Heilige* angeht, aber er lebt im Pfarrhaus und hält den ein oder anderen Gottesdienst, wenn er es nicht vermeiden kann."

Augustus sah ihn entsetzt an und Robert erinnerte sich daran, dass nicht alle seine Abneigung gegenüber den Praktiken der Kirche und einigen ihrer Angehörigen teilten.

„Mr Harrington ist ein guter Mann", schob Robert hinterher. „Er hat in Cambridge studiert, meine ich, und er ist der jüngere Bruder eines Earls."

„Ach wirklich?" Augustus warf einen nachdenklichen Blick in Annas Richtung, die Edward Benson gerade breit anlächelte. „Ich muss die Bekanntschaft mit der Schwester Ihrer Frau vertiefen, wie mir scheint. Es ist ausgesprochen schwer, eine Frau zu finden, die mit der Führung einer Gemeinde vertraut ist. Wir haben vermutlich viel gemeinsam."

Robert ging hinüber, um sich Edward persönlich vorzustellen und traf dabei auch auf den jüngsten der Bensons, der zwar seinen Brüdern kaum ähnlichsah, dafür aber umso mehr Sir William glich.

Schließlich trat der Butler ein und zog mit einem Räuspern die Aufmerksamkeit des gesamten Raumes auf sich. „Das Abendessen ist angerichtet. Wenn Sie mir in den Speisesaal folgen würden."

Im Gegensatz zum Haus, das die Kurlands angemietet hatten, schloss der Salon direkt an den Speisesaal an. Die Schlafzimmer befanden sich hier im darüberliegenden Stockwerk. Sir William bestand darauf, dass Robert und Lucy zu seiner Rechten und Linken saßen, während der Rest der Familie die weiter entfernten Plätze belegte. Anna wurde von Edward zu ihrem Platz geführt.

Sir William senkte den Kopf und sprach das Tischgebet. Dann verließen die Diener den Raum, sodass sich die Gäste selbst bedienen konnten. Es mangelte nicht an äußerst reichhaltigem Essen, was vielleicht erklärte, wie es Sir William gelungen war, trotz seines Aufenthalts hier in Bath keinerlei Gewicht zu verlieren oder seine gesundheitliche Verfassung zu verbessern.

***

Robert blickte über den Tisch hinweg zu seiner Frau und zwinkerte ihr zu. Lucy zog eine Augenbraue hoch. Ihr Ehemann schien sich prächtig zu amüsieren, während sie noch immer Schwierigkeiten hatte, die ungewöhnlichen Familiendynamiken ihrer Gastgeber zu durchschauen. Peregrine, der jüngste Benson-Sohn, saß neben Lucy und schenkte ihnen beiden ohne zu zögern ein Glas Wein ein.

„Trinken Sie nur, Mylady. Das werden Sie brauchen", murmelte er ihr zu. „Mein Vater hat den ganzen Tag schon Portwein getrunken, als würde es kein Morgen geben. Ich schätze, wir alle haben heute Abend eine Schimpftirade vor uns. Das ist sein liebster Zeitvertreib."

Lucy blinzelte verdutzt, doch er lächelte sie unbeirrt an. Er war der Einzige in der Benson-Familie mit dunklem Haar und eindeutig der Attraktivste und Modischste der Söhne. Sein Haar war zu einer voluminösen Locke frisiert und roch stark nach Pomade, was ihn ein wenig wie einen Dichter aus alten Tagen aussehen ließ.

Lucy nahm vorsichtig einen Schluck Wein. „Vielen Dank."

68

„Sehr gerne." Peregrine musterte sie weiter. „Ihr Ehemann hat bei meinem Vater einen bemerkenswert guten Eindruck hinterlassen."

„Ich glaube, die beiden haben viele Gemeinsamkeiten", antwortete Lucy.

„Man würde es auf den ersten Blick zwar nicht vermuten, aber ich schätze, dass Sie damit richtig liegen. Sir Robert ist kein gewöhnlicher Vertreter seines Standes, nicht wahr?"

„Mein Mann neigt dazu, anderen seine Ansichten sehr freiheraus mitzuteilen", stimmte Lucy ihm zu. „Und einige davon laufen dem derzeitigen politischen Konsens zuwider."

„Dann ist er genauso wie mein Vater. Kein Wunder, dass sie sich so gut verstehen." Peregrine hob einen der Servierteller an. „Kann ich Ihnen etwas vom Gänsebraten anbieten, Mylady?"

Das Essen verlief ohne Zwischenfälle, allerdings fiel Lucy auf, dass Peregrine bezüglich des Alkoholkonsums seines Vaters und dessen wachsender Gereiztheit nicht übertrieben hatte.

„Du", Sir William deutete mit dem Finger auf Arden, einen der Söhne von Lady Benson, der nahe dem anderen Ende der Tafel saß, „ich habe heute Morgen eine Nachricht von meinem Schneider erhalten. Darin heißt es, du hättest deine Rechnungen seit sechs Monaten nicht beglichen."

Arden zuckte mit den Schultern. „Na und? Werfen Sie den Brief ins Feuer, das mache ich auch. Diese verdammten Handarbeiter sollten Sie damit nicht behelligen."

„Dieser ‚Handarbeiter‘ muss seine eigenen Rechnungen begleichen und eine Familie ernähren“, blaffte Sir William zurück. „Ich zahle dir ein Taschengeld. Wieso bezahlst du dann nicht pünktlich deine Rechnungen?“

„Und los geht es“, murmelte Peregrine in Lucys Ohr und stürzte danach den Inhalt seines Weinglases hinunter. „Das wird kein gutes Ende nehmen.“

Arden hob trotzig den Kopf. „Das Taschengeld, das Sie mir zahlen, ist viel geringer, als das, was Edward, Augustus und Peregrine erhalten.“

„Sie sind auch mein eigen Fleisch und Blut! Du bist nur …“

„Eine Unannehmlichkeit, mit der Sie sich arrangiert haben, damit Sie meine Mutter heiraten konnten?“, erwiderte Arden trotzig. „Wir verstehen unsere Position in dieser Familie nur allzu gut, Sir, so viel ist sicher.“

Sir William lehnte sich nach vorn. Seine Finger schlossen sich fest um das Glas Portwein. „Wenn du Bursche derart undankbar bist, dann wärst du ohne mein Geld vielleicht besser dran.“

„Lass doch den Jungen bitte in Ruhe, William“, warf Lady Benson ein. „Mir wird ganz übel von diesem Streit.“

Der wütende Blick, mit dem Sir William seine Frau bedachte, ließ Lucy wünschen, sie fände einen höflichen Weg, sich mit *ihrer* Familie vom Tisch entfernen zu können. Der Einzige, der sich zu amüsieren schien, war Peregrine.

„Vielleicht hat Lady Benson nicht ganz unrecht“, murmelte Augustus. „Man muss auch gegenüber der eigenen Familie christliche Nächstenliebe üben, nicht wahr, Sir?"

„Christliche Nächstenliebe?" Sir William schoss sich auf seinen zweiten Sohn ein, der auf seinem Stuhl umgehend wie ein misslungenes Soufflee in sich zusammenzufallen schien. „Ich soll christliche Nächstenliebe übrig haben für faule Tunichtgute, die sich durchfüttern lassen wollen, ohne auch nur einen Finger zu rühren? Deine Angelegenheiten sind kaum besser geregelt als die dieses jungen Taugenichts!"

Je wütender Sir William wurde, desto mehr schimmerte sein nordenglischer Akzent durch.

„Und das gilt für jeden von euch." Sir Williams erboster Blick wanderte über die am Tisch Versammelten. „Noch nie in meinem Leben habe ich eine größere Horde von nichtsnutzigen Spatzenhirnen gesehen."

„Nicht so schnell, Vater", murmelte Edward. „Ich arbeite schließlich für dich."

„Und ignorierst dabei beharrlich jeden meiner Ratschläge!", blaffte ihn Sir William an. „Mit all deinen lächerlichen Ideen bereitest du mir nichts als Ärger und treibst mein Geschäft noch in den Ruin ..." Er trank einen weiteren großen Schluck Portwein, was Lucy für wenig förderlich hielt. „In meiner Kindheit hatte ich keinen Geldscheißer, auf den ich mich verlassen konnte. Keiner von euch Maden würde in der Gosse auch nur einen Tag überleben. *Keiner* von euch!"

Peregrine räusperte sich. „Das ist ausgesprochen ungerecht, Vater. Deine harte Arbeit und Entschlossenheit haben dir genug Wohlstand gebracht, dass du deine Söhne zu *Gentlemen* erziehen konntest.

War das nicht dein Ziel? Wieso tadelst du uns dafür, dass wir zu genau dem geworden sind, das du für uns wolltest?"

Lucy hielt den Atem an, als sich Sir William Peregrine zuwandte. Ihr Gastgeber atmete schwer wie ein wütender Stier und sein Gesicht war purpurn angelaufen. Peregrine schreckte vor dem Blick seines Vaters nicht zurück und sah so entspannt aus wie eh und je.

„Ja. Was für ein Narr ich doch war", grummelte Sir William. „Ich wollte aufsteigen in der Gesellschaft und was habe ich jetzt davon? Drei dämliche Söhne und zwei ..." Er richtete den wutentbrannten Blick zum Tischende, wo Lady Benson flankiert von ihren Söhnen saß. „Zwei undankbare Dummköpfe. Lasst euch eins gesagt sein: Ich werde mein Testament ändern und euch alle enterben!"

Lady Benson sprang auf und sprach mit bebender Stimme: „Ich glaube, ich habe für einen Abend genug gehört, William. Ich werde mich mit den Damen zurückziehen und hoffe, dass du dich wieder zusammenreißt, bevor du dich in meinem Salon blicken lässt!"

Lucy und Anna standen eilig auf und hatten Mühe mit dem schnellen Schritt Lady Bensons mitzuhalten. Zu Lucys Entsetzen schien Robert die Vorstellung ausgesprochen zu genießen. Im Salon angekommen, ließ sich ihre Gastgeberin erschöpft auf das Sofa fallen und verbarg die Augen hinter ihrem Handrücken.

„Oh, wie *erniedrigend*! Ich halte es nicht aus!"

Lucy trat an ihre Seite. „Soll ich Ihre Zofe holen lassen, Mylady?"

„Ja, bitte, ich werde sicher noch in Ohnmacht fallen bei diesem ungehobelten Benehmen meines eigenen Mannes." Sie erschauderte. „Meine Nerven sind bis zum Zerreißen strapaziert! Wie soll man da die Beherrschung behalten?" Sie legte den Kopf auf die Armlehne des Sofas. „Wenn Sie meine Zofe gefunden haben, bitten Sie sie darum, Dr. Mantel zu holen. Er wird mich schon beruhigen können, das *weiß* ich!"

Anna läutete nach den Dienern, während Lucy die Hand der aufgebrachten Dame tätschelte und versuchte, ihr gut zuzureden. Sie hatte nicht zum ersten Mal mit einer derart dramatisch veranlagten Frau zu tun und es würde auch sicher nicht das letzte Mal sein. Ein wenig konnte sie Lady Bensons Lage nachempfinden. Sir William hatte sich in der Tat sehr ungehobelt benommen. Wenn Robert seine Familie derart und auch noch vor Gästen beschimpft hätte, wäre vielleicht auch Lucy hinausgestürmt oder hätte etwas noch Drastischeres getan.

Die Tür wurde aufgestoßen, eine junge Frau stürmte herein und verbeugte sich vor Lady Benson.

„Soll ich Ihre Riechsalze holen, Lady Miranda?"

„Warum haben Sie sie denn nicht von *vornherein* mitgebracht, Dotty?", fragte die Dame des Hauses mit anklagendem Ton. Die hohe, weinerliche Stimme ließ Lucy die Nackenhaare zu Berge stehen. Es kam ihr in den Sinn, dass es vielleicht gar nicht so schlimm wäre, wenn Lady Benson in Hysterie verfallen würde und es damit Lucys Pflicht wäre, sie mit einer saftigen Ohrfeige zurück in die Realität zu holen. „Wieso müsst ihr mich alle nur so *foltern*?"

„Aber, aber, Lady Benson." Lucy wandte sich um und erblickte einen gut gekleideten Mann, der gerade den Salon betreten hatte. Er kam herüber und kniete sich an die Seite ihrer aufgebrachten Gastgeberin. „Was soll das denn alles? Habe ich Ihnen nicht aufgetragen, sich auszuruhen und Ihre strapazierten Nerven vor derartiger Aufregung zu bewahren?"

Lady Benson tupfte sich mit einem Spitzentaschentuch das Gesicht ab und klammerte sich an seinem Ärmel fest. „Mein lieber Dr. Mantel, wie *gütig* Sie doch sind und wie einfühlsam, was meine schreckliche Lage angeht."

Der Arzt tätschelte ihr die Hand. „Sie dürfen sich nicht so viele Sorgen machen, Mylady. Ich werde die Köchin darum bitten, Ihnen einen meiner speziellen Kräutertees aufzubrühen. Und Dotty wird gleich mit Ihren Riechsalzen zurück sein."

Lady Benson erschauderte erneut und sah den Doktor mit leidvollem Blick an. „Vielen Dank, Sir. Sie sind die einzige Person, die an mein Wohlbefinden denkt."

Die Zofe kehrte mit den Riechsalzen zurück. Nach einer sanften Ermutigung des Arztes atmete Lady Benson die übelriechenden Dämpfe ein.

Dr. Mantel wandte sich Lucy zu und verneigte sich. „Ich muss mich für die ungewöhnlichen Umstände unseres Kennenlernens entschuldigen. Sie sind Lady Kurland, nehme ich an?"

„Das bin ich in der Tat." Lucy machte einen Knicks. „Und das ist meine Schwester, Miss Anna Harrington."

„Hocherfreut, Ihre Bekanntschaft zu machen." Der Doktor trat näher zu Lucy und senkte die Stimme. „Ich muss mich für Lady Benson entschuldigen. Sie hat recht schwache Nerven."

„Das habe ich bemerkt", erwiderte Lucy. „Allerdings muss ich zu ihrer Verteidigung sagen, dass Sir William beim Abendessen nicht besonders freundlich seiner Familie gegenüber war."

Dr. Mantel seufzte. „Er ist ein schwieriger Mann, aber auch in vielerlei Hinsicht bewundernswert. Ich habe versucht, seine Exzesse so gut wie möglich zu zügeln. Allerdings vergebens, fürchte ich."

„Er hat damit gedroht, alle zu enterben", mischte Lady Benson sich mit zittriger Stimme ein. „Er scheint zu glauben, dass wir alle nichts als Parasiten sind."

„Das können Sie nicht ernsthaft glauben, Mylady." Dr. Mantel wandte sich zu ihr und nahm ihr die Riechsalze ab. „Sie sind ihm eine treue Ehefrau."

„Ich gebe wirklich mein Bestes." Lady Benson nickte. „Aber manchmal ist es schwer. Besonders, wenn er meine geliebten Söhne so unwirsch behandelt."

Als hätte die Dame sie mit ihren Worten herbeibeschworen, traten die beiden jungen Männer in den Salon. Sie teilten die gleiche erboste Miene.

„Wir gehen aus", bemerkte Arden forsch. „Der alte Mann ist betrunken und wir sind es leid, dazusitzen und seinen Tiraden zuzuhören."

Lady Benson legte die Hand auf ihr üppiges Dekolletee und flehte die beiden an: „Bitte, geht nicht. Das wird ihm gar nicht gefallen. Er ..."

„Soll ihn doch der Teufel holen", fuhr Arden dazwischen. „Der alte Narr. Je früher er stirbt, desto besser ist es für uns alle."

Dr. Mantel räusperte sich. „Aber, aber, Jungs ..."

Brandon wirbelte zu ihm herum. „Niemand hat Sie nach Ihrer Meinung gefragt, Doktor. Wieso kriechen Sie nicht zu dem Mann zurück, der Ihnen Ihren Lohn zahlt, anstatt sich an unserer Mutter zu schaffen zu machen?"

Lady Benson deutete mit zitternder Hand Richtung Tür. „Sprich nicht so mit Dr. Mantel! Er ist der Einzige in diesem Haus, der mich versteht!"

„Mutter hat recht." Arden stieß seinem jüngeren Bruder den Ellbogen in die Seite.

„Das war nicht angebracht, Brandon. Entschuldige dich."

„Wenn es sein muss", grummelte Brandon. „Ich stimme zu, dass der alte Mann das Problem ist. Wenn er mit seinem Geld nur nicht so knauserig wäre." Er nickte in Richtung seiner Mutter. „Er hat uns gesagt, dass wir uns zum Teufel scheren sollen, also vielleicht sollten wir seinem Wunsch einfach nachkommen. Wenn es in dieser langweiligen Stadt nur irgendeine Möglichkeit gäbe, sich zu amüsieren."

Arden verbeugte sich. „Gute Nacht, Mutter. Wir sehen uns morgen früh."

Bevor Lady Benson sie erneut anflehen konnte, waren die beiden verschwunden und ließen ihre weinende Mutter und den peinlich berührt dreinschauenden Dr. Mantel zurück.

„Ich denke, es wäre das Beste, wenn ich Lady Benson in ihr Schlafgemach bringe", murmelte der Doktor. „Sie ist sehr aufgebracht und nicht in der Verfassung, sich mit Sir William auseinanderzusetzen."

„Dem muss ich zustimmen, Sir." Lucy schenkte ihm ein Lächeln. Sie war sich der schwierigen Situation, in der er sich befand, durchaus bewusst. „Wünschen Sie, dass ich Lady Benson begleite?“

„Das ist sehr freundlich von Ihnen, Mylady, aber Dotty und ich werden das schon schaffen.“ Er zwang sich zu einem Lächeln. „Ich bin mir sicher, dass Ihre Ladyschaft Ihnen nicht den Abend verderben möchte.“

Lucy und Anna sahen hinterher, während Lady Benson vorsichtig aus dem Zimmer geführt wurde. Schwer auf den Arm des Doktors gestützt verschwand sie schließlich ins obere Stockwerk.

„Nun“, sagte Anna in die Stille hinein. „Dieser Abend hat sich als weitaus unterhaltsamer herausgestellt, als ich erwartet hatte.“ Sie sah sich im Zimmer um. „Denkst du, dass jemand uns Tee servieren wird, oder sollen wir lieber noch einmal läuten?“

Lucy setzte sich ans Feuer. „Läute die Glocke. Ich befürchte, dass wir hier noch eine Weile sitzen werden, bevor ich meinen Ehemann von diesem Spektakel losreißen kann.“

Kapitel 5

Der kalte Wind, der zwischen den Steinsäulen hindurchwehte und Robert von allen Seiten anzugreifen schien, ließ ihn zittern. Seine Knochen schmerzten und er musste sich auf dem rutschigen Boden auf jeden seiner Schritte konzentrieren. Vielleicht spürte er auch noch immer die Nachwirkungen von seinem übermäßigen Portweinkonsum am Abend zuvor, als sie bei den Bensons zum Essen eingeladen waren. Er wandte sich an Patrick, der ihn gerade zum *King's Bath* begleitete.

„Wieso müssen wir schon in dieser Herrgottsfrühe hier sein?"

„Weil jetzt noch wenige Leute da sind, die Sie vergraulen könnten."

„Ich sehe wohl kaum einschüchternd aus, wenn ich bis zum Hals in kochend heißem Wasser schwimme", grummelte Robert. „Immerhin zwingen Sie mich nicht dazu, eine dieser albernen Schwimmhauben zu tragen."

Sein Arzt besaß die Dreistigkeit, ihn anzugrinsen. „Geben Sie doch wenigstens zu, dass Ihnen meine Behandlung etwas bringt."

„Das stimmt in der Tat." Robert blieb am Ende des dunklen Korridors, der zum *King's Bath* führte, stehen.

Ihnen waren zwar einige mutige Seelen entgegengekommen, die ebenfalls zu dieser frühen Stunde in Mäntel und Schals gewickelt unterwegs waren, aber in den Bädern war heute erstaunlich wenig los. Er konnte bereits den Geruch der Schwefeldämpfe wahrnehmen, der ihm entgegenschlug wie am Tor zur Hölle. „Ich werde mir etwas einfallen lassen müssen, wie man so ein Wundermittel wie heißes Quellwasser auch nach Kurland Hall bringen könnte."

„Wenn es den Römern gelang, habe ich keinerlei Zweifel, dass es auch Ihnen gelingen wird, Sir Robert", scherzte Patrick. „Wer verlässt denn da das Bad in solcher Eile?"

Schritte hallten ihnen aus dem Gang entgegen. Eine große, in einen Umhang gehüllte Person drängte sich eilig an Ihnen vorbei. Um nicht zu Boden geschubst zu werden, musste Robert dem Unbekannten unbeholfen ausweichen.

Mit einem Fluch auf den Lippen blickte Robert der Gestalt hinterher, bevor sie weiter in die Heilbäder gingen. Dr. Mantel kam ihnen aus einem der inneren Räume entgegen. Er trug ein Paket, dass mit braunem Papier und Garn verschnürt war.

„Guten Morgen, Sir Robert, Dr. Fletcher. Es überrascht mich, Sie an einem so kalten Tag hier zu sehen." Er gluckste. „Es hat mich all meine Überredungskünste gekostet, Sir William heute aus seinem warmen Bett in die Heilbäder zu bringen. Nur der Gedanke an eine Konversation mit Ihnen, Sir Robert, konnte ihn zum Aufstehen bewegen."

Robert blickte beiläufig in Richtung der Becken, aber im schwachen Licht dieses grauen Morgens war kaum zu erkennen, wer sich im dampfenden Wasser befand.

Dr. Mantel verbeugte sich. „Ich sollte mich wieder Sir William widmen. Ich werde ihm ausrichten, dass Sie eingetroffen sind."

Er näherte sich den Becken, dann wirbelte er mit entsetzter Miene herum. „Dr. Fletcher! Ich kann Sir William nicht im Wasser sehen. Ich kann nicht schwimmen und …"

Patrick eilte schon in Richtung des fast vollständig leeren Beckens. Bis Robert zu seinem Freund aufgeschlossen hatte, hatte sich dieser bereits seines Mantels und seiner Stiefel entledigt und sprang ins dampfend heiße Wasser. An der Oberfläche schwamm nichts außer einer Haube aus Leinen und einem Holztablett, auf dem ein Naturschwamm lag.

Robert stützte sich an einer der Säulen neben dem Becken ab, um nicht auszurutschen. Er sah sich um, ob vielleicht einer der Angestellten des Heilbads in der Nähe war, konnte jedoch niemanden entdecken. Ein weiteres lautes Platschen erklang, als Patrick hinuntertauchte und mit einem Körper in den Armen wieder an die Oberfläche kam. Der Doktor schleppte ihn mühsam an den Beckenrand.

Irgendwo ertönte der Schrei einer Frau, der durch die Gewölbe hallte. Patrick zog den Körper von Sir William aus dem Wasser und legte ihn auf die Seite.

„Sehen Sie nach seinem Mund", rief Patrick. „Sorgen Sie dafür, dass er frei atmen kann."

Da Dr. Mantel vor Schock wie gelähmt schien, kniete Robert sich mühsam hin und stellte sicher, dass weder

Sir Williams Zunge noch irgendetwas anderes sein Atmen behinderte. Patrick schlug mit aller Kraft auf den Rücken des alten Mannes, aber Sir William atmete nicht mehr.

„Ist er tot?", fragte Dr. Mantel sorgenvoll.

„Ich fürchte, ja." Patrick sank erschöpft zu Boden. Er drehte den Körper auf den Rücken und schloss mit einer Hand Sir Williams hervorgetretene Augen. „Haben Sie gesehen, was passiert ist?"

„Nein, verdammt. Ich bin gegangen, bevor er überhaupt im Wasser war. Ich wollte nur mit einem der Händler darüber sprechen, einen neuen Bimsstein zu kaufen. Und als ich zurückkehrte ..." Dr. Mantel erschauderte. „Konnte ich Sir William nirgendwo sehen. „Mein *Gott* ... das werde ich mir nie verzeihen."

„Nachdem ich Sir William die letzten Wochen beobachten konnte, habe ich den Verdacht, dass er ein Herzversagen oder einen Schlaganfall erlitten hat und dann einfach untergegangen ist", sagte Patrick.

„Ja! Das ist gut möglich", sagte Dr. Mantel mit einem hastigen Nicken. „Was für eine furchtbare Tragödie. Lady Benson wird mir nie verzeihen, dass ich mich nicht gut genug um ihren geliebten Ehemann gekümmert habe."

„Wenn er wirklich an Herzversagen oder einem Schlaganfall gestorben ist, dann gab es kaum etwas, das Sie dagegen hätten tun können, selbst wenn Sie mit ihm im Wasser gewesen wären", bemerkte Patrick. „Ich bin mir sicher, dass Sie Sir William darauf hingewiesen hatten, dass übermäßiges Trinken und Völlerei ihm irgendwann Schwierigkeiten bescheren würden."

„Ich habe ihn tatsächlich gewarnt." Dr. Mantel seufzte. „Aber er hat meine Ratschläge nur selten beherzigt."

„Ein Problem, dass viele Ärzte auf der ganzen Welt verbindet", stimmte Patrick ihm zu.

Robert stand vorsichtig wieder auf. Sein Knie ächzte schon von der schmerzhaften Position auf dem harten Steinboden. Seine Kleidung war inzwischen völlig durchnässt.

„Soll ich einen der Angestellten anweisen, den Magistrat zu holen?", fragte Robert. Er sah sich in der fast menschenleeren Halle um. „Wie mir scheint, sind die anderen Gäste geflohen und verzichten heute auf ein Bad."

Eine vertraute Person näherte sich ihnen und verbeugte sich. „Gentlemen, als Inhaber dieser Heilbäder ist mir der tragische Vorfall mit Sir William Benson zugetragen worden. Ich bin hier, um Ihnen mein Beileid auszusprechen und Ihnen jede Hilfe anzubieten, die Sie nur brauchen."

„Vielen Dank, Mr Abernathy." Robert erwiderte die Verbeugung. „Wäre es vielleicht möglich, die Bäder für die Öffentlichkeit zu schließen, bis wir Sir Williams Körper zurück zu seinem Haus bringen können?"

„Das habe ich bereits veranlasst, Sir Robert, und ich habe eine Kutsche bestellt, um den Leichnam zurück zum *Queen's Square* zu bringen." Mr Abernathy verbeugte sich erneut.

„Ich werde mit in der Kutsche fahren, Sir Robert", sagte Patrick. Er zitterte sichtbar, als er den Mantel über seine nasse Kleidung anzog. „Vielleicht könnten Sie mit Dr. Mantel zurücklaufen und ihm dabei zur

Seite stehen, den Bensons die schlechten Nachrichten zu überbringen?"

„Ja, natürlich", sagte Robert. In diesem Moment fiel ihm ein kleines rotes Rinnsal auf, das von dem Leichnam auszugehen schien. Er lehnte sich zu seinem Kameraden und flüsterte ihm ins Ohr: „Dr. Fletcher, gibt es einen Grund, warum Sir William bluten könnte?" Als Dr. Mantel ihnen gerade den Rücken zuwandte, um sich mit Mr Abernathy zu unterhalten, untersuchte Patrick noch einmal vorsichtig den Körper des Verstorbenen und blickte dann auf zu Robert.

„Vielleicht ist Sir William weder ertrunken, noch einem Herzinfarkt erlegen." Er hielt einen blutverschmierten Finger hoch. „Möglicherweise wollte jemand sicherstellen, dass er das Bad nie wieder verließ."

Robert erwiderte Patricks besorgten Blick. „Bitte sprechen Sie noch mit niemandem darüber."

Patrick zog die Augenbrauen hoch. „Wenn Sie darauf bestehen."

„Ich werde es Ihnen erklären, wenn wir wieder am *Queen's Square* eintreffen." Robert richtete sich auf. „Ich finde den Gedanken nicht gerade überraschend, dass jemand Sir William ermordet haben könnte."

Robert trat unwillkürlich einen Schritt zurück, als Lady Benson zu einem langgezogenen Schrei ansetzte, der durchaus dem einer wahnsinnigen Todesfee alle Ehre gemacht hätte. Kurz darauf brach sie auf dem Boden des Esszimmers zusammen. Er hätte sie vermutlich auffangen können, aber Edward Benson stand näher an ihrer Seite und rührte sich ebenfalls keinen Zentimeter.

Er war es nun, der mit kreidebleicher Miene sprach.

„Mein Vater ist *tot*?"

„So ist es." Robert sah keinen Sinn darin, die schlechten Nachrichten schönzureden. Er hatte viele Briefe an die Familien seiner Männer, die im Kampf gefallen waren, geschrieben und war der Auffassung, dass eine kurze und aufrichtige Beileidsbekundung besser aufgenommen wurde als ein Haufen Geschwätz. „Mein Arzt Dr. Fletcher hat versucht, Sir William wiederzubeleben, nachdem er ihn aus dem Wasser gezogen hatte, doch leider vergebens."

„Guter Gott." Edward ließ sich zurück in seinen Stuhl sinken, als hätte er gar nicht bemerkt, dass seine Stiefmutter regungslos auf dem Perserteppich lag und von ihrer Zofe und Dr. Mantel umsorgt wurde. „Er war schon seit längerem krank, aber mir ist nie wirklich der Gedanke gekommen, dass er vielleicht sterben könnte. Er war so etwas wie eine Naturgewalt."

„In der Tat. Ich habe seine Gesellschaft sehr geschätzt." Robert verneigte sich. „Mein Beileid Ihnen und Ihrer gesamten Familie." Ihm fiel auf, dass keiner der anderen Bensons oder der Söhne von Lady Benson zu dieser frühen Stunde mit am Frühstückstisch saßen. „Wenn Lady Kurland oder ich Ihnen irgendwie behilflich sein können, zögern Sie bitte nicht, es uns wissen zu lassen."

„Das ist sehr freundlich von Ihnen, Sir Robert", sagte Edward. „Und vielen Dank, dass Sie uns diese traurigen Nachrichten überbracht haben."

Robert trat zur Seite als einer der Diener die leidvoll stöhnende Lady Benson aus dem Zimmer trug.

„Ich sollte mich jetzt auf den Weg machen. Dr. Fletcher wird den Leichnam hierher überstellen. Er sollte jeden Moment eintreffen." Mit etwas Verspätung fielen Edward seine Manieren wieder ein. „Würden Sie gerne hier auf ihn warten? Kann ich Ihnen etwas zu trinken oder Frühstück anbieten?"

Robert zögerte. „Ich würde tatsächlich gerne warten, bis Sir Williams Leichnam hier eintrifft, um ihm die letzte Ehre zu erweisen, aber ich benötige keine Verpflegung, vielen Dank."

Tatsächlich hätte er sich ein großes Glas Brandy gewünscht, aber da es erst neun Uhr morgens war, wäre das von seinen Gastgebern ein wenig viel verlangt gewesen. Er wollte außerdem mit Patrick sprechen, bevor einer der Bensons fragen konnte, was genau ihrem Vater zugestoßen war.

Er hörte Lärm aus Richtung der Treppe und nur wenig später traten die beiden Söhne von Lady Benson ins Zimmer. Dem unordentlichen Zustand ihrer Kleidung nach zu urteilen, hatten sie die gesamte Nacht außer Haus verbracht.

Edward sprang auf und seine Miene verfinsterte sich. „Wo in Gottes Namen wart ihr zwei?"

Arden, der seinen jüngeren Bruder stützte, rülpste lautstark. „Draußen. Was geht dich das an?" Er blickte sich im Frühstückssalon um. „Wo ist meine Mutter?"

„Sie ist oben. Sie hat gerade niederschmetternde Nachrichten erhalten", sagte Edward traurig. „Sir William ist tot."

Einen Moment lang war es still. Dann brachen die Brüder in Jubelschreie aus und fielen sich in die Arme. Robert presste die Lippen zusammen. Hätten ihm die beiden in seinem Regiment unterstanden, hätte er ihnen eine Lektion erteilt, den Verstorbenen ein wenig mehr Respekt zu erweisen.

„Du nimmst uns doch auf den Arm", sagte Brandon, als die beiden schließlich aufhörten zu lachen. „Sir William ist ein unsterbliches Monster."

Robert antwortete, bevor Edward es konnte. „Ich kann bestätigen, dass Sir William in der Tat verstorben ist. Dürfte ich außerdem vorschlagen, dass Sie ihm ein wenig Respekt entgegenbringen!"

Arden wandte sich ihm zu. „Wieso sollten wir? Das ist das Beste, das passiert ist, seit unsere Mutter den alten Narren geheiratet hat. Ich bin froh, dass er ertrunken ist." Er grinste seinen Bruder an. „Jetzt werden wir *reich* sein!"

„Raus mit euch!", sagte Edward und zeigte unmissverständlich zur Tür. „Geht auf eure Zimmer und denkt über eure Respektlosigkeit gegenüber eurem Stiefvater und euer abscheuliches Verhalten nach, das ihr vor unserem Gast an den Tag gelegt habt."

„Oh, wir gehen schon", sagte Arden spöttisch. „Aber nur, weil wir unseren Schlaf brauchen." Er deutete Robert gegenüber eine Verbeugung an . „Gut, dass wir ihn los sind, Sir Robert."

Edward wandte sich zu Robert, während die beiden zurück auf den Flur taumelten. „Ich muss mich entschuldigen."

„Dazu besteht kein Grund. Ihre Abneigung gegenüber Sir William war bereits bei unserem Abendessen offenkundig", sagte Robert. „Ich bin nicht überrascht, dass die beiden sich teuflisch über sein Ableben freuen."

Der Butler erschien in der Tür. „Dr. Fletcher ist hier, Mr Benson. Soll ich ihn hochschicken?"

„Zeigen Sie ihm den Weg nach oben zu Sir Williams Schlafgemach. Ich habe seinen Leibdiener bereits informiert." Edward schritt zur Tür. „Sollen wir sie dort erwarten, Sir Robert?"

Lucy sprang von ihrem Platz am Fenster auf, als Sir Robert begleitet von Dr. Fletcher im Salon erschien. „Was um alles in der Welt geht denn nebenan vor sich?", fragte Lucy. „Den ganzen Morgen schon reißt die Prozession aus Leuten und Kutschen nicht mehr ab."

Dr. Fletcher verneigte sich vor ihr. „Sir William ist tot."

Lucy keuchte auf und wandte sich zu Robert, der ernst nickte. „Sir William war im *King's Bath*, als er offenbar ertrank." Er zögerte. „Könntest du wohl nach Foley läuten und ihn darum bitten, uns Brandy zu bringen?"

Nachdem Lucy dafür gesorgt hatte, dass Robert und Dr. Fletcher sich setzten, und sie ihren Mann dazu bewegen konnte, zum Brandy auch einige Bissen der warmen Muffins zu essen, setzte sie sich selbst auf den Platz ihnen gegenüber.

„Ich nehme an, du hast den Bensons die schlechte Nachricht überbracht?"

„Ja, ich habe Dr. Mantel begleitet, der sehr besorgt war, dass man ihn für die Tragödie verantwortlich machen würde."

„Warum würde er so etwas denken?" Lucy rümpfte irritiert die Nase.

„Weil er seinen Patienten allein in der Badehalle zurückließ, um sich mit einem der Händler zu unterhalten. Er war also nicht da, um zu bemerken, dass Sir William unterging", erklärte Dr. Fletcher.

„Wieso hat denn sonst niemand Sir William geholfen?", fragte Lucy.

„Das ist eine ausgezeichnete Frage", erwiderte Robert. „Man muss sagen, dass nur sehr wenige Leute zu dieser frühen Stunde *überhaupt* in den Bädern waren. Und die meisten von ihnen waren entweder alt oder krank. Möglicherweise hat auch einfach durch den Dampf und die Dunkelheit niemand bemerkt, was passiert ist."

„Oder sie haben es absichtlich ignoriert", sagte Lucy abschätzig. „Ich bin immer wieder verblüfft, wie blind Menschen werden, wenn sie einfach nicht sehen wollen, was direkt vor ihrer Nase passiert."

„Sir William war ein sehr fülliger Mann", merkte Dr. Fletcher an. „Ich bezweifle, dass irgendjemand von ihnen überhaupt in der Lage gewesen wäre, ihn aus dem Wasser zu ziehen. Es hat auch mich all meine Kraft gekostet."

„Gott sei Dank, waren Sie da." Lucy schenkte ihm ein Lächeln. „Konnten Sie feststellen, woran er gestorben ist? Wenn man seine cholerische Art bedenkt, würde es mich nicht überraschen, wenn es Herzversagen oder ein Schlaganfall war."

Robert und Dr. Fletcher tauschten einen langen Blick aus, was Lucy aufmerken ließ.

„Stimmt etwas nicht?"

„Möglicherweise", erwiderte Robert. „Dr. Fletcher hatte die Gelegenheit, den Leichnam in Augenschein zu nehmen, bevor er den Bensons überstellt wurde. Und die Sache scheint nicht ganz so einfach zu sein, wie es zunächst den Anschein hatte."

„Was genau heißt das?" Lucy wandte sich an den Doktor.

Dr. Fletcher verzog das Gesicht. „Knapp unter seinen Rippen befand sich eine Wunde, die aussah, als wäre eine Klinge nach oben in sein Herz gestochen worden."

Lucy bedeckte den Mund und tauschte einen Blick mit Robert aus. *„Du meine Güte.* Haben Sie das den Bensons gegenüber erwähnt?"

„Noch nicht." Dr. Fletcher sah seinen Arbeitgeber fragend an. „Sir Robert bat mich darum, nichts davon zu sagen."

„Das war eine sehr gute Idee", sagte Lucy an ihren Ehemann gerichtet. „Wenn keiner der Bensons glaubt, dass an dem Todesfall etwas Verdächtiges ist, dann können wir sie ohne Probleme befragen."

„Mit allem gebührenden Respekt, Mylady", setzte Dr. Fletcher an. „Aber wozu wollen Sie sie befragen?"

„Um herauszufinden, wer von ihnen Sir William ermordet hat." Lucy zog die Augenbrauen hoch. „Das erscheint mir doch recht offensichtlich."

Nachdem Dr. Fletcher gegangen war, um seine Frau darüber zu informieren, dass er noch mindestens einen Tag länger bleiben würde, saß Lucy noch eine Weile mit Robert im Salon. Er erzählte ihr, was während seines frühmorgendlichen Besuchs bei den Bensons vorgefallen war. Lucy lauschte mit geweiteten Augen, als er ihr vom Benehmen der jüngeren Söhne berichtete. Sie schnalzte missbilligend mit der Zunge.

„Ich nehme an, jetzt, wo Sir William tot ist, glauben sie, dass sie sich alles erlauben können."

„In der Tat", sagte Robert. „Es lässt sich nur hoffen, dass Sir William die Voraussicht hatte, ihnen in seinem Testament nichts von seinem Geld zu hinterlassen. Das dürfte ihnen das Grinsen von den Gesichtern treiben. Ihre Missachtung seiner Person war *entsetzlich*."

„Und Lady Benson ist vor dir zusammengebrochen?"

Robert erschauderte. „Buchstäblich. Ich fühlte mich, als hätte man mich auf die Bühne eines besonders übertriebenen Melodramas gezerrt."

„Du bist ebenfalls überzeugt, dass Sir William wahrscheinlich nicht eines natürlichen Todes gestorben ist?", versicherte sich Lucy.

„So ist es." Robert hielt inne. „Ich habe den Mann sehr geschätzt. Und wenn es kein natürlicher Tod war, werde ich dafür sorgen, dass die Wahrheit ans Licht kommt."

Seine Entschlossenheit, das Richtige zu tun, war deutlich auf seinem Gesicht abzulesen. Lucy war sehr erleichtert, dass sie ihn zur Abwechslung nicht dazu zwingen musste, ihr bei ihren Ermittlungen zu diesem möglichen Mordfall zu helfen.

„Ich denke, wir sollten damit beginnen, mit jedem zu reden, der heute Morgen in den Bädern war", sagte Lucy. „Wahrscheinlich kanntest du einige der anderen Badegäste. Wenn sie in Bath wohnen, kommen sie womöglich häufiger in den *Pump Room* und du könntest sie mir dort zeigen."

„Ich bin mir nicht sicher, ob ich die Meisten von ihnen erkenne, wenn sie ihre Perücken tragen und vom Hals abwärts bekleidet sind, aber ich werde mein Bestes geben", stimmte Robert ihr zu. „Wir sollten außerdem mit den Angestellten im Bad sprechen." Er runzelte die Stirn. „Mir ist aufgefallen, dass zur Zeit des Vorfalls niemand in der Nähe des Beckens war, und die meisten der Lampen waren entweder noch nicht entzündet worden oder vom Wind ausgeblasen."

„Wenn jemand nach Sir William eintraf, aber noch vor euch, dann könnte es sein, dass die Person die Lampen absichtlich gelöscht hat, um die Sicht zu verschlechtern", sagte Lucy. „Das hätte die Aufgabe sicher leichter gemacht."

„Als wir die Heilbäder betraten, kam uns irgendein Narr entgegengestürmt und hätte mich in seiner Eile beinahe umgerannt", merkte Robert an. „Es drängt sich die Frage auf, ob *er* vielleicht etwas damit zu tun hatte."

„Hast du den Mann erkannt?"

„Leider nein. Ich war zu sehr damit beschäftigt, nicht zu stürzen." Robert leerte sein Glas Brandy. „Wenn du möchtest, können wir direkt zu den Heilbädern gehen. Ich bin ohnehin rastlos und würde es bevorzugen, nicht untätig herumzusitzen und mir Sorgen zu machen."

Lucy sah ihn zweifelnd an. „Bist du dir ganz sicher? Würdest du vielleicht lieber eine Sänfte bestellen?"

„Ich werde das schon schaffen, meine Liebste. Verhätschle mich bitte nicht so."

„Wie du wünschst."

Lucy knickste vor ihm und holte Pelisse und Haube. Ihr Ehemann war ein erstaunlich sturer Mann, der nicht immer ihren Ratschlägen folgte. Nach drei Jahren Ehe hatte sie gelernt, auch einmal nicht auf ihrer Meinung zu bestehen und sie gab ihr Bestes, es ihm dann im Nachhinein nicht vorzuhalten, wenn sich doch herausstellte, dass sie recht gehabt hatte.

Als sie hinunter in die Eingangshalle kam, wartete Robert bereits auf sie. Er trug seinen Gehstock in der einen und seinen Hut in der anderen Hand.

Er musterte sie von Kopf bis Fuß, als wäre sie eine Soldatin seines Regiments bei einer Inspektion.

„Das ist eine sehr hübsche Haube, meine Liebste."

„Danke. Es ist gerade erst heute Morgen von der *Milsom Street* hierher geliefert worden." Lucy schenkte ihm ein Lächeln, auch wenn sie sich darüber im Klaren war, dass er nur versuchte, seine gereizte Reaktion von vorhin wieder gut zu machen. „Die Haube ist außerdem erstaunlich warm."

„Dann sollten wir aufbrechen." Er setzte sich den Hut auf und bot ihr den Arm an. „Wird deine Schwester uns begleiten?"

„Sie ist schon vorgegangen, um noch ein paar Einkäufe zu tätigen und dann will sie zusammen mit Penelope in den *Pump Room*."

„Dann können wir uns dort mit ihnen treffen, sobald wir unsere eigene Angelegenheit in den Heilbädern erledigt haben."

Es war nur ein Spaziergang von zehn Minuten zu den Bädern und es gab auf dem Weg kaum eine Steigung, was die Sache für Robert deutlich leichter machte. Lucy machte keine Anstalten, sich zu beeilen, sondern bewunderte unterwegs die Architektur der Gebäude und das *Theatre Royal*, als sie daran vorbeigingen. Sie folgten der *Westgate Street,* vorbei an den *Upper Borough Walls* und fanden sich schließlich auf der *Stall Street* wieder.

Als sie die Bäder betraten, kam ihnen einer der Angestellten entgegen, um sie zu begrüßen.

„Guten Morgen, Sir Robert. Ich bedaure, Ihnen mitteilen zu müssen, dass die Bäder heute aufgrund eines unglücklichen Vorfalls heute Morgen geschlossen bleiben.“

„Dessen bin ich mir durchaus bewusst. Sir William war ein Freund von mir und ich war heute Morgen mit ihm hier“, erwiderte Robert. „Ich würde gerne mit Mr Abernathy sprechen, falls er abkömmlich ist.“

„Ich sehe nach, ob ich ihn für Sie finden kann, Sir.“ Der Mann verbeugte sich.

„Waren Sie heute Morgen hier?“, fragte Lucy, kurz bevor der Angestellte sich umwandte.

„Das war ich in der Tat, Mylady.“

„Waren Sie in der Nähe der Schwimmbecken?“

„Wir waren recht unterbesetzt und bei dem eisigen Wind haben die Meisten von uns versucht, sich weiter hinten im Bad warm zu halten.“ Er verzog das Gesicht. „Ich glaube, niemand hat gesehen, wie Sir William ertrank. Andernfalls wäre sofort jemand zu ihm ins Wasser gesprungen.“

„Ist so etwas schon einmal passiert?“, fragte Robert.

„Ja, Sir. Da unsere Kundschaft meist aus älteren und kranken Personen besteht, kommt es häufiger vor, dass jemand im Schwimmbecken einschläft oder wegen der Hitze oder den Dämpfen das Bewusstsein verliert. Mr Abernathy hat uns gelehrt, darauf ein Auge zu haben, Sir.“

„Offensichtlich war es heute anders“, bemerkte Robert. „Vielen Dank für Ihre Auskunft. Könnten Sie nun Mr Abernathy für mich suchen?“

„Natürlich, Sir Robert. Selbstverständlich, Sir.“

„Für mich klingt das, als hätte sich der heutige Morgen besonders gut für einen Mord geeignet“, dachte Robert laut nach, nachdem der Angestellte losgeeilt war. „Zu wenige Angestellte, kein Licht und niemand, der ein Interesse daran zu haben schien, sich um das Überleben ihrer Kunden Gedanken zu machen.“

Lucy zitterte, als der Wind durch den steinernen Korridor blies. „Ich kann es ihnen kaum vorwerfen, dass niemand bei diesem Wetter hier draußen bleiben wollte. Wie um alles in der Welt hältst du das nur aus?“

Robert tätschelte ihre behandschuhte Hand. „Wenn du erst einmal im Wasser bist, vergisst du die Kälte schnell. Es ist wirklich sehr entspannend.“

Robert ging weiter in die Badehalle hinein und Lucy schlug der ätzende Geruch aus dem Inneren entgegen. Sie hatte keinerlei Bedürfnis, sich vor völlig Fremden zu entkleiden, um herauszufinden, ob er damit recht hatte. Dampf stieg von der dunklen Wasseroberfläche auf. Selbst zu dieser Tageszeit mit der Sonne an ihrem höchsten Punkt gab es kaum Licht in der weitläufigen Halle. Sie konnte gut nachvollziehen, wie man hier nicht bemerken könnte, wenn einer der Badegäste plötzlich unter der Wasseroberfläche verschwand.

Sie trat an Roberts Seite und deutete auf eine Frau, die an einer der Mauern saß. Neben sich hatte sie einen Korb abgestellt. „Sollen wir uns mit ihr unterhalten, während wir auf Mr Abernathy warten?“

Robert näherte sich der Frau und fasste sich zur Begrüßung an die Hutkrempe. „Guten Morgen, Madam. Wollten Sie heute schwimmen?"

„Eher nicht." Das Grinsen, das Robert als Antwort erhielt, offenbarte, dass der Freu die Hälfte ihres Gebisses fehlte. „Ich komme hierher, um meine Parfüme und Seifen an die Badegäste zu verkaufen, aber ich werde nicht viel verdienen, wenn dieser Geizhals Abernathy nicht bald die Bäder wieder öffnet."

„Sind Sie jeden Tag hier, Mrs ...?", fragte Lucy.

„*Mistress* Peck. Und ja, Madam, das bin ich. Ich war auch heute in aller Herrgottsfrühe hier, als der dicke Gentleman wie ein gestrandeter Wal aus dem Schwimmbecken gefischt wurde." Sie kicherte lautstark. „Das war vielleicht ein Anblick. Der Gentleman war allerdings sehr freundlich. Er hat mir oft im Vorbeigehen ein paar Pennys gegeben."

„Haben Sie ihn heute Morgen gesehen, als er ankam?"

„Er ist mit seinem schicken Arzt hergekommen. Und noch mit einem anderen Mann. Sie sind mir *nur* aufgefallen, weil sie sich heftig gestritten haben."

„Sir William und der Doktor?", fragte Robert.

„Der andere. Er war genauso groß wie Sir William und sah ihm recht ähnlich."

„Haben Sie vielleicht gehört, worum es bei dem Streit ging?", fragte Lucy.

Mistress Peck blickte sie an. „Sie stellen eine Menge Fragen für jemanden, der bisher nicht einmal danach gefragt hat, etwas von meinen Waren zu kaufen."

Lucy entschied sich, mitzuspielen, und wählte ein Stück Seife aus. Robert zog eine halbe Krone aus der Tasche und drückte sie in die schmutzige Hand der

Frau. „Vielleicht würden Sie jetzt weitere Fragen meiner Frau beantworten?“

„Das werde ich in der Tat.“ Mistress Peck verstaute die Münze im Geldbeutel an ihrem Gürtel. „Die haben sich wegen Geld gestritten. Und wegen dem Testament des Alten. Dann ging der Doktor weg, um sich mit jemandem zu unterhalten. Der Alte hat sich für das Bad umgezogen und der andere ist schließlich wütend davongestürmt.“

„Haben Sie ihn davor schon einmal gesehen?“, fragte Robert.

„Nein, aber er war auch wegen der Kälte sehr dick angezogen.“

„Würden Sie ihn denn wiedererkennen?“

„Ich bin mir nicht sicher. Es gab kaum etwas Auffälliges an ihm. Er sah für mich aus wie jeder andere Gentleman.“ Mistress Peck sah an ihnen vorbei und erhob die Stimme. „Heh! Mr Abernathy! Wollen Sie die verdammten Bäder endlich wieder öffnen? Einige Leute müssen sich ihren Lebensunterhalt verdienen!“

Mr Abernathy zuckte zusammen, ignorierte die Frau jedoch, als er sich Robert und Lucy näherte.

„Ich muss mich für die Wartezeit entschuldigen. Wie Sie sich vielleicht vorstellen können, hatte ich einen recht anstrengenden Morgen.“

„Ich weiß es sehr zu schätzen, dass Sie sich die Zeit nehmen, sich mit uns zu unterhalten, Mr Abernathy.“ Robert zögerte. „Sir William war ein guter Freund von mir, daher möchte ich seiner Familie in diesen schweren Zeiten beistehen.“

„Ich bin sicher, dass Sie Ihre Mühe zu schätzen wissen werden, Sir Robert. Sind Sie hier, um seine

Habseligkeiten abzuholen? Ich bewahre sie in meinem Büro auf. Wenn Sie mir bitte folgen würden."

Lucy tauschte einen überraschten Blick mit Robert aus, bevor sie gehorsam folgte. Sie würden die Gegenstände zu den Bensons bringen. Aber zuvor hinderte sie nichts daran, diese selbst in Augenschein zu nehmen.

Mr Abernathy sprach mit einem der Männer, die dicht gedrängt vor seinem Büro um eine Feuerschale versammelt standen, bevor er Robert und Lucy eintreten ließ. Nachdem Sie sich gesetzt hatten, blieb er hinter dem Schreibtisch stehen und schüttelte den Kopf.

„Das ist eine wirklich schreckliche Sache und ein sehr trauriger Tag für die Benson-Familie."

„In der Tat." Robert deutete ein Nicken an.

„Ich weiß, dass Sir William nicht bei bester Gesundheit war, aber sein Tod ist dennoch schockierend, nicht wahr?"

„Besonders, da sich der Vorfall in Ihren Hallen ereignet hat, Mr Abernathy, und damit unter Ihrer Aufsicht", bemerkte Robert.

„Nun, mein Herr", setzte Mr Abernathy zum Protest an, „ich kann *unmöglich* für alles, was in diesen Heilbädern passiert, zur Verantwortung gezogen werden. Die Menschen, die hierherkommen, die Kranken, die Alten und die Gebrechlichen, sind sich der Risiken, die sich in einer solchen Umgebung ergeben, durchaus bewusst. Denken Sie daran: Sie sind auf Geheiß ihrer Ärzte hier. *Nicht* auf meinen. Ich biete nur eine Dienstleistung an."

„Dann sind Sie also nicht der Meinung, dass Ihre Angestellten heute Morgen ihre Pflichten vernachlässigt haben?"

Mr Abernathys Augen weiteten sich. „Natürlich nicht, Sir Robert. Das Verhalten meiner Angestellten ist über jede Kritik erhaben."

„Wie ich höre, sind sie angewiesen, nach den Leuten im Wasser zu sehen."

„In der Tat, so lauten meine Anweisungen." Mr Abernathy verbeugte sich.

„Und doch ist niemandem aufgefallen, dass Sir William nicht mehr oberhalb der Wasserkante zu sehen war?"

„Ich spreche nur ungern schlecht von den Toten, aber als Sir William das letzte Mal im Wasser einschlief und von einem meiner Angestellten geweckt wurde, hat er sich derart lautstark darüber beschwert, dass ich meine Beschäftigten anwies, ihm weniger Aufmerksamkeit zuteilwerden zu lassen. Sir William wurde außerdem von seinem persönlichen Arzt begleitet."

„Aber Dr. Mantel war gerade anderweitig beschäftigt und nicht in der Nähe des Schwimmbeckens, nicht wahr?"

„So ist es. Im entscheidenden Moment befand Dr. Mantel sich inmitten einer finanziellen Transaktion mit einem der Verkäufer und kehrte erst zurück, als es bereits zu spät war für seinen Arbeitgeber."

„Also glauben Sie, dass Sir William selbst die Schuld trug." Robert nickte nachdenklich.

„Es war ein tragischer Unfall", sagte Mr Abernathy mit Nachdruck. „Sir William hätte ebenso gut auf der Straße vor den Heilbädern tot umfallen können oder in seiner Kutsche auf dem Heimweg." Er richtete den Blick gen Himmel. „Wer bin ich, zu beurteilen, wann unser Herrgott einen Mann im hohen Alter und bei schlechter Gesundheit zu sich holt?"

Trotz dieser impertinenten Frage war Robert recht sicher, dass Mr Abernathy von niemandem bestochen worden war, um dafür zu sorgen, dass Sir William in den Bädern starb. Dennoch konnte Robert ihn noch nicht vollends als Verdächtigen ausschließen.

Mit einem Klopfen an der Tür erschien einer der Diener in der Tür. Auf dem Arm trug er einen Haufen Kleider, auf dem ein Paar Stiefel und Strümpfe mit Garn festgeschnürt waren.

„Sir William Bensons Bekleidung, Sir."

Lucy trat zu ihm hinüber und nahm den Stapel entgegen. „Vielen Dank. Ich werde diese Kleidungsstücke umgehend Lady Benson überbringen." Sie lächelte den Mann an. „Sind Sie derjenige, der den Badegästen beim Auskleiden hilft?"

„Dazu stehe ich auch zur Verfügung, Madam, aber ich halte in erster Linie ein Auge auf ihre Besitztümer, während sie baden. Alle möglichen Leute können hier ein- und ausgehen, und so werden mögliche Diebe abgeschreckt."

Lucy nickte verständnisvoll. Sie war viel besser darin, Antworten zu erhalten, als Robert es je sein würde. Aus irgendeinem Grund schien er den Leuten Angst einzujagen. „Hat jemand zu irgendeinem Zeitpunkt versucht, Sir Williams Kleidung zu stehlen?"

„Nein, Madam, denn er hat mir immer ein wenig extra bezahlt, damit ich darauf aufpasse. Er war auf seine Art ein sehr freundlicher Gentleman."

„In der Tat." Lucy schenkte ihm ein Lächeln. „Vielen Dank."

Ein paar Minuten später verließen sie die Heilbäder wieder und traten hinaus in den immer stärker werdenden Wind. Robert kam schließlich widerwillig zu einem Schluss.

„Es ist mir zu kalt, um zurückzugehen, und du kannst diesen unhandlichen Kleiderstapel nicht durch die Straßen schleppen. Du wärst ein leichtes Ziel für Straßendiebe."

Lucy blickte zu ihm auf. „Wir werden nicht laufen müssen. Wir treffen uns doch noch mit Anna und Penelope im *Pump Room* und können zusammen mit ihnen in der Kutsche zurückfahren."

„Ah, das hatte ich ganz vergessen." Er runzelte die Stirn. „Das mangelnde Interesse an Sir Williams Tod, das Mr Abernathy an den Tag legte, sowie seine Unfähigkeit, eine Mitschuld einzugestehen, sind mir sauer aufgestoßen."

„Glaubst du, er hatte etwas mit der Sache zu tun?"

„Mr Abernathy? Ich könnte mir vorstellen, dass er sich dazu überreden ließ, nicht allzu genau hinzuschauen, während jemand Sir William ertränkte. Aber es erscheint mir doch unwahrscheinlich angesichts des Umstandes, dass die gesamte Familie Benson hoch erfreut zu sein scheint, dass das Familienoberhaupt gestorben ist. Sie alle scheinen selbst nur darauf gewartet zu haben, ihn loszuwerden."

„Einer der Bensons hat ihn vielleicht bestochen", schlug Lucy vor.

„Das stimmt." Er blickte zu ihr herunter. „Mir ist gerade etwas Merkwürdiges aufgefallen."

„Was denn?“

„Als ich den Söhnen von Lady Benson eröffnete, dass Sir William tot ist, bin ich mir recht sicher, dass einer der beiden erwähnte, dass er ertrunken sei.“

„Und?“

„Ich habe nie gesagt, wie *genau* Sir William gestorben war, wie konnten sie also davon wissen? Sie waren doch angeblich die ganze Nacht unterwegs. Sie hätten sich ohne Probleme in den Bädern verstecken, den alten Mann ertränken und im anschließenden Chaos verschwinden können, ohne dass es jemandem aufgefallen wäre.“

„Hättest du sie nicht bemerkt?“

„Ich habe doch eine Person aus dem Bad stürmen sehen. Vielleicht haben sich die beiden aufgeteilt. Oder vielleicht hat auch nur einer der beiden die Tat begangen.“ Er seufzte. „Jetzt, da ich darüber nachdenke, fällt mir auf, dass wir gar nicht genau wissen, wie lange Sir William überhaupt schon im Wasser lag, bevor Dr. Mantel Alarm schlug. Es hätte bereits einige Zeit vergangen sein können.“

„Was heißt, dass die Jungs ihn umgebracht haben könnten und wieder verschwunden gewesen wären, bevor ihr überhaupt dort eingetroffen wart und es irgendjemandem auffallen konnte.“ Lucy erschauderte. „Was für ein Desaster.“

Er nahm ihren Arm und ging mit ihr zum *Pump Room*. Er hatte keinerlei Bedürfnis, sich mit der Elite der Stadt auseinanderzusetzen, aber er war gewillt, seine Prinzipien über Bord zu werfen, nur um ins Warme zu kommen.

„Ich frage mich, ob jemand in den Bädern vielleicht Lady Bensons Söhne wiedererkennen würde?", dachte Lucy laut nach. „Ich könnte Anna darum bitten, eine Zeichnung von ihnen anzufertigen."

„Vielleicht sind sie aber auch irgendwann zusammen mit ihrer Mutter in den Bädern gewesen", merkte Robert an. „Wir können jederzeit zurückgehen und herumfragen, wenn Mr Abernathy nicht da ist."

Er hielt die Tür zum *Pump Room* auf. Ihnen schlug das Brummen von lebhafter Konversation und der leichte Duft von heißem Thermalwasser aus dem Trinkbrunnen entgegen. Robert winkte dem Diener zu, der neben der inneren Tür bereitstand.

„Würden Sie bitte diese Kleider an sich nehmen und bis zur Ankunft meiner Kutsche an einem sicheren Ort aufbewahren?"

„Ja, Sir." Der Diener verbeugte sich und nahm das Bündel Kleider entgegen.

„Vielen Dank." Robert bot Lucy den Arm an. „Ich schätze, dann sollten wir hineingehen und uns der Menschenmenge stellen."

Kapitel 6

Lucy wurde die Treppe hinauf direkt ins Schlafgemach von Lady Benson geführt. Die Vorhänge waren zugezogen und in der Luft lag der schwere Gestank von starkem Parfüm und Laudanum. Sie und Robert hatten sich Sir Williams Kleider angesehen und dabei nichts Interessantes finden können. Er war nicht beraubt worden, was darauf hindeutete, dass die Person, die sein Leben beendet hatte, nicht hinter seinem Geldbeutel her gewesen war.

Oder zumindest nicht hinter der kleinen Menge Geld darin ...

„Meine liebe Lady Benson, wie geht es Ihnen?", fragte Lucy.

Lucy setzte sich auf den Stuhl neben dem Bett und lächelte die frisch verwitwete Lady des Hauses einfühlsam an. Diese lag mit dem Rücken auf einem Berg aus Kissen aufgebahrt. Ihr blondes Haar fiel zu beiden Seiten herunter und gab den Blick auf ihre leidende Miene frei.

„Oh! Lady Kurland, wie freundlich von Ihnen, mich in meiner Not zu besuchen." Lady Benson griff mit erstaunlich kräftigen Fingern nach Lucys Händen. „Ich kann nicht fassen, dass Sir William tot ist."

„Es ist in der Tat eine Tragödie", stimmte Lucy ihr zu.

„Für mich ist es das", sagte Lady Benson. „Wie soll ich nur so weit von zu Hause entfernt zurechtkommen?"

„Ich bin mir sicher, dass Mr Edward Benson sich für Sie um alles kümmern wird", sagte Lucy mit sanfter Stimme.

Lady Benson schniefte. „Wenn ich ihm alles überlasse, kann ich Ihnen garantieren, dass ich mit nichts als den Kleidern an meinem Körper in die Gosse geworfen werde!"

„Sie belieben zu scherzen", wandte Lucy ein. „Er wirkt wie ein ausgezeichneter Gentleman."

„Dann kennen Sie ihn ganz und gar nicht. Selbst mein seliger Ehemann hat ihm am Ende misstraut. Er hat an allen Ecken und Enden Geld verloren und Sir William stand kurz davor, ihm die Kontrolle über seine Unternehmen wieder zu entziehen."

„Wusste Mr Edward Benson davon?", fragte Lucy.

„In der Tat. Sie haben sich ständig darüber gestritten." Sie seufzte. „Und jetzt bin ich Edwards Gnade ausgeliefert und auch er verabscheut meine Söhne."

Lucy blieb standhaft und behielt für sich, was sie von den beiden jungen Männern hielt. Sie war vielmehr daran interessiert, was Lady Benson ihr noch anvertrauen wollte.

„Ich bin außerdem sicher, dass Augustus und Peregrine ihrem älteren Bruder niemals gestatten würden, Sie schlecht zu behandeln", sagte Lucy. „Augustus ist *immerhin* ein Mann der Kirche."

„Er hat ganz und gar keine spirituelle Ader!", rief Lady Benson aus. „Und was Peregrine angeht: Er hält sich für einen großen Dramatiker, lebt aber wie die anderen auch auf Kosten seines Vaters ..."

Sie ließ sich in die Kissen zurücksinken und presste eine zur Faust geballte Hand auf die Brust. „Ich bin umzingelt von Menschen, die mir *Böses* wünschen." Lucy deutete auf das Paket, das sie mitgebracht hatte. „Sir Robert und ich haben die Kleider Ihres Ehemannes aus den Bädern abgeholt. Ich dachte, Sie möchten diese vielleicht haben."

Zu Lucys Erstaunen setzte sich Lady Benson kerzengerade auf und streckte die Hand aus. „Geben Sie sie mir!"

Lucy legte die sauber gefalteten Kleider auf das Bett und sah ungläubig zu, wie Lady Benson jedes einzelne Stück nahm, jede Tasche durchsuchte und jede Naht abtastete.

„Nichts ...", murmelte sie. „Hier ist nichts."

„Ich bin mir nicht ganz sicher, was Sie zu finden gehofft haben, Mylady, aber ..."

Lady Benson fiel Lucy ins Wort. „Ich hätte es wissen müssen. Dafür ist er viel zu schlau."

„Haben Sie nach etwas Wichtigem gesucht?", fragte Lucy.

„Nein." Lady Benson sah plötzlich wieder erschöpft aus. „Es war dumm von mir."

Lucy stand auf und nahm den durcheinandergeratenen Kleiderstapel in Augenschein. „Soll ich die Kleider für Sie falten?"

„Bringen Sie sie zu Mr Tompkins, dem Leibdiener von Sir William. Er wird wissen, was damit zu tun ist." Lady Benson schloss die Augen und legte sich wieder ins Bett. Eine Hand legte sie schützend über das Gesicht. „Guten Tag, Lady Kurland."

Nach dieser unvermittelten Verabschiedung sammelte Lucy die Kleider auf und ging zurück über den Flur ins zweite Schlafzimmer, anstatt die Verbindungstür durch das Ankleidezimmer zu nutzen. Ein älterer Herr, der sie sehr an Foley erinnerte, war gerade damit beschäftigt, die Schubladen zu entleeren.

„Guten Tag, Mr Tompkins", sagte Lucy. „Ich bin Lady Kurland. Ich habe für Lady Benson die Kleider von Sir William aus den Heilbädern abgeholt. Sie hat mich darum gebeten, sie Ihnen zu überlassen."

„Vielen Dank, Mylady. Sie können sie auf dem Bett ablegen." Er musterte sie gründlich. „Sie sind die Frau von Sir Robert Kurland, nicht wahr? Sir William hat sehr große Stücke auf ihn gehalten."

„Das beruhte auf Gegenseitigkeit."

Mr Tompkins deutete auf die offenstehenden Truhen und Schubladen. „Ich werde seine Sachen zusammenpacken und sie dann zurück nach Yorkshire schicken lassen. Mr Edward kann zu Hause entscheiden, was damit passieren soll. Und was mit *mir* passieren soll."

Er hatte einen starken Yorkshire-Akzent, der Lucy sehr an den seines ehemaligen Arbeitgebers erinnerte.

„Sind Sie schon lange Sir Williams Leibdiener?"

„Wir sind zusammen aufgewachsen, Mylady. Wir lebten im gleichen Dorf und sind gemeinsam davongelaufen, um unser Glück zu suchen. Sir William war recht erfolgreich und hat mir eine Stelle angeboten, als ich sonst keinen Ausweg mehr wusste. Ich bin jetzt schon seit fünfzig Jahren sein Leibdiener."

„Das ist eine bemerkenswert lange Karriere, Mr Tompkins“, sagte Lucy. „Solche treuen Dienste kann ich nur bewundern.“

„Sir William war es wert“, sagte der alte Mann grimmig. Er schien das einzige Mitglied des Benson-Haushalts zu sein, der das Familienoberhaupt von Herzen betrauerte. „Er war schon immer hart, aber dabei auch gerecht. Wer kann es ihm bei all den Geiern, die ihn in letzter Zeit umkreisten, schon verübeln? Ich weiß nicht, warum es ihn nicht schon früher erwischt hat.“

„Auch mir ist aufgefallen, dass es gewisse Konflikte zwischen Sir William und einigen Familienmitgliedern gegeben hat“, sagte Lucy diplomatisch.

Mr Tompkins schnaubte. „Er war mit keinem von ihnen zufrieden. In meinem letzten Gespräch mit ihm, bevor er zu den Heilbädern aufbrach, redete er davon, erneut sein Testament ändern zu lassen.“

„Ach, wirklich?“

„Er hat es oft mit sich herumgetragen und umgeschrieben, wenn jemand ihn enttäuschte. Ich fungierte dann oft als Zeuge.“ Mr Tompkins lächelte. „Das hat das Pack ganz schön das Fürchten gelehrt.“

„Das kann ich mir vorstellen“, stimmte Lucy ihm zu. „Ich nehme an, Sir William hat einen Anwalt, der sich um seine Angelegenheiten kümmern wird?“

„So ist es, Mylady. Soweit ich weiß, hat Mr Edward ihn schon herbestellen lassen. Je nach Wetter sollte er hier innerhalb der nächsten Woche eintreffen.“ Mr Tompkins verneigte sich. „Vielen Dank, dass Sie die Kleider gebracht haben, Mylady. Das war Sir Williams liebste Weste und ich glaube, dass er darin beerdigt werden wollte."

„Dann kann ihm dieser Wunsch nun erfüllt werden." Lucy wandte sich zum Gehen, als ihr noch etwas einfiel. „Will die Familie den Leichnam nach Yorkshire überstellen lassen oder soll er hier zur Ruhe gesetzt werden?"

„Mit Sicherheit wird es Yorkshire, Mylady." Mr Tompkins grinste. „Er würde uns alle heimsuchen, wenn wir ihn irgendwo im Süden beerdigen ließen."

Tief in Gedanken versunken ging Lucy die Treppe hinunter in die Eingangshalle. Lady Benson war davon überzeugt gewesen, dass die Benson-Brüder gegen sie waren. Sie hatte auch angedeutet, dass Sir Williams Missfallen jedem Familienmitglied galt. Das hatte auch Mr Tompkins mit seinen Aussagen zum Testament des alten Mannes untermauert.

„Ah! Lady Kurland!"

Lucy erblickte Mr Peregrine Benson, der am unteren Treppenabsatz stand. Er trug einen makellosen schwarzen Mantel und lächelte zu ihr hinauf, als gäbe es keinerlei Grund zur Betroffenheit.

„Haben Sie die kürzlich verwitwete Lady Benson besucht?", fragte er, als er sich zur Begrüßung über Lucys Hand verbeugte. „Hat sie es geschafft, ihre Freude zu verbergen?"

Lucy sah ihn zornig an. „Sie war untröstlich."

„Das möchte ich wetten. Edward wird ihren Unsinn nicht tolerieren, so viel kann ich Ihnen sagen."

„Das war auch ihre Annahme." Lucy hielt inne und sah ihn ernst an. „Glauben Sie, dass er sie schlecht behandeln wird?"

Seine Miene verhärtete sich. „Sie verdient es, mittellos auf die Straße gesetzt zu werden, aber ich bezweifle, dass der alte Mann so hart zu ihr war. Wir werden es ja sehen, wenn der Anwalt das Testament verliest, nicht wahr?“

„Wieso können Sie sie nicht ausstehen?“, fragte Lucy rundheraus.

„Weil es ausgesprochen unangemessen ist, den Sohn des derzeitigen Ehemanns verführen zu wollen. Da würden Sie mir doch sicherlich zustimmen, oder nicht?“ Er zog eine Augenbraue hoch. „Sie ist unmoralisch und ihre Söhne nicht für die gehobene Gesellschaft geeignet.“

Bevor Lucy etwas auf seine ungeheuerliche Aussagen antworten konnte, öffnete sich die Vordertür und Edward und Augustus Benson traten ein. Sie unterhielten sich mit gesenkten Stimmen. Beide trugen schwarz, allerdings ohne den Sinn für Mode ihres jüngeren Bruders.

„Lady Kurland.“ Edward lüftete seinen Hut. „Das aufmerksame Handeln von Ihnen und Sir Robert in unserer Not ist bewundernswert.“

Lucy machte einen Knicks. „Es ist unsere Pflicht, unseren Nächsten zu helfen, Sir. Und es war Sir Robert eine große Ehre, die Bekanntschaft eines alten Freundes seines Großvaters machen zu können.“

„In der Tat, Lady Kurland.“ Augustus nickte eifrig. „Sie haben uns nichts als christliche Nächstenliebe zuteilwerden lassen.“

Hinter sich glaubte Lucy ein abschätziges Schnauben von Peregrine zu hören, entschied sich aber dazu, es zu ignorieren. „Nun, ich muss mich dann wieder auf den

Weg machen. Sir Robert wird sich sonst noch fragen, wo ich bleibe." Sie nickte den drei Brüdern zum Abschied zu und nahm dabei zur Kenntnis, dass keiner von ihnen besonders trauergeplagt schien. „Guten Tag, Gentlemen."

Edward hielt ihr eilig die Tür auf und verbeugte sich tief, als sie an ihm vorbeischritt.

Nur eine Minute später öffnete ihr Foley die Tür ihres eigenen Hauses. Sie ging nach oben in den Salon, aus dem Stimmen zu hören waren. Anna, Penelope und die Familie von Captain Akers saßen zum Tee beisammen. Von Robert fehlte jede Spur.

Lucy setzte die Haube ab und trat ein, um ihre unerwarteten Gäste zu begrüßen.

„Ich muss mich für meine Abwesenheit entschuldigen. Ich hoffe, meine liebe Schwester hat Sie in der Zwischenzeit gut unterhalten."

„Miss Harrington war eine reizende Gastgeberin." Captain Akers konnte beim Blick in Annas Richtung die Zuneigung in seinen Augen nicht verbergen. „Sie versicherte uns, dass Sie bald zurück sein würden und offenbar hatte sie damit recht."

Anna errötete. „Ihre hohe Meinung von mir ist ausgesprochen schmeichelhaft." Sie wandte sich an Lucy. „Ich habe lediglich Tee bestellt und gehofft, dass ich richtig liege."

Lucy ließ sich von Penelope eine Tasse Tee einschenken. Erst jetzt bemerkte sie, dass keiner der Bensons einen Gedanken daran verschwendet hatte, ihr die gleiche Höflichkeit zuteilwerden zu lassen.

Lucy sprach zu Mrs Akers. „Ich war zu Besuch bei den Bensons nebenan."

„Oh ja, wir haben von Sir Williams Tod gehört." Mrs Akers seufzte. „Er war schon älter und hat, nach allem, was man so hört, ein erfülltes und produktives Leben geführt. Möge er in Frieden ruhen."

„Ihr Wort in Gottes Ohren", murmelte Anna. „Sind Sie mit den Bensons bekannt, Mrs Akers?"

„Wir sind der Familie in den *Assembly Rooms* begegnet. Sir William war sehr freundlich." Mrs Akers hielt inne. „Bedauerlicherweise muss ich sagen, dass seine Frau kein Interesse daran zu haben schien, die Bekanntschaft mit uns zu vertiefen."

Penelope schnaubte abschätzig. „Ich habe keine Ahnung, warum. Sie selbst stammte sicher nicht aus den höheren Kreisen der Gesellschaft. Tatsächlich wirkte sie auf mich bemerkenswert langweilig und sie ist nicht annähernd so schön, wie man sich erzählt."

Mrs Akers blinzelte Penelope nur verdutzt an, bevor sie sich wieder an Lucy wandte. „Wie dem auch sei, es ist sicher trotzdem schwer, so jung schon verwitwet zu sein."

Penelope drapierte ihr Halstuch über ihren runden Bauch. „Ich habe die Vermutung, dass sie sich sehr gut schlagen wird. Meine Mutter hat mir oft nahegelegt, einen viel älteren Mann zu heiraten, der schnell sterben würde. Aber ich wählte Dr. Fletcher, der am Ende vermutlich *mich* überleben wird, wenn ich bei der Geburt meines Kindes sterben sollte."

„Ich bezweifle, dass Dr. Fletcher das zulassen würde, Penelope", sagte Lucy mit Nachdruck. „Du bist seine am meisten geschätzte Patientin." Sie zog eine Augenbraue hoch. „Und müsstest du nicht eigentlich packen? Ich dachte, Dr. Fletcher hätte gesagt, dass ihr morgen abreist."

„Dr. Fletcher reist *in der Tat* für etwa eine Woche ab, aber ich werde bleiben." Penelope hob trotzig das Kinn. „Du kannst unmöglich von mir erwarten, dass ich mich in meiner Verfassung *erneut* den Strapazen einer Reise aussetze."

Lucy wechselte einen Blick mit der amüsiert wirkenden Anna. „Natürlich nicht, Penelope. Du kannst sehr gern hierblieben." Sie wandte sich an Mrs Akers. „Nun, wie geht es denn mit den Vorbereitungen der Hochzeit Ihrer Tochter voran?"

Kurz bevor die Akers aufbrachen, trafen Robert und Dr. Fletcher ein, wodurch ihre Gäste deutlich länger blieben, als ursprünglich geplant. Lucy überlegte schon, sie zum Abendessen einzuladen, war sich allerdings nicht sicher, ob die Köchin sie alle versorgen konnte. Doch bevor Lucy ihr Angebot aussprach, erklärte Mrs Akers, dass sie nun ohnehin nach Hause mussten. Lucy lud sie zu einem späteren Zeitpunkt zum Abendessen ein.

Anna begleitete den Besuch nach unten, während Robert sich an den Resten des Tees bediente. Dr. Fletcher widmete sich wieder dem Packen und seine Frau schloss sich ihm an.

„Captain Akers wirkt wie ein guter, aufrechter Kerl", bemerkte Robert. „Und seine Familie ist sehr nett."

„Ja, das sind sie." Lucy setzte sich ihm gegenüber. „Und ist dir aufgefallen, wie er Anna ansieht?"

„Mit allem gebührenden Respekt, meine Liebste, aber die meisten Männer sehen Anna so an. Sie ist ausgesprochen hübsch." Er hielt inne, um einen Schluck Tee zu trinken. „Was mir aber *tatsächlich* aufgefallen ist, ist der Umstand, dass Anna seine Blicke erwidert."

„Exakt." Lucy nickte. „Sie hat Captain Akers in London kennengelernt und sich von ihm umwerben lassen, bis er um ihre Hand anhielt. Dann hat sie sich zurückgezogen."

„Ah, das erklärt es also." Robert nahm den letzten Scone und verteilte Rahm und Marmelade darauf. „Vielleicht hat sie ihre Meinung geändert und will ihn nun doch heiraten."

„Das hoffe ich zumindest." Lucy legte die Hände ineinander. „Jetzt, wo ich ihm begegnet bin, glaube ich wirklich, dass er der richtige Mann für sie ist."

Robert sah sie tadelnd an. „Du solltest dich doch nicht einmischen."

„Irgendjemand muss es ja tun", erwiderte Lucy. „Anna braucht ein eigenes Zuhause und eine eigene Familie."

„Das ist deine Meinung." Robert blickte ihr in die Augen. „Nachdem, was du mir erzählt hast, ist Anna nicht an einer Ehe interessiert, in der es möglicherweise Kinder geben könnte."

„Das *weiß* ich doch, aber ..."

„Dann wäre es grausam, sie in eine Richtung zu drängen, vor der sie Todesangst hat, nicht wahr? Ich weiß, dass du deine Schwester liebst, Lucy, aber das muss ihre eigene Entscheidung sein."

Lucy setzte sich auf. „Dessen bin ich mir bewusst. Ich möchte lediglich, dass Anna jede Möglichkeit hat, den Gentleman und seine Familie näher kennenzulernen, in der Hoffnung, dass sie ihre Meinung noch ändert."

„Ich bezweifle sehr, dass sie das tun wird. Aber ich möchte, dass du dich an dein Versprechen hältst, dich nicht einzumischen." Robert trank seinen Tee aus. „Ich werde auch meinen Teil beitragen, indem ich mich mit dem Mann unterhalte und in Erfahrung bringe, ob er Annas überhaupt würdig ist und ob er ihr gegenüber irgendwelche Absichten hegt."

„Vielen Dank." Lucy stellte ihre Tasse mit Nachdruck zurück auf das Tablett, sodass es leicht schepperte. Roberts sehr direkte Ansprachen waren manchmal etwas schwer verdaulich. „Ich weiß, dass ich mich in solchen Dingen auf deine Einschätzung verlassen kann. Warst du heute in den Heilbädern?"

„Das war ich und ich habe mich mit einigen der üblichen morgendlichen Gäste des *King's Bath* unterhalten. Selbst die, die sich zu der Zeit im Wasser befanden, hatten nichts Merkwürdiges bemerkt, bis sie im Nachhinein von Sir Williams Tod erfuhren."

„Also wissen wir im Moment nur, dass jemand recht eilig aus der Badehalle stürmte, als ihr gerade ankamt."

„Und niemand kann diese Person kann und sie hat vielleicht nicht einmal etwas mit der Sache zu tun." Robert verzog das Gesicht. „Allerdings habe ich über deine Idee nachgedacht, dass einer der Bensons jemanden bezahlt haben könnte, um Sir William zu ermorden. Vermutlich wäre das eine weniger risikoreiche Strategie."

„Das denke ich auch. Aber wenn es so sein sollte, wie werden wir dann jemals herausfinden, welches Familienmitglied den Auftrag gab?", fragte Lucy.

„Ich dachte, dass wir diese verworrene Angelegenheit vielleicht von der anderen Seite aufrollen." Robert blickte ihr in die Augen. „Die gesamte Familie wird hier sein, bis das Testament verlesen ist. Damit haben wir die Gelegenheit, ihr Verhalten zu beobachten und sie zu befragen."

„Sir Williams Leibdiener, Mr Tompkins, hat mir gesagt, dass der Familienanwalt aus Yorkshire auf dem Weg hierher ist, um die Angelegenheiten seines verstorbenen Klienten zu regeln", sagte Lucy. „Er hat außerdem angedeutet, dass sein Arbeitgeber gerne sein Testament änderte, wann immer ihn jemand enttäuschte."

„Das dachte ich mir." Robert lächelte leicht. „Sir William hat viel Zeit in den Bädern damit verbracht, gegen seine Familie zu wettern und mit ihrer Enterbung zu drohen."

„*Lady* Benson hat mir verraten, dass Sir William mit Edward im Streit lag, weil dieser die Geschäfte schlecht führte. Hat er dir gegenüber irgendetwas davon erzählt?"

„Das hat er in der Tat. Ich vermute, dass in seiner Kritik ein wahrer Kern lag. Aber ich weiß auch, dass es immer schwer ist, die eigenen Geschäfte an jemanden zu übergeben, ohne insgeheim zu befürchten, dass die Nachfolger alles in den Sand setzen." Robert stellte Tasse und Teller ab. „Jedes Mal, wenn ich bei den Husaren befördert wurde, war ich überzeugt, dass der Mann, der mich ersetzte, nicht so gut zu meinen Männern sein würde wie ich."

„Du solltest dich mit Mr Tompkins unterhalten", sagte Lucy. „Er hält bereits große Stücke auf dich. Er ist schon seit fünfzig Jahren an der Seite von Sir William, daher weiß er vermutlich mehr von dessen Geheimnissen als irgendjemand sonst."

„Ich werde zuerst Foley vorbeischicken, damit der mit ihm spricht." Robert nickte. „Er könnte einem anderen Bediensteten gegenüber offener sein als zu mir."

„Eine ausgezeichnete Idee." Lucy schenkte ihrem Ehemann ein warmes Lächeln. „Und ich werde weiterhin Lady Benson besuchen. Sie ist ausgesprochen indiskret, was die Familie ihres verstorbenen Mannes betrifft, und interessiert sich nur für ihr eigenes Schicksal."

„Ich kann nicht behaupten, dass mich das besonders überrascht. Sir William hat mir gegenüber zugegeben, dass er übereilt geheiratet habe und seine getroffene Wahl bitter bereue."

„Lady Benson hat Angst, dass Edward dafür sorgen wird, dass sie keinen Penny aus dem Erbe erhält", sagte Lucy. „Und Peregrine, der jüngste Sohn, hat angedeutet, dass Lady Benson sich ihm gegenüber äußerst *problematisch* verhalten hat."

„Wirklich?" Robert zog eine Augenbraue hoch. „Nun, dann ist anzunehmen, dass Peregrine der Einzige in der Familie war, der gehofft hat, dass sein Vater ewig leben würde."

Lucy erhob sich, um eine der Lampen zu entzünden und das Feuer im Kamin zu schüren. „Sir William hat nichts von Peregrines Künstlerkarriere oder von Augustus gehalten. Um die Wahrheit zu sagen, hat er sie alle nicht gemocht."

„Das stimmt, aber wenn einer von ihnen ihn umgebracht hat, warum dann ausgerechnet *jetzt*? Was genau ist im Laufe der letzten Tage passiert, um das Fass zum Überlaufen zu bringen?" Robert erhob sich und ging im Zimmer auf und ab. Den Blick hielt er nachdenklich auf den Boden gerichtet.

„Nun, da war das Abendessen mit uns", erinnerte ihn Lucy. „Lady Bensons Söhne haben Sir Williams Tod laut *beschworen* und – siehe da – am nächsten Tag ist er *tatsächlich* tot. Meiner Meinung nach sind sie die Hauptverdächtigen. Sie haben Sir William gehasst und würden wahrscheinlich selbst nicht viel erben. Außerdem haben sie ein Interesse daran, dass ihre Mutter die Kontrolle über das Geld erhält, damit sie weiter auf ihre Kosten leben können."

„Sie sind darüber hinaus in einem Alter, in dem man zu unbedachtem Handeln neigt und erst später über die Konsequenzen nachdenkt", pflichtete Robert ihr bei. „Und ihre Abscheu gegenüber Sir William war sehr offensichtlich." Er wirbelte herum zu Lucy. „Vielleicht bitte ich Anna *wirklich* darum, ihre Gesichter zu zeichnen, um sie in den Bädern herumzuzeigen. Möglicherweise erkennt sie jemand wieder."

„Ich glaube, das ist ein ausgezeichneter Einfall", stimmte Lucy ihm zu. „Und wir dürfen auch nicht vergessen, dass die beiden die ganze Nacht weg waren und ohne Schwierigkeiten Sir William in den Bädern hätten auflauern können, um ihn zu ermorden."

Robert ging zur Tür und öffnete sie. „Es ist noch immer ein Rätsel. Ich werde gehen und Foley fragen, ob wir in dieser Sache auf seine Hilfe zählen können. Ich weiß, dass er diskret vorgehen wird."

Seine Frau winkte ihn zustimmend voran und er verließ das Zimmer.

War er zu streng mit ihr gewesen, als sie von ihren Plänen für ihre Schwester erzählt hatte? Sie hatte seine Ermahnung in jedem Fall nicht gut aufgenommen, aber sie neigte dazu, zu glauben, sie wüsste am besten, was ihre Liebsten brauchten. Nur weil sie mit ihren Annahmen häufig richtig lag, bedeutete dies nicht, dass sie *immer* recht hatte.

Anna Harrington lag Robert am Herzen und er würde seinen Beitrag dazu leisten, jeden Gentleman, der sie möglicherweise heiraten wollte, gründlich unter die Lupe zu nehmen, bevor er gestattete, dass mehr passierte. Da er den respektablen und durchaus heiratswürdigen Captain Akers selbst kennengelernt hatte, vermutete Robert, dass Annas Vorbehalte gegen die Ehe deutlich tiefer saßen, als Lucy klar war. Sie besaß eine deutlich robustere Natur als ihre zurückhaltende Schwester und konnte daher möglicherweise Annas Sensibilität nicht so gut nachempfinden.

Robert öffnete die Tür ins Schlafzimmer und traf dort Foley an, der gerade seine Hemden und Krawatten faltete.

„Ah, Foley. Genau der Mann, den ich gesucht habe."

Foley wandte sich halb zu ihm um und verneigte sich. „Wer sonst sollte zu dieser Tageszeit in Ihrem Zimmer sein?"

„Silas, zum Beispiel? Er ist immerhin mein Leibdiener." Robert deutete auf die Leinenhemden. „Normalerweise kümmert er sich um diese Dinge."

„Er macht es falsch", sagte Foley stur. „Ich habe ihn nach unten in die Küche geschickt, um Ihren besten

Mantel zu bügeln, während ich alles in Ordnung bringe."

Robert war sich recht sicher, dass Silas die Sache anders sehen würde. Er war Robert ebenso treu ergeben und durchaus in der Lage, seine Pflichten zu erfüllen.

„Haben Sie schon Mr Tompkins von nebenan kennengelernt?", fragte Robert, während er sich auf dem Sessel am Feuer niederließ. „Sir William Bensons Leibdiener."

„Das habe ich in der Tat, Sir. Er ist ein wirklich respektabler Gentleman. Der Tod von Sir William hat ihn mitgenommen, wirklich schrecklich mitgenommen."

„Ist er sehr redselig?"

„Ganz und gar nicht, Sir. Er ist absolut treu ergeben und schweigt wie ein Grab."

„Glauben Sie, dass Sie ihm trotzdem ein paar Informationen entlocken könnten?"

Foley hielt inne und wandte sich Robert nun ganz zu. „Informationen worüber, Sir?"

„Über seinen Herrn." Robert beugte sich vor und ließ die Hände zwischen den Knien baumeln. „Ich bin nicht überzeugt, dass Sir William unter natürlichen Umständen ums Leben kam. Um die Wahrheit zu sagen, ich vermute, dass seine Familie beschlossen hat, ihn umzubringen."

Foley antwortete nicht direkt, während Robert zu ihm aufsah.

„Haben Sie verstanden, was ich soeben gesagt habe?"

„Das habe ich, Sir", sagte Foley langsam. „Aus meinen Gesprächen mit Mr Tompkins habe ich erfahren, dass in der Familie Benson nicht alles gut lief. Er selbst war wenig überrascht, dass Sir William so plötzlich starb. Soll ich ihn in Ihre Vermutung einweihen, Sir? Um in Erfahrung zu bringen, ob er eine Ahnung hat, wer die Tat begangen haben könnte?“

„Das ist genau das, worum ich Sie bitten wollte, Foley“, antwortete Robert. „Aber Sie müssen sowohl vorsichtig als auch diskret vorgehen. Und was Sie in Erfahrung bringen, dürfen Sie nur mit mir und Lady Kurland besprechen. Ich möchte nicht, dass Sie sich dabei in Gefahr begeben.“

Foleys Augen leuchteten förmlich und er sah geradezu begeistert aus. „Ich werde vorsichtig sein, Sir. Machen Sie sich um mich keine Sorgen. Ich vermute, dass Mr Tompkins unter seinem verschwiegenen Äußeren nur darauf wartet, seine Sicht auf diese Angelegenheit mit jemandem zu teilen. Er stammt aus dem Norden und dort redet man offener miteinander.“

„Also kann ich die Sache in Ihre fähigen Hände geben?“ Robert erhob sich gerade, als Silas das Zimmer mit dem frisch gebügelten Mantel betrat. „Guten Abend, Silas. Wie ich sehe, hält Foley Sie auf Trab.“

„So ist es, Sir Robert.“

Robert entging der entnervte Blick nicht, den der jüngere Mann dem Butler zuwarf, doch er entschied sich dazu, dies nicht weiter zu kommentieren. Foley war das älteste Mitglied des Kurland-Haushalts und wurde von allen mit großem Respekt behandelt, selbst wenn er sich gerne ungefragt einmischte. Silas wusste, dass Robert die Arbeit des Butlers trotz dessen Angewohnheiten sehr schätzte.

„Heute Abend werden nur Lady Kurland, Miss Harrington, Mrs Fletcher und ich zu Abend essen, Foley. Würden Sie das bitte der Köchin ausrichten?“

„Sehr wohl, Sir Robert.“ Foley verneigte sich und verließ das Zimmer so beschwingt, dass beinahe ein kleines Hopsen in seinem Gang zu erkennen war. Silas blieb allein mit Robert im Zimmer zurück.

Robert deutete auf den Mantel. „Den können Sie wegräumen. Ich habe nicht vor, heute noch auszugehen.“

Silas hängte den frisch gebügelten Mantel in den Schrank und widmete sich dem Stapel aus gefalteten Krawatten auf dem Bett. „Jetzt muss ich die alle noch einmal neu falten“, murmelte er.

Robert klopfte ihm auf die Schulter. „Es kümmert mich nicht, wie sie gefaltet werden, solange sie nicht mehr auf dem Bett liegen, damit Lady Kurland mich nicht fragen kann, was sie dort zu suchen haben.“

„Ich werde alles vor dem Abendessen aufgeräumt haben, Sir.“

„Guter Mann“, sagte Robert. „Auf Sie ist immer Verlass.“

Kapitel 7

Lucy nippte an ihrem Tee und versuchte mit Augustus Benson ins Gespräch zu kommen, während sie darauf wartete, dass Lady Benson endlich auftauchte. Der Reverend sah ein wenig ungesund aus. Er wirkte erschlafft und vergaß häufig, was er sagen wollte. Da Lucy mit den Eigenheiten der Kirchenmänner vertraut war, lächelte sie nur und ließ ihn im Glauben, dass jedes seiner Worte absolut perfekt war. Sie hatte vor Jahren schon festgestellt, dass ein wenig Schmeichelei bei einem Geistlichen wahre Wunder wirken konnte.

„Planen Sie, eine Trauerfeier für Sir William auszurichten, bevor Sie nach Yorkshire zurückkehren?", fragte Lucy. „Ich bin mir sicher, dass viele Leute in Bath ihn sehr geschätzt haben und Ihnen persönlich ihr Beileid bekunden möchten."

„Ich bin mir nicht sicher, Lady Kurland."

Lucy zog die Augenbrauen hoch. „Sind Sie sich nicht sicher, ob Ihr Vater geschätzt wurde, Mr Benson, oder ob Sie eine Trauerfeier ausrichten werden?"

Der Reverend schluckte schwer. „Ich warte noch auf die Anweisungen meines älteren Bruders und des Anwalts der Familie, meine liebe Lady Kurland. Natürlich würde ich nur zu *gern* eine Gedenkfeier für meinen eigenen Vater ausrichten."

„Liegt eine der Kirchen in Bath in Ihrem Zuständigkeitsbereich, Sir?“, fragte Lucy. „Oder müssten wir für eine Trauerfeier weiter weg reisen?“

„So ist es unglücklicherweise, Mylady. Meine Gemeinden sind zu weit weg und zu klein, um für die Aufmerksamkeit der Gesellschaft in Bath angemessen zu sein. Eine Trauerfeier müsste an einem würdigeren Ort abgehalten werden.“

„Er will damit sagen, dass er zu sehr damit beschäftigt ist, seine Gemeinden auszuschlachten, um irgendjemanden sehen zu lassen, in welch desaströsem Zustand sie sich befinden“, ertönte Peregrines Stimme aus Richtung der Tür. „Er lässt fünf Gemeinden von einem Trunkenbold von Kurat leiten. Gottesdienste finden praktisch nicht statt und die Mitglieder seiner Gemeinde haben den Bischof von Bath und Wells aufgefordert, ihn seines Amtes zu entheben.“

Augustus sprang mit vor Zorn errötetem Gesicht auf. „Ich möchte dich darum bitten, nicht von Dingen zu sprechen, von denen du nichts verstehst!“

Peregrines Lächeln erinnerte an eine Katze, die gerade erfolgreich eine Maus in die Enge getrieben hatte. „Oh, ich verstehe eine ganze Menge mehr, als du glaubst, Bruderherz. Ebenso wie Vater.“

„Er wusste nichts von diesen verleumderischen und vollkommen unwahren Anschuldigungen gegen mich, es sei denn, du hättest es ihm erzählt.“

„Ich musste ihm gar nichts erzählen“, sagte Peregrine genüsslich. „Er war nicht dumm, Augustus. Nur weil er nicht wie ein Gentleman gesprochen hat, heißt das nicht, dass er nicht ganz genau wusste, was um ihn herum vor sich ging.“ Peregrine schlenderte weiter ins

Zimmer hinein. „Genau genommen habe ich am Tag vor seinem Tod genau gehört, wie er dich wegen dieser Sache angeschrien hat. Das ganze *Haus* hat es gehört; also warum versuchst du jetzt, es zu leugnen?“

Lucy blieb so still wie möglich sitzen. Die beiden Männer schienen vergessen zu haben, dass sie noch im Raum war, und sie hatte nicht vor, ihre mangelnde Aufmerksamkeit zu korrigieren.

„Du hast unrecht“, sagte Augustus mit Nachdruck. „Wir haben uns *nie* gestritten. Du musst jemand anders gehört haben. Vielleicht ja einen von Mirandas jungen Söhnen.“

„Ich habe viele Standpauken gehört, die an sie gerichtet waren. Aber diesmal warst du es mit absoluter Sicherheit, mein liebster Bruder. Ich habe dich aus seinem Arbeitszimmer kommen sehen und – *meine Güte* – was sahst du wütend aus ...“ Peregrine machte eine Kunstpause. „War nicht sogar das Letzte, das du zu ihm gesagt hast, eine Drohung? Hast du ihm nicht mitgeteilt, dass du dafür sorgen würdest, dass er zur Hölle fahren würde, sollte er deinen Ruf ruinieren? Welch passende Worte für einen Mann der Kirche.“

„Du *kleiner* ...“ Augustus ballte die Hände zu Fäusten und trat auf seinen jüngeren, aber größeren Bruder zu.

Peregrine zuckte nicht einmal mit der Wimper, sondern sah nur mit ruhigem Blick auf Augustus hinab. „Du bist ein abscheulicher Mensch und ich wünschte bei Gott, du wärst nicht mein Bruder.“

„Ach, und du bist so viel besser?“, ätzte Augustus zurück. „Mit deinen *sündigen* Angewohnheiten, die du aus London mitgebracht hast, und deiner maßlosen

Sittenlosigkeit? Glaubst du, Vater hätte *das* befürwortet?"

Peregrines Lächeln erstarb. „Das hätte er nicht und das hat er mir auch offen gesagt."

Augustus schüttelte den Kopf. „Aber für dich war es auch schon immer viel leichter, nicht wahr? Der jüngste Sohn, das süße Kleinkind in der Familie. Bis Lady Mirandas Jungen kamen und dich deiner Stellung beraubten."

Peregrines Lippen kräuselten sich. „Mein Vater hat sie nie ausstehen können."

„Eine Situation, die du selbst herbeigeführt hast, indem du ihn gegen sie aufgewiegelt hast. Weil du eifersüchtig warst!", konterte Augustus. „Du konntest es einfach nicht *ertragen*, nicht das Lieblingskind zu sein, nicht wahr?"

Peregrine warf Lucy einen schnellen Blick zu, was sie aufschrecken ließ. „Ich muss mich entschuldigen, Lady Kurland. Ich hatte Sie gar nicht dort sitzen sehen." Er verbeugte sich tief. „Vielleicht sollten wir diese Diskussion umgehend einstellen, Augustus."

Augustus wirbelte herum und starrte Lucy mit einem so entsetzten Gesichtsausdruck an, dass Lucy am liebsten laut loslachen wollte.

„Meine Güte! Ich muss mich für meinen Bruder entschuldigen, Lady Kurland. Er neigt sowohl zu Übertreibungen, als auch zu Fiktion. Ich bin mir sicher, dass er Ihnen sagen wird, dass seine Bemerkungen als Scherz gemeint waren und ganz und gar nicht ernst zu nehmen sind."

Peregrine zog eine Augenbraue hoch. „Auch ich muss mich entschuldigen, Lady Kurland. Aber ich stehe hinter jedem meiner Worte."

Augustus bedachte Peregrine mit einem letzten empörten Blick, bevor er aus dem Zimmer stürmte und die Tür hinter sich zuschlug. Peregrine nahm den verlassenen Platz seines Bruders ein und bediente sich an dem Brandy, den der Butler auf dem Beistelltisch bereitgestellt hatte. Lucy musterte ihr Gegenüber genau. Seine Hände zitterten, was nahelegte, dass er nicht so ruhig war, wie er vorzugeben versuchte. Hatte sein Bruder mit einigen Kommentaren vielleicht eine empfindliche Stelle getroffen? Hatte der eifersüchtige Peregrine absichtlich die Beziehung zwischen seinem Vater und den Neuzugängen der Familie sabotiert?

Es war jedenfalls ein interessanter Gedanke. Lucy würde bei ihrer Rückkehr eine Menge mit Robert zu besprechen haben.

„Ich muss mich *wirklich* entschuldigen, Lady Kurland." Peregrine blickte ihr direkt in die Augen. „Sie sind aus Herzensgüte hergekommen und mussten am Ende diese unschöne Familienstreitigkeit miterleben."

„Das ist nicht weiter schlimm." Lucy zuckte mit den Schultern. „Mein Vater ist der Pfarrer unserer Gemeinde. Ich habe nach einem unerwarteten Tod in der Familie schon einige Streitigkeiten miterlebt. Menschen verhalten sich in Ausnahmesituationen nicht immer so, wie man es von ihnen erwartet."

Peregrine atmete tief durch. „Dem kann ich nur zustimmen. Edward scheint keine Entscheidungen treffen zu wollen, Lady Miranda liegt nur noch im Bett und ich versuche herauszufinden, wo zum Teufel unser Anwalt Mr Carstairs bleibt.“

„Mir wurde gesagt, er befände sich auf dem Weg von Halifax nach Bath, oder etwa nicht?“

„So ist es in der Tat, aber offenbar verzögert sich seine Ankunft wetterbedingt.“ Peregrine trank seinen Brandy aus. „Um ganz ehrlich zu sein, Lady Kurland, ich kann es kaum erwarten, das ganze Pack loszuwerden, damit ich nach London zurückkehren kann.“

„Ich schätze, Sie könnten auch einfach so abreisen, oder?“, schlug Lucy vorsichtig vor.

„Und damit den Leichnam meines Vaters in den Händen dieser inkompetenten Horde lassen? Wenn es nach Miranda ginge, würde Sir William bis aufs Hemd beraubt und zu den Fischen in den Fluss geworfen. Sie ist eine der geldgierigsten Frauen, die mir je untergekommen sind.“

„Es fällt mir schwer, das zu glauben.“ Lucy rümpfte irritiert die Nase. „Sie scheint mir zu sehr auf andere angewiesen.“

„Das *scheint* sie in der Tat. Aber Sie müssen sich in Erinnerung rufen, dass sie es geschafft hat, sich einen Goldesel an Land zu ziehen. Und sie erwartet, einen Großteil seines umfangreichen Vermögens zu ihrer freien Verfügung zu erhalten.“ Peregrine stürzte ein weiteres Glas Brandy hinunter und erhob sich. „Bitte entschuldigen Sie mich, Lady Kurland. Ich muss noch zur Post und nachsehen, ob ich vielleicht eine Antwort auf meine letzten Briefe erhalten habe.“ Er blickte auf Lucy hinab. „Kommen Sie hier allein zurecht? Warten Sie noch auf Miranda?“

„Mir wurde gesagt, dass Sie innerhalb der nächsten halben Stunde herunterkommen würde", sagte Lucy.

„Viel Glück damit." Peregrine zwinkerte ihr zu und schlenderte aus dem Zimmer. Offenbar hatte er seine Fassung wiedergefunden.

Lucy sah nachdenklich ihren schnell kalt werdenden Tee an. Sollte sie vielleicht besser aufbrechen? Sie hatte in jedem Fall genug interessante Geschichten zu erzählen, um Robert noch lange über das Abendessen hinaus zu unterhalten. Gerade als sie ihre Tasse zurück auf das Tablett stellte, wurde die Tür geöffnet und Lady Benson trat ein, gestützt von Dr. Mantel auf der einen und einem Dienstmädchen auf der anderen Seite. Die Lady des Hauses war ganz in schwarzen Spitzenstoff gehüllt.

„Lady Kurland, es tut mir leid, dass es so lange gedauert hat, bis ich herunterkommen konnte. Mir war ein wenig schwindelig, als ich versuchte, mich zu erheben. Dotty war ganz besorgt und bestand darauf, auf Dr. Mantel zu warten, um sicherzugehen, dass es mir gut genug geht, um die Treppe zu riskieren."

Lucy machte einen Knicks. „Wenn es Ihnen wirklich so schlecht geht, Madam, sollten Sie vielleicht ins Bett zurückkehren? Ich würde nur ungern Ihre Gesundheit gefährden."

Einen Moment lang dachte Lucy, dass Dr. Mantels Lippen nach ihren schmeichelnden Worten zuckten, aber vielleicht spielten ihr ihre Augen einen Streich.

„Nein, mein werter Herr Doktor sagt, es sei wichtig, aus dem Bett aufzustehen oder es zumindest zu versuchen." Lady Benson sank dankbar auf das Sofa. Ihr Dienstmädchen bezog hinter ihr mit den

Riechsalzen in der Hand Stellung. „Aber es ist so schwer, optimistisch zu bleiben, Lady Kurland, wenn ich ständig der Bedrohung meiner Existenzgrundlage und der meiner Söhne ausgesetzt bin."

„Bedrohung, Mylady?", bohrte Lucy nach. „Wer würde einer kürzlich verwitweten Dame so etwas antun wollen?"

Lady Benson sah sich ängstlich im Zimmer um, als ob sie erwartete, dass sich Scharen von Feinden hinter den Vorhängen versteckten. „Sie alle wollen mir Böses."

„Sie alle?"

„Ich denke, Lady Benson meint damit ihre Stiefsöhne", schaltete sich Dr. Mantel ein.

„Ich bin mir sicher, dass Sie als ihr Arzt Lady Benson nicht dazu ermutigen wollen, an Sir Williams Familie zu zweifeln", sagte Lucy warnend.

„Natürlich nicht, Mylady." Man musste Dr. Mantel zugutehalten, dass er angesichts der Idee tatsächlich angewidert wirkte. „Meine einzige Aufgabe ist es, dafür zu sorgen, dass Lady Benson in so guter Verfassung ist, dass sie sich dem Anwalt der Familie stellen kann, wenn dieser hier eintrifft."

„Ich habe Dr. Mantel darum gebeten, mich zu jedem Treffen zu begleiten, in dem es um Sir Williams Erbe geht. Aber er besteht darauf, dass es sich für ihn nicht gehöre", sagte Lady Benson.

„Ich werde jederzeit in der Nähe sein, Mylady. Das kann ich Ihnen versichern." Der Doktor tätschelte Lady Bensons Hand, die in einem Spitzenhandschuh steckte. „Sie sind stärker, als Sie glauben, und außerdem eine hingebungsvolle Mutter, die für ihre Söhne kämpft."

„Das stimmt. Ich kann Edward nicht erlauben, meine geliebten Söhne ihres Erbes zu berauben."

Lucy verkniff sich die Bemerkung, dass das Erbe nach Sir Williams Willen aufgeteilt und Edward lediglich die Wünsche seines Vaters umsetzen würde. Aufgrund ihrer eigenen Beobachtungen hatte Lucy den starken Verdacht, dass Sir William seinen Söhnen möglicherweise nicht einen Penny vermacht hatte.

„Mr Peregrine Benson sagte mir, dass er versuche herauszufinden, was mit Sir Williams Anwalt geschehen und warum dieser noch nicht eingetroffen ist", sagte Lucy.

„Peregrine hasst mich", sagte Lady Benson mit klagender Stimme. „Er will vermutlich Mr Carstairs erreichen, um ihn zu bestechen und die wahren Wünsche meines Ehemanns zu untergraben."

Dr. Mantel räusperte sich. „Ich bezweifle, dass Peregrine so etwas tun würde, Mylady, oder dass Mr Carstairs Bestechungsgelder annimmt. Er ist ein guter und aufrechter Gentleman."

„Ich bin mir sicher, dass sich bald alles klären wird, Lady Benson", murmelte Lucy ihr zur Ermutigung zu. „Sir William wirkte auf mich nicht wie die Sorte Mann, die ihre Angelegenheiten nicht gut geregelt hat."

„Ganz genau, Lady Kurland." Dr. Mantel verbeugte sich.

Der Butler betrat den Salon und verneigte sich vor Lady Benson.

„Wünschen Sie frischen Tee, Mylady?"

„Das wäre wunderbar, danke."

Lady Benson seufzte und ließ den Kopf auf die Lehne des Sofas sinken. „Es war ein sehr anstrengender Tag.

Ich habe meine Garderobe durchgesehen und alle meine wunderschönen Kleider aussortiert. Ich werde dringend meine Schneiderin aufsuchen müssen. Ich besitze nur dieses eine schwarze Kleid und es steht mir ganz und gar nicht. Ich fürchte, dass ich diese Farbe die nächsten *Monate*, wenn nicht sogar Jahre, tragen werde.“

Lucy fiel keine passende Antwort ein, also schwieg sie einfach. Sie würde noch eine weitere Tasse Tee trinken und dann zurück in ihr eigenes Haus nebenan entkommen. Lady Bensons egozentrisches Verhalten war bemerkenswert ermüdend. Arden Hall betrat den Salon und verbeugte sich vor Lucy und seiner Mutter.

„Guten Tag, Mutter. Ich bin beeindruckt, dass du es heute geschafft hast, dein Bett zu verlassen.“

Lady Benson zog einen Schmollmund. „Es geht mir nicht gut.“

Arden setzte sich und schlug die Beine übereinander. „Du solltest dich heute eigentlich viel besser fühlen, schließlich musst du nicht mehr die Aufmerksamkeit des alten Mannes ertragen.“

Dr. Mantel öffnete den Mund, als wolle er den jungen Mann zurechtweisen, schien es sich dann jedoch anders zu überlegen.

„Er ist tot, liebe Mutter“, sagte Arden gehässig. „Du hast ihn zu seinen Lebzeiten gehasst, also warum gibst du jetzt vor, ihn zu betrauern?“

„Wie kannst du das nur sagen?“ Lady Benson keuchte auf und schoss mit der Hand auf die Brust gepresst in eine aufrechtere Position. „Ich habe ihn *vergöttert*!“

„Du hast sein Geld vergöttert“, fuhr Arden unbeirrt fort. „Und es hat dir auch sehr gefallen, *Lady* Benson genannt zu werden. Aber ich bitte dich, Mutter! Sicher kann das hier nicht dein Ernst sein. Du konntest ihn nicht ausstehen!"

Erneut fragte sich Lucy, ob sie vielleicht unsichtbar geworden war oder ob die Bensons einfach nicht in der Lage waren, ihre dreckigen Familiengeheimnisse sicher hinter verschlossenen Türen zu halten, wo sie eigentlich hingehörten. Immerhin hatte es ihre Aufgabe der Wahrheitsfindung deutlich leichter gemacht als erwartet.

„Ich nehme doch an, das wird Ihrer Mutter und Ihrem Stiefvater nicht gerecht", sagte Dr. Mantel. „Die Ehe ist eine Angelegenheit zwischen den beiden, denn sie sind die einzigen Menschen, die genau wissen, was darin vorging."

„Guter Gott, Doktor. Meine Mutter liebt es, ihr Leiden nach außen zu tragen. Sie hat Brandon und mir immer wieder erzählt, wie die Dinge standen", widersprach Arden. „Tatsächlich musste ich einige Male meinen Bruder mit einiger Anstrengung davon abbringen, Sir William körperlichen Schaden zuzufügen!"

„Brandon ist sehr impulsiv", gestand Lady Benson ein. „Und dann war da dieses unglückliche Ereignis in der Schule, als sie ihn wegen eines Handgemenges einen Verweis aussprachen."

„Ein *Handgemenge?*" Ardens schallendes Lachen ließ Lucy zusammenzucken. „Das war das geringste seiner Vergehen. Der Tropfen, der das Fass zum Überlaufen brachte, war der Stuhl, mit dem er versuchte, einen der Lehrer zu verprügeln. Aber mache dir keine Sorgen, Mutter. Ich habe ihn inzwischen gut unter Kontrolle."

Dr. Mantel räusperte sich und warf Lucy einen Blick zu. „Und wie ergeht es Sir Robert in den Heilbädern, Lady Kurland?"

„Er erholt sich sehr gut." Lucy lächelte. „Allerdings glaube ich, dass er die Gesellschaft von Sir William vermisst. Er besteht darauf, dass alle anderen dort entweder Narren oder Invaliden sind."

„Ist er denn nicht selbst ein Invalide?" Lady Benson nickte mitleidvoll. „Er ist wirklich zu jung, um derart krank zu sein."

„Er ist nicht wirklich *krank*, Lady Benson. Sir Robert war ein Major, der bei den 10. Husaren gegen die Franzosen kämpfte und in Waterloo verwundet wurde." Lucy zog eine Augenbraue hoch. „Er wurde vom Prinzregenten für seinem Mut an diesem Tag in den Adelsstand erhoben."

„Wirklich?" Arden wandte sich an Lucy und sein Gesicht war zur Abwechslung frei von Boshaftigkeit. „Das ist ja wirklich fantastisch. Ich wollte schon immer zur Armee."

„Sprich nicht von solchen Dingen!" Lady Benson griff sich an die Kehle. „Willst du deine eigene *Mutter* ins Grab bringen?"

Ardens Miene verfinsterte sich wieder. „Ich überlasse derartige Dinge lieber Brandon." Er sprang auf. „Ich gehe aus."

Nachdem auch Arden mit knallender Tür verschwunden war, meldete sich Dr. Mantel zu Wort. „Eigentlich bin ich der Meinung, dass ihm eine Karriere in der Armee äußerst guttun würde."

Lucy nickte. „Da würde Ihnen Sir Robert sicher beipflichten."

„Falls Arden tatsächlich etwas von Sir William erbt, könnte er dies vielleicht nutzen, um sich ein Offizierspatent in einem guten Regiment zu erkaufen.“

Lady Benson funkelte ihren Arzt an. „Es steht Ihnen wohl kaum zu, einen derartigen Vorschlag zu machen – besonders, da ich erst kürzlich verwitwet wurde und in der Angst lebe, von allen, die ich kenne und liebe, verlassen zu werden.“

Dr. Mantel verbeugte sich. „Ich muss mich entschuldigen, Mylady. Da haben Sie natürlich recht.“

„Ich habe vor dem Abendessen noch einige Erledigungen zu machen, daher muss ich mich jetzt auf den Weg machen.“ Lucy erhob sich und knickste vor ihrer Gastgeberin. „Vielen Dank für den Tee. Ich hoffe wirklich, dass es Ihnen bald besser geht, Lady Benson.“

„Guten Tag, Lady Kurland.“

Ihre Gastgeberin winkte zum Abschied mit schlaffer Hand und ließ sich dann zurück auf das Sofa sinken, als sei sie nicht länger in der Lage, das Gewicht ihres eigenen Kopfes zu tragen.

Dr. Mantel begleitete Lucy die Treppen hinunter zur Eingangstür.

„Vielen Dank für Ihr Kommen, Mylady.“ Er zögerte. „Es ist Ihnen vielleicht nicht bewusst, aber Lady Benson weiß Ihre Besuche wirklich zu schätzen. Sie kennt fast niemanden in Bath und fühlt sich daher sehr isoliert und unsicher.“

„Das kann ich mir vorstellen.“ Lucy schenkte ihm ein Lächeln. Ihr war bewusst, dass ihn seine Stellung in der Familie, die ihn beschäftigte, in eine sehr prekäre Lage brachte.

„Falls Sir Robert eine Gelegenheit findet, mit Arden über ein mögliches Offizierspatent zu sprechen, hilft das dem Jungen vielleicht, sich einen besseren Plan für seine Zukunft aufzubauen, als lediglich Streit anzuzetteln. Natürlich müsste das passieren, ohne dass seine Mutter es bemerkt", schlug Dr. Mantel vor.

„Ich werde es meinem Mann gegenüber ansprechen, aber ich muss Sie warnen, dass Sir Robert von Ardens und Brandons Verhalten wenig angetan war. Vielleicht ist er daher eher nicht gewillt, sich weiter zu engagieren."

„Ich verstehe." Dr. Mantel seufzte. „Die Jungs sind möglicherweise von ihrer Mutter zu sehr verwöhnt worden."

Lucy beschloss, die Bemerkung unkommentiert zu lassen. „Haben Sie vor, weiter bei der Familie zu bleiben, jetzt, da ihr eigentlicher Patient verstorben ist, Dr. Mantel?", fragte Lucy. „Oder werden Sie hierbleiben und in Bath praktizieren?"

„Ich gedenke, mit Lady Benson nach Yorkshire zurückzukehren und dafür zu sorgen, dass sie sich wieder gut dort einlebt. Ich bin mir noch nicht sicher, was ich danach tun werde." Er lächelte und verbeugte sich. „Es ist sehr freundlich von Ihnen, dass Sie sich um mein Wohlergehen sorgen, Mylady. Das weiß ich wirklich zu schätzen."

Mit diesen Worten verabschiedete sich Lucy und trat hinaus auf die Straße. Sie nahm den Weg zurück in die Stadt, da sie noch ein Buch in der Bibliothek auf der *Milsom Street* zurückgeben musste. Der Tag war zwar sonnig, aber nicht besonders warm. Sie ging schnellen Schrittes die Straße hinunter, wobei ihre Gedanken um die Ereignisse des Nachmittags kreisten. Sie hatte einige neue Informationen gewonnen. Es war kaum vorstellbar, in einem Haushalt zu leben, der jede Emotion hinaus in die Welt posaunte. Aber natürlich half ihr das dabei, herauszufinden, wer in der Benson-Familie das größte Motiv haben könnte, Sir William zu ermorden.

Robert starrte Lucy an, während sie beim Abendessen ihren Besuch bei den Bensons nacherzählte. Penelope hatte sich zurückgezogen und Anna war zu Besuch bei den Akers.

„Guter Gott." Robert bemerkte erst, dass sein Abendessen kalt geworden war, als er versuchte, einen weiteren Bissen vom Lammbraten zu nehmen. „Was für eine *merkwürdige* Geschichte."

„Ich weiß." Lucy nahm ihre Gabel. „Zeitweise hatte ich das Gefühl, ich säße im Publikum eines Theaterstücks. Aber ich habe mich natürlich nicht beschwert. Es war sehr lehrreich, ihnen dabei zuzuhören, wie sie sich gegenseitig an die Kehle gingen."

„Und was konntest du bisher für Schlüsse ziehen?"

„Nun, ich habe noch immer die Söhne von Miranda im Verdacht, aber ich vermute, dass Brandon der eigentliche Täter ist und Arden ihn deckt. Das könnte erklären, warum an dem Morgen nur ein Mann aus den Bädern gerannt kam."

Robert nickte. „Dem muss ich zustimmen. Sonst noch etwas?"

„Augustus steckt offensichtlich in Schwierigkeiten", sagte Lucy nachdenklich. „Ich dachte, dass ich vielleicht dem Bischof einen Besuch abstatten sollte, um herauszufinden, was genau da vor sich geht."

„Glaubst du, man wird dich empfangen?"

„Natürlich wird man das." Lucy zog die Augenbrauen hoch. „Ich bin die Tochter eines Pfarrers, der darüber hinaus auch noch ein bekannter Gelehrter und der Sohn eines Earls ist. Wenn irgendjemand weiß, wie man seinen Charme einsetzt, um in der Residenz eines Geistlichen empfangen zu werden, bin ich das."

Robert konnte ihr in diesem Punkt nicht widersprechen. „Was, glaubst du, meinte Augustus, als er von Peregrines ‚sündigen' Angewohnheiten sprach?"

Lucy rümpfte die Nase. „Ich dachte, dass ich diesen Teil lieber dir überlasse. Ich fand auch die Behauptung interessant, dass Peregrine absichtlich seinen Vater gegen Mirandas Söhne aufgewiegelt hat, weil er eifersüchtig auf sie war."

„Was daran findest du interessant?", fragte Robert nach.

„Nun, vielleicht *wusste* Peregrine, dass die beiden in Sir Williams Testament bedacht wurden, und er war davon so aufgebracht, dass er beschloss, seinen Vater umzubringen."

„Allerdings würden die beiden damit im Testament bleiben", merkte Robert an.

„Vielleicht dachte Peregrine auch, dass er das Testament noch irgendwie ändern konnte", schlug Lucy vor. „Ich weiß nur, dass er nicht so ruhig und unbedacht wegen Augustus' Behauptungen war, wie er vorgab." Sie schnitt ein Stück einer mit Petersilie besprenkelten Kartoffel ab. „Hast du heute in den Heilbädern noch etwas herausfinden können?"

„Nur, dass sowohl Arden als auch Brandon schon einmal dort gesehen wurden. Aber niemand konnte mit Sicherheit sagen, ob die beiden am fraglichen Morgen dort waren." Robert verzog das Gesicht. „Um ehrlich zu sein, bin ich mehr daran interessiert, in Erfahrung zu bringen, was in Sir Williams Unternehmen vor sich geht und ob stimmt, dass Edward ihn ruiniert, wie er selbst sagte."

„Und wie willst du in der Sache vorgehen?", fragte Lucy.

„Ich habe meinem Cousin Oliver geschrieben. Er kennt die Benson-Familie und ihr Geschäft und wird wahrscheinlich zu beidem eine Einschätzung abgeben können."

„Also machen wir Fortschritte – wenn auch langsam." Lucy seufzte. „Manchmal frage ich mich, warum wir uns überhaupt immer in diese Sachen einmischen."

„In diesem Fall, weil Sir William Gerechtigkeit verdient." Robert blickte ihr im Kerzenlicht tief in die Augen. „Ich bin mehr denn je davon überzeugt, dass er vor seiner Zeit gestorben ist. Ich gedenke, den oder die Mörder vor ein Gericht zu bringen und sie für ihre Verbrechen bezahlen zu lassen."

„Unsere Hauptverdächtigen sind weiterhin die beiden jungen Burschen", sagte Lucy. „Ich kann mir nicht wirklich vorstellen, dass Augustus seinen Vater am helllichten Tag umbringen könnte, du etwa?"

„Aus unserer Erfahrung wissen wir, dass Mörder oft unerwartet handeln und aus den unwahrscheinlichsten Kreisen stammen", erinnerte sie Robert.

„Das stimmt, allerdings bezweifle ich dennoch, dass ein allgemein bekannter Kirchenmann, es riskieren würde, seinen Vater im Schwimmbecken zu ertränken." Lucy trank etwas von ihrem Wein und verzog die Miene. „Das schmeckt aber sehr metallisch."

„Für mich schmeckt das ganz normal." Robert leerte sein eigenes Glas. „Und wenn Augustus in die Heilbäder gegangen wäre, hätte er dabei sicherlich nicht die Kleidung eines Geistlichen getragen. Er hätte dieselbe alberne Ausrüstung getragen, wie wir anderen Badegäste auch."

„Dadurch erhält der Träger eine gewisse Anonymität, besonders, wenn dadurch auch das Haar bedeckt wird", murmelte Lucy nachdenklich. „Daran hatte ich nicht gedacht."

„Augustus hat vielleicht seinen Vater ertränkt, sich dann den anderen Badegästen auf der anderen Seite der Anlage angeschlossen und das Bad gemeinsam mit ihnen verlassen, ohne dass jemand bemerkte, dass sich ein Mörder unter ihnen befand", spekulierte Robert.

„So könnte jeder unserer Verdächtigen vorgegangen sein." Lucy seufzte. „Willst du mich heute ins Theater begleiten oder würdest du lieber zuhause bleiben?"

„Ich würde lieber ausgehen. Wenn ich hierbleibe und mir die ganze Zeit Gedanken über die Bensons mache, laufe ich den restlichen Abend nur auf und ab. Und du würdest mich außerdem vermutlich verfluchen."

„Vermutlich." Sie schenkte ihm ein Lächeln. „Aber ich kann deine Sorge nachvollziehen."

Er streckte die Hand aus, nahm die ihre und führte sie an seinen Mund. „Ich muss dir wirklich noch einmal dafür danken, dass du darauf bestanden hast, nach Bath zu reisen. Es geht mir schon so viel besser.“

„Das sieht man auch. Offenbar brauchte es nicht mehr als die Heilbäder und einen ungeklärten Todesfall, um dich wieder zu kurieren.“

Robert gluckste. „Und eine Frau, die mich versteht und mir gestattet, meinen Leidenschaften nachzugehen.“

Ihr Gesicht färbte nahm einen schönen Rosaton an und sie blickte verlegen hinunter auf ihren Teller. „Ich sollte gehen und mich umziehen.“

„Wenn es sein muss.“ Er musterte ihr Musselinkleid. „Für mich siehst du schon perfekt aus, wie du bist.“

„Schmeichler.“ Lucy erhob sich und Robert tat es ihr gleich. „Ich werde so schnell wie möglich zurück sein.“

Kapitel 8

„Es ist eine solche Freude, die Tochter des ehrbaren Mr Ambrose Harrington kennenzulernen. Ich bewundere die theologischen Werke Ihres Vaters schon seit langem."

Lucy lächelte die Ehefrau des verstorbenen Erzbischofs und ihre beiden Töchter an, während diese ihr Tee einschenkten. Ihrer Nachricht an die Bischofsresidenz in Bath folgte eine Einladung, die sie umgehend angenommen hatte. Sie hegte allerdings kein Interesse, den Bischof selbst zu sehen. Schon früh war ihr bewusst geworden, dass die weiblichen Mitglieder und die Dienerschaft in den Haushalten von Geistlichen über jegliche Geheimnisse Bescheid wussten. Glücklicherweise war der amtierende Bischof derzeit in Wells.

„Mein Vater ist ein gut gebildeter Mann, Mrs Lemmings, und seine Interessen decken eine Vielzahl von Themenbereichen ab, die natürlich auch für die anglikanische Kirche bedeutsam sind."

Tatsächlich interessierte sich ihr Vater weit mehr für die Jagd und Pferderennen als für spirituelle Dinge. Die Theologie der Kirche spricht ihn auf intellektueller Ebene an, daher schätzt er es, darüber Vorträge zu halten, sich mit den besten Gelehrten des Landes darüber zu streiten und Artikel für Kirchenjournale zu schreiben.

„Wie wundervoll“, sagte die älteste Miss Lemmings leise. „Ich kann mir kaum vorstellen, wie es sein muss, ihn jeden Tag persönlich sprechen zu hören.“

Lucy notierte sich gedanklich, dass sie ihren Vater darum bitten musste, sie, so bald es ihm möglich war, in Bath zu besuchen.

„Ich habe ihm oft bei Predigten und der Übersetzung von griechischen und lateinischen Originaltexten geholfen“, sagte Lucy.

„Er hat es Ihnen gestattet, diese heidnischen Sprachen zu erlernen?“ Mrs Lemmings zog die Augenbrauen hoch. „Mein verstorbener Ehemann hielt sie nicht für angemessen für die Augen unserer Töchter.“

„Ich hatte das Glück, dass mein Vater mich nie davon abgehalten hat, zu lernen, was auch immer ich wollte.“ Lucy lächelte. „Er hat oft gesagt, ich sei zu intelligent, um im Körper einer Frau gefangen zu sein.“

Mrs Lemmings nickte, als verstehe sie völlig, was Lucy damit meinte. „Hat Mr Harrington auch Söhne?“

„Mein Bruder Anthony ist derzeit im Ausland mit den 10. Husaren stationiert. Und die beiden Zwillingsbrüder sind in der Schule.“ Sie erwähnte nicht ihren älteren Bruder Tom, der während des Krieges gefallen war. Sie war noch immer nicht bereit dafür, das Thema öffentlich anzusprechen.

„Ein vom Glück gesegneter Mann“, bemerkte Mrs Lemmings. „Traurigerweise hatte ich nur Töchter.“

Lucy bemerkte, dass Cora, die jüngste Miss Lemmings, ihre Schwestern ansah und mit den Augen rollte, als ob sie diese Beschwerde nur allzu oft gehört hatte.

„Töchter sind ein Segen“, sagte Lucy mit Nachdruck. „Sie sind immer eine Unterstützung.“

„Haben Sie selbst auch Kinder, Lady Kurland?“

„Noch nicht“, sagte Lucy. „Aber ich bin auch erst seit drei Jahren verheiratet. Ich würde allerdings sehr gerne Kinder haben.“

„Dann haben Sie aber recht spät geheiratet, nicht wahr?“, fragte Miss Lemmings, bevor sie hochrot anlief. „Natürlich geht mich das nichts an, aber …“

„Ja. Nach dem Tod meiner Mutter war ich davon überzeugt, dass es mein Schicksal war, den Haushalt für meinen Vater und meine jüngeren Brüder und Schwestern zu führen. Und dann ergab es sich, dass Sir Robert, der größte Landbesitzer in Kurland St. Mary, um meine Hand anhielt. Ich habe seinen Antrag mit Freude angenommen.“

„Was für eine wundervolle Geschichte“, flüsterte Miss Cora. „Sie geben uns allen solche Hoffnung.“

Lucy lächelte die Schwestern an. „Während wir noch hier in Bath sind, würden Sie und Miss Lemmings uns vielleicht zum Tee besuchen? Oder vielleicht sogar mit uns in die *Assembly Rooms* gehen? Meine Schwester Anna würde Sie sicher liebend gern kennenlernen.“

„Das würden wir sehr begrüßen. Unser Leben hier in der Bischofsresidenz ist zwar sehr behütet, aber wir sind dadurch auch ein wenig von der Außenwelt abgeschnitten.“ Mrs Lemmings nickte, sodass die Spitzen an ihrer Haube leicht wackelten. „Seit dem Ableben meines Ehemanns kann ich gesellschaftliche Anlässe nicht mehr ertragen. Ich fürchte, dass die

Aussichten der Mädchen auf eine gute Partie zusammen mit ihrem guten Aussehen schwinden."

„Man sollte niemals die Hoffnung aufgeben", erwiderte Lucy. „Ich bin sicher, dass Ihre Töchter sich in der Gesellschaft tadellos benehmen werden und dass jeder Mann sich glücklich schätzen könnte, sie zur Frau zu haben."

Ihre Antwort quittierten die beiden Mädchen jeweils mit einem breiten Lächeln, während ihre Gastgeberin wenig überzeugt wirkte.

„Waren Sie je im *King's Bath*?", fragte Lucy an Mrs Lemmings gewandt. „Mein Ehemann ist dort seit einiger Zeit in Behandlung."

„Mein verstorbener Ehemann hat die warmen Quellen immer sehr genossen, Lady Kurland, aber ich habe ihnen nie viel abgewinnen können."

„Ich frage mich, ob er dabei jemals Sir William Benson in den Heilbädern begegnet ist." Lucy studierte aufmerksam die drei Gesichter. „Vor kurzer Zeit hatte er dort einen gesundheitlichen Zwischenfall und ist leider verstorben."

„Davon habe ich gehört." Mrs Lemmings legte eine Hand auf die Brust. „Der liebe, arme Mann. Ich erinnere mich an den Namen. Hatte er mit der Kirche zu tun?"

„Soweit ich weiß, ist sein Sohn Augustus der Reverend von mehreren Gemeinden im Umland", sagte Lucy. „Vielleicht haben Sie von ihm schon gehört?"

„Augustus Benson?" Miss Lemmings erschauderte. „*Ihn* kennen wir alle. Er sucht seit Jahren schon nach einer Ehefrau."

„Wie ich höre, sind seine Gemeinden nicht gerade wohlhabend, daher verspürt er vielleicht das

Bedürfnis, eine Gefährtin zu finden, die ihm beim Bewältigen seiner Finanzen und der Betreuung seiner Schäfchen hilft", bemerkte Lucy.

Mrs Lemmings erhob sich. „Würden Sie mich für einen Moment entschuldigen, Lady Kurland? Ich möchte die Köchin darum bitten, uns etwas von ihrem Obstkuchen heraufzubringen. Ich bin mir sicher, dass er Ihnen munden wird."

Sobald die Tür hinter ihrer Mutter ins Schloss gefallen war, wandte sich Miss Lemmings an Lucy. „Augustus Benson ist ein abscheulicher Mann. Keine Frau würde ihn jemals heiraten wollen. Selbst in Kirchenkreisen ist bekannt, dass er all sein Einkommen auf Pferde verwettet."

„Meinen Sie Pferderennen?", fragte Lucy. „Du meine Güte."

„Gerüchten zufolge ist er schwer verschuldet", flüsterte Miss Cora Lemmings. „Und er sucht verzweifelt nach einer Möglichkeit, seine Gläubiger zu bezahlen, bevor er *alles* verliert."

„Dann werde ich dafür sorgen, dass jegliche Avancen, die er meiner Schwester macht, ins Leere laufen." Lucy stellte ihre Tasse ab. „Nachdem ich Sir William kennengelernt habe, dachte ich, dass sein Sohn ein Mann von tadellosem Charakter sein müsse."

„Sir William hat noch zwei andere Söhne", mischte sich Miss Cora ein.

Lucy fiel auf, dass die beiden Schwestern sehr gut informiert waren, dafür, dass sie angeblich nur wenig Kontakt zur Gesellschaft in Bath hatten.

Cora fuhr fort: „Der älteste ist ein wenig bieder, aber der jüngere – Mr *Peregrine* Benson – ist so gutaussehend wie Byron."

Miss Lemmings nickte zustimmend. „Wir sind ihm einmal in der *Milsom Street* in Begleitung von Sir Williams Frau begegnet und er hat sich uns gegenüber sehr freundlich verhalten."

„Ich habe Mr Peregrine Benson ebenfalls bereits kennengelernt und er ist in der Tat ein sehr charmanter Gentleman. Allerdings habe ich Zweifel, ob er für meine Schwester einen geeigneten Ehegatten abgeben würde, da er derzeit keiner geregelten Tätigkeit nachgeht." Lucy sah Miss Lemmings an. „Er ist ein Künstler, soweit ich weiß?"

„Und ein Dichter und Theaterschreiber."

„In der Tat." Lucy blickte auf, als Mrs Lemmings mit einem Teller voller Kuchenstücke zurückkehrte. „Wie wundervoll, Madam. Ich weiß ein gutes Stück Kuchen immer zu schätzen."

***

Lucy legte eine Hand auf den Bauch und lächelte Robert zu. Sie saßen im Salon ihres Hauses und teilten zu dieser recht späten Stunde noch eine Tasse Tee, bevor sie sich zum Abendessen umziehen würden. „Ich bin mir nicht ganz sicher, *was in* diesem Obstkuchen war, den ich laut Mrs Lemmings unbedingt probieren sollte, aber dem Gefühl nach könnte es Blei gewesen sein."

„Möchtest du damit andeuten, man müsse es dir hoch anrechnen, dass du dich gütigerweise dazu bereiterklärt hast, ein Stück Kuchen zu essen?"

„So ist es. Aber es hat sich gelohnt, denn es scheint allgemein bekannt zu sein, dass Augustus Benson verschuldet ist. Und er steckt nicht in der Art Schulden, aus denen er sich einfach herauswinden könnte. Es geht um Spielschulden – also Ehrenschulden. Kein Wunder, dass er Geld von Sir William wollte."

„Also denkst du, dass Peregrine recht hatte, was den Streit zwischen Augustus und seinem Vater kurz vor dessen Tod betrifft?", fragte Robert.

„Es würde zumindest Sinn ergeben, wenn er tatsächlich dringend Geld brauchte und abgewiesen wurde", sagte Lucy. „Ich finde es aber immer noch schwer zu glauben, dass ein Mann der Kirche zu so einer Tat fähig ist."

„Das liegt daran, dass du dazu erzogen wurdest, diese Art Mann zu bewundern", bemerkte Robert. „Ich mache dir keinen Vorwurf, dass du dich hast hinters Licht führen lassen."

„Nun, vielen Dank dafür. Und wie ist es heute bei *dir* gelaufen?", erkundigte sich Lucy. „Hast du etwas von deinem Cousin gehört?"

„Noch nicht, aber ich habe Gerüchte aufgeschnappt, laut denen in Peregrine Bensons Leben nicht alles so läuft, wie es sollte."

„In welcherlei Hinsicht?"

Robert lächelte sie an. „Unnatürliche Laster, meine Liebste." „Und was genau soll das heißen?", fragte Lucy mit einem Stirnrunzeln.

„Dass er die *Gesellschaft* von Männern vorzieht."

„Oh. Ich gehe davon aus, dass Sir William das ganz und *gar* nicht geschätzt hätte."

„Wenn dem so war, so hat er es zumindest mir gegenüber nie angesprochen. Das scheint im Nachhinein etwas merkwürdig, wenn man bedenkt, wie offen er mir von den anderen Problemen innerhalb seiner Familie erzählt hat."

„Er hat dir auch nichts davon erzählt, dass Augustus die Kollekte seiner Kirche verspielt."

„Das ist wahr." Robert seufzte und streckte die Beine aus. „Hast du diesen Mädchen wirklich angeboten, uns jeden Tag zum Abendessen zu besuchen?"

„Nicht jeden Abend." Sie zögerte. „Die Mädchen haben mir leidgetan, weil ihre Mutter so in ihrer Trauer gefangen war, dass sie kaum Zeit für die beiden hatte."

Er streckte seine Hand nach ihr aus. „Und du weißt am besten, wie schwer es für die Tochter eines Kirchenmanns ist, einen guten Ehemann zu finden."

„Ich hatte mehr Glück als die meisten", erinnerte sie ihn und drückte seine Finger. „Miss Lemmings meinte, dass ich ihr Hoffnung gäbe."

„Wenn Miss Lemmings auch nur zur Hälfte die Frau ist, die du bist, meine Liebste, dann wird sie keinerlei Schwierigkeiten haben, einen Ehemann zu finden. Ich bin mehr als gewillt, jedem Gentleman gegenüber für die Qualitäten einer Frau, die in einem Kirchenhaushalt großgezogen wurde, zu bürgen."

Ihr Gesicht nahm eine schöne rosa Farbe an, als sie die Hand aus Roberts Griff löste und sich erhob.

„Hat es dir die Sprache verschlagen?", fragte Robert, stand ebenfalls auf und blickte hinunter in ihr Gesicht.

Sie legte die Hand auf seine Wange. „Es ist schön, dich so gut gelaunt zu sehen."

Er neigte den Kopf nach unten und küsste sie auf die Lippen. „Es geht mir schon viel besser." Er küsste sie erneut. „Viel, *viel* besser." Er nahm ihre Hand. „Und jetzt komm mit."

Sie bewegte sich nicht. „Es ist noch zu früh für das Abendessen."

„Ich weiß." Er zwinkerte ihr zu. „Aber ich habe den Verdacht, dass wir zusammen eine vergnüglichere Beschäftigung finden können, während wir warten."

„Robert …"

„Und denk nur an die Vorteile, meine Liebste. Wir werden bereits entkleidet sein, wenn Betty und Silas nach uns sehen."

***

„Sir Robert, auf ein Wort?", fragte Foley.

„Natürlich, kommen Sie herein."

Robert nickte Silas zu, der ihm gerade dabei geholfen hatte, sich nach dem Theaterbesuch umzuziehen. „Vielen Dank, Silas. Das wäre dann alles."

„Gute Nacht, Sir."

Silas verließ das Zimmer und Foley trat ein. Er stellte sich mit hinter dem Rücken verschränkten Händen ans Feuer.

„Was gibt es, Foley?"

„Wie angewiesen, habe ich mich mit Mr Tompkins unterhalten. Und er hat mir eine Menge anvertraut."

„Ausgezeichnet." Robert deutete auf den Sessel hinter Foley. „Setzen Sie sich doch."

„Oh, nein, das könnte ich nicht, Sir Robert. Das würde sich nicht gehören", protestierte Foley.

„*Setzen* Sie sich, Sie alter Narr." Robert nahm den anderen Sessel. „Ich verspreche, dass ich niemandem davon erzähle."

„Wie Sie wünschen, Sir." Foley setzte sich vorsichtig auf die Sesselkante. „Mr Tompkins wollte, dass ich Ihnen etwas gebe."

„Und das wäre?"

„Die Korrespondenz seines Herren."

„Ah. Aber wird den Bensons das Fehlen nicht auffallen?"

„Mr Tompkins sagte mir, dass sein Herr immer alles in seinen Schlafgemächern aufbewahrte und es daher niemand sonst sehen oder lesen konnte." Foley schnaubte abschätzig. „Sir William war seiner Familie gegenüber bemerkenswert misstrauisch und hat seine Geschäftsaktivitäten sehr für sich behalten."

„Was möglicherweise durchaus gerechtfertigt war, wenn man bedenkt, dass er jetzt tot ist", bemerkte Robert.

„Das hat auch Mr Tompkins gesagt, Sir. Er ist der Meinung, dass *jemand* in seiner Abwesenheit in Sir Williams Schlafgemächer ging, um die Papiere zu durchsuchen."

„Hat er eine Ahnung, *welcher* der Bensons es war?", fragte Robert. „Es gibt ja eine ganze Menge von ihnen."

„Das hat Mr Tompkins nicht gesagt. *Aber* er wollte gerne, dass Sie die Briefe lesen und sich selbst eine Meinung darüber bilden, was dort vor sich ging, Sir."

„Wie häufig hat Sir William seine geschäftlichen Angelegenheiten mit Mr Tompkins besprochen?“, fragte Robert.

„Fast immer, Sir. Sie sind seit ihrer Kindheit miteinander befreundet. Ich glaube, Sir William hat ihm mehr vertraut als irgendjemandem sonst in seinem Leben.“

„Schließt das seine eigenen Söhne mit ein?“, fragte Robert.

„Nachdem, was Mr Tompkins mir gesagt hat, war Sir William mit keinem seiner Söhne zufrieden. Er sagte, falls Sie damit einverstanden sind, die Briefe zu lesen, werde Ihnen alles klar werden.“

„Dann, schätze ich, ist es das Beste, sie zu lesen und zu hoffen, dass die Bensons in der Zwischenzeit ihre Abwesenheit nicht bemerken“, sagte Robert. „Wenn Lady Kurland und ich uns die Aufgabe teilen, können wir sie vermutlich recht schnell durcharbeiten, ohne dass jemand ihr Fehlen bemerkt.“

Foley erhob und verbeugte sich. „Dann werde ich Mr Tompkins bitten, sie uns zu übergeben.“

„Vielen Dank für die gute Arbeit, Foley. Ich weiß das sehr zu schätzen.“

„Vielen Dank, Sir.“ Foley zögerte. „Je länger ich Mr Tompkins zuhörte, desto mehr teilte ich Ihre Ansicht, dass Sir William keines natürlichen Todes gestorben ist. Es wäre mir eine Freude, zu wissen, dass ich eine kleine Rolle darin gespielt habe, seinen Mörder seiner gerechten Strafe zuzuführen.“

„Ausgezeichnet, Foley.“ Robert nickte. „Nachdem ich die Briefe gelesen habe, werde ich mich vielleicht persönlich mit Mr Tompkins unterhalten. Denken Sie, dass er dem zustimmen würde?"

„Das würde er sicherlich, Sir. Denken Sie dran, er hält bereits sehr große Stücke auf Sie. Wenn jemand Sie ermordet hätte, hätte auch ich mein Bestes gegeben, um dafür zu sorgen, dass Ihnen Gerechtigkeit widerfährt, Sir." Foley wandte sich zur Tür. „Ich höre Lady Kurland die Treppe hinaufkommen, daher werde ich Sie nun allein lassen. Gute Nacht, Sir Robert. Schlafen Sie gut."

***

„Lucy, ich muss mit dir sprechen." Penelope trat ein und setzte sich Lucy gegenüber an den Frühstückstisch. „Meine Güte, kein Wunder, dass du so blass und krank aussiehst, du hast ja kaum etwas auf dem Teller!"

„Ich fühle mich heute einfach nicht besonders hungrig", gestand Lucy. „Aus irgendeinem Grund hat alles hier in Bath einen merkwürdigen Geschmack für mich. Es ist recht befremdlich." Sie kaute dennoch beharrlich auf dem trockenen Toast herum. „Worüber willst du mit mir sprechen?"

Penelope sah sich im sonst leeren Zimmer um und senkte die Stimme. „Über Anna."

„Was ist mit ihr?"

„Sie verbringt eine Menge Zeit mit Captain Akers und dessen Familie."

„Und?" Lucy blickte sie fragend an. „Sie sind sehr angenehme Gesellschaft. Ich habe nichts dagegen, dass sie Zeit mit ihnen verbringt."

„Aber er hat nicht gerade den Stand eines Lords, nicht wahr?", merkte Penelope an. „Während Anna die Enkelin eines *Earls* ist."

„Das bin ich auch. Meinst du, ich hätte nach Höherem als Sir Robert streben sollen?"

„Mit deinem durchschnittlichen Aussehen und einer Menge Glück, hast du eine sehr gute Partie für dich gefunden, Lucy, das wissen wir alle. Aber vergleiche dich doch bitte nicht mit Anna. Sie ist ein Diamant erster Güte!"

„Und sie hatte ihre Saison in London und sich dazu entschieden, dass keiner der adligen Gentlemen, der sie umwarb, für sie infrage käme", sagte Lucy mit Nachdruck. „Wenn sie Zeit mit Captain Akers verbringen will, dann ist das für mich und für Sir Robert völlig in Ordnung."

Penelope legte die Hand auf ihren wachsenden Bauch. „Wie du wünschst. Ich habe wirklich nicht die Kraft, mich mit dir zu streiten, nachdem ich die ganze Nacht von den Tritten dieses Kindes wachgehalten wurde."

Lucy musterte Penelopes runden Bauch und bemerkte, dass sich der Stoff ihres Musselinkleides wie Pudding bewegte. Es war wirklich ein befremdlicher Anblick.

„Wann, glaubt Dr. Fletcher, wird das Kind geboren?", fragte Lucy und hoffte damit, die Aufmerksamkeit ihrer Begleiterin von Anna zurück auf diese selbst zu lenken, dahin also, wo sie auch üblicherweise lag. „Es kann doch sicher nicht mehr lange dauern."

„Noch drei weitere Monate, glaube ich." Penelope verzog die Miene. „Ich kann meine Zehen schon jetzt nicht mehr erreichen oder sie auch nur sehen."

„Nun, hoffentlich bist du sicher zurück in Kurland St. Mary bei deiner Schwester und deinem Ehemann, wenn das Kind kommt", sagte Lucy. „Hoffst du auf eine Tochter oder einen Sohn?"

„*Natürlich* auf einen Sohn." Penelope zog die Augenbrauen hoch. „Wir beide wissen, dass die Männer jeder Familie *alle* Vorteile genießen. Gerade du musst doch wissen, Lucy, dass du eine Pflicht hast, Sir Robert einen männlichen Nachkommen zu schenken, der seinen Titel erben kann."

„Ich gebe mein Bestes", erwiderte Lucy. „Wenn Sir Robert sich wieder ganz erholt hat und wir nach Hause zurückkehren, bin ich sicher, dass die Dinge zwischen uns wieder ihren natürlichen Lauf nehmen werden."

„Es lässt sich nur hoffen, dass du damit richtig liegst, meine liebe Lucy", pflichtete Penelope ihr bei. „Nach allem, was ich gehört habe, ist Mr Paul Kurland völlig unmöglich."

„Guten Morgen, meine Liebste. Guten Morgen, Mrs Fletcher."

Robert trat mit einem unbekannten ledernen Koffer unter dem Arm ins Esszimmer. Lucy stellte zufrieden fest, dass er weder seinen Gehstock nutzte, noch ihn überhaupt mit sich führte.

„Lucy, hättest du vielleicht einen Moment für mich in der Bibliothek, wenn du gefrühstückt hast?", fragte er sie rundheraus.

„Natürlich. Ich bin fast fertig."

Er verbeugte sich. „Dann sehen wir uns gleich."

„Sir Robert?“ Mit einiger Mühe wandte sich Penelope auf ihrem Stuhl zu ihrem Gastgeber. „Was wissen Sie über Captain Akers und seine Familie? Sind sie respektabel?“

Robert tauschte einen fragenden Blick mit Lucy über Penelopes Kopf hinweg aus. „Ich habe ausführliche Nachforschungen zu der Familie eingeholt und sie sind allgemein angesehen und finanziell gut situierte Grundbesitzer.“

„Aber keiner von ihnen ist ein Lord?“

„Ich glaube nicht, warum?“

„Weil Anna eine weitaus bessere Partie für sich finden könnte“, sagte Penelope nachdrücklich.

„Anna ist eine intelligente, junge Frau, die durchaus in der Lage ist, eigene Entscheidungen zu treffen, wenn es um ihren zukünftigen Ehemann geht. Darin werde ich sie unterstützen“, sagte Robert.

„Also gut.“ Penelope begann, ihren zweiten Teller leer zu essen. „Sagt nicht, ich hätte euch nicht gewarnt.“

Lucy stand auf. „Vielleicht komme ich *direkt* mit dir, Robert.“ Sie lächelte Penelope im Vorbeigehen zu. „Anna will heute ihre Bücher in der Bücherei zurückgeben, falls du sie begleiten möchtest.“

„Dann werde ich ja mitgehen *müssen*.“ Penelope nickte. „Sie kann nicht ohne Anstandsdame ausgehen.“

„Betty würde sie begleiten.“

„Betty ist keine richtige Anstands*dame*“, erwiderte Penelope. „Ich werde mitgehen. Ich habe ohnehin nichts anderes vor.“

Lucy entkam in den Flur und folgte Robert in die Bibliothek, wo er ihr einen Stuhl am Schreibtisch bereithielt.

„Wann reist diese Frau endlich ab?“, fragte Robert, während er den Koffer entsperrte.

„Diese *Frau* wartet darauf, dass ihr Mann nach Bath zurückkehrt. Ich kann ihr in ihrem derzeitigen Zustand wohl kaum befehlen, allein abzureisen, oder?“

„Wieso nicht? Ich bezahle ihr auch die verdammte Kutsche. Sie hat die furchtbare Angewohnheit, ihre Nase in Dinge zu stecken, die sie nichts angehen, und ich lasse mir nur ungerne in meinem eigenen Haus Vorträge halten!“

„Das ist nicht dein Haus“, erinnerte ihn Lucy.

„Das ist doch Haarspalterei!“ Er funkelte sie an. „Sie ist lästig! Ich toleriere sie nur, weil mein bester Freund leider dumm genug war, die Frau zu ehelichen.“

„Sie ist sehr schön.“ Lucy sah ihm zu, während er den Inhalt des Koffers entleerte. „Das musst auch du zu irgendeinem Zeitpunkt geglaubt haben, schließlich hast du um ihre Hand angehalten.“

„Du weißt genau, dass dies das Werk ihrer Mutter war“, grummelte Robert. „Die beiden haben mich in eine Zwickmühle gebracht, aus der ich nicht anders hätte entkommen können, ohne meinen und ihren Ruf zu beschädigen.“

„Und doch ist es dir schließlich gelungen.“

„Gott sei Dank.“ Er reichte ihr einen Stapel Briefe. „Diese hier gehörten Sir William. Vielleicht sollten wir aufhören zu plaudern und anfangen zu lesen.“

Nach einer Weile blickte Lucy auf und starrte ihren Ehemann an, der aufmerksam las und dabei die Stirn vor Konzentration runzelte.

„Sir William hat in jedem Fall einen sehr eigenen Schreibstil."

„Er schreibt unverblümt und ohne jegliche Höflichkeiten über so ziemlich jedes Thema. Immerhin hatte er die Weitsicht, Abschriften seiner Briefe anzufertigen. Dadurch ersparen wir uns eine Menge Zeit, in der wir seine Antworten hätten erraten müssen." Robert atmete laut aus. „In diesen Briefen geht es um so viele verschiedene Angelegenheiten, dass ich kaum weiß, wo wir anfangen sollen!"

Lucy fand ein unbeschriebenes Blatt Papier. „Lass uns eine Liste schreiben. Worüber hast du bisher gelesen?"

Robert setzte sich die Brille wieder auf. „Über Edward Bensons komplettes Unverständnis für das Führen eines Unternehmens und eine Ablehnung der Bitte, Augustus Bensons Spielschulden zu begleichen. Wie sieht es bei dir aus?"

„Etwas viel Schlimmeres." Lucy reichte Robert einen Brief. „Das kommt von einem ‚anonymen Freund' aus London." Er las das Schreiben durch und verzog die Miene. „Freund? Nennen wir es beim Namen, meine Liebe, das ist ein Versuch, Sir William zu erpressen, um Peregrines Ruf zu wahren. Es drängt sich die Frage auf, was genau der Mann in London treibt und dabei offenbar so indiskret ist." Er sah Lucy über den Brief hinweg an. „Gibt es darauf auch ein Antwortschreiben?"

„Von Sir William?" Sie durchsuchte ihren Briefstapel. „Hier ist die Kopie seiner Antwort. Sie umfasst aber nur eine Zeile, in der er erklärt, dass der Erpresser sich zum Teufel scheren, das Material veröffentlichen und verdammt sein soll." Sie sah Robert an. „Der Brief wurde kurz vor Sir Williams Tod geschrieben."

„Dann ist davon auszugehen, dass Sir William die Sache mit Peregrine besprochen hat." Robert verzog das Gesicht. „Ich dachte, dass wenigstens er nicht zu den Verdächtigen zählt, aber das hier stellt die Sache in einem ganz anderen Licht dar, nicht wahr? Wenn Peregrine damit rechnete, als Sodomit bloßgestellt zu werden, wäre er vielleicht bereit gewesen, seinen Vater umzubringen, um genug Geld zu erhalten, mit dem er seinen Erpresser auszahlen konnte."

Lucy zeigte Robert Peregrines letzten Brief an dessen Vater. „Ist dir aufgefallen, dass am unteren Ende der Seite eine Art Wort- und Nummernrätsel geschrieben ist?"

„Ja, das ist mir bei all ihrer Korrespondenz aufgefallen." Er seufzte. „Ich wünschte, ich könnte Peregrine fragen, was das zu bedeuten hat, aber dann müssten wir eingestehen, dass wir seinen privaten Briefwechsel mit seinem Vater gelesen haben und er würde mich vermutlich an den Rest der Familie verraten."

„Peregrine wirkt in der Tat ein wenig hitzköpfig." Lucy sah den Brief nachdenklich an. „Aber es deutet darauf hin, dass er trotz allem ein gutes Verhältnis zu seinem Vater hatte."

„Weil sie gegenseitig Rätsel austauschten?"

„Ja", sagte Lucy entschieden. „Selbst, wenn Sir William absolut wütend auf Peregrine war – und das war in ihren Briefen oft der Fall –, setzt er doch immer ihr gemeinsames Spiel fort."

Lucy schrieb Peregrine auf die Liste und legte dann die Feder beiseite. „Ist das soweit alles? Sollen wir weitermachen? Ich werde Foley darum bitten, uns Tee zu bringen."

„Guter Gott."

Lucy starrte Robert an, der einen der Briefe beäugte, als würde dieser ihn beißen wollen.

„Was ist denn?"

„Sir William war der Meinung, dass Lady Miranda eine *Affäre* hatte!"

„Mit wem?", fragte Lucy.

„Offenbar mit jemandem, der der Familie nahestand. Peregrine vielleicht?" Robert kniff die Augen zusammen, um die enge Handschrift besser zu entziffern. „Das hier ist eine Antwort seines Anwalts Mr Carstairs, der seinem Klienten nahelegt, *sehr genau* zu überlegen, bevor umfassende Änderungen an seinem Testament gemacht werden." Robert schüttelte den Kopf. „Ich frage mich, was Sir William vorhatte."

„Ich habe keine Ahnung", sagte Lucy. „Aber ich kann kaum erwarten zu hören, was Mr Carstairs zu sagen hat, wenn er endlich hier eintrifft und die Geheimnisse um Sir Williams Testament lüftet."

Kapitel 9

„Lady Kurland! Wie schön Sie hier draußen zu treffen."

Lucy wandte sich um und sah sich Peregrine Benson gegenüber, der sie freundlich anlächelte. Sie war in die *Milsom Street* gegangen, um sich eine neue Schleife als Schmuck für ein altes Bonnet zu kaufen. Gerade hatte sie überlegt, ob sie auf eine Tasse Tee zu ihrer Schwester im *Pump Room* stoßen sollte. Sie fühlte sich jedoch deutlich müder, als sie erwartet hatte, und sehnte sich nach einem Nickerchen.

„Guten Tag, Mr Benson." Sie machte einen Knicks. „Ich war gerade auf den Heimweg."

„Dann wäre es mir eine Freude, Sie zu begleiten." Er verbeugte sich und bot ihr den Arm an. „Auch ich habe meine Erledigungen in der Stadt vollendet."

Lucy legte ihre behandschuhte Hand auf seinen Ärmel und sie machten sich auf den Weg. „Haben Sie den Anwalt Ihres Vaters aufspüren können, Mr Benson?"

„In der Tat, darum habe ich mich heute Morgen gekümmert. Der arme Mann dachte, dass er niemals hier eintreffen würde." Er gluckste. „Er ist jetzt sicher untergebracht in einem der Zimmer im *White Hart Inn* und wird die Familie morgen besuchen."

„Es freut mich, zu hören, dass er sicher angekommen ist“, antwortete Lucy. „Ihre Stiefmutter war sehr um ihn besorgt.“

„Sie ist besorgt wegen des Testaments, Mylady, nicht wegen des Mannes“, bemerkte Peregrine, während sie die Kopfsteinpflasterstraße überquerten und ihren Weg ins Stadtzentrum fortsetzten. „Allerdings sollte sie meiner Meinung nach eher wegen des Inhalts des Testaments besorgt sein. Mein Vater war nicht die Art Mann, die es schätzte, wenn man ihn anlog.“

„Hat Lady Benson ihn denn angelogen?“

„Als sie meinem Vater in London begegnete, gab sie vor, einen alten Freund von ihm zu kennen und er nahm sie beim Wort. Unglücklicherweise ergab es sich, dass mein Vater *diesem* alten Freund zufällig über den Weg lief, kurz bevor er nach Bath reiste, und dieser hatte noch nie von Miranda gehört.“

„Oje“, murmelte Lucy. „Ich frage mich, warum sie das getan hat.“

„Weil sie genau wusste, was für einen alten Narr sie vor sich hatte?“ Peregrines Lächeln war kein Ausdruck von Freude. „Sie hat ihm geschmeichelt und er ist ihrer Masche zum Opfer gefallen.“

„Mit allem gebührenden Respekt für Sir William, Mr Benson, aber Ihr Vater ist wohl kaum der erste Mann, der sich in eine schöne junge Frau verliebt.“

„Das stimmt in der Tat, Lady Kurland.“ Er zögerte. „Ich glaube, mein Vater bereute seine Entscheidung schon, lange bevor er nach Bath aufbrach. Miranda hat sein Geld aus dem Fenster geworfen und ihre verzogenen Gören damit überhäuft, was zu vielen Streitigkeiten führte.“

„Das kann ich mir vorstellen." Lucy trat vom hohen Bürgersteig und raffte das Kleid, um es vor dem schlammigen Wasser in der Gosse zu schützen. „Lady Benson scheint sich in der Tat sehr hingebungsvoll um ihre Söhne zu kümmern." Sie hielt inne und fragte sich, wie viel ihr Gegenüber vielleicht wusste. „Falls Ihre Stiefmutter tatsächlich mit keinem alten Freund von Sir William bekannt war, dann frage ich mich, warum sie anderes vorgab."

„Vermutlich, weil sie nicht wollte, dass er ihre wirkliche Herkunft kannte."

Lucy sah ihren Begleiter fragend an und dieser redete dankbarerweise weiter.

„Sie kommt von der Bühne."

„Oh."

„Und damit meine ich kein angesehenes Londoner Theater, sondern ein kleines, fahrendes Ensemble, das nur sehr wenig Geld verdiente. Das weiß ich aus meiner Zeit in London." Peregrine schnaubte verächtlich. „Kein Wunder, dass sie meinen Vater heiraten wollte."

„Es ist nicht schwer, zu sehen, wie ihr das zum Vorteil gereicht hätte", sagte Lucy.

„Und dem Vorteil ihrer Söhne," fügte Peregrine an. „In meinem letzten Gespräch mit Vater ging es um Arden und Brandon. Er dachte darüber nach, sie ganz aus seinem Testament zu streichen."

„Das ist gut nachvollziehbar. Sie haben kaum Respekt für sein Andenken oder für ihre Mutter", sagte Lucy. „Sir William erwähnte gegenüber meinem Ehemann, dass er mit *allen* Mitgliedern der Familie unglücklich war. Hat das auch Sie eingeschlossen? Ihr Bruder hat angedeutet, dass es gewisse *Reibereien* mit Ihrem Vater gab."

Peregrine blickte zu ihr herunter. „Sie sind eine sehr aufmerksame Frau, Lady Kurland."

„Vielen Dank." Lucy entschied sich, die Bemerkung als Kompliment aufzufassen. „Manchmal ist es schwer, die Konflikte in anderen Familien nicht zu beachten."

„Besonders, wenn sie direkt vor Ihren Augen ausgetragen werden." Peregrine seufzte. „Ich hatte vergessen, dass Sie anwesend waren, als Augustus und ich stritten." Er ging eine Weile schweigend weiter, bevor er sprach. „Meinem Vater hat mein Lebenswandel in London missfallen."

„Ich vermute, die meisten Väter machen das gleiche durch, wenn ihre Söhne volljährig werden." Lucy nickte. „Mein eigener Vater hat meinem älteren Bruder häufig Vorträge darüber gehalten, wie man sich in der Gesellschaft zu verhalten habe, wobei er bequemerweise sein eigenes, nicht viel besseres Verhalten im selben Alter außer Acht ließ."

Peregrine lachte. „Mein Vater ist in Armut aufgewachsen. Seine Erwartungen an uns waren recht kompliziert. Er wollte, dass wir Gentlemen werden, aber er verabscheute gleichzeitig die Exzesse und Faulheit genau dieses angestrebten Standes. Ich habe mich mit Künstlern und Theaterschreibern umgeben. Bekanntschaften, die er nicht als würdig erachtete." Er lächelte schief. „Was ein wenig amüsant ist, wenn man bedenkt, dass er aufs Kreuz gelegt wurde und selbst eine Schauspielerin heiratete."

„In der Tat", pflichtete Lucy ihm bei. „Waren Sie es, der Ihren Vater zuerst darüber in Kenntnis setzte?"

„Das könnte durchaus sein. Nachdem mein Vater erkannt hatte, dass Miranda seinen Freund gar nicht gekannt hatte, begann er, Nachforschungen anzustellen." Er zuckte mit den Schultern. „Es war reines Glück, dass ich wusste, wer sie wirklich war, und damit seinen Verdacht bestätigen konnte."

Lucy bezweifelte, dass Glück dabei eine Rolle gespielt hatte, aber sie ließ die Bemerkung unangefochten. Die Offenheit, über seinen Vater und seine Stiefmutter zu sprechen, stand in starkem Kontrast zu seiner Widerwilligkeit, über den Streit zwischen ihm selbst und seinem Vater Auskunft zu geben. Aber konnte man ihm das wirklich zum Vorwurf machen? Ein Sodomit zu sein, galt noch immer als hart sanktioniertes Verbrechen und war daher nichts, das man mit einer Fremden besprach.

Sie bogen auf den *Queen's Square* und schon wenig später standen sie vor Lucys Tür.

„Vielen Dank, dass Sie mich nach Hause begleitet haben, Mr Benson." Sie schenkte Peregrine ein Lächeln. „Das war sehr freundlich von Ihnen."

„Das habe ich doch gern gemacht, Lady Kurland." Er lüftete den Hut und verbeugte sich elegant, bevor er die Treppe neben der ihren hinaufging und an die Tür klopfte.

Auch Lucy trat in ihr Haus, unterhielt sich kurz mit Foley und ging dann nach oben ins Schlafzimmer, wo Betty gerade damit beschäftigt war, die frisch gewaschene Wäsche zu falten und einzuräumen.

„Mylady!" Betty wirbelte zu Lucy herum. „Ich hatte Sie noch nicht zurückerwartet." Sie nahm Lucy das

Bonnet und die Handschuhe ab und half ihr dabei, ihre Pelisse aufzuknöpfen. „Geht es Ihnen gut?"

„Ich dachte nur, dass ich vielleicht ein Nickerchen machen sollte." Lucy lächelte ihre langjährige Bedienstete an, die ihr aus dem Pfarrhaus nach Kurland Hall gefolgt war und ihr in dem furchtbaren vergangenen Jahr beigestanden hatte. „Ich bin mir nicht sicher, warum ich mich ständig so müde fühle."

„Nun, diese vielen Hügel in der Gegend sind recht anstrengend." Betty zögerte. „Ich weiß nicht, ob ich es erwähnen sollte, Mylady, aber vielleicht liegt es am Beginn ihrer Regeltage?"

Lucy starrte das Dienstmädchen an. „Das stimmt, ich hatte keine ..." Sie brach mit schnell hämmerndem Herz ab. „Meine letzte Regelblutung war noch vor Weihnachten."

Betty blickte ihr in die Augen. „Das stimmt, Mylady."

„Oh, meine Güte!" Lucy setzte sich in den nächstgelegenen Sessel. „Das sind ja vier *Monate*. Ich war so damit beschäftigt, mich um Robert und unsere Reise nach Bath zu kümmern, dass es mir gar nicht aufgefallen ist." Sie legte die Hand auf den Mund und atmete zur Beruhigung langsam ein und aus. „Bitte sagen Sie Silas oder meinem Ehemann nichts davon."

„Das würde ich nie tun, Mylady." Betty klopfte ihr auf die Schulter. „Ihre Geheimnisse sind immer bei mir sicher. Es besteht kein Anlass, die Männer zu beunruhigen, wenn sie doch ohnehin nichts tun können, um zu helfen, nicht wahr? Und Sie wissen, wie schnell sie sich Sorgen machen."

„Exakt." Lucy nickte. Ihre Gedanken kreisten unermüdlich. „Irgendwann wird mein Zustand allerdings offensichtlich sein, oder es wird ...“ Sie konnte den Satz nicht beenden. Nach zwei Fehlgeburten hatte sie Angst, sich zu viele Hoffnungen zu machen.

„So ist es, Mylady. Aber sie sind schon jetzt viel weiter als damals.“ Betty schenkte ihr ein Lächeln. „Also, warum machen Sie nicht ein Nickerchen und ich sorge dafür, dass Sie niemand dabei stört.“

***

Robert sah zu seiner Frau hinüber, die ins Leere blickte und dabei völlig das Buch ignorierte, das sie eigentlich lesen wollte. „Denkst du über unsere Ermittlungen nach?“ Er lächelte. „Du wirkst sehr nachdenklich.“

Sie zuckte zusammen und widmete ihm ihre Aufmerksamkeit. „Tut mir leid, es war nur ein Tagtraum. Ich habe heute Morgen einige Zeit mit Peregrine Benson verbracht. Er hat angedeutet, dass *er* es gewesen ist, der seinen Vater darauf aufmerksam gemacht hat, dass seine neue Frau tatsächlich eine Schauspielerin in einem fahrenden Ensemble war.“

„Das erklärt, warum ihre Söhne Namen aus Shakespeares Stücken tragen.“

Lucy nickte. „Ich schätze, ja. Peregrine pflegt angeblich Umgang mit Künstlern und Theaterschreibern, daher *könnte* er wirklich in diesem Kontext Gerüchte über Miranda gehört haben.“

„Das ist durchaus möglich“, pflichtete Robert ihr bei.

„Ich habe mich auch gefragt, ob es vielleicht Peregrine gewesen sein könnte, der versuchte, seinen Vater zu erpressen."

„Womit?"

„Mit dem Wissen, dass die Frau seines Vaters eine Schauspielerin war." Lucy erwiderte seinen Blick. „Was, wenn er Sir William anbot, die Sache zu verschweigen, wenn Sir William sich im Gegenzug um seinen Erpresser kümmerte?"

„Ich schätze, das könnte stimmen", pflichtete Robert ihr bei. „Aber würde Sir William das wirklich stören? Er hat sich nie als Teil des gehobenen Standes gesehen und konnte ohnehin heiraten, wen er wollte, ohne dabei den Zorn irgendeiner Adelsfamilie auf sich zu ziehen." Robert dachte kurz nach. „Dass sie ihn angelogen hat, dürfte ihn meiner Meinung nach aber tatsächlich aufgebracht haben. Das hätte ihm ganz und gar nicht gefallen."

„Und wir sind nicht einmal sicher, ob Peregrine der Erste war, der Sir William darüber informierte", sagte Lucy. „Der Brief, den wir gelesen haben, legte nahe, dass Sir William seiner Frau gegenüber misstrauisch war."

„Was erklären könnte, warum Sir William sich weigerte, Peregrines Erpresser zu bezahlen. Was wiederum Peregrine ein sehr gutes Motiv gab, das Leben seines Vaters zu beenden."

„Die Sache ist die ..." Lucy knetete ihre Hände. „Trotz allem, *mag* ich Peregrine und ich kann mir nicht vorstellen, dass er Sir William umgebracht haben könnte."

„Sympathisch zu sein, schließt nicht zwangsläufig aus, dass er ein Mörder ist", rief Robert ihr in

Erinnerung. „Wir haben über die Jahre ein paar sehr angenehme Menschen kennengelernt, die sich am Ende als wahre Schurken entpuppten.“

„Ich weiß.“ Sie seufzte. „Ich würde es dennoch begrüßen, wenn es Mirandas Söhne waren.“

„Nun, und was ist mit Miranda selbst?“, fragte Robert. „Wenn Sir William wirklich vorhatte, sie aus dem Testament zu streichen, dann hätte sie ein klares Motiv dafür, ihn umzubringen, bevor er sich darum kümmern konnte.“

„Niemand hat sie an diesem Morgen in den Bädern gesehen und sie ist doch recht einprägsam“, sagte Lucy. „Allerdings *könnte* ich mir vorstellen, dass sie einen ihrer Söhne angewiesen hat, sich der Angelegenheit für sie anzunehmen.“

„Ja, vielleicht haben sie zusammengearbeitet.“

„Also schließen wir Edward und Augustus vorerst als Hauptverdächtige aus?“, fragte Lucy.

„Nicht so schnell.“ Robert zog einen Brief aus der Tasche und reichte ihn Lucy. „Ich habe eine Antwort von meinem Cousin Oliver erhalten. Auf seine übliche offene Art informiert er mich darüber, dass Edward Benson im Geschäftlichen absolut versagt hat, größere Schulden hatte, als seinem Vater vermutlich bewusst war, und in der Stadt einen furchtbaren Ruf genoss.“

„Aber nichts davon macht ihn zu einem Mörder“, wandte Lucy ein.

„Vielleicht doch, wenn sein Vater davon erfahren hatte und entschied, *ihn* zu enterben.“

Lucy warf frustriert die Hände in die Luft. „Es scheint, als ob Sir William zu seinem Lebensende hin entschieden hat, wirklich alle zu enterben!“

„So sieht es aus. Sie sind wirklich alle recht furchtbar, nicht wahr? Ich muss allerdings gestehen, dass ich bezweifle, dass Augustus die Nerven oder das Verlangen hatte, seinen Vater umzubringen. Die Kirche wird seine Missetaten unter den Teppich kehren und man wird es ihm gestatten, einfach so weiterzumachen.“

„Ich wünschte, dem wäre nicht so, aber du hast recht.“ Lucy seufzte. „In der Kirche sind wirklich einige verabscheuungswürdige Personen, die weder an Gott glauben, noch sich um ihre Gemeinde kümmern.“

„Dem kann ich nicht widersprechen“, sagte Robert und behielt dabei klugerweise den Gedanken für sich, dass diese Beschreibung hervorragend auf Lucys Vater passte.

„Peregrine hat mir verraten, dass der Anwalt eingetroffen ist und morgen das Haus besuchen wird, um das Testament zu verlesen.“ Lucy las den Brief durch und gab ihn dann Robert zurück. „Ich wünschte, ich könnte lauschen.“

„Dazu besteht keine Notwendigkeit.“ Robert lächelte sie an. „Ich bin dazu eingeladen worden.“

„*Du*? Wieso?“, fragte Lucy.

„Ich habe keine Ahnung, aber der Anwalt hat meine Anwesenheit erbeten. Ich werde dir davon erzählen, sobald ich zurückkehre.“

„Sobald du zurückkehrst?“ Lucy zog die Augenbrauen hoch und sah damit ganz wie früher aus. „Ich komme mit dir!“

***

„Hier entlang, Sir Robert, Lady Kurland."

Robert folgte dem Butler der Bensons in den Salon, wo mehrere Stühle aufgereiht vor einem Tisch platziert worden waren. Ein Mann, den Robert noch nie zuvor gesehen hatte, platzierte gerade mit großem Auge fürs Detail eine Kerze auf dem Tisch, während Edward Benson versuchte, sich mit ihm zu unterhalten.

„Ich nehme an, dass ist Mr Carstairs", flüsterte Robert Lucy ins Ohr.

„Das hoffe ich zumindest. Er wirkt wie ein fähiger Mann."

„Abgesehen von dem Umstand, dass er sich auf dem Weg nach Bath verfahren hat?", erwiderte Robert, während er Lucy zu einem Platz am hinteren Ende der Stuhlreihe führte und neben ihr Platz nahm. „Das weckt in mir nicht gerade Vertrauen."

Peregrine und Augustus traten ein und begrüßten den Anwalt mit einem Händeschütteln. Sie nahmen auf den Stühlen neben Edward in der ersten Reihe Platz. Die beiden sahen erstaunlich nervös aus, was allerdings vielleicht nicht ganz unberechtigt war, wenn man die Launenhaftigkeit ihres Vaters bedachte.

Die Uhr auf dem Kaminsims schlug zur vollen Stunde und die Bediensteten, welche die Bensons aus Yorkshire begleitet hatten, begaben sich ans hintere Ende des Zimmers. Edward stand auf und sah prüfend auf die Taschenuhr.

„Wo ist Lady Benson?"

Das Dienstmädchen Dotty machte einen Knicks. „Sie ist schon auf dem Weg, Sir. Dr. Mantel begleitet sie."

„Und Brandon und Arden?"

„Wir sind hier." Die beiden jungen Männer traten ein und nahmen direkt vor Lucy und Robert Platz. Brandon wirkte aufgebracht und Arden redete beständig mit gesenkter Stimme auf ihn ein.

Gerade als Edward auf dem Flur nachsehen wollte, trat Lady Benson ein und wurde von Dr. Mantel vorsichtig zu dem Stuhl in der ersten Reihe direkt vor dem Anwalt geführt. Der Doktor zog sich ebenfalls ans andere Ende des Zimmers zurück, hielt dabei aber die Riechsalze seiner Patientin bereit.

Mr Carstairs räusperte sich. „Können wir dann also beginnen."

Arden hob den Arm. „Wieso ist Sir Robert Kurland hier?" Er drehte sich zu Robert um. „Ich möchte Sie nicht beleidigen, Sir, aber Sie sind kein Mitglied der Familie."

„Du ebenso wenig", murmelte Peregrine.

„Hör mal gut zu ...", grummelte Brandon und sprang auf. Sein Bruder Arden hielt ihn am Arm zurück.

„Lass dich nicht von ihm ärgern, Bruder. Er ist voller Gift! Wie eine lästige Wespe. Aber am Ende ist es die Mühe nicht wert, sie zu erschlagen."

Peregrine rollte mit den Augen. „Guter Gott, soll das eine Drohung sein? Ich zittere geradezu."

Mr Carstairs wartete, bis alle ihre Fassung wiedererlangt hatten und präsentierte dann einen Brief. „Ich habe das hier von Sir William kurz vor seinem Tod erhalten. Er informierte mich darüber, dass er sein Testament erneut geändert habe und dass Sir Robert nun zu den Vollstreckern zählt."

Robert blinzelte verdutzt, während sich die Blicke aller Bensons auf ihn richteten. Keiner von ihnen sah besonders glücklich ob dieser Neuigkeiten aus.

Robert ignorierte sie und wandte sich stattdessen an den Anwalt. „Ich würde Ihnen und der Benson-Familie nur zu gerne zu Diensten stehen.“

„Hat mein Vater Sie nicht darüber in Kenntnis gesetzt, dass er diese Änderung vornehmen würde?“, fragte Edward.

„Ich hatte keine Ahnung“, sagte Robert. „Aber ich betrachte es als eine Ehre.“

Mr Carstairs legte den Brief wieder hin. „Vielen Dank, Sir Robert. Wenn wir uns dann nun der wichtigsten Sache des heutigen Tages widmen mögen: dem Testament selbst.“ Er blickte erwartungsvoll in die versammelten Gesichter und die Stille dehnte sich aus, bis Edward ihm mit einem Winken bedeutete, fortzufahren.

„Nun, machen Sie schon, guter Mann. Wir sind ganz Ohr.“

„Da muss ein Irrtum vorliegen.“ Mr Carstairs runzelte die Stirn. „Ich bin lediglich der rechtliche Beistand, der das Testament verliest und alles erklärt, was für die Erben womöglich unverständlich sein mag.“

Die Bensons tauschten ratlose Blicke aus, bis Edward sich erneut zu Wort meldete. „Das verstehen wir, aber was hält Sie davon ab, fortzufahren und das verdammte Ding endlich zu verlesen?“

„Ich habe es nicht, Sir“, sagte Mr Carstairs. „Sir William zog es vor, das Dokument in seinem Besitz zu behalten. Er hat es mit hierher nach Bath genommen.“

„Warum, verdammt nochmal, haben Sie das denn nicht gestern schon gesagt?", knurrte Edward, während Lady Benson in Tränen und Schluchzen ausbrach.

An Lucys Seite setzte Robert sich gerade auf. „Natürlich hat er das!", flüsterte sie ihm zu, während die Bensons weiter miteinander stritten. „Du hattest ja gesagt, dass er ständig Änderungen daran vornahm." Mr Carstairs hämmerte auf den Tisch, um die Ordnung wiederherzustellen. „Wo ist denn nun das Testament?"

Edward erhob sich und blickte zum anderen Ende des Zimmers. „Mr Tompkins?"

„Ja, Sir?" Der alte Leibdiener trat vor.

„Waren Sie sich dessen bewusst, dass sich Sir Williams Testament hier unter seinen Besitztümern befand?"

„Ich weiß, dass er es bei sich hatte, Mr Edward, aber ich weiß nicht, was er damit gemacht hat."

„Was wollen Sie damit sagen, *Sie wissen es nicht?*" Augustus mischte sich ein. „Befand es sich in seinem Besitz oder nicht?"

Mr Tompkins zeigte sich von der beinahe geschrienen Frage unbeeindruckt und schlug selbst einen trotzigen Ton an. „Ich habe gesehen, dass er es herausgesucht hatte, um Änderungen daran vorzunehmen, aber ich habe keine Ahnung, wo er es aufbewahrte. Ich bin lediglich sein Leibdiener. Es steht mir nicht zu, ihn danach zu fragen, wie er mit seinen wichtigen Dokumenten verfährt."

Edward wirbelte zurück zu Mr Carstairs. „Das ist doch albern! Warum haben Sie nicht gleich gesagt, dass Sie nicht im Besitz des Testaments sind? Wir gingen alle davon aus, dass er es Ihnen vor seinem Tod zugeschickt hat."

„Weil mich niemand danach gefragt hat, Sir", blaffte Mr Carstairs zurück. „Man sollte doch meinen, dass Sie wissen, wie Ihr Vater sich normalerweise um derartige Dinge kümmerte. Er bestand darauf, das Testament *immer* bei sich zu führen."

Lucy stupste Robert an. „Peregrine genießt das hier. Sieh ihn dir nur an."

Peregrine Benson sah aus, als versuchte er verzweifelt, nicht in Gelächter auszubrechen. Lady Benson stöhnte und roch an den Riechsalzen, die ihr der Doktor hinhielt, während ihre beiden Söhne eindringlich aufeinander einredeten.

„Dann gehe ich davon aus, dass wir diese Sitzung vertagen müssen, bis wir das Haus durchsucht und das Testament gefunden haben", verkündete Edward durch das Durcheinander. Er verbeugte sich vor Mr Carstairs. „Wir werden weiterhin für Ihr Zimmer und die Verpflegung aufkommen, bis diese Sache zufriedenstellend beigelegt ist."

„Vielen Dank." Mr Carstairs sah erschöpft aus, als er sich erhob und seinen Stuhl zurechtrückte. „Dann werde ich zu meiner Herberge zurückkehren. Bitte lassen Sie mich wissen, wenn ich Ihnen zu Diensten sein kann."

Sekunden nachdem er das Zimmer verlassen hatte, brachen die versammelten Bensons in ein akustisches Wirrwarr aus Anschuldigungen, Beleidigungen und panischen Nachfragen aus. Der arme Mr Tompkins wurde mit Fragen überhäuft und lief zunehmend rot an, während sein Charakter infrage gestellt wurde.

„Wir sollten gehen", flüsterte Robert Lucy zu.

„Noch nicht. Das alles ist ausgesprochen interessant", erwiderte sie. „Edward und Augustus sind erbost, Peregrine scheint das alles für einen großen Spaß zu halten und Lady Miranda und ihre Söhne haben die Köpfe zusammengesteckt, als würden sie ihren nächsten Schachzug planen."

„Und nichts davon geht uns etwas an", rief ihr Robert in Erinnerung.

„Nun, *doch*. Zumindest, wenn du davon ausgehst, dass einer von ihnen ein Mörder ist", bemerkte Lucy. „Ungerechterweise wird der arme Mr Tompkins für dieses Debakel verantwortlich gemacht."

„Vielleicht ist es gar nicht so ungerechtfertigt. Schließlich wissen wir beide, dass er der meist geschätzte Bedienstete der Bensons ist und Sir William seit seiner Kindheit kannte. Wenn irgendjemand weiß, wo sich das Testament befindet, dann er."

„Dann können wir vielleicht, wenn sich die ganze Aufregung gelegt hat, Foley hierherschicken. Möglicherweise vertraut er sich ihm an und wir können herausfinden, ob deine Annahme stimmt."

„Das ist ein ausgezeichneter Vorschlag." Robert lächelte sie an. „Sollen wir also gehen?"

Niemand bemerkte ihr Gehen und Robert entschied sich dazu, dass es das Beste war, es auch dabei zu belassen. Er klopfte gerade an die Eingangstür ihres eigenen Hauses, als Lucy zu ihm aufblickte.

„Mir ist gerade wieder etwas eingefallen."

„Was denn?"

„Als ich Lady Benson die Kleidung brachte, lag sie schlapp im Bett. In dem Moment, als ich erwähnte, was ich gebracht hatte, schoss sie empor und durchwühlte jede Tasche, als ob sie nach etwas suchen würde."

„Vielleicht das Testament ihres verstorbenen Ehemanns?", fragte Robert und runzelte dann die Stirn. „Vielleicht war sie besorgt, dass es jemand in den Bädern gestohlen haben könnte."

„Aber der Mann, mit dem wir uns unterhielten, sagte, er habe Sir Williams Kleidung sehr genau im Auge behalten."

„Wir sollten noch einmal mit ihm sprechen. Ich frage mich, ob jemand das Testament in den Bädern entwenden *sollte*, um anschließend Sir William töten und den Wortlaut wie gewünscht anzupassen." Robert nickte, als Foley die Tür öffnete und sie über die Schwelle in die Eingangshalle traten. „Vielleicht wollte sie nur sichergehen, dass es auch wirklich verschwunden war."

Lucy machte sich auf den Weg die Treppe hinauf und löste im Gehen die Bänder ihrer Haube. „Der Gedanke war mir noch nicht gekommen. Ich schätze, einer der Söhne könnte es entwendet haben, während der andere Sir William in den Bädern ermordete."

Robert folgte ihr bis ins gemeinsame Schlafzimmer „Was erklären könnte, warum Lady Benson zur Abwechslung keins ihrer sonst üblichen Dramen aufgeführt hat, als heute Morgen enthüllt wurde, dass das Testament fehlte. Möglicherweise hat sie sich sogar gefreut, wenn sie tatsächlich dafür gesorgt hat, dass es verschwand."

„Sie war in der Tat recht still." Lucy nahm mit einem Seufzen die Haube ab und legte sie auf ihre

Frisierkommode. „Das ist alles so verwirrend. Was passiert, wenn sich das Testament nicht finden lässt?“

„Nichts. Dann bleibt alles ein völliges Durcheinander.“

„Aber es muss doch eine rechtliche Grundlage geben, wie in einer solchen Situation zu verfahren ist.“

„In der Tat, aber diese Lösung ist nicht besonders schnell. Der Rechtsstreit könnte Jahre andauern.“

„Was, wie ich vermute, nicht in Sir Williams Sinne gewesen wäre.“ Sie zog ihre Pelisse aus. „Das alles ist wirklich furchtbar verworren.“

Er ging zu ihr hinüber, nahm ihre Hand und platzierte einen Kuss auf den Fingern.

„Und wir werden versuchen, es zu entwirren.“

„Dann gibst du also noch nicht auf?“ Sie blickte zu ihm auf.

„Ganz und gar nicht. Um ehrlich zu sein, glaube ich, dass der Spaß gerade erst angefangen hat.“

Kapitel 10

„Ich habe vergessen zu erwähnen, dass Foley heute Mr Tompkins besuchen wird, während wir uns mit den Akers treffen." Robert fixierte seine Krawatte mit einer schlichten Silbernadel und zog sich seinen besten Mantel über, während Silas um ihn herumwuselte, um den Stoff abzubürsten.

„Gut", sagte Lucy und legte sich ihre Perlenkette um den Hals. „Es wird interessant, zu hören, was er herausfindet."

Sie trug eins ihrer neuen Kleider und hoffte, dass das helle Muster ihr blasses Gesicht kaschierte. Ihr war schon den ganzen Tag übel und sie freute sich nicht gerade darauf, ein weiteres Abendessen unter der ständigen Beobachtung von Fremden zu verbringen. Das Eingeständnis, dass sie *vielleicht* schwanger war, schien dafür zu sorgen, dass all die Symptome, die sie bisher ignoriert hatte, sie nun umso stärker überkamen.

„Bist du bereit?", fragte Robert, während Silas ihm seinen Hut und Gehstock reichte. „Ich habe die Kutsche für sechs Uhr herbestellt, sie sollte also vor der Tür warten."

„Ich bin bereit." Lucy erhob sich. „Ich gehe nachsehen, ob Anna und Penelope ebenfalls fertig sind."

„Penelope kommt auch mit?" Robert verzog das Gesicht. „Nun, sorge, so gut du kannst, dafür, dass sie ihre Meinung nicht zu laut kundtut. Ich will Captain Akers nicht vergraulen."

„Dann hat er also deine Zustimmung?"

„Wie könnte es anders sein? Er ist intelligent, freundlich gegenüber seiner Mutter und ein Held in der Navy."

„Aber glaubst du auch, dass Anna ihn akzeptieren wird?"

„Das weiß ich natürlich nicht." Er küsste sie auf die Stirn. „Wir werden alles in unserer Macht Stehende tun, um zu zeigen, dass wir sie bei einer Hochzeit unterstützen, falls sie das wünscht. Alles andere liegt bei Anna."

Lucy seufzte. „Ich weiß, aber es ist wirklich *sehr* schwer, sich nicht einzumischen."

„Da bin ich mir sicher, aber du hast dich bisher sehr gut zurückgehalten, meine Liebste."

„Ich habe es versucht." Sie blickte in seine amüsiert funkelnden tiefblauen Augen. „Es läuft wider meine Natur, meine Meinung für mich zu behalten, aber ich habe mir fast schon die Zunge abgebissen in meinen Bemühungen, es dennoch zu tun."

Er lachte, streichelte ihr über die Wange und hielt ihr die Tür auf. „Hier entlang, meine große Meisterin der Zurückhaltung. Ich freue mich schon sehr auf das Abendessen."

Es war das erste Mal, dass Lucy eine Einladung zum Abendessen im Haus der Akers auf dem Land angenommen hatte und nicht im angemieteten Stadthaus in Bath. Sie war positiv überrascht von der

Größe des steinernen Gebäudes und der weitläufigen Gärten, die darum angelegt worden waren. Robert hatte ihr versichert, dass die Familie finanziell recht gut situiert war, aber es mit eigenen Augen zu sehen, besänftigte ihre Sorgen weiter. Captain Akers war der älteste Sohn der Familie, sodass zukünftig das alles ihm gehören würde.

Anna hatte auf der Fahrt geschwiegen. Ihr schönes Gesicht hatte sich auf das Fenster der Kutsche fokussiert und sie schien bei jeder Antwort, die sie gab, tief in Gedanken versunken zu sein. Trotz ihrer engen Beziehung zueinander, hatte Lucy keine Ahnung, welche Gefühle sie für Captain Akers hegte. Bei all den Ermittlungsarbeiten bezüglich Sir Williams Ermordung und ihren Gedanken um eine mögliche Schwangerschaft, hatte Lucy ihre Schwester vernachlässigt. Vielleicht würden einige der Fragen beantwortet, wenn sie Anna im Zusammenspiel mit der Familie sah.

Sie wurden wärmstens von Mr und Mrs Akers sowie einigen aufgeregten Hunden und kleinen Kindern willkommen geheißen und plauderten schon bald mit der gesamten Familie. Robert legte sein charmantestes Benehmen an den Tag, wofür Lucy sehr dankbar war. Selbst Penelope benahm sich anständig, allerdings wanderte ihr nachdenklicher Blick beständig umher. Zweifellos versuchte sie den Reichtum der Familie abzuschätzen und sich eine eigene Meinung über die Eignung von Captain Akers als Ehemann zu bilden. Lucy konnte nur hoffen, dass sie ihre Meinung nicht zu laut verkünden würde.

Dr. Fletcher wurde in den nächsten Tagen zurück in Bath erwartet. Lucy wusste, dass Robert vorhatte, seinen Freund darum zu bitten, seine Frau bei der Abreise mit zurück nach Kurland St. Mary zu nehmen. Penelope konnte sich kaum beschweren, nachdem sie nun einen Monat lang auf Kosten der Kurlands gelebt hatte. Obwohl Lucy eingestehen musste, dass sie die Rolle als Anstandsdame von Anna gut erfüllt hatte, wenn Lucy anderweitig beschäftigt war.

Mrs Akers verwickelte Lucy und Penelope in ein Gespräch, was Captain Akers die Gelegenheit gab, Anna seinen jüngeren Geschwistern vorzustellen. Sie alle schienen sich sehr darüber zu freuen, sie endlich kennenzulernen. Robert unterhielt sich angeregt mit Mr Akers über die Armee, ohne dass sich auch nur der Ansatz eines Streits andeutete. Es war so anders als der übliche Tumult bei den Bensons, dass Lucy kaum glauben konnte, dass solche Höflichkeit und Freundlichkeit überhaupt noch existierten.

Sie ließ sich von Mr Akers zum Tisch geleiten und setzte sich zu seiner Rechten. Zu ihrer Erleichterung gab es zwar viel Essen, dieses war jedoch zum Glück nicht zu fettig. Da Robert in sicherer Entfernung am anderen Ende des Tisches bei ihrer Gastgeberin saß, bestand keine Gefahr, dass er bemerken würde, wie wenig sie aß.

Bis die Beerentorte, der Apfelkuchen und die Götterspeise aufgetafelt wurden, hatte sie bereits viel mit Mr Akers gesprochen und herausgefunden, dass dieser ganz und gar nicht dem Gedanken einer möglichen Hochzeit zwischen seinem ältesten Sohn und Anna abgeneigt war. Tatsächlich sprach er erfrischend offen über die anderen Qualitäten Annas, die sich hinter ihrer Schönheit verbargen, was ihn auf Lucy noch sympathischer wirken ließ.

Die Damen ließen die Herren schließlich ihren Portwein trinken und begaben sich in den Salon, wo ein loderndes Feuer und ein Teetablett auf sie warteten. Die Kinder der Bensons wurden bald darauf ins Bett geschickt, während es sich die Damen in einem Halbkreis ums Feuer gemütlich machten. Mrs Akers schenkte Anna besonders viel Aufmerksamkeit, die sich in ihrer Gegenwart recht wohl zu fühlen schien.

Nachdem sie zwei Tassen Tee getrunken hatte, fragte Lucy nach dem Weg zu den Toiletten und wurde nach oben zum Ankleidezimmer zwischen den beiden Hauptschlafzimmern geschickt. Als sie die Treppe hinaufging kamen gerade die Gentlemen aus dem Esszimmer und eine Wolke aus Rauch und dem Geruch von Brandy waberte aus der geöffneten Tür. Ins Gespräch versunken gingen sie in Richtung des Salons.

Lucy erledigte ihr Geschäft und ging dann die Treppe wieder nach unten, wo sie sich kurz orientieren musste. Ein kratzendes Geräusch hinter einer der geschlossenen Türen zog ihre Aufmerksamkeit auf sich und sie näherte sich langsam. Ein lautes Heulen schlug ihr entgegen, als sie die Tür öffnete. Einer der Hunde war offenbar versehentlich in dem Zimmer eingesperrt worden.

Sie ließ sich zum Dank die Hände lecken, bevor er an ihr vorbei in die Eingangshalle stürmte. Sie blieb einen Moment stehen, um die große Bibliothek zu bewundern. Ihr Blick kam auf einem Buntglasfenster am hinteren Ende zum Ruhen, auf dem das

Familienwappen prangte. Darunter stand auf Latein der Leitspruch der Familie. Sie trat in das Zimmer und näherte sich, um die Schrift zu entziffern.

„Ah! *Mein Heim ist meine Kraft und meine Aufgabe.* Wie schön.“

Sie wandte sich gerade zum Gehen, als sie Annas Stimme gefolgt von der Captain Akers’ hörte, die sich der Bibliothek näherten. Lucy konnte keine andere Tür entdecken, daher trat sie hinter das Bücherregal an der Wand, das ihr am nächsten stand, und hielt den Atem an.

„Vielen Dank, dass Sie gewillt sind, mit mir zu sprechen, Miss Harrington“, sagte Captain Akers. „Ich muss gestehen, Sie hier in meinem Zuhause zu sehen, hat nichts an meiner Überzeugung geändert, dass Sie die Frau sind, die ich heiraten möchte.“

„Oh, Harry. Ihr Heim ist wunderbar, genau wie Ihre Familie“, antwortete Anna.

„Dann wollen Sie also meine Frau werden?“

Die Stille dehnte sich so lange aus, dass Lucy sich daran erinnern musste, weiter zu atmen.

„Ich habe Ihnen doch schon erklärt, warum das ein Fehler wäre“, antwortete Anna ihm schließlich. „Und Sie hier zu sehen, umgegeben von ihrer liebevollen Familie, macht nur noch deutlicher, wie ungeeignet ich wäre.“

„*Ungeeignet?*“

„Wie ich Ihnen bereits sagte, habe ich nicht vor, Mutter zu werden“, erwiderte Anna. „Auch wenn das nicht ganz stimmt. Ich würde *liebend gern* Mutter werden, aber ich habe Todesangst vor einer Geburt, das *wissen* Sie bereits.“

„Anna, wie Ihnen vielleicht aufgefallen ist, habe ich zahlreiche Brüder und Schwestern. Wenn Sie keine Kinder wünschen, kann einer von ihnen gern dieses Anwesen erben.“

„Wie können Sie das sagen, wenn ich doch sehe, wie stolz Sie zurecht auf Ihre Familie sind und auf Ihre Position in der Gesellschaft? Wenn ich so selbstsüchtig wäre, Ihnen die Möglichkeit auf Erben zu nehmen, was mögen Sie dann nur von mir halten?“

„Ich habe den Großteil meines Lebens an Bord eines Schiffes verbracht. Das hier ist zwar mein Zuhause, aber das bin nicht *ich.*“ Er seufzte. „Ich will Sie heiraten, Anna. Ich kann meinem Herz nicht befehlen, wen ich zu lieben habe.“ Lucy legte eine Hand auf den Mund.

„Können Sie wirklich sagen, dass Sie mich nicht ebenfalls lieben?“ Anna schwieg und so fuhr Captain Akers mit immer stärkerer Überzeugung in der Stimme fort. „Denn ich glaube, dass Sie mich lieben.“

„Vielleicht ist Liebe nicht genug“, flüsterte Anna.

„Im Vergleich zu meiner Verpflichtung gegenüber der Familie?“

„Ja.“

„Diese Dinge sind mir zwar wichtig, aber sie umfassen nicht alles, was *mich* ausmacht. Wenn ich Sie heiraten würde, will ich alles von Ihnen. Ich kann Ihnen nicht versprechen, dass Sie nicht schwanger werden. Da möchte ich offen mit Ihnen sein.“

„Danke“, murmelte Anna.

„Aber ich werde alles in meiner Macht Stehende tun, um es zu verhindern.“ Er überlegte kurz, bevor er weitersprach. „Ich habe die ganze Welt bereist. Es gibt zahllose Wege der Verhütung; mehr, als Sie sich vorstellen mögen."

„Aber Sie können es nicht versprechen", stellte Anna fest. „Und was, wenn ich doch schwanger werde und vor lauter Angst wahnsinnig werde? Wie lange würde es *dann* dauern, bis Sie Ihre Entscheidung bereuen?"

„Sie sind nicht Ihre Mutter, Anna. Die Wissenschaft hat seit ihrem Tod große Fortschritte gemacht und ich würde dafür sorgen, dass sich die weltbesten Ärzte um Ihr Wohlergehen bemühen." In seiner Stimme lag ein verbitterter Ton, der Lucy überraschte. „Sie können nicht Ihr Leben lang in Angst vor etwas leben, dass vielleicht niemals eintritt."

„Und was, wenn doch?", warf Anna ein. „Was, wenn ich sterbe?"

„Dann wäre ich am Boden zerstört und würde mir den Rest meines Lebens Vorwürfe machen."

„Aber Sie wären noch am Leben."

Es folgte ein langes Schweigen, bevor er antwortete.

„Ja. Das wäre ich." Er seufzte. „Was wollen Sie von mir hören, Anna?"

„Ich weiß es nicht."

„Lieben Sie mich?"

„Ja." Das eine Wort kam so von Herzen, dass Lucy sich auf die Lippe beißen musste, um nicht in Tränen auszubrechen. „Natürlich tue ich das. Zu sehr, um Ihnen solche Schmerzen zu bereiten."

„Also würden Sie sich lieber selbst die Chance auf Glück verwehren? Sie lassen sich lieber von Ihrer Angst beherrschen?"

„Das ist ungerecht, Harry."

„Das *Leben* ist ungerecht. Ich habe meines beinahe auf hoher See verloren und dadurch verstanden, dass man das Glück packen und festhalten muss, wenn es sich anbietet. Denn vielleicht erlebt man den nächsten Tag ohnehin nicht mehr. Denken Sie bitte noch einmal darüber nach? Darüber, ob uns die *Möglichkeit* auf ein glückliches Leben mit unseren Geliebten verwehrt bleiben soll, obwohl wir nicht wissen, was die Zukunft birgt? Vielleicht könnten wir ohnehin keine Kinder zeugen. Wäre ein glückliches Jahr zusammen nicht *all das* wert?“

Das Nächste, das Lucy hörte, war das Knallen der Tür und ein Fluch von Captain Akers.

„Sie können jetzt herauskommen, Lady Kurland. Anna ist fort.“

Lucy zuckte zusammen und trat dann zögerlich hinter dem Bücherregal hervor. „Verzeihen Sie bitte, Captain. Ich hatte nicht vor, Sie zu belauschen.“ Neugier packte sie. „Woher wussten Sie, dass ich hier bin?“

„Ich wusste es nicht, bis ich nahe genug an den Spiegel über dem Kamin trat, um Ihr Spiegelbild darin zu sehen.“ Er fuhr sich mit der Hand durchs Haar. „Sie müssen mich für einen Schurken halten.“

„Ganz und gar nicht“, sagte Lucy eilig. „Ich bin der Meinung, dass Sie Ihre Sicht sehr gut vorgetragen haben.“

„*Wirklich*?“

„Ja, und Sie haben Anna etwas zum Nachdenken gegeben.“ Lucy zögerte. „Ich kann nicht sagen, ob sie sich selbst gestatten wird, auf Sie zu *hören*, aber die Hoffnung bleibt.“

„Vielen Dank, Mylady."

„Wenn Anna sich mir anvertraut, werde ich nicht verraten, dass ich während der Auseinandersetzung anwesend war."

Er verbeugte sich. „Sie haben mein Wort, dass ich es ebenfalls nicht erwähnen werde."

„Vielen Dank." Lucy raffte die Röcke zum Gehen. „Dann werde ich jetzt in den Salon zurückkehren."

Anna und Lucy schwiegen beide während der Heimfahrt und da Robert auch Penelope nichts weiter zu sagen hatte, verlief die Fahrt größtenteils in Stille. Robert hatte das Gefühl, dass die Akers-Familie von ihrem Sohn eine Ankündigung bezüglich seiner Verlobung erwartete. Aber was auch immer zwischen dem Paar vorgefallen war, keiner der beiden hatte am Ende des Abends besonders glücklich ausgesehen.

Lucy gähnte und legte den Kopf auf seine Schulter. „Was für eine angenehme Familie."

„In der Tat." Er ignorierte Penelopes vielsagenden Blick, zog Lucy noch näher zu sich heran und legte den Arm um ihre Schulter. „Mr Akers verfügt über einen reichen Wissensschatz, ist sehr umgänglich und hat ausgesprochen gut erzogene Kinder und Hunde." Er blickte aus dem Fenster, als die Kutsche vor ihrer Residenz in Bath Halt machte. Er wartete, bis der Kutscher die Tür öffnete und ihnen beim Aussteigen half. „Vielen Dank."

Er reichte wiederum seinen drei Begleiterinnen die Hand zum Aussteigen und folgte ihnen schließlich die Treppen hinauf ins Haus. Lucy wandte sich in der Eingangshalle zu ihm.

„Ich werde gleich ins Bett gehen."

„Gute Nacht, meine Liebste." Er blies ihr eine Kusshand zu, während er Hut und Handschuhe an Foley übergab. „Ich werde gleich nachkommen."

Anna ging die Treppe hinauf in den Salon. Penelope folgte ihr auf dem Fuße.

„Nun, Anna? Was hast du zu deiner Verteidigung zu sagen?"

Anna blickte verwirrt zu ihr auf, als wäre sie gerade aus dem Schlaf erwacht. „Wie bitte?"

Robert hatte gerade das Zimmer betreten, als Penelope zu sprechen begann. Er schloss die Tür hinter ihnen, sodass Lucy nichts hörte, das sie unnötig aufregen würde.

„Die ganze Familie erwartet offenbar, dass du Captain Akers' Antrag annehmen wirst!"

„Das ... war mir nicht klar ..."

„Guter Gott, Anna! Der Mann will dich heiraten, seine Familie ist umgänglich und du hast ihn zurückgewiesen, nicht wahr?" Penelope warf frustriert die Hände in die Luft. „Du wirst noch als alte Jungfer enden!"

Anna wirbelte zu ihr herum. „Und wenn schon? Das geht dich gar nichts an! Verschwinde und lass mich in Ruhe!"

Penelope zuckte erschrocken zurück, als Anna die Stimme hob.

„Also es besteht kein Grund so unhöflich zu werden. Ich versuche nur ..."

„Dich einzumischen." Anna war offensichtlich noch lange nicht fertig. „Du bist schlimmer als Lucy! Sie ist immerhin an meinem Wohlergehen interessiert, während du ... Du kümmerst dich nur um Ränkespiele, um Einfluss und Geld zu erlangen!"

Penelope plusterte sich auf wie eine erzürnte, blonde Gottheit. "Das ist völlig absurd, schließlich habe ich mich dazu entschieden, Dr. Fletcher zu heiraten! Glaubst du, ich *wollte* einen solchen Niemand heiraten? Ich habe ihn geheiratet, weil er mich liebt und ich liebe *ihn* auch!" Sie zeigte mit dem Finger auf Anna. "Mit deinem Aussehen könntest du einen Duke heiraten, aber Captain Akers *liebt* dich und das, meine liebe Anna, ist das Wichtigste auf der Welt!"

Mit einer ruckartigen Kopfbewegung wirbelte Penelope herum. Sie brach in Tränen aus und stürmte davon. Robert und Anna blieben allein zurück und tauschten einen hilflosen Blick aus. Zu seinem Entsetzen realisierte Robert, dass es damit ihm oblag, Lucys Schwester beizustehen.

Mit einem dumpfen Plumpsen ließ Anna sich auf einem der Sessel nieder. "Ach du meine Güte. Jetzt habe ich auch noch Penelope beleidigt."

"Nun, das ist nicht gerade schwer."

"Aber ich habe sie sogar zum *Weinen* gebracht."

Robert dachte einen Moment nach, denn er war sich nur allzu bewusst, dass taktvolle und diplomatische Antworten nicht gerade zu seinen Stärken zählten. "Zur Abwechslung muss ich ihr zustimmen."

"Dass Liebe wichtiger ist als alles andere auf der Welt?" Anna blickte ihn finster an. "Sie hätten beinahe *Penelope* geheiratet! Was wissen Sie schon?"

Er setzte sich neben sie und nahm ihre bebenden Hände in die seinen. "Aber das habe ich nicht. Ich habe Ihre Schwester geheiratet, weil ich sie liebe."

„Captain Akers ist der Ansicht, dass ich ihn heiraten und dann zu akzeptieren sollte, was auch passieren mag, weil ich *ihn* liebe.“

„Handeln wir nicht alle so?“, fragte Robert. „Nachdem ich Ihre Schwester heiratete habe, war auch ich mit der Gefahr konfrontiert, sie beinahe zu verlieren. Es war einfach nur schrecklich. Und sie musste es aushalten, als Dr. Fletcher an meinem Oberschenkel operierte. Hätte ich sie vielleicht deswegen nicht heiraten sollen? Oder das Leben mit ihr an meiner Seite nicht so viel mehr genießen dürfen als ohne sie? Ich vermute, dass wir beide es vorziehen würden, unsere Zeit zusammen zu verbringen, egal, wie wenig Zeit wir gemeinsam haben.“

„Ich bin nicht wie Lucy. Sie ist unverwüstlich.“

„Ich denke, da unterschätzen Sie sich selbst.“

„Ich bin es leid, das immer wieder von allen Seiten zu hören.“ Annas Miene verzog sich zu einem trotzigen Stirnrunzeln, das ihn nur allzu sehr an seine eigene Frau erinnerte.

„Würden Sie es bevorzugen, wenn ich offen spräche?“ Er sah ihr tief in die Augen. „Sie lassen sich von Ihren Ängsten beherrschen.“

„Also bin ich ein Feigling?“

„Ja. Vielleicht. Gute Nacht, Anna.“ Robert erhob sich. „Wie auch immer Sie sich entscheiden mögen, Sie sollen wissen, dass Lucy und ich Sie in jedem Fall darin unterstützen werden.“

Er ließ sie im Zimmer zurück und ging in Richtung der Treppen, wo er von Foley aufgehalten wurde.

„Haben Sie einen Moment, Sir Robert?“

Robert zog die Taschenuhr hervor. Lucy lag vermutlich bereits im Bett.

„Ja, natürlich."

Er folgte Foley in das kleine Arbeitszimmer im Erdgeschoss des Hauses.

„Ich habe mich mit Mr Tompkins unterhalten, Sir."

„Und was hatte er zu sagen?"

„Er hat mir erzählt, dass Sir William ein Versteck für sein Testament hatte."

„Und wo?"

„Er sagte mir, er wisse es nicht, Sir Robert", sagte Foley.

„Es fällt mir schwer, das zu glauben, Ihnen nicht?"

„Ja, Sir, aber er beharrt auf seiner Version der Geschichte. Er besteht darauf, dass Sir William ihn jedes Mal aus dem Zimmer schickte, wenn er sein Testament wieder an dessen Ort zurücklegte."

„Und er hat niemals auch nur hineingespäht oder ihn bei der Arbeit überrascht?" Robert schüttelte den Kopf. „Ich frage mich, warum Mr Tompkins nicht will, dass die Benson-Familie erfährt, wo das Testament versteckt ist."

„Er hat gesagt, Sir, er sei Zeuge vieler Änderungen am Testament gewesen."

„Also ist er sich vielleicht darüber im Klaren, dass mehrere Mitglieder der Familie Benson ihn für das, was er bezeugt hat, verantwortlich machen könnten." Robert nickte nachdenklich. „Ich kann nachvollziehen, warum er nicht verraten will, was er weiß, bis er in sicherer Entfernung zu Bath und der möglichen Rache der Bensons ist."

„Das sehe ich auch so, Sir. Er sagte mir, er plane, schon in Kürze zu packen und aufzubrechen, um den Haushalt in Yorkshire über Sir Williams Tod in Kenntnis zu setzen und die Beerdigung vorzubereiten."

„Ich bin sicher, dass Edward Benson sich bereits darum gekümmert hat."

„Um ehrlich zu sein, Sir, hat Mr Tompkins nicht besonders viel Vertrauen in die Fähigkeiten von Mr Edward", sagte Foley mit so viel Taktgefühl wie möglich. „Und wenn man bedenkt, dass die gesamte Familie hier festsitzt, während sie auf das Auftauchen des Testaments wartet, muss jemand dorthin zurückkehren und die Verantwortung übernehmen."

„Nun, versuchen Sie bitte, mehr aus ihm herauszubekommen. Und bieten Sie ihm vielleicht an, ihm beim Zusammenpacken der Besitztümer von Sir William zu helfen. Vielleicht finden *Sie* dabei ja das verdammte Testament." Robert ging zur Tür. „Jetzt muss ich aber zu Bett gehen. Vielen Dank für Ihre Anstrengungen, Foley. Ich weiß das sehr zu schätzen."

„Ich muss gestehen, dass es mir sogar Spaß bereitet hat." Foley verneigte sich. „Gute Nacht, Sir Robert."

Während Robert die Treppen hinaufging, ließ er sich die Geschehnisse des Abends noch einmal durch den Kopf gehen. Er würde am nächsten Morgen mit Lucy reden müssen, die sicher von dem Gespräch mit Anna und von Foleys Erkenntnissen über Mr Tompkins erfahren wollen würde.

Er hatte den Verdacht, dass keines der beiden Themen sie besonders fröhlich stimmen würde und sie ihre Unzufriedenheit zweifellos ohne zu zögern kundtat.

Kapitel 11

Lucy blickte nachdenklich auf das trockene Stück Toast auf ihrem Teller, bevor sie ein winziges Stück Butter darauf strich. Anna war noch nicht nach unten zum Frühstück gekommen und da Lucy sich noch nicht sicher war, was sie zu ihr sagen könnte, war sie darüber zur Abwechslung ein wenig erleichtert. Sie wollte Anna nahelegen, auf Captain Akers zu hören, aber trotz ihres bezaubernden Äußeren besaß ihre Schwester eine trotzige Ader, die der Lucys beinahe ebenbürtig war.

Als sie Roberts Stimme aus Richtung des Flurs hörte, stellte sie hastig Penelopes Teller mit Essensresten vor sich, um es aussehen zu lassen, als hätte sie bereits ein gesundes Frühstück zu sich genommen. Ihr Ehemann war vielleicht nicht der aufmerksamste Mann der Welt, aber er war nicht dumm. Seine Sorge um sie würde ihn Fragen stellen lassen, auf die sie noch nicht vorbereitet war. Und sie würde ihn nicht anlügen können.

„Guten Morgen, meine Liebe."

Robert schenkte ihr ein Lächeln, als er das Zimmer betrat, und bediente sich an den Tellern, die auf der Anrichte standen. Der Duft von warmem Schweinebraten und Ei ließ Lucy die Lippen aufeinanderpressen. Sie versuchte, nicht zu tief einzuatmen. Er setzte sich neben sie, was es ihr leichter machte, ihn nicht direkt anzusehen und sich stattdessen darauf zu konzentrieren, Marmelade auf ihrem Toast zu verstreichen.

„Guten Morgen, Robert." Sie schaffte es, ein Stückchen Toast abzubeißen und es mit einem Schluck Tee hinunterzuspülen. „Hast du vor, heute in die Heilbäder zu gehen?"

„Nein, ich dachte, dass ich damit warte, bis Dr. Fletcher morgen wieder eintrifft. Hat Foley dir von seinem Gespräch mit Mr Tompkins über das verschwundene Testament berichtet?"

„In der Tat." Lucy schüttelte den Kopf. „Ich kann nicht glauben, dass Mr Tompkins nie gesehen haben will, wo das Testament versteckt ist, du etwa?"

„Nein. Ich schätze, es gibt einen Grund, warum er nicht will, dass es gefunden wird." Robert schnitt ein Stück des Bratens ab. „Ich frage mich, ob Sir William ihm diesbezüglich ein Versprechen abverlangt hat."

„Du meinst, dass Mr Tompkins das Testament verstecken und niemandem davon erzählen sollte, falls Sir William unter verdächtigen Umständen starb?", fragte Lucy. Ihre Übelkeit verflog, während sie über das Rätsel nachdachte.

„Exakt." Robert kaute lange auf dem Stück Braten herum, bevor er sich seinem Ei widmete. „Aber er wird es *irgendwann* enthüllen müssen."

„Wirklich? Wenn Sir William einen von ihnen für einen Mörder hielt, hätte er es dann nicht bevorzugt, dass keins seiner Kinder sein Vermögen erbt?"

„Das ist ebenfalls eine Möglichkeit. Er wirkte auf mich nicht wie die Art Mann, die schnell verzeiht. Was für ein Durcheinander. Ich habe großes Mitleid mit Mr Carstairs."

„Ich habe vor, Lady Benson heute Morgen einen Besuch abzustatten. Würdest du mich gern begleiten?", fragte Lucy.

„Sehr gern. Vielleicht ergibt sich ein Augenblick allein mit Mr Tompkins und ich kann versuchen, ihn davon zu überzeugen, mir das Testament zur sicheren Aufbewahrung anzuvertrauen." Robert runzelte die Stirn. „Ich habe die Sorge, dass die Bensons sich möglicherweise an die Stadtwache wenden könnten und Mr Tompkins beschuldigen, sie bestohlen zu haben, um ihn so dazu zu zwingen, sein Wissen mit ihnen zu teilen."

„Ich kann mir durchaus vorstellen, dass Augustus und Edward so etwas tun würden", stimmte Lucy ihm zu. „Vielleicht wäre das ein guter Ansporn, um Mr Tompkins davon zu überzeugen, das Testament einem Gentleman auszuhändigen, der sich nicht so leicht einschüchtern lässt."

„Und damit meinst du mich?" Robert nickte nachdenklich. „Diesen Vorschlag werde ich ihm unterbreiten." Er blickte sich um. „Sind Anna und Penelope schon unten gewesen?"

„Ich habe Anna noch nicht gesehen. Aber Penelope war schon hier." Lucy seufzte. „Sie behauptete, Anna habe sie gestern Abend beleidigt, weigerte sich aber, das näher auszuführen."

„Anna hat sie tatsächlich beleidigt." Robert schenkte sich eine zweite Tasse Kaffee ein und füllte auch Lucys Teetasse wieder auf. „Penelope hat deine Schwester dafür getadelt, dass sie Captain Akers Antrag nicht angenommen hat. Anna sagte, Penelope sei davon besessen, Geld und Wohlstand anzuhäufen.“

„Das hat *Anna* gesagt?“ Lucy stellte ihre Tasse ab.

„Um ehrlich zu sein, hat Anna es Penelope direkt ins Gesicht *gebrüllt*.“ Robert verzog die Miene. „Und Penelope erwiderte, dass sie *selbst* aus Liebe geheiratet habe und es nicht bereue. Dann brach sie in Tränen aus und stürmte hinaus.“

„*Penelope* ist hinausgestürmt?“ Lucy rieb sich die Stirn. „Ich fühle mich, als wäre ich in einem magischen Universum, in dem alles verkehrtherum abläuft.“

„Es war ein recht verstörender Anblick; besonders, weil ich ausgerechnet *Penelope* in diesem Fall uneingeschränkt zustimmen musste“, sagte Robert. „Ich glaube tatsächlich, dass Penelope die aufrichtige Absicht hatte, zu helfen.“

„Hat sich Anna bei ihr entschuldigt?“

„Nein, weil Penelope empört davonstürmte. Ich habe versucht, deine Schwester zu beruhigen, aber ich bin mir nicht sicher, ob ich darin erfolgreich war.“

Lucy starrte Robert ungläubig an. „*Du* ... hast das versucht?“

„Anna hat mich nach meiner Meinung gefragt.“ Er zuckte mit den Schultern. „Ich kann dir versichern, dass ich versucht habe, taktvoll zu bleiben, aber ich bin mir nicht sicher, ob sie auf mich gehört hat.“

Lucy erschauderte innerlich bei der Vorstellung, dass ihr Ehemann versucht hatte, ihrer sensiblen Schwester einen Rat zu geben. Vor diesem Hintergrund überraschte es sie nicht mehr, dass Anna sich dafür entschieden hatte, nicht zum Frühstück zu erscheinen.

„Ich hoffe wirklich, dass Anna die Sache noch einmal sehr gut überdenkt." Lucy wollte nur ungern die Einzelheiten der Konversation wiedergeben, die sie zufällig mitgehört hatte, da sie vermutete, dass Robert ihr Lauschen missfallen würde. „Ich mag Captain Akers und seine Familie sehr und ich glaube, dass Anna sehr starke Gefühle für ihn hegt."

„Dann muss sie mutig sein und ihr Glück selbst in die Hand nehmen." Robert wischte sich den Mund mit seiner Serviette ab. „Das war mein Ratschlag an sie."

Lucy wischte die Toastkrümel von ihrem Kleid. „Ich werde nachsehen, ob sie wach ist, bevor wir zu den Bensons gehen."

„Lass dir nur Zeit." Robert griff nach der Zeitung, die Foley neben seinem Teller bereitgelegt hatte. „Ich muss mich noch darüber informieren, was unsere Regierung so ausgeheckt hat, seit wir unsere Reise angetreten haben. Ich befürchte, es wird nichts Gutes sein."

Nachdem Lucy erfolglos versucht hatte, Anna zum Aufstehen zu bewegen, zog sie sich ihre Haube und Pelisse an und ging zurück nach unten in den Salon, wo Robert sich inzwischen mit seiner Zeitung am Feuer niedergelassen hatte.

Sie hatte sich noch nie während einer Schwangerschaft so krank gefühlt, und fragte sich, was das wohl bedeuten könnte. Betty hatte ihr empfohlen, immer etwas trockenes Brot in ihrem Retikül mit sich zu führen, für den Fall, dass sie unterwegs einen Schwindelanfall erlitt. Wenn sich ihr Zustand jedoch noch weiter verschlechterte, würde sie Robert sagen, was vor sich ging.

Er blickte sie über den Rand seiner Zeitung an und legte das Blatt dann zusammengefaltet beiseite.

„Wie ich befürchtet habe, befindet sich die Nation in einem schrecklichen Zustand."

„Da es dir ja nun besser geht, hast du also vielleicht vor, dich zur Wahl ins Parlament aufstellen zu lassen, wie du es ursprünglich geplant hattest?", fragte Lucy.

„Vielleicht tue ich das wirklich." Robert verstaute seine Lesebrille in der Hemdtasche. „Ich kann wohl kaum inkompetenter sein als diese Dummköpfe, die derzeit die Geschicke unseres Landes lenken."

Foley trat ein und reichte Robert seinen Hut und Gehstock.

„Vielen Dank, Foley." Robert deutete zur Tür. „Sollen wir los, meine Liebste?"

Direkt nachdem Lucy hinausgetreten war, erklomm sie auch schon wieder die Stufen zum Haus der Bensons und klopfte an die Tür. Der Butler öffnete ihnen.

„Guten Morgen, Lady Kurland, Sir Robert."

„Guten Morgen. Ich bin hier, um Lady Benson zu sehen."

„Dann treten Sie doch bitte ein, Mylady, und ich werde nachsehen, ob Ihre Ladyschaft schon aufgestanden ist."

„Vielen Dank." Lucy folgte ihm die Treppe hinauf in den Salon, wo bereits ein Feuer entfacht worden war, um den Raum zu wärmen. Robert bildete die Nachhut. „Ich hatte ihr gestern eine Nachricht geschickt, in der ich sie wissen ließ, dass ich um elf Uhr kommen würde."

„Kann ich Ihnen Tee anbieten, Mylady, Sir?"

„Ein wenig Tee wäre sehr freundlich." Lucy setzte sich ans Feuer und zog die Handschuhe aus. „Vielen Dank."

Robert ging im Zimmer auf und ab und hielt bei jeder Runde am Fenster inne, um nach draußen zu sehen. Immer wieder beschwerte er sich über die mangelnde Aussicht, bis Lucy sich wünschte, dass er sich endlich hinsetzen würde. Sie wollte ihren Wunsch gerade laut und mit größerem Nachdruck als üblich aussprechen, als die Tür aufschwang und Edward und Peregrine Benson eintraten.

Edward ging direkt auf Robert zu. „Was für eine Freude, Sie zu sehen, selbst unter solch traurigen Umständen."

Robert schüttelte ihm die Hand, während Peregrine sich verbeugte und Lucy zuzwinkerte. „Ich muss mich dafür entschuldigen, dass wir bei der Verlesung des Testaments nicht länger geblieben sind. Meine Frau und ich hielten es für unangemessen, noch länger zu verweilen."

Edward seufzte. „Es ist eine vertrackte Angelegenheit, Sir Robert. Wie es aussieht, ist das Testament unauffindbar. Und Mr Carstairs besteht darauf, dass er nichts tun kann, solange ihm kein rechtlich bindendes Dokument vorliegt."

„Mit allem gebührenden Respekt", warf Lucy ein. „Sicherlich muss er als Anwalt von Sir William doch eine Ahnung haben, was im Testament steht. Er war doch dabei, als es aufgesetzt wurde."

„Ein sehr guter Einwand, Lady Kurland, aber mein Vater neigte dazu, sein Testament häufig zu ändern", sagte Edward. „Mr Carstairs weigert sich also berechtigterweise, Spekulationen über die rechtmäßige Verteilung anzustellen, solange nicht klar ist, wie umfangreich die Änderungen durch seinen Klienten ausfielen."

„Dann ist davon auszugehen, dass Sir William das Testament wirklich mit nach Bath genommen hat", merkte Robert an. „Besteht die Möglichkeit, dass es lediglich übersehen wurde?"

„Das bezweifle ich", sagte Peregrine. „Meine Brüder und meine Stiefmutter haben dieses Haus bei der Suche nach dem verdammten Ding auf den Kopf gestellt. Wenn es sich tatsächlich hier befindet, so haben sie es bisher nicht finden können."

„Haben Sie sich selbst nicht an der Suche beteiligt, Mr Benson?", fragte Lucy an Peregrine gerichtet.

„Nach den Drohungen bezüglich des Inhalts in meinem letzten Gespräch mit meinem alten Herrn, hoffe ich, dass das verdammte Ding *niemals* auftaucht."

„Peregrine beliebt zu scherzen." Edward funkelte seinen Bruder an. „Wir können die Situation so nicht hinnehmen. Es wird Zweifel an unseren Geschäftsaktivitäten wecken und unsere Schuldner und Kreditgeber unser weiteres Bestehen infrage stellen lassen."

„In der Tat." Robert nickte. „Wenn Sie das Testament nicht finden können, wie wollen Sie dann weiter vorgehen?"

„Mr Carstairs sagte mir, dass es Möglichkeiten gibt, solche Probleme zu lösen. Doch das wäre kostspielig und würde die Dienste eines Barristers benötigen. Aber wenn das notwendig ist, um diese Pattsituation zu lösen, bin ich dazu bereit."

„Und wie willst du das bewerkstelligen?", fragte Peregrine. „Du hast doch keinen Penny, über den du selbst verfügen kannst."

„Wenn es sein muss, leihen wir uns Geld und hinterlegen unser zu erwartendes Erbe als Sicherheit", sagte Edward steif. „Und ich muss darauf bestehen, mein lieber Bruder, dass du unsere Gäste nicht weiter in Verlegenheit bringst, indem du unsere finanziellen Angelegenheiten besprichst."

„Ich glaube nicht, dass sie diejenigen sind, die verlegen sind, mein *hochgeschätzter* Bruder." Peregrines Lächeln war eindeutig kein Ausdruck von Freude. „Du scheinst zu vergessen, dass Sir Roberts Vermögen aus dem industriellen Norden stammt, er sich gut mit den finanziellen Aspekten unseres Unternehmens auskennt und keineswegs von meiner Direktheit beleidigt ist."

Edward sah aus, als würde der Gedanke, über Geschäftliches zu sprechen, ihn abstoßen. Er öffnete und schloss den Mund mehrere Male, bevor er es schaffte, einen Satz hervorzubringen. „Wie ich schon sagte: Das hier ist weder die richtige Zeit, noch der richtige Ort für eine solche Unterhaltung."

Peregrine verbeugte sich überschwänglich. „Wie du wünschst, Edward. Ich war ohnehin gerade auf dem Weg nach draußen, um Mr Carstairs im *White Hart* aufzusuchen. Gibt es irgendetwas, dass ich ihm ausrichten soll?"

„Wieso suchst du Mr Carstairs auf?", fragte Edward gebieterisch.

„Ich will sichergehen, dass es ihm gut geht und er nicht die Absicht hat, zurück nach Yorkshire zu flüchten." Peregrine lächelte. „Er ist über diese ganze Situation nicht gerade erfreut."

„Es ist nicht schwer zu sehen, warum", murmelte Robert, was die Aufmerksamkeit beider Benson-Brüder auf ihn zog. „Ich habe die Erfahrung gemacht, dass Juristen in der Regel recht ungehalten sind, wenn man sich nicht zu ihrer Zufriedenheit an die vorgeschriebenen Abläufe hält."

Peregrine schlenderte zu ihnen herüber und küsste Lucys Hand. „Es war wie immer eine Freude, Sie zu sehen, Lady Kurland."

„In der Tat." Lucy löste ihre Finger aus seinem recht starken Griff.

Die Tür schwang auf und Lady Benson kam flankiert von ihrem älteren Sohn Arden und Dr. Mantel herein. Beim Anblick der Anwesenden spannte sie sich sichtbar an, drückte eine Hand auf die Brust und hielt inne.

„Warum seid ihr beide *hier*? Was ist jetzt schon wieder vorgefallen?"

Einen Moment lang fragte sich Lucy, ob Lady Benson damit sie und Robert meinte, aber schnell bemerkte sie, dass der ängstliche Blick ihrer Gastgeberin den beiden Brüdern galt.

Peregrine trat zu ihr und musterte seine Stiefmutter mit unverhohlenem Spott in den Augen. „Guten Morgen, Miranda." Er beugte sich näher heran. „Noch immer keine Tränen für den Mann, dem du alles zu verdanken hast?"

„Verschwinde", bellte Miranda. „Du fürchterlicher kleiner Mann."

Peregrine hauchte ihr eine Kusshand zu und schob sich an ihr vorbei, wobei er Dr. Mantel absichtlich in die Seite rempelte.

„Na, hören Sie mal!", murmelte der Doktor und richtete sich die Krawatte. „Es besteht wirklich kein Anlass für so schlechtes Benehmen."

Edward verbeugte sich vor seiner Stiefmutter und dann vor Lucy und Robert. „Ich fürchte, auch ich muss jetzt gehen. Ich habe noch einige Briefe zu schreiben."

Er verschwand aus dem Zimmer und Lady Benson sah ihm noch einen Moment mit blitzenden Augen hinterher. Lucy hatte sie noch nie so lebhaft erlebt. Doch innerhalb von Sekunden war die Wut verflogen und wurde ersetzt von dem hilflosen Rehaugenblick, mit dem Lucy stärker vertraut war.

„Es tut mir so leid, Lady Kurland", sagte Miranda mit versagender Stimme. „Wie Sie sehen können, ist das Benehmen meiner Stiefsöhne *abscheulich*."

Sie setzte sich auf das Sofa, während Arden auf dem Stuhl hinter ihr Platz nahm. „Es ist so freundlich von Ihnen, dass Sie mich besuchen, um sich nach meinem Wohlbefinden zu erkundigen. Niemand in diesem Haus abgesehen von Dr. Mantel schert sich auch nur einen Deut um meine Gesundheit oder meine Trauer. Meine Stiefsöhne interessieren sich überhaupt nicht für mich und wünschen mich zum Teufel."

Lucy schenkte ihr ein mitfühlendes Lächeln. „Das muss eine sehr schwere Zeit für Sie sein. Da ist das fehlende Testament und dann die Organisation der Beerdigung."

„Meine liebe Lady Kurland", jammerte Lady Benson, „Sie haben ja keine *Ahnung*…"

Robert bewundert das Durchhaltevermögen seiner Frau. Irgendwie schaffte sie es, Lady Bensons Redeschwall aus Beschwerden, empfundenen Beleidigungen und Sorgen mit einem freundlichen Nicken zu verfolgen. Schließlich blickte er auf, als ein Tablett mit Tee und eine Dekantierkaraffe für die Männer gebracht wurde. Er nutzte die Gelegenheit, um sich kurz zu entschuldigen. Er bezweifelte, dass es Lady Benson sein Verschwinden überhaupt aufgefallen war. Er folgte dem Butler in den Flur und rief ihm hinterher.

„Ist Mr Tompkins heute hier?"

„Soweit ich weiß, ja, Sir. Ich habe ihn allerdings heute Morgen noch nicht selbst gesehen, da er damit beschäftigt ist, die Besitztümer von Sir William einzupacken. Soll ich ihn holen lassen?"

„Ich werde einfach selbst in Sir Williams Gemächer gehen und mich dort mit Mr Tompkins unterhalten." Robert tippte mit dem Gehstock gegen das Bein. „Ich brauche so viel Übung wie möglich und ich möchte Ihnen nicht zur Last fallen."

Er ging zum Treppenhaus in der Mitte des Gebäudes. „Es wird nur einen Moment dauern."

„Wie Sie wünschen, Sir." Der Butler setzte seinen Weg durch die Tür in den Bereich der Bediensteten fort.

Robert ging die Treppe nach oben und blieb zwischendurch immer wieder stehen, um zu sehen, wer sich im Geschoss über ihm gerade bewegte. In dem Haus, das sie selbst angemietet hatten, befanden sich der Salon und das Hauptschlafzimmer auf der gleichen Etage. Im Haus der Bensons wurde das zweite Stockwerk fast vollständig von zwei getrennten

Schlafzimmern und einem Ankleidezimmer eingenommen. Robert hatte bereits erfahren, dass
Augustus in seine Gemeinde zurückgekehrt war.
Peregrine war ausgegangen und Edward und Arden
befanden sich auf der gleichen Etage wie die Damen.
Foley hatte ihm verraten, dass Sir Williams Zimmer auf
der linken Seite lag. Daneben schloss sich das
Ankleidezimmer an und rechts schlief Lady Benson. Er
klopfte vorsichtig an die linke Tür, doch niemand
antwortete.

Langsam drückte er die Klinke und wagte einen Blick
hinein. Das Zimmer war ein völliges Durcheinander
von Kleidern, Koffern, Perücken und Unterwäsche, die
auf dem gesamten Boden verstreut lagen. Er runzelte
die Stirn. Da er Foleys Liebe zur Ordnung kannte, ging
er davon aus, dass dieser es erwähnt hätte, wenn Mr
Tompkins das Zimmer in einem derartigen Zustand
hinterlassen hätte. Foley hatte es außerdem so klingen
lassen, als wäre Mr Tompkins schon fast bereit zur
Abreise.

Robert betrat das Zimmer, schloss die Tür hinter sich
und überblickte das Durcheinander umfassender.
Keine einzige Oberfläche war frei und jemand hatte die
Kleider im gesamten Zimmer verteilt. Schubladen und
Schränke standen offen, als wäre ein Sturm durch den
Raum gefegt. Robert blieb stehen, um zwei Bücher
aufzuheben, die ihm im Weg lagen und platzierte sie
auf dem Bett.

Er zuckte zusammen, als ein Fluch aus dem
Ankleidezimmer zu seiner Rechten ertönte. Robert
bahnte sich vorsichtig einen Weg durch die
Trümmerlandschaft und hielt dabei seinen Gehstock in

der Hand bereit. Er stieß die Tür auf und erblickte Brandon, der gerade damit beschäftigt war, den Inhalt eines kleinen Lederkoffers auf den Boden zu entleeren.

„Was in Gottes Namen treiben Sie hier?", fragte Robert mit lauter Stimme. Sofort warf Brandon den Koffer in Richtung von Roberts Kopf. Zwar konnte er dem Geschoss ausweichen, allerdings hatte Brandon es in der Zeit schon zur Bedienstetentreppe geschafft. Robert fand das Seil der Glocke, mit der die Diener gerufen wurden, und zog daran, während er versuchte, den Schaden um sich herum zu überblicken. Brandon hatte offensichtlich beschlossen, auf eigene Faust nach dem Testament zu suchen.

Aber wo war Mr Tompkins? War er schon gegangen und hatte das so wichtige Testament mitgenommen?

Robert drehte sich langsam im Kreis. Seine sich regenden Instinkte und Erfahrungen als Soldat standen im krassen Konflikt mit der häuslichen Szene, die ihn umgab. Irgendetwas stimmte nicht, er konnte es beinahe riechen.

Der Butler betrat das Zimmer. Sofort weiteten sich seine Augen vor Schreck, als er das Chaos erblickte. „Sir Robert! Was ist passiert?"

Robert hob die Hand. „Ist Mr Tompkins in der Küche?"

„Nein, Sir. Seit dem Frühstück hat ihn niemand gesehen."

Roberts Blick wanderte zu den Eichenschränken an der Wand zwischen den beiden Türen, die die Zimmer miteinander verbanden. Er näherte sich. Auch wenn er nichts Außergewöhnliches erkennen konnte, rümpfte er die Nase. Dann bemerkte er das kleine braune

Rinnsal auf dem Teppich. Er schluckte schwer und öffnete den größten der Schränke, der bis zur Decke reichte.

„Oh, mein Gott …“ Der Butler hinter ihm schreckte zurück. „Das ist Mr Tompkins! Er hat sich erhängt.“

Robert sprach, ohne sich umzudrehen. „Bitte gehen Sie und holen Sie Mr Edward Benson hierher. Und erwähnen Sie niemandem gegenüber, was Sie hier soeben gesehen haben. Verstehen Sie, was ich sage?“

„Natürlich, Sir. Selbstverständlich, Sir.“

Nach einem tiefen Atemzug, zwang sich Robert dazu, näher an den Körper des alten Mannes heranzutreten, der wie ein Sack Getreide in der Schlaufe der Krawatte baumelte. Das eine Ende lag um seinen Hals, das andere war an der Kleiderstange des Schranks befestigt. Die hervortretenden Augen und der purpurne Farbton seiner Haut gaben einen furchtbaren Anblick ab. Er sah nicht so aus, als hätte er sein Schicksal selbst gewählt …

Robert wünschte, Patrick Fletcher wäre bei ihm, denn er war sich sicher, dass sein Freund in der Lage gewesen wäre, die vorliegenden Beweise mit wissenschaftlichem Blick zu analysieren. Sicherlich hätte er Roberts Instinkt bestätigt, dass Mr Tompkins sich nicht selbst getötet hatte, sondern ermordet worden war.

Kapitel 12

Edward Benson betrat das Arbeitszimmer, in dem er Robert zur Erholung mit einem Glas Brandy zurückgelassen hatte.

„Wie es aussieht, ist Brandon verschwunden. Ich habe die Bediensteten ausgeschickt, um nach ihm zu suchen, und alle angewiesen, dass Arden hierzubleiben hat."

„Eine gute Eingebung."

Robert trank seinen Brandy aus. Es war gerade erst Mittag. Seit die Bensons in sein Leben getreten waren, hatte sich sein Alkoholkonsum deutlich gesteigert. Nachdem Lady Benson in Ohnmacht gefallen war, hatten Lucy und das Dienstmädchen Dr. Mantel dabei geholfen, sie zurück in ihr Schlafgemach zu bringen. Ihre Tür zum Ankleidezimmer hatten sie gut verschlossen, sodass sie nicht versehentlich hineinging und einen weiteren Schreikrampf erlitt.

Edward schenkte sich selbst ein großes Glas Brandy ein. Er sah recht blass aus, was angesichts dessen, was in diesem Haushalt vor sich ging, kaum überraschte. Edward ließ sich Robert gegenüber auf den Stuhl sinken.

„Es missfällt mir, das zu fragen, Sir Robert, aber womit war Brandon beschäftigt, als Sie ihn im Ankleidezimmer überraschten?"

„Er entleerte gerade einen Koffer mit den Besitztümern seines Stiefvaters. Als er mich sah, warf er mir den Koffer an den Kopf."

„Guter Gott", rief Edward aus. „Ich war erst gestern in Vaters Gemächern und habe mich mit Mr Tompkins unterhalten. Das Zimmer war in makellosem Zustand und alles war sicher verstaut."

„Das hat mir auch mein Butler, Foley, gesagt, nachdem er hier war und Mr Tompkins beim Packen geholfen hatte", erwiderte Robert. „Ich nehme an, dass Brandon sich in den Kopf gesetzt hatte, selbst noch einmal alles zu durchsuchen, was er in die Hände bekommen konnte, und sich dabei nicht darum scherte, was für eine Unordnung er hinterließ."

„Der Junge macht nichts als Ärger", stöhnte Edward. „Er ist schon zweimal der Schule verwiesen worden und hat das jähzornigste Gemüt, das man sich nur vorstellen kann."

„Glauben Sie, dass er seinen Jähzorn an Mr Tompkins ausgelassen hat?", fragte Robert.

„Das weiß Gott allein. Aber möglich ist es." Edward fuhr sich mit der Hand durchs Haar. „Mr Tompkins war ein alter Mann, aber er hätte die Besitztümer meines Vaters gegen jede Bedrohung verteidigt."

„Denken Sie, dass Mr Tompkins die Art Mann war, die dazu fähig gewesen wäre, sich das Leben zu nehmen?"

„Nein. Der Tod meines Vaters hat ihn zwar sehr mitgenommen, aber er war entschlossen, das Richtige zu tun: ihn in die Heimat zu bringen und im Boden von Yorkshire beizusetzen." Edward verzog das Gesicht. „Und jetzt werden wir beide dort beerdigen müssen."

„Wenn Sie also glauben, dass Brandon etwas mit dem Tod von Mr Tompkins zu tun hatte, was gedenken Sie deswegen zu tun?", hakte Robert nach.

„Ich glaube, es ist zu spät, um vorzugeben, dass Brandon keine Gefahr darstellt. Wenn wir ihn nicht selbst aufspüren können, dann habe ich vor, die Stadtwache zu informieren. Vielleicht können sie ihn finden. Es ist vermutlich zwecklos, zu versuchen, die Sache im Kreis der Familie zu halten. Es fehlt nichts aus Brandons Zimmer und er ist ohne seinen Hut oder Mantel davongelaufen. Sofern er nicht eine ganze Menge Geld mit sich führt – was ich bezweifle –, wird er irgendwann zurückkehren und sich uns stellen *müssen*."

„So sehe ich das auch." Robert stellte sein Glas auf dem Silbertablett ab.

„Hätten Sie etwas dagegen, wenn ich mich noch einmal mit Arden unterhalte, bevor ich gehe?" Edwards Miene verfinsterte sich.

„Darf ich fragen, warum?"

„Ich war während des Krieges ein Offizier der Kavallerie. Ich musste mich daher schon oft mit Offiziersanwärtern und Soldaten herumschlagen, die über wenig Verstand und eine gehörige Portion Übermut verfügten. Ich vermute, dass der Schlüssel zum Aufspüren von Brandon sein Bruder ist."

„Dann nur zu. Arden wird vermutlich nie wieder ein Wort mit mir wechseln."

Robert erhob sich. „Ich vermute, dass Arden kein völlig hoffnungsloser Fall ist. Der Dienst in einem guten Regiment würde ihn wahrscheinlich recht schnell auf die rechte Bahn führen und seinem Leben einen festen Sinn geben."

„Wenn wir jemals dieses verdammte Testament finden, werde ich Ihren Vorschlag sicherlich bedenken. Allerdings hege ich ihm und seinem Bruder gegenüber derzeit keine sonderlich wohlwollenden Gefühle." Auch Edward erhob sich und verbeugte sich, während Robert zur Tür ging.

„Eine Sache wäre da noch." Robert hielt noch einmal inne. „Hätten Sie etwas dagegen, wenn mein Arzt, Dr. Fletcher, Mr Tompkins' Leichnam in Augenschein nimmt?"

„Dr. Mantel bahrt den Körper gerade in Mr Tompkins' Zimmer im Obergeschoss auf. Wir werden einen weiteren Sarg brauchen, um ihn zusammen mit Sir William nach Yorkshire zu überstellen. Fragen Sie am besten den werten Herrn Doktor."

„Vielen Dank, das werde ich." Robert öffnete die Tür. „Wo finde ich denn den jungen Arden?"

Robert folgte der Wegbeschreibung die Treppen hinauf ins nächste Geschoss und erblickte dort einen der Diener, der vor einer verschlossenen Tür Wache stand.

„Mr Benson hat mir gestattet, mich mit Arden zu unterhalten. Sie können die Tür hinter mir wieder abschließen. Ich werde klopfen, wenn ich bereit bin, zu gehen."

„Ja, Sir." Der Diener schloss auf und Robert trat ins Zimmer. Arden saß auf der Bettkante. Als er Robert erblickte, sprang er auf und funkelte ihn wütend an.

„Was geht hier vor sich? Wo ist Brandon?"

Robert setzte sich ans Feuer. „Wissen Sie das denn nicht schon?"

„Ich habe irgendeinen Unsinn gehört, dass er das Zimmer vom alten Herrn verwüstet hat und dann abgehauen ist. Aber wieso werde ich hier eingeschlossen, wenn ich doch derjenige bin, der ihm nachgehen sollte?"

Robert blieb still, bis Arden sein unruhiges Auf- und Abgehen beendete und seinen Besucher stattdessen zornig anblickte.

„Was ist denn nun?"

„Ich betrat das Zimmer, um mit Mr Tompkins zu sprechen. Wen ich allerdings vorfand, war Ihr Bruder, der die Sachen Ihres Vaters durchwühlte. Als er mich sah, rannte er davon. Haben Sie eine Ahnung, warum er das getan haben könnte?"

„Wegrennen?" Arden zuckte mit den Schultern. „Weil er eben einfach so ist. Jedes Mal, wenn er bei einem Streich erwischt wird, versucht er, vor den Konsequenzen zu flüchten."

„Bei einem *Streich*?", fragte Robert. „Den Besitz anderer zu verwüsten, ist kein Streich."

„Oh doch! Das wäre es sehr wohl, wenn Sie Brandon wären und Ihren Stiefvater gehasst hätten." Arden trat gegen den Bettpfosten. „Wenn Sie mich herauslassen, werde ich ihn finden. Ich kenne alle seine liebsten Rückzugsorte."

„Soweit ich weiß, hat Mr Benson vor, die Stadtwache auf ihn anzusetzen.“

„Wieso sollte er das tun?“, fragte Arden erstaunt. „Hat Brandon etwas *gestohlen* oder hat er Ihnen nur einen gehörigen Schrecken eingejagt?“

„Wussten Sie, dass Brandon vorhatte, nach dem Testament zu suchen?“

Arden blinzelte ihn fragend an. „Was?“

„Das verlorene Testament“, wiederholte Robert geduldig. „Wonach sonst hätte er suchen sollen?“

„Ich habe keine Ahnung.“ Arden versuchte, eine unwissende Miene aufzusetzen. „Vielleicht Geld oder etwas, das er verpfänden könnte, um seine Schulden zu begleichen.“

„Er hat Ihnen also nichts davon erzählt? Das erscheint mir doch sehr unwahrscheinlich, wo Sie beide sich doch so nahestehen.“ Robert lehnte sich zurück. „Ich finde es nicht nur unwahrscheinlich, ich nehme es Ihnen schlicht nicht ab.“

Ardens Gesichtsausdruck verfinsterte sich. „Mir ist egal, was Sie von mir denken, Sir Robert. Sie haben in dieser Familie nichts zu sagen und Ihre Meinung hat kein Gewicht.“

„Das hat es aber vielleicht, wenn Sie vorhaben, in ein bestimmtes Regiment zu kommen. Ich habe in dieser Hinsicht einen recht großen Einfluss, der Ihnen vielleicht nützlich werden könnte.“

„Und dafür müsste ich meinen Bruder verraten?“, wandte Arden ein. „Kein ehrenhafter Mann würde dieses Angebot annehmen.“

„Oh doch, das würde er, wenn er sich vielleicht Sorgen machte, dass sein Bruder eine Grenze überschritten haben könnte", erwiderte Robert.

Arden baute sich vor Robert auf. „Was genau, wollen Sie damit sagen? Hat Brandon ... jemanden *verletzt?*"

„Was bringt Sie zu der Annahme?"

„Nun – was ist überhaupt passiert – verraten Sie es mir endlich!", brüllte Arden.

„Mr Tompkins ist tot", sagte Robert. „Ich habe seine Leiche im Ankleidezimmer gefunden, kurz nachdem Ihr Bruder versuchte, mir den Kopf mit einem Lederkoffer einzuschlagen."

Arden sank auf einen Stuhl. Er ließ den Kopf nach vorn fallen und knetete aufgewühlt seine Hände. Robert schwieg und wartete, bis der junge Mann wieder zu ihm aufblickte.

„Sie denken also, dass Brandon Mr Tompkins umgebracht hat", sagte Arden mit krächzender Stimme.

„Es ist zumindest eine Möglichkeit", stimmte Robert ihm zu. „Der Umstand, dass er weggelaufen ist, spricht nicht gerade für ihn." Er überlegte kurz, bevor er weitersprach. „Wenn Sie mir sagen können, wo ich ihn finde, dann kann er zumindest hierhergebracht werden, um etwas zu seiner Verteidigung vorzubringen, anstatt in den Stadtkerker geworfen und formell angeklagt zu werden."

Robert spannte sich an, als Arden aufsprang. Doch dieser stürmte zum Schreibtisch und begann hastig, etwas aufzuschreiben. Als Arden mit dem Blatt Papier auf ihn zukam, erhob sich auch Robert.

„Nehmen Sie das."

Robert hob eine Augenbraue.

„Das ist eine Liste aller Orte, die er gerne aufsucht."

„Vielen Dank." Robert nahm das Papier entgegen. „Ich werde mein Bestes geben, um ihn zu finden und zu Ihnen nach Hause zu bringen."

„Wenn ich mit Ihnen käme, würden wir ihn viel schneller finden."

„Nun, leider werden Sie hierbleiben müssen. Der Gedanke, dass wir Ihren Bruder finden und Sie beide sich dann gegen mich verbünden, um gemeinsam davonzulaufen, gefällt mir nicht." Robert faltete das Papier zusammen und steckte es in die Tasche. „Ich werde dafür sorgen, dass man Sie informiert, wenn Brandon zurückkehrt." Er war schon an der Tür, als Arden sprach. „Sir Robert?"

„Ja?"

„Ist Mr Tompkins wirklich tot?"

„Unglücklicherweise, ja. Er wurde erhängt im Schrank gefunden."

Arden wurde blass und schluckte schwer. „Er war immer so nett zu mir."

„Er war ein guter Mann und Sir Williams treu ergebener Angestellter." Robert nickte. „Auf Wiedersehen, Arden."

Er klopfte an die Tür, die wenig später geöffnet wurde und ihm den Weg freigab. Er bedankte sich bei dem Diener und ging dann in den Salon, wo Lucy bereits auf ihn wartete. Sie sah sehr müde aus, aber er vermutete, dass es den Meisten so gehen würde, wenn sie sich mit der hysterischen Lady Benson abgeben müssten.

„Geht es dir gut?", fragte Robert, als sie zu ihm aufblickte und ihn bemerkte.

„Dr. Mantel hat Lady Benson endlich davon überzeugt, einen Schlaftrunk zu sich zu nehmen, sodass ich
nicht mehr gebraucht wurde." Sie seufzte und er nahm
ihre Hand in die seine. „Sie ist wirklich die
anstrengendste Frau, die mir je begegnet ist."

„Da wirst du von mir keinen Widerspruch hören."
Robert senkte die Stimme, obwohl sie allein im Zimmer
waren. „Lass uns nach Hause gehen, damit wir uns
offen unterhalten können."

Lucy fiel auf, dass sie den ganzen Tag kaum etwas
gegessen hatte und schickte daher die dringende Bitte
an die Köchin, noch vor dem Abendessen etwas für sie
und Robert bringen zu lassen, um den Hunger zu
stillen. Lucy ließ sich ein wenig Zeit damit, ihre Haube
abzunehmen, ihr Haar glatt zu streichen und sich das
Gesicht zu waschen, bevor sie sich ins Esszimmer
begab. Robert war gerade losgegangen, um Foley die
schlechten Nachrichten zu überbringen, und war von
dieser Aufgabe noch nicht zurückgekehrt. Also war sie
einen Moment allein mit ihren Gedanken.
Robert hatte ihr ein wenig davon erzählt, was
zwischen ihm und Arden passiert war. Sie wusste
bisher allerdings lediglich, dass Mr Tompkins tot war,
und wollte die ganze Geschichte dringend hören.
Unglücklicherweise, war die Vermutung, dass Brandon
ihn in Rage umgebracht hatte, nicht nur möglich,
sondern auch allzu wahrscheinlich. Und wenn
Brandon Mr Tompkins ermordet hatte, lag es dann
nicht sehr nahe, dass er auch seinen Stiefvater getötet
hatte?

Anna kam herein und stellte sich ans Feuer, um sich die Hände zu wärmen. Sie trug ein schlichtes Gewand mit hohem Kragen und ihr Haar war streng hochgesteckt. Ein krasser Kontrast zu ihren üblichen zarten Locken. Sie wandte sich Lucy mit finsterer Miene zu.

„Wo *warst* du denn den ganzen Tag, Lucy? Trotz all meiner Versuche, mich zu entschuldigen, weigert sich Penelope, mit mir zu sprechen oder ihr Zimmer zu verlassen. Foley wusste nicht, wann ihr zurück sein würdet, und ich wollte sehr *dringend* mit dir sprechen."

„Ich wurde bei den Bensons aufgehalten." Lucy setzte sich nicht. „Es gab einen ..."

„Ich weiß nicht, warum du dich mit Lady Benson abgibst. Sie ist eine unglaublich selbstsüchtige Frau." Dass Anna Lucy ins Wort fiel, sah ihr gar nicht ähnlich. „Ihre *Probleme* sind größtenteils hausgemacht."

„Und deine nicht?" Lucy kämpfte gegen die Erschöpfung an. „Worüber willst du mit mir sprechen, Anna?"

„Captain Akers, natürlich. Gestern Abend hat er erneut um meine Hand angehalten und ich habe ihn zurückgewiesen."

„Oh."

„Mehr hast du dazu nicht zu sagen?", fragte Anna vorwurfsvoll.

„Was willst du denn von mir hören?" Lucy sah ihrer Schwester in die Augen. „Wir haben das doch schon ausgiebig besprochen. Das Einzige, das sich ändern könnte, ist deine Meinung, Anna. Wenn Captain Akers dich nicht umstimmen kann, dann ist er vielleicht wirklich nicht der Richtige für dich."

„Aber er liegt mir sehr am Herzen", flüsterte Anna.

„Das hast du schon einmal gesagt."

Anna richtete sich auf. „Wie ich sehe, bist du nicht daran interessiert, das anständig mit mir zu besprechen, Lucy. Ich hatte gehofft, du würdest mir *zuhören* und ..."

„Ich *habe* dir zugehört und ich werde dich unterstützen, egal, welche Entscheidung du triffst", sagte Lucy erschöpft. „Was willst du denn *noch*?"

„Ein bisschen Mitgefühl, vielleicht? Ein bisschen *Verständnis*?" Anna wandte abrupt den Blick ab. „Aber vielleicht hätte mir klar sein sollen, dass du unfähig bist, diese Gefühle zu empfinden."

Lucy schloss kurz die Augen und klammerte sich an der Stuhllehne fest, als ein Schwindelanfall sie wie eine Welle überrollte. „Entschuldige. Ich bin recht müde. Ich ..."

„Lucy!"

Sie blinzelte angestrengt und schaffte es gerade noch, sich hinzusetzen, um nicht zu Boden zu stürzen. Anna kniete sich vor sie und nahm ihre Hände. Die blauen Augen ihrer Schwester füllten sich mit Tränen.

„Es tut mir so leid. Ich wollte dich nicht bestürzen und ich hätte niemals so etwas *Furchtbares* zu dir sagen dürfen." Anna tupfte sich die Tränen, die inzwischen zu einem kleinen Strom geworden waren, von der Wange. „Ich verwandle mich in eine *entsetzliche* Person."

Lucy bot Anna ein Taschentuch an. „Es ist schon in Ordnung. Es war nur ein recht anstrengender Morgen."

„Soll ich Robert für dich holen?"

„Nein!" Lucy drückte fest Annas Finger. „Bitte mach ihm keine Mühe. Ich habe nur seit dem Frühstück nichts gegessen und bin etwas hungrig. Sobald ich etwas gegessen habe, wird es mir schon viel besser gehen." Sie atmete tief durch und schaffte es, ein unsicheres Lächeln aufzusetzen. „Können wir uns später unterhalten? Ich fürchte, dass ich im Moment keine große Hilfe bin."

„Natürlich." Anna half ihr auf die Beine und hielt sie zur Sicherheit am Ellbogen fest, bis sie zuversichtlich war, dass Lucy nicht gleich wieder zusammenbräche. „Foley sagte, dass das Essen serviert sei, also vielleicht begleite ich dich einfach ins Esszimmer und du erzählst mir, was um alles in der Welt bei den Bensons vor sich geht."

„Ich fürchte, ich war Anna gegenüber gerade ein bisschen kurz angebunden," gestand Lucy an Robert gewandt, nachdem ihre Schwester das Esszimmer verlassen hatte.

„Wirklich?" Robert hob eine Augenbraue. „Was hat sie denn gemacht?"

„Sie hat mir vorgeworfen, dass ich sie nicht unterstütze." Lucy seufzte. „Ich habe ihr gesagt, dass ich jede Entscheidung, die sie bezüglich Captain Akers trifft, mittragen werde. Aber damit war sie nicht zufrieden."

„Deine Schwester ist in letzter Zeit nicht ganz sie selbst", sagte Robert vorsichtig.

„Ja, und ich weiß, dass ich manchmal recht starrsinnig sein kann, aber ..."

Er griff nach ihrer Hand, die auf dem Tisch lag. „In diesem Fall denke ich, dass sie im Unrecht ist und du sehr vernünftig gewesen bist. Wir können sie nicht dazu zwingen, den Mann zu heiraten und das ist auch schon alles, was es dazu zu sagen gibt.“

„Da muss ich dir zustimmen.“

„Nun, das ist schön zu hören“ Er schenkte ihr ein Lächeln. „Nach Lady Bensons stundenlangem Klagen, bin ich überrascht, dass du für deine Schwester überhaupt noch Geduld aufbringen konntest.“

Lucy verzog das Gesicht. „Lady Benson ist *ausgesprochen* herausfordernd. Ich habe keine Ahnung, wie Dr. Mantel das aushält.“

„Sie bezahlt ihn vermutlich gut, oder zumindest hat Sir William das getan.“ Robert zögerte. „Ich habe Edward Benson gefragt, ob Dr. Fletcher Mr Tompkins’ Leichnam in Augenschein nehmen darf und dieser sagte mir, ich solle Dr. Mantel fragen. Glaubst du, er wird etwas dagegen einzuwenden haben?“

„Dr. Mantel hat eine hohe Meinung von Dr. Fletcher, daher kann ich mir nicht vorstellen, dass er sich beschwert“, sagte Lucy. „Warum willst du, dass der Doktor sich die Leiche ansieht?“

„Als ehemaliger Militärarzt ist Patrick ziemlich gut darin, die Ursache von gewaltsamen Toden festzustellen.“

„Wie *genau* ist Mr Tompkins denn gestorben?“

Robert verzog das Gesicht. „Er hing an der Kleiderstange in einem der Schränke.“

Lucy erschauderte. „Ist es möglich, dass er sich selbst das Leben genommen hat?“

„Das ist in der Tat möglich, aber laut Edward Benson, war der alte Mann sehr darauf bedacht, den Leichnam seines Herren nach Yorkshire bringen zu lassen und sich um seine Besitztümer zu kümmern, bis es nichts mehr für ihn zu tun gab. Er wirkte auf mich nicht wie ein Mann, der plötzlich in tiefe Verzweiflung verfällt.“

„Das sehe ich auch so. Er wirkte sehr willensstark und stur.“

„Wie die meisten Männer aus Yorkshire“, merkte Robert an. „Mein Cousin Oliver ist einer von ihnen.“

Lucy spielte mit ihrem Teelöffel herum. „Glaubt Edward, dass *Brandon* Mr Tompkins ermordet hat?“

„Ich vermute, ja. Er sagte mir, er würde die Stadtwache alarmieren und darum bitten den Burschen festzusetzen, wenn er nicht bis heute Abend gefunden wird.“

„Glaubst *du* denn, dass Brandon Mr Tompkins umgebracht hat?“

„Nun, in jedem Fall war er zur richtigen Zeit am richtigen Ort.“ Robert runzelte die Stirn. „Aber da ich ihn nicht auf frischer Tat ertappt habe, kann ich es nicht mit Sicherheit sagen.“

„Brandon ist für seine Gewaltausbrüche bekannt. Er ist furchtbar aufbrausend und der Schule verwiesen worden“, bemerkte Lucy.

„Er könnte sogar Sir William umgebracht haben.“

„Was bringt dich zu der Annahme?“

„Nun, es ergibt doch Sinn, oder nicht?“, fragte Lucy. „Mr Tompkins wusste vermutlich mehr, als er durchblicken ließ, und vielleicht hatte er versucht, Brandon mit seinem Wissen zu konfrontieren. Und Brandon hat sich dann gegen ihn gewendet.“

„Ich schätze, das liegt im Bereich des Möglichen“, sagte Robert nachdenklich. „Je früher wir den jungen Dummkopf aufspüren, desto schneller kommt die Wahrheit ans Licht.“

Kapitel 13

„Er ist erstickt." Dr. Fletcher zog die Decke bis zu Mr Tompkins Hüfte hinunter und deutete auf dessen Nacken. „Die Krawatte hat sich um seinen Hals gezogen, bis er keine Luft mehr bekam, und dabei diese Hämatome verursacht. Es dauerte vermutlich eine ganze Weile, da es nicht mit einem richtigen Galgen oder durch einen geübten Henker durchgeführt wurde."

Robert nickte. In der Armee hatten er und Patrick mehrere Hinrichtungen am Galgen verfolgt. Robert in seiner Rolle als Offizier und Patrick als Gutachter, der den Tod feststellen musste.

„Hätte Mr Tompkins sich das selbst antun können?"

„Durchaus, aber sehen Sie sich seine Arme und seinen Oberkörper an." Patrick zeigte auf den kräftigen Körper des Leibdieners. „Es gibt zahlreiche Hämatome um die Handgelenke und Kratzer an den Händen, was darauf hindeutet, dass er sich gewehrt hat. Ich denke, er hat versucht, sich gegen jemanden zu verteidigen."

„Und dieser Jemand hat letztendlich die Oberhand gewonnen", murmelte Robert. Der Anblick eines Toten bereitete ihm jedes Mal wieder Unbehagen. Er brachte zu viele Erinnerungen zurück an lang vergangene

Schlachten und die Verletzungen, die er bei Waterloo erlitten hatte.

„Und da ist noch eine Sache." Patrick legte die Hand unter Mr Tompkins Kopf. „Hier am Hinterkopf gibt es eine Schwellung, die darauf hindeutet, dass er dort einen Schlag erlitt. Vermutlich, um ihn ruhig zu stellen, während der Mörder ihn aufknüpfte."

„Vielen Dank für dieses anschauliche Bild." Robert erschauderte. „Ich nehme nicht an, dass Sie erraten können, wann er gestorben ist?"

„Nicht mir besonders großer Genauigkeit. War er schon erstarrt, als Sie ihn losgeschnitten haben?"

„Nein, noch nicht." Robert dachte kurz nach. „Spielt das denn eine Rolle?"

„Nun, Sie sagten, dass Brandon, kurz bevor Sie den Leichnam fanden, im Zimmer war. Wenn er der Mörder war, wäre der Körper noch beweglich, da es eine Weile dauert, bis die Leichenstarre einsetzt."

Patricks umfassendes Wissen über den Sterbeprozess stammte von den Schlachtfeldern des Kriegs gegen Napoleon und suchte Roberts Meinung nach seinesgleichen. Sein lockerer Umgang mit den vielen Schrecken des Todes beeindruckte und entsetzte Robert immer wieder.

„Haben Sie ihn schon aufgespürt?", fragte Patrick, als er das Laken zurück über den Kopf des Toten zog.

„Brandon? Nein. Ich habe gestern Abend selbst versucht, ihn zu finden, aber ich hatte kein Glück." Robert zögerte. „Falls Sie heute Abend ein wenig Zeit hätten, könnten wir vielleicht erneut losgehen, um gemeinsam nach ihm zu suchen."

„Bath ist eine große Stadt, Sir Robert."

„Ich weiß, aber ich habe den Vorteil, seine bevorzugten Rückzugsorte zu kennen, die ich von seinem Bruder in Erfahrung bringen konnte.“

„Wie haben Sie das geschafft?“, fragte Patrick. „Die beiden wirkten auf mich ähnlich unausstehlich, daher bin ich überrascht, dass der Ältere seine Hilfe angeboten hat.“

„Ich glaube, Arden strebt an, zur Armee zu gehen.“

„Ah. Und Sie haben die notwendigen Kontakte dafür.“ Patrick nickte. „Das ergibt Sinn. Natürlich werde ich mich Ihnen anschließen.“

„Sofern Ihre Frau dem zustimmt, natürlich“, fügte Robert eilig an.

Patrick verzog das Gesicht. „Meine Frau ist ohnehin schlecht auf mich zu sprechen, da sie inzwischen weder an ihre Zehen herankommt, noch bequem schlafen kann oder in irgendeines ihrer Lieblingskleider passt. Ich vermute, sie wäre recht froh darüber, mich eine Weile nicht sehen zu müssen.“

„Könnten Sie sie wohl wieder mit zurück nach Hause nehmen, wenn Sie diesmal abreisen?“, fragte Robert freiheraus.

Als Antwort erhielt er ein wissendes Lächeln. „Treibt sie Sie in den Wahnsinn?“

„Das würde ich nie sagen, aber ...“

„Es ist schon in Ordnung.“ Patrick wusch sich die Hände. „Ich weiß, dass sie manchmal eine kleine Herausforderung sein kann.“ Er wandte sich wieder Robert zu. „Die Sache ist die ... Ich mache mir ein wenig Sorgen, wie nahe die Geburt bevorstehen könnte.“

„Ich dachte, sie hätte noch ein oder zwei Monate vor sich.“

„Das dachte ich auch, aber möglicherweise haben wir uns verrechnet." Er verzog das Gesicht. „Wir würden vielleicht nur die Hälfte der Reise schaffen und müssten dann bei einem Gasthaus mitten im Nirgendwo Halt machen, damit sie auf einem Strohbett gebären kann."

Robert stellte sich Penelopes Wut vor, sollte es dazu kommen, und versuchte, diplomatisch zu antworten. „Das würde keine Frau wollen."

Er fragte sich bereits, wie er Lucy mitteilen sollte, dass Penelope nicht nur bleiben würde, sondern auch noch jeden Moment ihr Kind kriegen könnte ...

„Ah, guten Morgen, Gentlemen."

Robert wandte sich um und erblickte Dr. Mantel, der sich vor ihnen verbeugte. Der Doktor trug seinen üblichen schlichten, braunen Mantel und seine abgewetzten Schuhe, die Roberts Meinung nach dringend poliert werden mussten.

„Vielen Dank, dass Sie mir gestattet haben, den Leichnam zu begutachten, Dr. Mantel." Patrick schüttelte die Hand des Doktors. „Es war sehr aufschlussreich."

„Sehr gern." Dr. Mantel nickte. „Es ist immer traurig, wenn ein Mann beschließt, sich selbst das Leben zu nehmen. Und es ist immer entsetzlich, den Schaden zu sehen, den sie an sich selbst anrichten."

Robert und Patrick tauschten einen überraschten Blick aus.

„Sie glauben, er hat sich selbst umgebracht?", fragte Patrick langsam.

„Er hat sich mit der eigenen Krawatte im Schrank erhängt." Dr. Mantel runzelte die Stirn. „Er war über den Verlust seines Dienstherren betrübt und machte sich Sorgen um seine künftige Anstellung. Man kann solche Taten nicht gutheißen, aber dennoch mit dem armen Kerl mitfühlen."

„Hat Ihnen niemand gesagt, dass Brandon im Ankleidezimmer überrascht wurde und bei seiner Entdeckung flüchtete?", fragte Robert.

„Nun ja, ich hörte, dass er *dort* war, aber der arme Junge konnte ja wohl kaum wissen ..." Nun starrte Dr. Mantel die beiden verdutzt an. „Wollen Sie etwa sagen, dass *Brandon* etwas mit der Sache zu tun hatte?"

Der Schock war deutlich im Gesicht des Doktors abzulesen. Robert nickte Patrick zu, der die Konversation weiterführte.

„Bei meiner Untersuchung entdeckte ich Hämatome am Hals und darüber hinaus noch weitere Verletzungen am Körper." Patrick zog das Laken wieder herunter und Dr. Mantel zuckte zusammen. „Es gibt genug Anzeichen für einen Kampf, die darauf hindeuten, dass jemand Mr Tompkins gewaltsam in den Schrank gezwungen hat, ihn halb besinnungslos schlug und dann an seiner eigenen Krawatte aufknüpfte."

Dr. Mantels Kinnlade fiel nach unten. „Oh, guter Gott", sagte er kaum hörbar. „Was zum Teufel soll ich nur Lady Miranda sagen?"

„Im Moment besteht keine Notwendigkeit, ihr irgendetwas davon zu sagen", warf Robert eilig ein.

„Aber wenn ihr Sohn in Verbindung zu einem Mord steht ..." Dr. Mantel ließ sich auf den nächstbesten Stuhl sinken und sah zu Robert hinauf. „Dann wird sie *untröstlich* sein."

„Ihre Sorge um ihr Wohlergehen in allen Ehren, Doktor", sagte Robert, „aber ich würde sagen, dass es derzeit in ihrem besten Interesse ist, ihr *nichts* davon zu sagen, wenn man bedenkt, unter welcher Anspannung sie derzeit steht."

Dr. Mantel nickte überschwänglich. „Vielleicht haben Sie damit recht."

„Weiß Lady Benson, dass Brandon im Ankleidezimmer war?", fragte Robert.

„Ich glaube, nicht. Sonst wäre sie schon längst in zutiefst besorgniserregende Panik verfallen. Sie hat ein sensibles Gemüt, Sir Robert, und hat sehr unter der Unfreundlichkeit der Benson-Söhne gelitten."

„Glauben Sie, ihr ist aufgefallen, dass Brandon noch nicht wieder zu Hause ist?"

„Er ist nicht gerade der pflichtbewussteste Sohn, daher spricht er nicht unbedingt jeden Tag mit ihr", sagte Dr. Mantel. „Sie hat mich allerdings gefragt, ob Arden daheim ist. Zu meiner Schande muss ich gestehen, dass ich ihr eine kleine Notlüge auftischte. Ich sagte ihr, dass er derzeit zu beschäftigt sei, um sie aufzusuchen."

„Ich denke, das war die richtige Entscheidung, Doktor." Robert nickte. „Falls Brandon heute Abend zurückkehrt und sich erklärt, kann sie in seliger Unwissenheit über die ganze Sache bleiben." Dr. Mantel erhob sich. „Dann hoffen wir, dass der Junge zurückkommt. Ich vermute, dass er davonlief, weil Sie ihn fanden, Sir Robert, und Sie ihm höllische Angst eingejagt haben."

„Manchmal habe ich diese Wirkung", gestand Robert. „Vielleicht war sein Versuch, mich mit dem Koffer zu treffen, lediglich spielerisch gemeint."

„Zweifelsohne." Dr. Mantel fand sein Lächeln wieder und wandte sich zum Gehen. „Der Bestatter wird heute Nachmittag vorbeikommen und die Maße für den Sarg nehmen. Ich werde eines der Dienstmädchen darum bitten müssen, Mr Tompkins in seinen besten Anzug zu kleiden, bevor er nach Yorkshire zu seiner letzten Ruhestätte gebracht wird."

Der Doktor ging hinaus. Robert und Patrick tauschten einen Blick aus. „Soll ich Mr Edward Benson über meinen Befund in Kenntnis setzen oder nicht?", fragte Patrick direkt heraus.

„Vielleicht sollten wir zuerst den jungen Brandon aufspüren und hören, was er zu seiner Verteidigung zu sagen hat."

Patrick runzelte die Stirn. „Ich würde es vorziehen, wenn Mr Benson die physischen Beweise am Leichnam mit eigenen Augen sieht."

„Mr Benson glaubt bereits jetzt, dass Brandon ein Mörder ist. Wenn Sie einen Bericht aufsetzen und ich ihn bezeuge, sollte das meiner Meinung nach ausreichen, um glaubhaft zu machen, dass es sich nicht um einen Selbstmord handelt." Robert warf einen Blick auf den Leichnam. „Und dieser arme Mann verdient es, endlich Ruhe von diesem ganzen Wahnsinn zu haben."

Patrick nickte. „Ich hatte Ihre Abneigung gegen den Anblick von Toten vergessen."

„Ich habe schon viel zu viele gesehen", murmelte Robert.

„Und diese Bilder verfolgen mich bis heute."

„Ja, Sie und Lady Kurland scheinen deutlich häufiger als üblich über Todesfälle zu stolpern." Patrick zog seinen Mantel an. „Ich muss los und diesen Bericht für Sie schreiben und dann mit meiner Frau sprechen."

***

„Natürlich musst du nach Brandon suchen." Lucy sah von dem Strumpf, den sie gerade stopfte, zu Robert auf. „Ich werde einen ruhigen Abend mit Anna und Penelope genießen, während du mit Dr. Fletcher unterwegs bist."

„Vielen Dank." Robert setzte sich neben sie. „Eine Sache wäre da noch."

„Ja?"

„Es geht um Penelope."

Lucy legte ihre Arbeit beiseite, um ihm ihre volle Aufmerksamkeit zuteilwerden zu lassen. „Was ist denn mit ihr?"

Robert sah tief in ihre fragenden Augen. Am besten brachte er es einfach hinter sich.

„Dr. Fletcher sagt, dass ihre Schwangerschaft weiter fortgeschritten ist, als er bisher dachte. Daher kann er zu diesem Zeitpunkt nicht riskieren, sie mit zurück nach Kurland St. Mary zu nehmen."

Sie sah ihn eine Weile eindringlich an. „Oh, nein."

„Er macht sich Sorgen, dass sie es andernfalls nicht mehr nach Hause schafft, bevor die Wehen einsetzen."

Sie atmete lange aus. „Dann wird sie also hierbleiben müssen."

Robert nahm ihre Hand. „Tut mir leid."

231

„Es ist wohl kaum deine Schuld, dass unser Doktor nicht in der Lage ist, zu bestimmen, wann sein *eigenes* Kind auf die Welt kommt, oder? Penelope ist vielleicht eine Last, aber ich wünsche es ihr nicht, meinetwegen leiden zu müssen.“

Robert küsste sie auf die Finger. „Du bist bemerkenswert tolerant, meine Liebste.“

„Das liegt daran, dass ich keine Wahl habe. Hat damit auch Dr. Fletcher vor, hierzubleiben, bis das Kind auf der Welt ist?“

„Ich glaube schon.“

„Dann kann er sich ja gut um Penelope kümmern.“ Lucy nickte. „Er kann mit ihr speisen, sie mit auf Spaziergänge nehmen und sie auf *allen* unseren Ausflügen begleiten.“

„Das werde ich ihm ausrichten“, stimmte Robert ihr zu. „Ich werde dafür sorgen, dass er jederzeit an ihrer Seite bleibt.“ Robert erhob und verbeugte sich. „Nun, ich muss dann aufbrechen. Wünsch mir Glück.“

„Und pass bitte gut auf dich auf, in Ordnung?“ Lucy sah mit besorgtem Blick zu ihm auf.

„Ich gebe mein Bestes. Und Patrick wird ja die ganze Zeit bei mir sein.“

„Ich versuche, bis zu eurer Rückkehr wach zu bleiben.“

Er blieb an der Tür stehen. „Wieso einigen wir uns nicht darauf, dass ich dich wecke, falls etwas Interessantes passiert?“

„Wie du wünschst.“ Sie verbarg ein Gähnen hinter vorgehaltener Hand. „Ich muss gestehen, dass dieses ganze Herumspazieren in Bath mich beizeiten ein wenig ermüdet.“

Robert ging in den Flur, wo er auf Patrick traf, der gerade seinen Hut aufsetzte und nervös die Treppe hinaufblickte. Er sah aus wie ein Mann, der gerade einem gefährlichen Feind entgegengetreten war und sich nun im vollen Rückzug befand.

Als er Penelope an einem höheren Treppenabsatz erblickte, eilte Robert zur Eingangstür, wo Foley bereits auf ihn wartete. „Kommen Sie, mein Freund." Er nahm Hut und Handschuhe entgegen, klemmte sich den Gehstock unter den Arm und ging die Stufen vor dem Haus hinunter.

Draußen auf dem Platz war es noch nicht ganz dunkel, aber die Laternenanzünder hatten ihre Arbeit bereits begonnen. Patrick folgte ihm die steinerne Treppe nach unten und atmete tief durch.

„Gott sei Dank, kann sie sich im Moment nicht so schnell fortbewegen."

Robert verbarg ein Lächeln.

„Sie hat diese verstörende Angewohnheit ausgebildet, jedes Mal in Tränen auszubrechen, wenn ich auch nur ein Wort sage. Ich bin mir nicht ganz sicher, was ich deswegen tun soll", vertraute Patrick sich ihm an.

„Den Mund halten, vielleicht?", schlug Robert vor.

„Das habe ich versucht. In dem Fall wirft sie mir vor, dass sie mir nicht genug am Herzen liege, um mich mit ihr zu unterhalten." Patrick seufzte. „Ich wünsche mir fast schon die alte Penelope zurück – die, die mich immer kritisiert und bei dem kleinsten Anlass Streit mit mir sucht."

„Tun wir das nicht alle", stellte Robert trocken fest. „Ich dachte, Sie wären Arzt. Sind Sie den Umgang mit schwangeren Frauen nicht gewohnt?"

„Doch, aber normalerweise handelt es sich bei ihnen nicht um meine Frau." Patrick zog sich die Handschuhe an. „Also, wo suchen wir zuerst nach dem jungen Dummkopf?"

„Nicht in den gut erleuchteten Teilen der Stadt, so viel ist sicher." Robert hatte bereits alle Orte auf der Liste von Arden bei seiner letzten Suche aufgesucht, daher hatte er eine Route im Kopf. „Wir haben die heruntergekommenen Wirtshäuser, die Bordelle und die Spielhöllen dieser Stadt vor uns."

Patrick klopfte sich auf die Manteltasche. „Dann ist es ja sehr gut, dass ich meine Pistole und mein Lieblingsmesser mitgenommen habe."

Je später es wurde, desto größer wurde Roberts Abneigung gegen den Gestank ungewaschener Körper, Trunkenheit und Verzweiflung, der an denjenigen zu haften schien, die sich am untersten Ende der gesellschaftlichen Leiter bewegten. Zweimal war er kurz davor, sein Taschenmesser zu zücken und er musste mehr als nur eine stark parfümierte Frau abweisen, die ihm seine Dienste anbieten wollte.

Sie hatten gerade ein weiteres Bordell verlassen und folgten jetzt einer schmalen ungepflasterten Gasse, in deren Mitte eine verstopfte Abwasserrinne verlief.

„Wohin jetzt?", fragte Patrick. Er wirkte weit unbekümmerter als Robert. Vermutlich lag es daran, dass er es gewohnt war, in den extremsten Situationen des menschlichen Lebens zu arbeiten.

„Das Wirtshaus dort an der Ecke." Robert deutete auf das alte steinerne Gebäude. Das Dach war mit Stroh gedeckt und die Balken über Türen und Fenstern hingen bedrohlich durch. „Wenn man es denn so nennen kann." Hinter den Fensterläden war das Flackern von Licht zu erkennen. Am Eingang wäberte ihnen der Geruch von Ale und Schweiß entgegen.

Patrick ging zuerst hinein, dicht gefolgt von Robert. Sie mussten sich unter dem niedrigen Balken hindurchducken. Niemand blickte auf, als sie eintraten, was Robert einige wertvolle Sekunden gab, um sich unerkannt einen Überblick zu verschaffen. Alle Augen waren auf ein Würfelspiel gerichtet, dass gerade an einem der dicht besetzten Tische ausgetragen wurde.

Jubelschreie folgten auf enttäuschtes Stöhnen. Die Barmädchen verteilten Humpen voll Ale an die Gäste, die wiederum Münzen in Richtung des Croupiers und des Würfelnden warfen.

„Da", flüsterte Robert in Patricks Ohr. „Am Tisch rechts neben dem Croupier."

„Ich sehe ihn."

Brandon war auf das Spiel fixiert und schien nicht bemerkt zu haben, dass er beobachtet wurde. Sein unbeholfener Griff nach dem Humpen ließ Robert darauf schließen, dass er bereits angetrunken war.

„Wir sollten so nahe wie möglich von beiden Seiten herankommen, ohne dass er davon etwas bemerkt", fuhr Robert fort. „Sobald er sich bewegt, schnappen wir ihn uns."

„Einverstanden."

Da Brandon Patrick wahrscheinlich nicht erkennen würde, nahm dieser den längeren Weg über die andere Seite des Schankraums, der ihn direkt durch Brandons Sichtfeld führen würde. Nichts deutete darauf hin, dass der Junge irgendetwas bemerkt hatte. Robert näherte sich langsamer und fand eine gute Position an der Wand direkt hinter Brandon, von der aus er vorgab, ebenfalls das Spiel zu verfolgen.

Als eins der Barmädchen vorbeiging, bestellte er ein Pint Ale und nippte daran, während er weiter beobachtete. Wenn Brandon weiter in dieser Geschwindigkeit trank, würde er sich bald schon erleichtern müssen. Damit würde sich eine gute Gelegenheit ergeben, ihn sich zu greifen.

Schließlich stand Brandon unsicher auf und versuchte, unbeholfen über die Bank zu klettern, auf der er gesessen hatte. Er brauchte eine Weile, um seine Beine zu befreien, und wankte dann zum hinteren Ende des Gasthauses, dicht gefolgt von Robert und Patrick. Bevor Robert etwas rufen konnte, schoben sich zwei große Männer an ihm vorbei und liefen direkt auf Brandon zu, der sich gerade an der Wand des Stalls erleichterte. „Heh!"

Brandon sah nicht auf, als die Männer neben ihm Stellung bezogen. „Du schuldest uns Geld."

„Ich hab' keins", lallte Brandon, während er seine Hose wieder verschloss.

Der größere der beiden packte ihn am Kragen. „Warum spielst du dann, du Fatzke?"

„Hände weg!"

Der Mann lachte. „Gib mir mein Geld und ich tue was immer du willst, *Mylord*. Das macht eine halbe Krone für mich und zwei Schilling für meinen Freund hier."

Brandon versuchte sich aus dem Griff des Mannes zu befreien, was ihm jedoch nur eine Ohrfeige einbrachte.

„Nur die Ruhe, kleiner Mann. Wenn du schon kein Geld bei dir hast, dann aber vielleicht eine schöne

Taschenuhr oder eine Krawattennadel? Das würde es auch tun.“

„Ich habe gar nichts, ihr hirnrissigen Idioten!“ Eine weitere Ohrfeige. Robert verzog das Gesicht und räusperte sich.

„Gentlemen, dürfte ich einen Vorschlag machen?“

Alle drei wandten sich zu ihm um und starrten ihn an. Brandons Nase blutete. Patrick trat an Roberts Seite, der Hahn seiner Pistole war bereits gespannt.

„Was halten Sie davon, wenn ich die Schulden dieses jungen Mannes begleiche und ich ihn als Gegenleistung in Gewahrsam nehmen darf?“

„Bist du von der Stadtwache oder so?“

„Leider nicht, aber ich stehe in Verbindung mit dem Stiefvater dieses Mannes. Ich empfinde es als meine Pflicht, ihn wieder in die Obhut seiner Familie zu bringen.“

„Ich will nicht nach Hause gehen“, lallte Brandon. „Da hassen mich alle.“

„Das können wir auf dem Weg dahin besprechen“, sagte Robert mit Nachdruck. Er nahm zwei Sovereigns aus der Tasche und warf sie auf den Boden. „Gentlemen? Können wir uns darauf einigen?“

Umgehend stürzten sich die beiden Männer auf die Münzen und verschwanden wieder im Wirtshaus. Patrick packte Brandon, kurz bevor dieser zu Boden taumelte. Er bugsierte ihn am Kragen in Richtung der Ställe. „Lasst uns über den Hof verschwinden, bevor unsere neuen Freunde noch auf dumme Gedanken kommen und versuchen, uns auf dem Rückweg durchs Gasthaus auszurauben.“

„Einverstanden." Robert packte Brandon am Arm und nickte. „Gehen wir."

Während sie in die zivilisierteren Bereiche der Stadt zurückkehrten, dachte Robert über sein weiteres Vorgehen nach. Eigentlich war er dazu verpflichtet, Brandon zurück zu den Bensons zu bringen, aber sein Instinkt riet ihm davon ab.

„Denken Sie, wir könnten ihn zu uns ins Haus bringen, ohne dass es den Bensons auffällt?", fragte Robert an Patrick gerichtet.

„Wenn wir durch das Tor am anderen Ende des Gartens kommen, könnte es klappen." Patrick hielt inne. „Wieso wollen Sie das tun?"

„Ich würde ihm gerne ein paar Fragen stellen, bevor die Bensons ihn in die Hände bekommen."

„Sie meinen, während er betrunken und redselig ist?"

„Ganz genau."

Patrick hievte den schlapp werdenden Brandon zurück auf die Füße. „Dann lassen Sie uns sehen, ob wir es zurückschaffen, bevor er entweder auf meine Stiefel kotzt oder ohnmächtig wird."

Foley öffnete die Hintertür und musterte Robert mit einem Stirnrunzeln.

„Was um alles in der Welt tun Sie hier, Sir Robert? Es ziemt sich nicht, also Baronet den Bediensteteneingang zu benutzen."

„Manchmal geht es nicht anders, Foley." Robert nickte seinem ungehalten dreinblickenden Butler zu und trat zusammen mit Patrick und dem zwischen ihnen hängenden Brandon durch die Tür. „Ich werde mir den Vorratsraum für etwa eine Stunde ausborgen müssen."

„Wie Sie wünschen, Sir." Foley rümpfte die Nase, während er dem Trio die Tür aufhielt, die zum Gang in Richtung Küche führte. „Ich nehme an, Sie wünschen nicht, dass ich Lady Kurland über Ihre Anwesenheit unterrichte?"

„Ihre Annahme ist korrekt", sagte Robert über die Schulter. „Ich würde allerdings etwas Kaffee und Brandy für Dr. Fletcher und mich zu schätzen wissen."

„Wie Sie wünschen, Sir." Foley schloss die Tür hinter ihnen. Er entfernte sich mit so lautem Murmeln, dass Robert ihn durch die Holzvertäfelung hören konnte.

Patrick ließ Brandon auf einen der Stühle sinken, zog einen weiteren für sich heran und platzierte ihn direkt neben dem betrunkenen Jungen. Dann schüttelte er ihn sanft.

„Brandon? Wachen Sie auf. Sir Robert möchte sich mit Ihnen unterhalten." Patrick sah auf zu Robert. „Vielleicht sollten Sie Foley um einen Eimer bitten, falls der junge Narr sich dazu entscheiden sollte, sich seines Mageninhalts zu entledigen."

„Gute Idee."

Robert wartete, bis Foley mit den bestellten Getränken eintraf und ihnen auch noch einen Eimer gebracht hatte, bevor er sich Brandon gegenübersetzte.

„Ihre Familie macht sich große Sorgen um Sie."

„Hölle nochmal, nicht Sie schon wieder." Brandon öffnete ein Auge. „Warum tauchen Sie immer wieder auf, obwohl Sie unerwünscht sind?"

„Das ist eines meiner Talente." Robert überlegte kurz. „Warum waren Sie in Sir Williams Gemächern?"

„Ich muss Ihre Fragen nicht beantworten", grummelte Brandon. „Sie haben keine Autorität über mich."

„Das ist wahr. Aber Ihr Stiefvater hat mir sehr am Herzen gelegen und ich sehe es als meine Pflicht an, sein Andenken zu bewahren."

„Was zum Teufel soll das heißen?"

Robert stellte eine Tasse Tee neben Brandon ab. „Warum haben Sie seine Sachen durchsucht?"

„Das geht Sie gar nichts an!" Brandon richtete sich plötzlich mit geballten Fäusten und feurigem Blick auf. Neben ihm spannte Patrick sich merklich an.

Robert musterte Brandon einfach nur wortlos, bis der Junge sich nervös zu winden begann. „Mich anzuschreien, wird uns nicht weiterbringen, oder? Sie glauben es vielleicht nicht, aber ich versuche, Ihnen zu helfen." Da von Brandon keine Antwort kam, sprach Robert weiter. „Ich gehe davon aus, dass Sie Geld stehlen wollten, um damit Ihre Spielschulden zu begleichen?"

„Wie kommen Sie darauf?"

Robert zog eine Augenbraue hoch. „Weil ich die Gelegenheit hatte, Ihnen beim Spielen zuzuschauen. Ihnen fehlt sowohl die nötige Fähigkeit, als auch das Geld dafür."

„Das ist nicht Ihre Sache."

„Dann haben Sie also nicht nach Geld gesucht." Robert sah den übellaunigen Burschen nachdenklich an. „Haben Sie nach etwas Bestimmtem gesucht?"

Brandons Blick wanderte verräterisch umher und Robert fuhr fort. „War ich der Einzige, der Sie in diesem

Ankleidezimmer überraschte und versuchte, Sie davon abzuhalten, die Sachen Ihres Stiefvaters zu stehlen?"

„Ich habe nichts *gestohlen*, ich habe nur nach etwas *gesucht*!", brüllte Brandon und sprang auf. Patrick tat es ihm gleich und legte eine Hand auf die Schulter des Burschen, um ihn davon abzuhalten, auf Robert loszugehen.

„Nach dem Testament?"

„Nein! Verdammt nochmal! Sie verstehen gar nichts!", brüllte Brandon. „Sir William hat eine Menge vor mir und Arden versteckt. Dinge von unserem Vater, die rechtmäßig uns zustanden! Ich habe nur versucht, an das zu kommen, was uns ohnehin gehörte!"

„Und das wäre?", fragte Robert.

„Das geht Sie verdammt nochmal nichts an."

„Wie merkwürdig, dass Arden davon nichts erwähnt hat, als ich zuletzt mit ihm sprach", sinnierte Robert.

„Arden?" Brandon ließ sich wieder auf seinen Stuhl sinken. „Welche Lüge wollen Sie mir jetzt auftischen?"

„Es ist keine Lüge." Robert blickte in die vor Wut blitzenden Augen des Burschen. „Wie, glauben Sie, wusste ich, wo ich nach Ihnen suchen sollte?" Er zog die Liste hervor und zeigte sie Brandon. „Das ist die Handschrift Ihres Bruders, nicht wahr?"

„Her damit!" Brandon versuchte, Robert die Liste wegzuschnappen, doch Patrick warf ihn zurück gegen die Stuhllehne und hielt ihn an den Schultern fest.

„Ihr Bruder macht sich sehr große Sorgen um Sie", sagte Robert. „Deshalb hat er angeboten, mir dabei zu helfen, Sie zu finden."

„Wieso ist er dann nicht selbst hier?", fragte Brandon. „Haben Sie ihn auch eingesperrt?"

„Sie sind nicht wirklich eingesperrt." Robert sah sich im Raum um. „Wenn wir unser Gespräch beendet haben, dürfen Sie gern gehen und Ihr Glück mit dem Magistrat von Bath versuchen."

„Edward würde es nie erlauben, dass ich wie ein einfacher Verbrecher verhaftet werde", sagte Brandon spöttisch. „Er ist ein Feigling und hat zu viel Angst davor, den guten Namen der Familie zu beschädigen."

„Da liegen Sie falsch." Robert machte eine Kunstpause. „Wenn Sie nicht vor Mitternacht zurückkehren, hat Mr Benson vor, die Stadtwache einzuschalten und Sie einkerkern zu lassen."

„Wofür?" Brandon besaß die Dreistigkeit, laut zu lachen. „Weil ich Ihnen einen Koffer an den Kopf geworfen habe? Man würde mich sofort wieder auf freien Fuß setzen!"

„Ich gehe davon aus, dass Sie, seitdem Sie weggelaufen sind, mit niemandem aus Ihrer Familie geredet haben?", fragte Robert.

„Natürlich nicht." Brandon runzelte die Stirn. „Wieso?" Robert wechselte einen Blick mit Patrick, der ihm zunickte.

„Weil es im Haus einen weiteren Todesfall gegeben hat."

„Guter Gott, hatte Edward etwa meinetwegen einen Herzinfarkt?" Brandons Lächeln triefte vor Schadenfreude. „Was für ein ausgezeichneter Streich."

„Nein, es war nicht Edward." Robert studierte Brandons Gesicht sehr genau. „Es war Mr Tompkins."

„Der alte Tompkins?" Brandon blinzelte verdutzt. *„Deswegen* war der alte Mann nicht da, als ich in Sir Williams Schlafzimmer war."

„Oh, er war dort“, sagte Robert, der den unangenehmen Zeitgenossen vor sich inzwischen leid war. „Ich bin überrascht, dass Sie ihn bei Ihrer ach so gründlichen Suche nicht gefunden haben wollen.“

Brandon lächelte. „Wo war der Alte denn? Hatte er sich unter dem Bett versteckt?“

„Ich glaube, Sie wissen sehr genau, wo er war.“ Jetzt hob Robert die Stimme und benutzte einen Tonfall, den er als Kavallerieoffizier perfektioniert hatte. Brandon sank auf seinem Stuhl in sich zusammen. „Immerhin haben Sie ihn vermutlich ermordet und selbst dorthin geschafft.“

Brandon öffnete den Mund und schloss ihn sogleich wieder. Jegliche Farbe wich aus seinem Gesicht.

„Ich stelle Sie vor die Wahl“, sagte Robert. „Entweder, Sie laufen davon und warten darauf, dass die Stadtwache Sie schnappt und Sie des Mordes angeklagt werden. *Oder* Sie verhalten sich wie ein ehrbarer Mann, gehen nach Hause und stellen sich den Konsequenzen Ihrer Taten.“

Robert wandte sich an Patrick. „Vielleicht würden Sie bei Brandon bleiben, bis er seine Wahl getroffen hat. Wenn er sich zum Fortlaufen entscheiden sollte, lassen Sie ihn nur. Wenn er beschließt nach Hause zu gehen, sorgen Sie bitte dafür, dass er sicher dort ankommt.“

„Jawohl, Sir Robert.“ Patrick nickte. „Ich werde Ihnen berichten, wie er sich entscheidet.“

Robert verließ das Zimmer und schloss die Tür vorsichtig hinter sich. Er war es leid, Konflikte zu suchen, aber die kranke Freude in Brandons Gesicht, als dieser davon sprach, wen er gern tot gesehen hätte, weckte in Robert das Bedürfnis, ihm mit bloßen Händen den Hals umzudrehen.

Er ging hoch in den Salon, wo Foley einige Kerzen hatte brennen lassen und begann, dort unruhig auf und ab zu gehen. Soweit Robert es beurteilen konnte, hatte Brandon in keinem einzigen Punkt die Wahrheit gesagt. Er hatte behauptet, lediglich sein Eigentum zurück zu wollen. Aber was um alles in der Welt sollte das sein? Robert dachte kurz über Brandons Aussage nach. Keiner der Bensons würde diese Frage beantworten können, mit Ausnahme von Lady Miranda und Arden und er hatte den Verdacht, dass die beiden sich wenig kooperativ zeigen würden.

Was sollte Sir William versteckt haben, das eigentlich den Jungen gehörte? Die einzige andere Person, die davon vielleicht gewusst hatte, war Mr Tompkins und der war tot. Was ihn wieder auf seinen Verdacht zurückbrachte, dass dieser Brandon dabei erwischt hatte, wie er Sir Williams Sachen durchwühlte und dass der arme Leibdiener in einem Wutanfall des jungen Burschen ermordet worden war.

Nach einem sanften Klopfen an der Tür trat Patrick ein und verbeugte sich vor Robert.

„Er hat sich für die Flucht entschieden."

„Der kleine Dummkopf", sagte Robert. „Allerdings kann ich nicht behaupten, dass es mich überrascht. Was für ein verachtenswerter Bursche." Er wandte sich vom Fenster ab und setzte sich ans Feuer. „Dann müssen wir nichts weiter tun. Wir lassen Edward Benson morgen früh den Magistrat einschalten und die Mühlen der Gerechtigkeit werden sich in Bewegung setzen."

Patrick hieß sich auf dem Sessel ihm gegenüber nieder. „Glauben Sie, dass Brandon Mr Tompkins ermordet hat?"

„Er ist stark genug und er hat die passende Disposition. Wenn er außerdem an dem Morgen in den Bädern gewesen ist, könnte er auch leicht Sir William umgebracht haben. Er und Arden wussten vor allen anderen, dass Sir William ertrunken war", sagte Robert. „Ich hatte in Frankreich einen jungen Offizier wie ihn. Ihm hat das Töten viel zu viel Freude bereitet. Er hat den Schmerz und das Leid anderer geradezu genossen. Ich musste ihn schließlich zurück in die Heimat schicken, nachdem er einen Gefangenen zu Tode folterte."

Patrick erschauderte. „Auch ich bin dieser Sorte Mann begegnet. Man kann sie nicht heilen. Ich frage mich, wie lange es dauern wird, bis er mit den Gesetzeshütern aneinandergerät."

„Wenn er keine Hilfe von seinem Bruder erhält, bezweifle ich, dass er es lange schaffen wird." Robert schnaubte. „Er konnte selbst Amateuren wie uns nicht lange entkommen."

„Was halten Sie von seiner Geschichte, dass er nur seinen eigenen Besitz finden wollte?", fragte Patrick.

„Ich hatte nicht mit dieser Aussage gerechnet", gestand Robert. „Und es beunruhigt mich. Aber mein erster Instinkt sagt, dass er Mr Tompkins in einem Anfall blinder Wut ermordete, als der alte Mann seine Suche unterbrach."

„Das kann ich mir gut vorstellen." Patrick nickte. „Und Brandon sah auch selbst recht angeschlagen aus, nicht wahr? Fast so, als hätte er sich geprügelt."

„Vielleicht mit Mr Tompkins." Roberts Miene verfinsterte sich. „Wer weiß? Aber wenn Brandon *tatsächlich* den Leibdiener ermordet hat, dann ist er vielleicht auch für den Tod von dessen Dienstherren verantwortlich."

„Hat irgendjemand an diesem Morgen Brandon in den Bädern gesehen?"

„Nein, aber niemand hat überhaupt *irgendetwas* gesehen", sagte Robert mit düsterer Stimme, während er sich mit der Hand durchs Haar fuhr. Sein Bein schmerzte und er sehnte sich danach, seine schlammverschmierte Kleidung auszuziehen und sich den Schmutz der Slums abzuwaschen. „Die ganze Sache macht mir Kopfschmerzen."

„Vielleicht sollten Sie dann ins Bett gehen." Patrick stand auf. „Manchmal kann eine geruhsame Nacht die Gedanken aufklaren lassen."

„In der Tat." Robert erhob sich ebenfalls. „Vielen Dank, für Ihre ausgezeichnete Unterstützung heute Abend."

Patrick grinste. „Es war mir ein Vergnügen. Es fühlte sich ganz wie früher an, als wir uns gemeinsam einen Weg durch die Berge Frankreichs kämpften."

Robert stellte sicher, dass das Feuer von selbst ausbrannte und nahm sich dann eine der Kerzen. „Und jetzt werde ich Ihrem exzellenten Rat folgen und ins Bett gehen."

Kapitel 14

„Du hast gesagt, du würdest mich wecken, wenn irgendetwas Aufregendes passiert."

Lucy bedachte Robert über den Rand ihrer Tasse mit einem unheilvollen Blick. Es war noch sehr früh und die beiden saßen allein im Esszimmer. Robert hatte gerade die Geschichte von seinem ungewöhnlichen Zusammentreffen mit Brandon erzählt.

„Das habe ich versucht." Robert faltete seine Zeitung und legte sie auf den Tisch. „Du hast geschnarcht und dich nicht geregt."

„Und jetzt muss ich feststellen, dass du Brandon gefunden hast, nur um ihn dann wieder gehen zu lassen!"

„Wie ich dir schon erklärte, ich hatte das Gefühl, keine andere Wahl zu haben. Er ist kein Kind mehr und er hat selbst die Entscheidung zur Flucht getroffen, anstatt sich seinen Anklägern wie ein echter Gentleman zu stellen. Ich hatte *gehofft*, dass er das Richtige tun würde."

„Ich vermute, du hast recht mit der Annahme, dass Mr Tompkins ihn beim Durchsuchen von Sir Williams Sachen überraschte und Brandon ihn daraufhin tötete."

„Das ist sehr plausibel."

„Aber?", fragte Lucy. „Du siehst nicht gerade überzeugt davon aus."

Er schenkte ihr ein kurzes Lächeln. „Du kennst mich zu gut." Er überlegte kurz. „Das klingt vielleicht merkwürdig, aber wir beide wissen, dass Brandon ein feuriges Temperament hat."

„Ja." Lucy nickte.

„Also wenn er Mr Tompkins in einem Kampf getötet hätte, denkst du nicht, er hätte die Leiche einfach auf dem Boden liegen lassen und seine Suche fortgesetzt?"

„Du meinst, er hätte Mr Tompkins nicht versteckt in einem der Schränke erhängt?" Lucy dachte über die Worte ihres Ehemanns nach. „Das hatte ich nicht bedacht."

Robert seufzte. „Vielleicht mache ich mir auch zu viele Gedanken darüber. Aber Brandon wirkte aufrichtig erstaunt, als ich erwähnte, dass Mr Tompkins gestorben war."

„Arden hat allerdings erwähnt, dass Brandon zum Lügen neigt", erinnerte ihn Lucy. „Die offensichtliche Erklärung ist noch immer die wahrscheinlichste: Brandon hat die Kontrolle verloren, Mr Tompkins ermordet und die Leiche im Schrank versteckt."

Sie füllte ihre Teetasse nach und fügte eine großzügige Menge Milch hinzu. Auf Bettys Empfehlung hin hatte sie sich heute Morgen für Haferbrei statt Toast entschieden und es hatte ihren Magen tatsächlich beruhigt. Robert aß sich gerade durch einen Teller voll Braten, Eier und Würstchen, was er zwischendurch mit einem Bissen Toast und einem Schluck Kaffee unterbrach, während er sich mit ihr unterhielt. Die Rückkehr seines Appetits und die verschwundenen Sorgen- und Schmerzensfalten stimmten sie ausgesprochen glücklich.

„Und dann ist da noch eine Sache", sagte Robert. „Brandon sagte, er hätte nach etwas gesucht, das ihm gehörte und das Sir William vor ihm zurückhielt. Was, glaubst du, könnte er damit gemeint haben?"

„Er könnte das Testament gemeint haben."

„Er hat darauf beharrt, dass er nicht dort war, um nach dem Testament zu suchen." Robert machte eine Denkpause. „Wie ich Sir William kenne, ist es sehr gut möglich, dass er irgendetwas vor den beiden Burschen geheim gehalten hat. Er war bekannt für seine Geheimnistuerei."

„Aber was könnte das gewesen sein, das Brandon genug Anlass dafür geben könnte, Mr Tompkins zu ermorden?" Lucy stellte die Tasse ab.

„Genau das ist die Frage." Robert lehnte sich zurück.

„Sofern wir davon ausgehen, dass Brandon die Wahrheit gesagt hat", merkte Lucy an.

Er runzelte die Stirn. „Guter Gott, du bist heute Morgen erstaunlich wenig offen für Ideen."

„Ich stelle lediglich das Offensichtliche fest, was normalerweise *deine* Aufgabe ist, wenn ich mich in Spekulationen verrenne. Die wahrscheinlichste Erklärung ist, dass Brandon sowohl Mr Tompkins als auch Sir William ermordet hat. *Warum* er sie umgebracht hat, könnte in der Tat mehr mit den Informationen, die er suchte, zu tun haben, als mit der Suche nach dem Testament. Aber bis das Testament wieder auftaucht, können wir uns da nicht sicher sein."

„Ich glaube nicht, dass es lange dauern wird, bis die Stadtwache Brandon aufspürt und ihn in den Kerker wirft. Er hat kein Geld, keine Bekannten in der Stadt und keinerlei Talent dafür, sich unauffällig zu verhalten", bemerkte Robert.

„Vielleicht sollten wir dann abwarten, bis Edward sich entscheidet, wessen er ihn anklagen lassen möchte." Lucy faltete ihre Serviette und legte sie auf den Tisch.

Sie blickte zu Robert auf, der aussah, als hätte er gerade einen Einfall gehabt.

„Was ist los?"

„Das Testament."

„Was ist damit?"

„Es muss noch immer irgendwo sein."

„Ich denke, in dem Punkt sind wir uns alle einig", erwiderte Lucy. „Also was ist es?"

„Mr Tompkins hatte vor, Sir Williams Leichnam und dessen Besitztümer Ende der Woche nach Yorkshire zu überstellen."

Lucy blinzelte ihn fragend an. „Ja, ich weiß."

„Also wollte vielleicht jemand verhindern, dass man Sir Williams Sachen abtransportierte, bevor diese Person die Gelegenheit hatte, noch einmal nach dem Testament zu suchen. Der Mord an Mr Tompkins verzögert die Abreise weiter und sorgt dafür, dass alles da bleibt, wo es ist."

„Aber mit dem Mord an Mr Tompkins ist auch die Person gestorben, die mit größter Wahrscheinlichkeit wusste, wo sich das Testament *tatsächlich* befindet." Nun dachte Lucy einen Moment nach. „Vielleicht hofft die Person, dass das Dokument niemals gefunden wird und die Erbsache vor Gericht geht." Sie starrte Robert an. „Wer um alles in der Welt würde davon am meisten profitieren?"

***

Robert klopfte an die Haustür der Bensons und wurde wenig später vom Butler hereingebeten und ins Arbeitszimmer von Edward Benson geführt.

„Sir Robert Kurland, Mr Benson."

Edward kam hinter seinem Schreibtisch hervor, schüttelte zur Begrüßung Roberts Hand und bot ihm einen Stuhl an.

„Vielen Dank." Robert setzte sich. „Ich hoffe, ich störe Sie nicht bei der Arbeit."

„Im Moment schaffe ich ohnehin nicht viel." Edward verzog das Gesicht. „Wie Sie sich vielleicht vorstellen können, Sir Robert, wird es mit jedem Tag, an dem das Testament verschwunden bleibt, schwerer, Pläne für die Zukunft zu schmieden."

„Planen Sie, das Gericht einzuschalten, wenn das Dokument nicht auftaucht?"

„Mir bleibt nichts anderes übrig. Das Unternehmen kann ohne eine neue Finanzspritze zur Modernisierung unserer Geschäfte nicht weiterbestehen. Mein Vater – Gott habe ihn selig – hat sich energisch gegen Änderungen gewehrt, was bedeutet, dass wir nun hinter vielen unserer Wettbewerber zurückliegen."

Aus seiner Korrespondenz mit Oliver wusste Robert, dass Edward immerhin einen Teil der Wahrheit sagte. Allerdings verschwieg er natürlich seine mangelnden geschäftlichen Talente als weitere Faktoren für die Probleme seines Unternehmens.

„Es ist durchaus teuer, wenn die Gerichte eingeschaltet werden müssen“, sagte Robert. „Ich musste einige der erbrechtlichen Regelungen für meine Ländereien seit meiner Ernennung zum Baronet ändern und das hat mich eine stolze Summe gekostet.“ Aber er hätte jede Summe gezahlt, wenn das bedeutete, dass seine Frau und seine zukünftigen Kinder abgesichert waren, für den Fall, dass sein verabscheuungswürdiger Cousin Paul den Titel erbte.

„Ist Brandon schon nach Hause zurückgekehrt?“ Robert lenkte das Gespräch zum eigentlichen Grund für seinen Besuch.

„Leider nicht.“

Robert zog den Brief hervor, den Patrick für ihn geschrieben hatte. „Vielleicht sollten Sie diesen Bericht meines Arztes über den Zustand von Mr Tompkins’ Leiche lesen.“

Er übergab das Schreiben und wartete geduldig, bis Edward es durchgelesen hatte.

„Guter Gott“, sagte Edward leise. „Kann es sein, dass Brandon vorsätzlich Mr Tompkins in einem Anfall von Rage *umgebracht* hat? Ich hatte mich schon gefragt, ob es vielleicht ein Unfall war oder er etwas zu dem Mann gesagt hatte, dass ihn verzweifeln ließ oder ...“

„Das kann ich nicht mit Sicherheit sagen, Mr Benson. Ich kann lediglich für die Zuverlässigkeit und Fähigkeit meines Arztes bürgen.“

„Wieso hat Dr. Mantel nichts davon erwähnt?“

„Mit allem gebührenden Respekt, Sir, aber ich bezweifle, dass der gute Herr Doktor jemals eine Leiche vor sich hatte, die derart schlimm zugerichtet war. Dr. Fletcher hingegen hat als Militärchirurg gedient. Seine

Erfahrungen mit verwundeten und sterbenden Soldaten sind sehr umfangreich."

Edwards Hände zitterten, als er den Brief sinken ließ. Er blickte Robert in die Augen. „Haben Sie deshalb darum gebeten, dass Ihr Mann den Leichnam in Augenschein nehmen darf?"

„Ich muss gestehen, dass ich mich fragte, ob etwas nicht mit rechten Dingen zugegangen war, nachdem ich Brandon im Ankleidezimmer überraschte und ihn flüchten sah." Robert räusperte sich. „Ich hoffe, Sie vergeben mein Einmischen in diese sehr private Angelegenheit."

„Ihnen *vergeben*? Sir Robert, Ihr Interesse und Ihre Hilfe haben uns bereits unschätzbare Dienste erwiesen." Edward nahm ein unbeschriebenes Blatt Papier. „Ich werde dem örtlichen Magistrat schreiben und ihn darum bitten, Brandon wegen Mordverdachts an Mr Tompkins festzunehmen."

Edwards Enthusiasmus dafür, Brandon die Schuld an dem Tod zu geben, überraschte Robert nicht im Geringsten. Es wäre ausgesprochen praktisch für die drei Benson-Brüder, wenn einer der Stiefsöhne ihres Vaters für alles verantwortlich gemacht wurde ...

„Er kann im Kerker bleiben, während wir versuchen, die Sache mit dem Testament zu lösen."

„Es gibt immer noch keine Spur davon?", fragte Robert.

„Nein. Ich denke darüber nach, die Bodendielen und die Holzvertäfelungen im Schlafzimmer abnehmen zu lassen, um herauszufinden, ob das verdammte Ding irgendwo dahinter versteckt ist." Edward seufzte. „Mr Carstairs ist nicht gewillt, viel länger in Bath zu bleiben, und hat mich um Anweisungen gebeten, wie weiter zu verfahren ist. Ich frage mich, ob es besser wäre, nach Yorkshire zurückzukehren und die Angelegenheiten dort zu regeln.“

„Während Brandon im Gefängnis von Bath sitzt?“, fragte Robert. „Würde Lady Benson dem zustimmen?“

„Oh, guter Gott, Lady Miranda.“ Edward stöhnte. „Sie wird die Neuigkeiten ganz und gar nicht gut aufnehmen.“

„Sie ist ohne Zweifel eine sehr hingebungsvolle Mutter“, sagte Robert diplomatisch. „Ich kann mir nicht vorstellen, dass sie glauben wird, dass einer ihrer Söhne einen Mord begangen haben könnte.“

„Das kann ich mir auch nicht vorstellen.“

Robert erhob sich. „Nun, ich muss mich auf den Weg machen. Bitte setzen Sie mich darüber in Kenntnis, wie alles ausgeht. Lady Kurland und ich machen uns große Sorgen um das Wohlergehen Ihrer Familie.“

Er verbeugte sich und verließ das Zimmer. Auf dem Flur traf er Arden, der auf der Treppe saß und offenbar auf ihn gewartet hatte.

„Guten Morgen.“

Arden näherte sich ihm und senkte die Stimme. „Haben Sie Brandon gefunden?“

„Das habe ich, aber er hat sich geweigert, nach Hause zu kommen.“

„Hätten Sie ihn nicht *zwingen* können?“, fragte Arden.

„Ich habe ihn vor die Wahl gestellt, wie es sich für einen Gentleman gehört. Er entschied sich dazu, sich den Konsequenzen seiner Taten nicht zu stellen.“

„Weil er ein idiotischer Dummkopf ist“, stöhnte Arden. „Jetzt wird Edward sicher die Gesetzeshüter auf ihn hetzen.“

„Nun, vielleicht sollten Sie dann, jetzt, wo Sie aus ihrem Zimmer befreit sind, selbst nach Brandon suchen und ihn dazu anregen, zurückzukehren, bevor er ins Gefängnisgeworfen wird.“

Arden blickte zu ihm auf. „Was hat er Ihnen gesagt, als Sie ihn fanden?“

„Worüber genau?“

„Hat er Ihnen gesagt, warum er dort war?“, hakte Arden nach.

„Er behauptete, dass er nach etwas suchte, was Sie beide betreffe.“

„Was für ein Idiot! Ich habe ihm doch *gesagt*...“, Arden brach abrupt ab.

„Ihm was gesagt?“, fragte Robert. „Bei seiner Suche nichts zu zerstören? Nicht die Kontrolle zu verlieren und jemanden *umzubringen*?“

„Das denken Sie, hat er getan?“

„Das wissen Sie genauso gut wie ich.“ Robert sah in Ardens wutentbrannte Augen. „Und Sie kennen Ihren eigenen Bruder. Das ist der Grund, warum sie ständig an seiner Seite bleiben: Um ihn davon abzuhalten, dass er der ganzen Welt den vollen Umfang seines Jähzorns enthüllt.“ Arden schluckte schwer. „Wenn Sie ihn in dieses Schlafzimmer geschickt haben und er Mr Tompkins umgebracht hat, dann klebt das Blut gleichermaßen an Ihren Händen wie an Brandons“, sagte Robert. „Daher schlage ich vor, Sie finden Ihren Bruder und versuchen ihm klarzumachen, wie wichtig es ist, dass er sich stellt und die Konsequenzen akzeptiert."

Robert trat einen Schritt zurück und nickte steif. „Guten Tag, Arden."

Arden rannte die Treppe zurück nach oben, während Robert sich Richtung Eingangstür wandte. Er nahm Hut und Handschuhe von der Kommode neben der Tür und verließ allein das Haus, da der Butler sich bei dem ersten Anzeichen von Ärger offenbar zurückgezogen hatte.

Er verlor normalerweise nie die Nerven im Umgang mit jungen Kerlen, aber die beiden Brüder brachten sein Blut zum Kochen. Hatte Arden Brandon ausgeschickt, um nach etwas zu suchen? Einen Moment lang wünschte Robert, er hätte etwas mehr Mitleid gezeigt und dadurch vielleicht die Antwort auf diese wichtige Frage erhalten. Aber es lag nicht in seiner Natur, Inkompetenz und Unehrlichkeit einfach so hinzunehmen. Er würde die subtileren Befragungsmethoden Lucy überlassen.

„Sehr freundlich, dass Sie uns besuchen. Mr Benson." Lucy schenkte Peregrine, der unerwartet in ihrem Salon aufgetaucht war, ein Lächeln. „Sir Robert wird in Kürze zurück sein, falls Sie ihn sprechen möchten."

Peregrine setzte sich Lucy gegenüber und erwiderte das Lächeln. „Ich bin voll und ganz damit zufrieden, mit Ihnen sprechen zu können, Mylady."

„Soll ich uns dann etwas Kaffee bringen lassen? Oder trinken Sie so früh am Morgen bereits Stärkeres?"

„Ich weiß einen starken Trunk immer zu schätzen, Lady Kurland, und da meine Familie mich noch ins

Irrenhaus bringt, wäre ich sehr dankbar für ein Glas Brandy."

Lucy gab die Bestellung an Foley weiter und kehrte zum Platz gegenüber von ihrem Besucher zurück. Anna und Penelope hatten ihre Beziehung soweit geflickt, dass sie bereit gewesen waren, zusammen in den *Pump Room* und anschließend mit Dr. Fletcher zum Frühstück zu *Sidney Gardens* zu gehen. Der Gedanke, unter dem wachsamen Auge Dr. Fletchers essen zu müssen, hatte Lucy dazu gebracht, sich mit Müdigkeit herauszureden und lieber zu Hause zu bleiben.

„Ist Brandon zurückgekehrt?", fragte Lucy, nachdem Foley ihnen die Getränke gebracht hatte.

„Bisher nicht, Mylady. Soweit ich weiß, hat Edward vor, die Stadtwache um Hilfe bei der Suche zu bitten."

„Unter welchem Vorwand?"

„Ich vermute, dass Edward glaubt, Brandon hätte etwas mit dem Ableben von Mr Tompkins zu tun."

Lucy versuchte, eine erschrockene Miene aufzusetzen. Doch von dem selbstgefälligen Lächeln auf den Lippen ihres Besuchers schloss sie, dass es ihr nicht ganz gelang.

„Oh, du meine Güte."

„Ich hatte mich schon *gefragt*, warum Edward Ihrem Dr. Fletcher gestattet hat, den Leichnam zu begutachten", murmelte Peregrine. „Es war fast so, als erwartete er, etwas Ungewöhnliches zu finden."

Lucy setzte sich auf. „Dr. Fletcher ist ein sehr erfahrener Arzt. Er war Armeechirurg."

„Er ist also in der Lage, den Unterschied zwischen einem gewaltsamen Tod und einem Selbstmord zu erkennen." Peregrine nickte. „Sie haben sich einen interessanten Familienarzt ausgesucht, Lady Kurland."

Lucy nippte an ihrem Tee und schwieg.

Peregrine saß unruhig auf seinem Sessel. „Ich schätze, Sie wissen auch davon, dass das Testament nicht auffindbar ist."

„Ich war doch dort, als Mr Carstairs das Dokument sehen wollte und niemand wusste, wo es sich befand", erinnerte ihn Lucy.

„Das stimmt. Der Anwalt hatte Sir Robert eingeladen."

Peregrines Lächeln barg keine Spur von Freundlichkeit. „Ich wünschte fast, das Testament wäre verlesen worden. Es hätte mich sehr amüsiert, wenn mein Vater sein ganzes Unternehmen Ihrem Ehemann hinterlassen hätte."

„Ich vermute, dass eine derart drastische Änderung vor Gericht niemals Bestand hätte", sagte Lucy. „Sind Sie wirklich enttäuscht, dass das Testament noch nicht gefunden wurde, oder würden Sie es bevorzugen, wenn es für immer verschollen bliebe?"

„Was für eine interessante Frage, Lady Kurland", sagte Peregrine langsam. „Warum, glauben Sie, könnte ich mir wünschen, dass das Testament nie wieder zutage kommt?"

„Wenn ich mich recht erinnere, erwähnten Sie, dass Ihr Vater und Sie sich kurz vor seinem Tod gestritten hatten. Waren Sie nicht besorgt, dass er *Sie* vielleicht enterbt haben könnte?"

„*Ich* habe das nicht erwähnt, das war Augustus. Aber ich weiß, worauf Sie hinauswollen." Peregrine hielt inne und atmete tief durch. „Es kümmert mich nicht, was in dem Testament steht, Lady Kurland."

„Selbst, wenn Sie nichts erben sollten?", fragte Lucy herausfordernd.

„Selbst dann nicht. *Was* mich bekümmert, ist, dass mein Vater tot ist. Wir haben uns über alles Mögliche gestritten, aber ich habe ihn dennoch sehr bewundert und respektiert." Er ließ sich von ihrem skeptischen Blick nicht abbringen. „Wieso, denken Sie, spreche ich immer wieder diese persönlichen Familienangelegenheiten an?" Lucy schwieg weiter und Peregrine fuhr fort. „Weil ich nicht dumm bin, Lady Kurland. Mir ist aufgefallen, dass Sie und Sir Robert sehr daran interessiert zu sein scheinen, zu beweisen, dass mein *Vater* ermordet worden ist." Er lehnte sich zurück und legte einen Arm über die Rückenlehne. „Wollen Sie es abstreiten?"

„Ihr Vater hat Sir Robert sehr am Herzen gelegen."

„Und?"

„Und ich kann Ihnen nicht mehr sagen, ohne vorher mit meinem Ehemann zu sprechen", fügte Lucy hinzu.

Peregrine sprach weiter. „Wenn mein Vater ermordet wurde und Mr Tompkins ebenfalls, dann ist davon auszugehen, dass der Mörder ein Interesse an unserer Familie hat."

„Das könnte man so sagen." Lucy entschied sich für ein vorsichtiges Vorgehen.

„Genau genommen *muss* man das so sagen. Ich kann mir nicht vorstellen, dass derzeit zwei Mörder frei in Bath herumlaufen, die unabhängig voneinander beschlossen, *meine* Familie anzugreifen."

„Das wäre in der Tat ein bemerkenswerter Zufall."

„Dann muss es dabei um Geld gehen", sagte Peregrine.

„Das ist meistens so." Lucy nickte. „Und das Verschwinden des Testaments macht es umso wahrscheinlicher."

Sie wandte den Kopf zur Tür als diese aufschwang und Robert eintrat. Er blieb einen Moment auf der Schwelle stehen und musterte Peregrine mit seinen tiefblauen Augen, bevor er eine Verbeugung andeutete.

„Mr Benson."

„Sir Robert." Peregrine erhob sich. „Ich habe mich gerade mit Ihrer bezaubernden Frau über Ihr Interesse am Mord an meinem Vater unterhalten."

Robert bemerkte Lucys schuldbewussten Blick, als er sich ihr näherte und sich auf den Platz neben ihr setzte.

„Was führt Sie zu der Annahme, dass Ihr Vater ermordet wurde?"

„Ich denke, Sie sind derjenige, der mir diese Frage beantworten sollte." Peregrine setzte sich wieder. „Lady Kurland stellt immer wieder bohrende Fragen und daher kann ich nur davon ausgehen, dass Sie beide meinen Verdacht teilen."

„Meine Frau und ich haben … einige Erfahrung darin, Mörder ihrer gerechten Strafe zuzuführen. Ich habe Ihren Vater geschätzt", sagte Robert. „Er erinnerte mich an meinen eigenen Großvater. Sir Williams Tod schien mir unter den gegebenen Umständen ein wenig zu *praktisch*."

„In welcherlei Hinsicht?"

Robert zuckte mit den Schultern. „Er war weit weg von seinem Zuhause, er war bei schlechter Gesundheit und nicht mehr der Jüngste und er hat es teuflisch genossen, seine Familie gegen sich aufzubringen und sein Testament umzuschreiben. An irgendeinem Punkt wird man von diesem Verhalten eingeholt."

Peregrine nickte langsam. „Vielen Dank."

„Wofür?"

„Für Ihre Ehrlichkeit. Ich dachte schon, dass ich als Einziger davon ausging, dass der Tod meines Vaters keine höhere Gewalt oder ein tragischer Unfall war."

„Das ist noch immer möglich", erinnerte Robert ihn. „Derartige Dinge passieren zufällig."

„Ja, aber der Umstand, dass das Testament noch nicht aufgetaucht ist, lässt es mehr wie eine vorsätzliche Tat erscheinen."

„Ihr Vater war Ihrem Lebensstil in London gegenüber abgeneigt", stellte Robert fest und ließ Peregrine dadurch erröten.

„Ich weiß. Wir haben immer wieder deswegen gestritten", sagte Peregrine.

„Dabei ist Ihnen nie in den Sinn gekommen, ihn umzubringen?"

„Sehr oft, aber ich hätte diese Gedanken niemals in die Tat umgesetzt. Nur, weil wir uns bei einer Sache nicht einig waren, hieß das nicht, dass wir nicht zivilisiert miteinander leben konnten." Peregrine lehnte sich vor. „Ich mochte ihn, Sir Robert. Wenn wir nicht gerade stritten, teilten wir viele Interessen wie Worträtsel und Komödien im Theater. Ich war der Narr, der ihn ins Theater mitnahm, wo er Miranda kennenlernte!"

„Und wenn Sir William noch leben würde, befänden Sie sich ebenfalls nicht in finanziellen Schwierigkeiten?"

„Wieso sagen Sie das?"

Robert sah ihm in die Augen. „Ihr Vater erwähnte einige ... unschöne Gerüchte über Sie."

„Tat er das?" Peregrines Lächeln erstarb und ließ einen merkwürdig leeren Ausdruck auf dessen Gesicht zurück. „Ich frage mich, von wem er diese Informationen erhalten haben könnte. Man könnte spekulieren, dass Miranda weiterhin zu ein paar ihrer Verbindungen unter dem Abschaum der Theaterwelt Kontakt hielt. Es sähe ihr ähnlich, Gerüchte über mich zu verbreiten."

„Man würde meinen, sie wäre ein wenig dankbarer dafür, dass Sie ihr Ihren Vater vorgestellt haben", bemerkte Robert.

„In der Tat."

„Wenn wir glauben sollen, dass Sie nichts mit dem Ableben Ihres Vaters zu tun hatten, wissen Sie irgendetwas, das uns bei unseren Ermittlungen helfen könnte?"

„Nicht soweit ich weiß. Aber ich bin mehr als gewillt, in der Zukunft jede Ihrer Fragen zu beantworten." Peregrines Blick wanderte von Robert zu Lucy. „Allerdings ist Ihre Frau bereits eine Expertin darin, mir auf sehr *charmante* Weise Informationen zu entlocken."

„Lady Kurland ist eine außergewöhnliche Frau", pflichtete Robert ihm bei. „Und für mich einfach nur unverzichtbar."

Seine Bemerkung ließ sie erröten und den Blick bescheiden Richtung Boden senken, was Robert sehr amüsierte.

Peregrine stand auf. „Nun, immerhin verstehen wir einander nun." Er verbeugte sich. „Ich werde alles in meiner Macht Stehende tun, um Sie dabei zu unterstützen, diesen Mörder zu schnappen – auch, wenn es sich dabei vermutlich um ein Mitglied meiner eigenen Familie handelt."

„Wenn Sie sagen müssten, wer es war, auf wen fiele ihre Wahl?", fragte Lucy.

„Brandon?", schlug Peregrine vor. „Er scheint mir der Hauptverdächtige zu sein und er steht bereits unter Verdacht, Mr Tompkins ermordet zu haben. Und da wir bereits festgestellt haben, dass es unwahrscheinlich ist, dass *zwei* Mörder frei herumlaufen, würde er gut ins Bild passen."

Robert stand auf, begleitete Peregrine die Treppe hinunter und übergab ihn in Foleys Obhut, bevor er in den Salon zurückkehrte.

„Was hältst du davon?", fragte er Lucy, nachdem er die Tür hinter sich geschlossen hatte. „Sollen wir ihm glauben?"

Lucy biss sich auf die Lippe. „Ich bin mir nicht sicher."

„Ich dachte, du wärst davon überzeugt, dass er die Wahrheit sagt, nachdem er dich mit all diesen Komplimenten überhäuft hat." Robert setzte sich neben sie.

„Ich *möchte*, dass er die Wahrheit sagt. Aber es gibt da ein paar Dinge, die mir noch Sorgen bereiten."

„Und die wären?"

„Wir wissen, dass Peregrine sich mit Sir William gestritten hat. Und aus dem Schriftverkehr, den Mr Tompkins uns überließ, wissen wir, dass er erpresst wurde."

„In der Tat." Robert nickte.

„Also trotz allem, was er gesagt hat, hatte Peregrine dennoch ein Motiv, nach dem Geld zu trachten, das Sir Williams Tod ihm bescheren würde."

„Er sagte, ihm liege nichts an dem Geld, und er hat angedeutet, dass die Gerüchte, von denen Sir William gehört hatte, von einer voreingenommenen Quelle stammten – nämlich Miranda, einer Frau, die er nicht ausstehen kann."

„Aber wir haben die Briefe *gesehen*", sagte Lucy. „Peregrine wusste um die Anschuldigungen und hat sich mit seinem Vater über die Sache gestritten. Das klingt für mich nicht nach dem Handeln eines völlig Unschuldigen." Lucy rümpfte die Nase. „Ich wünschte, wir hätten Kopien von den Briefen angefertigt. Ich würde sie nur zu gerne noch einmal lesen."

„Wir haben die Briefe noch", sagte Robert. „Foley konnte sie Mr Tompkins vor seinem Tod nicht zurückbringen."

„Dann werde ich sie *erneut* lesen." Lucy überlegte einen Moment. „Trotz ihrer Differenzen waren ihre Briefe aneinander mit viel mehr Zuneigung und Warmherzigkeit geschrieben als Sir Williams restlicher Schriftverkehr. Und Peregrine klang wirklich *sehr* aufrichtig, als er sagte, er vermisse seinen Vater mehr als das Geld."

„Da muss ich dir zustimmen", sagte Robert widerwillig. „Das war das erste Mal, dass Peregrine für mich *jemals* ernsthaft bekümmert klang."

Lucy bot Robert die Karaffe mit Brandy und die Kaffeekanne an, die er beide ablehnte.

„Er hat allerdings nicht gezögert, Brandon die Verantwortung zuzuschieben, nicht wahr?“, sagte Robert.

„Weil Brandon der Hauptverdächtige *ist*“, erinnerte ihn Lucy. „Hat Mr Edward Benson etwas von unserem Flüchtigen gehört?“

„Nein, und nachdem er Dr. Fletchers Gutachten gelesen hatte, schrieb er an den Magistrat und beschuldigte Brandon des Mordes an Mr Tompkins und erbat seine Einkerkerung. Sein Enthusiasmus in dieser Sache hat mich ein wenig überrascht.“ Robert seufzte. „Ich bin Arden auf dem Weg nach draußen begegnet und er will selbst nach seinem Bruder suchen. Ich war recht schroff zu ihm.“

„Das hat er vermutlich verdient.“ Lucy tätschelte seinen Arm. „Es drängt sich der Gedanke auf, dass die beiden Jungen etwas mit diesem Mord zu tun hatten.“

„Das habe ich auch Arden gesagt. Da er der ältere Bruder ist und über einen letzten Rest Verstand verfügt, hätte Brandon sicherlich auf Geheiß seines älteren Bruders gehandelt, wenn er *tatsächlich* nach etwas Bestimmtem suchte.“

„Also hat Arden indirekt bestätigt, dass Brandon nach etwas Persönlicherem als dem Testament suchte“, sagte Lucy. „Ich frage mich, was das sein könnte.“

„Ich habe keine Ahnung und mir fällt niemand in der Familie Benson ein, den wir danach fragen könnten, ohne dass er sofort Verdacht schöpft.“

„Es gibt noch so vieles, das wir nicht wissen“, klagte Lucy. „Das Testament ist noch immer verschwunden, zwei Männer sind tot und wir sind der Antwort auf die Frage *Warum* noch keinen Schritt nähergekommen.“

„Das würde ich nicht sagen. Der Umstand, dass Mr Tompkins ermordet wurde, bedeutet, dass jemand sehr darauf bedacht war, ihn von einer Aussage abzuhalten. Das wiederum spricht dafür, dass unsere erste Annahme – nämlich, dass Sir William ermordet wurde – korrekt war."

Lucy zog die Augenbrauen hoch. „Und wie viele Mitglieder des Benson-Haushalts müssen noch sterben, bevor wir den Mörder endlich identifizieren können?"

„Das ist eine sehr gute Frage." Robert verzog das Gesicht.

„Vielleicht wird Brandon beide Morde gestehen und die Gerechtigkeit wird obsiegen", sagte Lucy hoffnungsvoll. „Bei seiner Hitzköpfigkeit, bezweifle ich, dass es ihm gelingen wird, lange zu schweigen."

Kapitel 15

Lucy setzte sich an ihren Schreibtisch und las den Brief durch, den sie gerade an Grace in Kurland St. Mary verfasst hatte. Da Lucy Robert noch nicht von einer möglichen Schwangerschaft unterrichten wollte, hatte sie sich dazu entschieden, die Neuigkeiten mit Grace zu teilen und sie um Rat zu fragen. Während sie las, ruhte ihre Hand auf der leichten Rundung ihres Bauchs, als ob sie nach einer Bestätigung suchte, dass sie sich die ganze Sache nicht nur einbildete.

Sie hatte ein Bündel von Briefen vom Pfarrhaus erhalten, die von ihrem Vater und Rose stammten, und hatte sich vorgenommen, diese beim Abendessen an ihre Empfänger zu verteilen. Lucy legte ihre eigenen Briefe beiseite, um sie später gemeinsam mit den anderen zu lesen. Sie würde diese morgen beantworten. Sie schloss ihren Schreibtisch auf, versiegelte den Brief an Grace, adressierte ihn und nahm sich vor, ihn noch heute in die Stadt zu bringen, um ihn abzuschicken.

Robert hatte Sir Williams Schriftverkehr auf ihrem Schreibtisch abgelegt. Sie öffnete den Koffer und legte die Briefe auf einzelne Haufen, die jeweils einem bestimmten Empfänger zugeordnet waren. Der erste Stapel enthielt Briefe zwischen Sir William und Mr

Carstairs, worin es hauptsächlich um Beschwerden über verschiedene Kosten des Klienten und eine Menge Erklärungen des armen Anwalts ging.

Interessant war der Hinweis von Mr Carstairs an Sir William, dass er darauf achten solle, dass alle Änderungen an seinem Testament rechtlich bindend bezeugt und signiert werden mussten. Lucy gewann den Eindruck, Mr Carstairs wollte damit ausdrücken, dass die umfangreichen Änderungen und Korrekturen die Auslegung des Testaments erschweren und zukünftig Probleme bereiten könnten.

„Sofern wir es überhaupt jemals finden", murmelte Lucy zu sich selbst. „Wo um alles in der Welt kann es nur sein? Könnte es in den Bädern gestohlen worden sein, als Sir William ermordet wurde? Dann wurde es vielleicht längst vernichtet."

Lucy nahm sich vor, noch einmal mit dem Angestellten zu sprechen, der Sir Williams Habseligkeiten beaufsichtigt hatte.

Sie widmete sich wieder den Briefen und nahm sich als Nächstes den Schriftverkehr zwischen Peregrine und seinem Vater vor. Peregrines Briefe enthielten ausgezeichnete Skizzen, Rätsel sowie Shakespeare-bezogene Worträtsel und waren voll von angeregtem Austausch. Selbst wenn der Inhalt feindselig wurde, fanden sich in den Schreiben noch immer zahlreiche Anzeichen für den gegenseitigen Respekt der beiden Männer füreinander.

Lucy verglich die Briefe mit denen von Augustus und Edward, die ebenso häufig feindselig wurden, denen aber die zugrundeliegende Zuneigung und aufrichtige Sorge fehlte.

Hatte Sir William es vielleicht sogar geschätzt, dass Peregrine es mit ihm aufnahm? Wie sie den alten Mann erlebt hatte, konnte Lucy sich das gut vorstellen. Seine Unzufriedenheit mit Peregrine entsprang nicht aus Verbitterung über dessen fehlende Moralvorstellungen und Sinnhaftigkeit seines Lebens, sondern aus dem Umstand, dass dieser sich hatte erpressen lassen.

Lucy nahm den letzten Brief, den Peregrine seinem Vater geschrieben hatte und las ihn laut vor.

„Ich will dein Geld nicht, du alter Narr. Die Anschuldigungen sind lächerlich und unwahr! Ich will lediglich deinen Einfluss nutzen, um die Gerüchte an ihrer Quelle versiegen zu lassen!"

Lucy dachte erneut über die Worte nach und behielt dabei im Hinterkopf, was Peregrine ihnen gestern gesagt hatte. Wollte er damit erreichen, dass sein Vater Miranda konfrontierte, welche Peregrine ja im Verdacht gehabt hatte, die Lügen zu verbreiten? Dann wäre kein weiteres Handeln notwendig gewesen. Lucy las sich die Briefe noch einmal durch und konnte nirgendwo eine Stelle entdecken, in der Peregrine tatsächlich um Geld bat. Es schien so, als hätte Sir William das Thema zuerst gegenüber Peregrine angesprochen. Falls es noch einen weiteren Brief auf Peregrines erboste Antwort gab, so hatte Sir William unglücklicherweise keine Kopie davon angefertigt.

„Wieso hat Peregrine *nicht* nach Geld gefragt?", dachte Lucy laut nach. „Solche Anschuldigungen können den Ruf eines Mannes zerstören."

Aber falls er davon ausging, dass die Gerüchte von der Ehefrau des eigenen Vaters ausgingen, dann war er möglicherweise zurecht davon überzeugt, dass die

Drohungen verpuffen würden. Oder hatte er zu dem Zeitpunkt bereits den Entschluss gefasst, seinen Vater zu ermorden und damit all seine Probleme mit einer einzigen Verzweiflungstat zu lösen? Trotz seines lockeren Auftretens, hielt Lucy Peregrine nicht für einen Feigling und unter seinem sorglosen Äußeren verbarg sich ein Mann, der zu sehr starken Gefühlen wie Hass und Liebe fähig war. Er war außerdem zu schonungslosem Handeln in der Lage, eine Qualität, die Edward und Augustus fehlte.

Lucy erschauderte, als ihre Gedanken zu Edward Benson wanderten. Er wirkte viel zu weich und harmoniesüchtig, um aktiv in einen Mord verwickelt zu sein. Aber die Bereitwilligkeit, mit der er Brandon an die Stadtwache übergeben hatte, deutete auf etwas anderes hin. Obwohl sie Brandon Robert gegenüber mit großer Sicherheit als Mordverdächtigen benannt hatte, regten sich inzwischen Zweifel in ihr ...

Augustus hatte nicht die Nervenstärke für einen Mord und Lady Benson besaß nicht die notwendige körperliche Stärke ... Lucy kam ein Gedanke. Sie suchte die Briefe heraus, in denen Sir William die Sorge äußerte, dass seine Frau eine Affäre haben könnte, und las sie abermals. Mit den Briefen in den Händen ging sie in den Salon, wo sie Robert mit seiner Zeitung allein gelassen hatte.

„Ich möchte deine Meinung zu einer Sache hören."

Er blickte auf und legte sofort die Zeitung beiseite. „Worum geht es?"

„In den Briefen an seinen Vater besteht Peregrine darauf, dass er nichts getan habe, das es ermögliche, ihn zu erpressen,"

„Ja, daran erinnere ich mich."

„*Mir* hat er außerdem gesagt, dass Lady Miranda versucht habe, ihn zu einer Beziehung mit ihr zu verführen", sagte Lucy. „Das passt nicht zusammen."

„Ah. Du meinst, Lady Miranda konnte nicht gleichzeitig glauben, dass er Männer bevorzugt, und versuchen, ein Verhältnis mit ihm einzugehen."

„In der Tat." Lucy sprach weiter. „Was, wenn Miranda die Gerüchte verbreitet hat, gerade *weil* er ihre Avancen zurückwies?"

„Das könnte seine tiefsitzende Abneigung gegen sie erklären", stimmte Robert ihr zu. „Aber das bedeutet nicht, dass er tatsächlich Frauen bevorzugt."

„Aber was, wenn er es doch tut? Er ist *sehr* leidenschaftlich in seiner Abneigung gegen sie. Außerdem hat er sich gestern selbst widersprochen, als er sagte, *er* habe Miranda seinem Vater vorgestellt. Zuvor hatte er behauptet, dass sie sich auf eine Bekanntschaft mit einem alten Freund von Sir William berufen hatte, um seinem Vater näher zu kommen." Lucy machte eine kurze Atempause.

„Peregrine hat gesagt, er habe Sir William mit in ein Theaterstück genommen, in dem Miranda mitspielte. Er hat nicht gesagt, dass er sie einander vorgestellt hat", wandte Robert ein.

„Aber das hat er damit angedeutet", erwiderte Lucy. „Und es ist durchaus wahrscheinlich, dass Sir Williams Interesse an Miranda bei ihrer ersten Begegnung geweckt wurde. Schließlich ist sie *wirklich* ausgesprochen gutaussehend."

„Vielleicht hat er sie dann ohne Wissen von Peregrine erneut getroffen?", spekulierte Robert.

„Ich schätze, so könnte es gewesen sein. Und Peregrine könnte das nicht gefallen haben." Lucy runzelte die Stirn. „Vielleicht war *er* in sie verliebt und erbost darüber, dass sie sich statt für ihn für seinen Vater entschied."

Robert starrte sie an, als wäre sie verrückt geworden.

„Und was, wenn sie seine Liebe erwidert?", fuhr Lucy beharrlich fort. „Und Peregrine hat sich mit Miranda verschworen, um seinen eigenen Vater zu ermorden, und diese ganze Sache mit dem gegenseitigen Hass ist nur gespielt?"

Robert schüttelte entsetzt den Kopf. „Das ist *absurd.*"

Lucy warf frustriert die Hände in die Luft. „Denk doch mal nach, Robert! Miranda und Peregrine kannten sich aus London. Peregrine hat Miranda Sir William *vorgestellt.* Vielleicht hatte er nicht erwartet, dass sie mit seinem Vater anbandeln würde, aber vielleicht haben die beiden es sogar von Anfang an so geplant!"

„In Ordnung." Eine Sorgenfalte erschien auf der Stirn ihres Mannes. „Ich sehe, worauf du hinauswillst. Aber wenn er wirklich der Mörder ist, warum würde er uns dann seine Hilfe dabei anbieten, nach *ihm* zu suchen?"

„Weil er arrogant genug ist, um zu glauben, dass er zu schlau ist, um geschnappt zu werden. Indem er sich mit uns angefreundet hat, hat er bereits herausgefunden, dass wir davon ausgehen, dass sein Vater ermordet wurde", sagte Lucy. „Jetzt kann er im Auge behalten, was wir als nächstes vorhaben, welche *weiteren* Beweise wir ans Tageslicht bringen und kann uns nebenbei davon abhalten, *ihn* als Mörder zu entlarven. Wie könnte man sich besser verstecken als dort, wo niemand sucht: direkt unter unseren Nasen?"

Robert streckte die Hand aus. „Gib mir die Briefe."

Er las sie sich durch und blickte dann zu ihr auf. „Du spinnst dir eine Menge aus sehr unsicheren Zusammenhängen zusammen, meine Liebste, aber ich kann deinen Verdacht nicht von der Hand weisen. Du hast in der Vergangenheit schon zu oft mit deinen Eingebungen richtig gelegen."

„Immerhin, danke dafür." Lucy setzte sich ihm gegenüber. „Ich bin mir darüber im Klaren, dass ich nach Strohhalmen greife, aber ich denke, wir sollten uns immer gewahr sein, dass Peregrine uns gegenüber möglicherweise nicht ehrlich war."

„Ist notiert", sagte Robert. „Und Sir William hat *tatsächlich* den Verdacht gehegt, dass Miranda eine Affäre hatte. Vielleicht war er nicht dazu bereit, die Erpresser auszuzahlen, weil er wusste, dass Peregrine sich mit seiner Frau zusammengetan hatte."

„Oder Sir William war der Ansicht, dass er die Angelegenheit einfach beilegen konnte, indem er Peregrine in einem persönlichen Gespräch daran erinnerte, dass er jederzeit den Geldhahn zudrehen konnte und dass Miranda nun seine Frau war."

„Und ihm so klar machte, dass er die Finger von ihr zu lassen hatte?" Robert nickte nachdenklich. „Vielleicht hat das Peregrine nur noch einen Grund mehr gegeben, seinen Vater zu ermorden. Du tust gut daran, ihm zu misstrauen, meine Liebste."

Lucy schenkte ihm ein wohlwollendes Lächeln, was er mit einer hochgezogenen Augenbraue beantwortete.

„Was ist?"

„Du bist meinen Hirngespinsten gegenüber heute sehr aufgeschlossen."

„Das liegt hauptsächlich daran, dass wir keine anderen Spuren haben, die wir verfolgen könnten", merkte Robert trocken an. „Ich habe das schreckliche Gefühl, dass die Benson-Familie bald nach Yorkshire zurückkehren und die Regelung der Sache den Gerichten überlassen wird. Dann werden alle Familienmitglieder mit prall gefüllten Taschen davonkommen, ohne dass irgendjemand zur Rechenschaft gezogen wird."

„Dann sollten wir weiterhin alles in unserer Macht Stehende tun, damit das nicht passiert", sagte Lucy mit Nachdruck. „Und jetzt muss ich ausgehen. Willst du mich vielleicht begleiten?"

„Ich warte noch darauf, dass Dr. Fletcher von der Einkaufsexpedition mit seiner Frau zurückkehrt, um anschließend zusammen mit ihm in die Heilbäder zu gehen." Robert bedachte sie mit einem schiefen Lächeln. „Ich kann kaum glauben, dass ich das sage, aber ich vermisse die heißen Quellen."

„Es ist zu schade, dass wir keine in Kurland St. Mary haben", pflichtete Lucy ihm bei. „Allerdings ist der Gedanke, dass das gesamte Dorf dann dort nur in Unterwäsche bekleidet herumplanschen würde, auch nur wenig ansprechend."

Lucy verließ das Zimmer und hörte das Glucksen ihres Mannes noch bis in den Flur. Wenn es eine Möglichkeit gab, die Vorzüge der Heilbäder in ihrem eigenen Dorf zu replizieren, würde sie alles daransetzen, dies zum Wohle ihres Ehemannes zu erreichen.

Betty half ihr beim Anziehen der Pelisse, während Lucy die Schnüre ihrer Haube festknotete.

Anschließend gingen sie gemeinsam die Treppe hinunter und hinaus auf den Vorplatz. Lucy würde die Geschäfte und das Unterhaltungsangebot von Bath vermissen, aber langsam sehnte sie sich nach der friedlichen Stille ihres eigenen Zuhauses. Sie hatten das Haus hier nur noch für weniger als vier Wochen angemietet und sie hatte nicht vor, den Vertrag zu verlängern. Wenn sie wirklich schwanger war, würde sie es bevorzugen, in der Nähe von Grace in ihrem Heimatdorf zu sein.

Nachdem sie für die Zustellung des Briefes an Grace nach Kurland St. Mary gesorgt hatte, ging Lucy in Richtung der Bäder, wo sie die Umkleideräume aufsuchte. Glücklicherweise konnte sie sich Gesichter gut merken und erkannte so den Mann wieder, mit dem Robert und sie am Tag von Sir Williams Tod gesprochen hatten.

Er kam ihr mit einem Lächeln auf den Lippen entgegen.

„Guten Tag, Lady Kurland. Haben Sie sich dazu entschieden, die gesundheitlichen Vorzüge der Bäder heute selbst zu genießen?"

„Nein, habe ich nicht", antwortete Lucy. „Ich bin hier, um Sie etwas zu Sir William Benson zu fragen."

„Der arme Herr, der hier verstorben ist." Sein Lächeln verblasste und sein Blick fiel nach unten auf die eigenen Stiefel. „Wieso das, Mylady?"

„Mir ist die Frage gekommen, ob Sie jemand darum gebeten hat … Ihren wachsamen Blick von Sir Williams Sachen an dessen letztem Tag in den Bädern abzuwenden?"

„Nein, Mylady. Niemand hat mich darum *gebeten*."

Da sie sich darüber im Klaren war, dass die Zeit, die ihr zur Verfügung stand, begrenzt war, entschied sie sich für einen direkteren Ansatz.

„Hat Sie jemand dafür bezahlt?“

Er zögerte und wich weiterhin ihrem Blick aus. „Dazu kann ich nichts sagen.“

„Können Sie nicht oder wollen Sie nicht?“, fragte Lucy. „Ich möchte Sie nicht in Schwierigkeiten bringen, aber ich würde gern wissen, ob Sie jemand darum gebeten oder Sie dafür bezahlt hat, Sir Williams Kleider nach etwas zu durchsuchen und es zu übergeben.“

Sie zog zwei goldene Sovereign-Münzen hervor und streckte sie ihm entgegen. Wenn er schon einmal für seine Kooperation bezahlt worden war, funktionierte es vielleicht ein weiteres Mal.

Sein Blick ruhte lange auf den Münzen, die vermutlich einem Viertel seines Jahresgehalts entsprachen. Er befeuchtete seine Lippen mit der Zunge.

„Ich habe Sir Williams Kleider für ein paar Minuten unbeaufsichtigt gelassen.“

„Wer hat Sie darum gebeten?“

„Es war keine direkte Bitte.“ Er zuckte mit den Schultern. „Einer der Bediensteten hier hat mir eine Notiz übergeben, in die ein paar Münzen eingewickelt waren.“

„Haben Sie die Nachricht noch?“

„Nein, Mylady. Ich habe sie weggeworfen.“ Schließlich sah er ihr doch in die Augen. „Sie denken vermutlich schlecht von mir, nachdem ich beim letzten Mal so stolz davon erzählt habe, wie ich auf Sir

Williams Sachen aufgepasst habe. Aber meine Frau erwartet das dritte Kind und wir können uns so schon kaum das Essen auf unseren Tellern leisten."

„Haben Sie die Person gesehen, die Sir Williams Kleider durchsucht hat?"

„Nein, denn ich bin sofort gegangen und habe mich hinter der Ecke versteckt." Er verzog das Gesicht. „Ich habe mich so geschämt."

„Also wissen Sie nicht, ob etwas gestohlen wurde?", fragte Lucy.

„Mir fiel auf, dass Sir Williams Mantel leichter wirkte als ich ihn später aufhob, aber sein Geldbeutel und seine Uhr waren noch darin, also habe ich mir nicht viel dabei gedacht."

„In der Tat." Lucy seufzte. Wenn jemand das Testament aus Sir Williams Tasche entwendet hatte, wusste sie nun immer noch nicht, was damit geschehen war oder in wessen Besitz es sich derzeit befand. „Nun, vielen Dank für Ihre Hilfe." Sie streckte ihm die Münzen entgegen.

Er trat einen Schritt zurück. „Ich kann Ihr Geld nicht annehmen, Mylady."

Lucy sah ihm in die Augen. „Wieso nicht? Sie haben sich doch auch von einer anderen Person bestechen lassen."

„Weil ich meine Tat bereue." Er verzog den Mund. „Ich mochte Sir William und der Gedanke, dass mein Handeln ihm Schaden zugefügt haben könnte, lastet schwer auf meinem Gewissen."

Lucy hakte nicht weiter nach, sondern ließ ihn zurück an die Arbeit gehen.

Sie fand Betty geduldig auf einer Bank nahe des Ausgangs sitzen. Als Lucy sich näherte, unterhielt ihre Zofe sich gerade mit einer anderen Frau.

„Guten Abend, Mylady! Auch wieder hier?“

Sie erkannte die Frau wieder. Es war diejenige, die sie und Robert am Morgen des Todes von Sir William getroffen hatten und die dort versucht hatte, ihre Waren zu verkaufen.

„Guten Tag, Mistress Peck.“ Lucy bedachte die Frau an Bettys Seite mit einem Lächeln. „Die Seife, die Sie mir verkauft haben, duftet sehr gut.“

„Vielen Dank. Ich bin stolz auf die gute Qualität meiner Ware.“ Sie klopfte auf den freien Platz neben sich. „Ich habe mich gerade mit Ihrer Zofe unterhalten. Sie sagt, Sie seien *Lady* Kurland.“

„So ist es. Mein Ehemann wurde wegen seiner Taten während der Schlacht von Waterloo vom Prinzregenten zum Baronet erhoben.“ „Mein verstorbener Mann war auch Soldat. Ich hatte mich schon gefragt, ob Ihr Mann mal bei der Armee war, mit seinem kerzengeraden Rücken und seinem herrischen Auftreten.“

„Er kann manchmal recht einschüchternd wirken“, gestand Lucy, während Betty sich von der Bank erhob und hinter ihr aufstellte.

„Er war mit Sir William befreundet.“

„Ja, in der Tat.“ Lucy seufzte. „Der arme Gentleman. Er wird noch in dieser Woche für die Beerdigung nach Yorkshire überstellt.“

„Ich habe diesen Mann noch einmal gesehen.“

„Welchen Mann?“, hakte Lucy nach.

„Der, der an diesem Morgen zusammen mit dem Doktor hier ankam und sich mit Sir William gestritten hat. Er war vor ein paar Tagen hier, um mit Mr Abernathy zu sprechen. Und diesmal war er nicht so gut von Mantel und Schal verhüllt." Mistress Peck gluckste. „Die gleiche krumme Nase wie sein Vater, aber dunkleres Haar. Und gutaussehend."

„Das war vermutlich Mr Peregrine Benson, sein jüngster Sohn." Lucy nickte.

„Die Witwe hat ihn begleitet."

„Lady Benson?"

„Genau. So eine wunderschöne blonde Dame, die ganz in Schwarz gekleidet war und sich an seinen Arm klammerte wie Efeu ans Mauerwerk."

„Sie waren vermutlich hier, um Mr Abernathy ihre Aufwartung zu machen", sagte Lucy. „Vielleicht wollte Lady Benson wissen, wie genau Sir William ums Leben kam. Haben Sie mit irgendeinem der Mitarbeiter des Badehauses gesprochen?"

„Soweit ich das beurteilen kann, haben die beiden nicht viel von den Heilbädern gesehen." Mistress Peck schnaubte verächtlich. „Als ich mich ihr mit meinem Korb näherte, hat sie mit der Hand in meine Richtung gewedelt, als wäre ich nur eine störende Fliege."

Lucy begutachtete die Sammlung von Seifen und Lotionen und suchte sich mehrere davon aus, bevor sie der Frau eine goldene Sovereign-Münze gab und sich erhob.

„Das stimmt so."

Mistress Peck grinste sie breit an. „Vielen lieben Dank, Mylady!"

Lucy reichte die Seife an Betty weiter, damit diese sie in ihrem Korb verstaute und zusammen verließen sie die Bäder. Sie würde Robert eine Menge zu erzählen haben, wenn sie erst nach Hause kam …

***

Robert klopfte gerade an die Vordertür, als eine Kutsche vor dem Haus vorfuhr und Edward Benson ausstieg. Er hielt kurz inne, als er Robert erblickte, und lüftete den Hut zur Begrüßung.

„Sir Robert, genau der Mann, den ich sprechen wollte."

Robert ging die Stufen wieder hinunter auf den Vorplatz und sah zu, wie Edward den Kutscher bezahlte.

„Guten Tag, Mr Benson."

„Brandon ist festgenommen worden und befindet sich jetzt in Gewahrsam im Gefängnis von Bath."

„Das sind ausgezeichnete Neuigkeiten", erwiderte Robert. „Ist er unverletzt?"

„Abgesehen von ein paar Beulen und blauen Flecken von seinem Fluchtversuch vor der Stadtwache geht es ihm recht gut. Ich habe dafür gezahlt, dass er eine eigene Zelle erhält, sodass er es immerhin bequem hat, während er auf die Entscheidung des Magistrats wartet, ob er vor Gericht gestellt wird."

Robert zog eine Augenbraue hoch. „Sie sind davon überzeugt, dass er Mr Tompkins ermordet hat? Welchen Grund hatte er dafür?"

„Ich bezweifle, dass Brandon einen Grund brauchte", antwortete Edward. „Vermutlich forderte Mr

Tompkins ihn auf, das Ankleidezimmer umgehend zu verlassen, woraufhin Brandon schlicht die Fassung verlor und ihn in einem Wutanfall tötete."

„Und wieso, glauben Sie, war Brandon überhaupt dort?", fragte Robert.

„Wer weiß? Spielt das überhaupt eine Rolle? Es geht hier um den Tod eines Mannes, Sir Robert. Und darauf müssen wir uns jetzt konzentrieren."

„Wie hat Arden es aufgenommen?"

Edward verzog das Gesicht. „Nicht gut, wie Sie sich vielleicht vorstellen können."

„Und Lady Benson?", hakte Robert weiter nach.

„Wir haben es ihr noch nicht gesagt." Edward seufzte. „Um ehrlich zu sein, hoffe ich, dass ich sie davon überzeugen kann, zusammen mit dem Leichnam von Sir William nach Yorkshire zurückzukehren, während ich hierbleibe und die Angelegenheit, so gut es mir möglich ist, löse."

„Ohne, dass Sie davon erfährt, dass ihr Sohn wegen des Mordverdachts im Gefängnis sitzt?", murmelte Robert. „Viel Glück damit. Wann, hoffen Sie denn, dass sie aufbricht?"

„Gegen Ende der Woche. Ich habe bereits eine Reisekutsche angemietet, die den Leichenwagen begleiten soll. Sie wird bequem reisen in Begleitung ihres Dienstmädchens und Dr. Mantels."

„Was ist mit Arden?"

„Er wird hier bei mir bleiben. Ich werde ihm mit Nachdruck vermitteln, dass ich ihn hier als Stütze für seinen Bruder brauche und er seine Mutter nicht unnötig aufregen soll."

Edward klang nicht besonders überzeugt davon, dass er damit Erfolg haben würde, doch Robert sagte nichts weiter dazu.

„Wenn es etwas gibt, dass Lady Kurland oder ich für Sie tun können, zögern Sie bitte nicht, uns zu fragen." Robert berührte seinen Hut und wandte sich der Vordertür ihres eigenen Hauses zu. Inzwischen war er die Familie Benson ausgesprochen leid. Läge die Entscheidung bei ihm, hätte keiner von ihnen von der harten Arbeit und dem Fleiß von Sir William profitiert. Sie alle waren zu sehr von sich selbst eingenommen und allzu gewillt, Brandon Hall als Sündenbock zu opfern, ohne den Hauch eines schlechten Gewissens.

Robert warf Foley seinen Hut zu und stampfte die Treppe nach oben in den Salon, wo er Anna antraf, die gerade ein Buch las. Von seiner Frau fehlte jede Spur.

„Guten Tag, Robert." Anna blickte ihn fragend an. „Soll ich etwas frischen Tee bestellen?"

„Nein, danke." Robert verneigte sich. „Ist Lucy zu Hause?"

„Soweit ich weiß, nein." Anna legte ihr Buch beiseite. „Soll ich nachsehen, ob sie vielleicht unten in der Küche ist?"

„Bitte machen Sie sich meinetwegen keine Mühe. Ist Dr. Fletcher denn im Haus?"

„Er spaziert gerade draußen auf dem Platz mit Penelope herum." Anna dachte kurz nach. „Ist alles in Ordnung?"

Robert atmete laut aus. „Ich denke nur gerade über die große Selbstsucht in der allergrößten Mehrheit der Bevölkerung nach und über den Umstand, dass ein guter Mann nicht zwangsläufig gute Kinder großzieht."

„Haben Sie dabei eine bestimmte Person im Kopf?“, fragte Anna vorsichtig.

„Im Moment nur die Bensons, aber meine Theorie trifft auf die meisten zu. Man schaue sich nur meinen Cousin Paul an. Er ist ein verabscheuungswürdiger Kerl, aber seine Eltern waren das nicht. Oder denken Sie an Ihren Vater!“

„Das ist ein gutes Argument“, pflichtete Anna ihm bei. „Was mich zu der Frage bringt, warum überhaupt jemand den Wunsch hat, sich fortzupflanzen. Was, wenn man ein Kind hat, das eher wie Paul wird, als wie Sie?“

„Ich vermute, das könnte passieren“, stimmte Robert ihr widerwillig zu. „Aber wenn wir alle nach diesem Grundsatz handelten, würde die Menschheit aufhören zu existieren. Ich würde sagen, man muss den Würfel werfen und auf das eigene Glück hoffen.“

Annas Miene wurde nachdenklich. „Ich nehme an, da haben Sie recht.“

Gerade als Robert antworten wollte, kam Lucy herein, die gerade im Begriff war, sich die Pelisse aufzuknöpfen. „Ah. Robert! Genau dich wollte ich sprechen. Ich war bei den Heilbädern.“

Er folgte ihr durch den Flur in ihr Schlafzimmer und wartete ab, bis Betty seiner Frau beim Umziehen geholfen und das Zimmer wieder verlassen hatte.

Lucy setzte sich an die Frisierkommode, blickte in den Spiegel und begann damit, ihr Haar zu glätten. „Ich habe ein paar interessante Neuigkeiten, die ich mit dir teilen möchte.“

„Geht es um die Bensons?“

„Ja, natürlich!" Sie wirbelte herum und starrte ihn an. „Worum denn sonst?"

„Um ehrlich zu sein, bin ich sie alle inzwischen leid", grummelte Robert.

„Also willst du nicht hören, dass *tatsächlich* jemand an Sir Williams Kleidung war, während er badete?"

„Wer war es?", fragte Robert sofort.

„Unglücklicherweise wurde dem zuständigen Angestellten nur eine Notiz mit Geld überbracht und er konnte nicht sehen, von wem sie stammte."

„Wie praktisch."

„Aber der Angestellte sagte, dass sich Sir Williams Kleider im Anschluss leichter anfühlten, sein Geldbeutel und seine Uhr aber noch darin waren." Lucy sah Robert in die Augen. „Es ist sehr wahrscheinlich, dass jemand das Testament aus seiner Tasche entwendet hat und es bereits vernichtet wurde."

„Gut." Robert lehnte sich auf seinem Sessel zurück und verschränkte die Arme. „Wenn das der Fall ist, wird das ganze Pack vor Gericht ziehen und die Sache austragen müssen. Meiner wohlüberlegten Meinung nach verdienen sie alle einander und den mickrigen Rest des Vermögens, der nach dem Spektakel noch übrigbleiben wird."

Lucy legte den Kopf zur Seite und musterte ihn. „Geht es dir gut?"

„Ich habe gerade Edward Benson getroffen. Er hat mich darüber informiert, dass Brandon verhaftet worden ist. Er plant, Lady Benson loszuwerden, bevor sie davon erfährt."

„Ich bezweifle, dass das funktionieren wird. Sie ist vielleicht ein wenig übermäßig dramatisch, aber ihre

Söhne liegen ihr wirklich am Herzen." Lucy fing eine Haarsträhne ein, die sich gelöst hatte und band sie hoch. „Wie will Edward denn erreichen, dass Arden ihr nicht einfach alles erzählt?"

„Er setzt dabei auf Ardens gutes Urteilsvermögen." Lucy zog die Augenbrauen hoch. „Ganz genau. Wenn er Miranda aus dem Haus haben will, wird er sie sedieren, fesseln und im Galopp per Kutsche aus der Stadt schaffen müssen, bevor sie wieder zu sich kommt."

„Miranda war gestern mit Peregrine in den Bädern", sagte Lucy.

„Wie bitte? Ich dachte, die beiden könnten sich nicht ausstehen."

Lucys Lächeln war für Roberts Geschmack ein wenig zu selbstgefällig. „Und Peregrine war auch derjenige, der an dem Morgen von Sir Williams Tod ihn und Dr. Mantel in die Bäder begleitet hat."

„Guter Gott." Robert lehnte sich zurück und musterte seine Ehefrau. „Du warst ja heute schon sehr fleißig."

Sie zuckte mit den Schultern. „Ich dachte nur, dass es sich vielleicht lohnen könnte, noch einmal die Heilbäder zu besuchen und mich mit dem Angestellten zu unterhalten. Ich hatte nicht damit gerechnet, die Seifenverkäuferin zu treffen, aber sie hat ganz von sich all diese Informationen preisgegeben."

„Von sich aus?"

„Nun ja, es hat mich einen Sovereign gekostet, aber das war es mehr als wert." Sie schenkte ihm ein Lächeln. „Also, was hältst du davon? Hat Peregrine den Angestellten bestochen, um Sir Williams Taschen durchsuchen zu können, das Testament an sich zu bringen und dann zu flüchten und dich bei seiner Flucht fast umzurennen?"

„Du hast den Teil vergessen, in dem er seinen Vater ermordet hat", merkte Robert an.

„Ah, ja." Sie runzelte die Stirn. „Ich gehe davon aus, dass dafür noch Zeit gewesen wäre, aber wären in dem Fall nicht seine Kleider durchnässt gewesen?"

„Vielleicht hat Lady Miranda den Mord begangen, während Peregrine sich aus dem Staub machte", spekulierte Robert.

„Ja, vielleicht."

„Sei doch nicht albern, Lucy, das sollte ein Scherz sein. Sie ist eine schwache, fast schon gebrechliche Frau."

„Sie ist außerdem eine Schauspielerin, die es geschafft hat, sich einen wohlhabenden Baronet als Ehemann zu angeln." Lucy wandte den Blick nicht ab. „Es wäre nicht das erste Mal, dass wir es mit einer Mörder*in* zu tun hätten."

„Du glaubst also, dass sie sich als altes Weib verkleidete, unauffällig ins Wasser schlüpfte und Sir William erstach, als gerade niemand hinsah?", wollte Robert wissen.

„Wieso denn *nicht*?"

„Weil deine Ideen immer absurder werden!"

„Also schön, dann sag *du* eben *mir*, was die Lösung ist!" Lucys Lächeln war inzwischen verschwunden. „Ich versuche doch nur, dir zu helfen und du" – sie wirbelte herum und wandte ihm den Rücken zu – „bist überhaupt nicht umgänglich und bereitest mir Kopfschmerzen."

Robert atmete tief durch, während seine Frau an ihren Ohrringen herumfummelte und ihn beharrlich ignorierte. Nach ein paar Minuten angespannten Schweigens stand er auf und legte ihr vorsichtig eine Hand auf die Schulter.

„Vergibst du mir? Ich habe zugelassen, mich von meiner Frustration über die ganze Sache einnehmen zu lassen und das war dir gegenüber nicht gerecht.“

Sie schüttelte seine Hand ab. „Ich bin recht müde. Ich glaube doch nicht, dass ich heute zum Abendessen erscheinen werde. Kannst du Betty darum bitten, mir ein Tablett aufs Zimmer zu bringen?“

Mit Mühe gelang es ihm, sie schließlich doch dazu zu bringen, ihn anzusehen. „Es tut mir *leid*.“

Zu seinem Entsetzen sah es aus, als stünde sie kurz davor, in Tränen auszubrechen.

„Ich habe wirklich Kopfschmerzen. Und du hast recht, manchmal liege ich falsch bei den Mordmotiven.“ Sie schluckte schwer. „Würdest du es bevorzugen, wenn ich in Zukunft schweige?“

„*Nein*.“ Er legte die Hand um ihr Kinn. „Ich wäre am Boden zerstört, wenn du das tätest. Ich war nur frustriert, weil mir selbst keine guten Ideen einfallen wollten und habe das an dir ausgelassen. Bitte vergib mir.“

Seine Frau war sonst deutlich durchsetzungsstärker, wenn sie sich stritten und er genoss ihre Geplänkel. An diesem Abend war er jedoch offensichtlich zu weit gegangen.

„Bist du sicher, dass du nicht mit runter zum Abendessen kommen willst, um die Freuden von

Penelopes Wehklagen und Annas wehmütigen Seufzern mit mir zu teilen?", scherzte er.

Schließlich lächelte sie doch noch, was ihn sehr erleichterte. „Ich würde lieber hier oben bleiben, bis sich meine Kopfschmerzen gelegt haben."

Er küsste ihre Finger. „Dann werde ich dich in Frieden lassen."

Er überlegte kurz. „Sofern du mir wirklich verzeihen kannst."

Sie streichelte seine Wange. „Ja, natürlich."

Mit einem letzten unsicheren Blick über die Schulter verließ er das Zimmer. Er nahm sich vor, sie in Zukunft nicht wieder so aufzuregen. In seiner Vorstellung war seine Ehefrau in der Lage, einfach mit allem fertig zu werden; vielleicht war es jedoch an der Zeit, sich in Erinnerung zu rufen, dass selbst sie ihre Grenzen hatte.

Kapitel 16

„Da ist ein Mr Arden Hall, der Sie dringend sprechen möchte, Sir Robert", sagte Foley aus Richtung der Tür zum Arbeitszimmer. Robert hatte sich hierher zurückgezogen, um den Rest des Abends allein zu verbringen, nachdem er ein Abendessen ohne die Gesellschaft seiner Frau hinter sich gebracht hatte.

„Dann schicken Sie ihn rein."

Robert stand auf und wartete darauf, dass sein unerwarteter Gast ins Arbeitszimmer geführt wurde.

„Sie müssen mir helfen." Arden redete los, sobald Foley die Tür hinter ihm verschlossen hatte.

„Wobei?", fragte Robert und bot dem jungen Mann einen Stuhl an, den er jedoch ablehnte.

„Mit Brandon. Edward glaubt, dass er Mr Tompkins *ermordet* hat."

„Ja, dessen bin ich mir bewusst."

„Wie kann ich das alles dann verhindern?", fragte Arden. „Ich habe mich gestern mit Brandon unterhalten. Er schwört, dass er es nicht gewesen ist."

„Und Sie glauben Ihrem Bruder?"

„Er würde mich nicht anlügen." Arden sah Robert in die Augen. „Wieso *sollte* er auch? Er weiß, dass ich hinter ihm stehen würde, selbst *wenn* er Mr Tompkins ermordet hätte."

„Was hat Brandon Ihnen denn gesagt, dass Sie so sehr von seiner Unschuld überzeugt sind?" Robert setzte sich, nahm einen Schluck Brandy und bot Arden ebenfalls ein Glas an. „Er war im Ankleidezimmer in etwa zu der Zeit, als Mr Tompkins ermordet wurde. Ich habe ihn selbst dort gesehen."

„Und Brandon hat Ihnen doch schon gesagt, dass er dort nur nach etwas suchte."

Da er seinen desaströsen Versuch, die Ideen seiner Frau infrage zu stellen, noch frisch im Gedächtnis hatte, versuchte er es diesmal mit einem diplomatischeren Ansatz.

„Brandon hat mir einen Koffer an den Kopf geworfen und ist davongelaufen. Wenn er tatsächlich nach etwas suchte, hat er es auch gefunden?"

„Nein, weil der alte Mann wirklich gut darin war, Dinge zu verstecken." Arden runzelte die Stirn. „Selbst sein Testament ist nicht auffindbar. Meine Mutter steht ganz neben sich."

„Was genau, wollen Sie von mir, Arden?", fragte Robert langsam.

„Ich möchte, dass Sie mir verraten, wie ich Brandon aus dem Gefängnis kriege!"

„Wird er bereits von einem Juristen vertreten?"

„Ich glaube schon. Edward sagte, er habe alles getan, um Brandon zu helfen." Arden zögerte. „Wenn Sie bereit wären, die Anklage fallen zu lassen ..."

„Moment." Robert hob die Hand. „*Was?*"

„Die Anklage gegen Brandon." Jetzt war es an Arden, ihn skeptisch zu beäugen.

„Ich habe ihn wegen gar nichts angeklagt; das war Edward Benson."

Ardens Kinnlade fiel auf und klappte wieder zu, ohne, dass ein Wort über seine Lippen kam. Mit zu Fäusten geballten Händen wirbelte er herum zur Tür.

„Dieser *Bastard*!"

„Stürmen Sie nicht gleich davon", rief ihm Robert in bester Offiziersmanier hinterher. „Wenn Sie Edward auch nur ein Haar krümmen, kann ich Ihnen garantieren, dass er einen Weg finden wird, Sie gleich in diese Zelle direkt neben Ihren Bruder zu bringen. Setzen Sie sich und reden Sie mit mir."

Arden entspannte widerwillig die Schultern und wandte sich um. Seine Miene war eiskalt. Er setzte sich auf den Stuhl, auf den Robert deutete, und nahm ein Glas Brandy.

„Und jetzt trinken Sie." Robert wartete, bis das Gesicht des Burschen ein wenig mehr Farbe angenommen hatte. „Ich gehe davon aus, dass Sie noch immer meine Hilfe wollen?"

„Wenn Edward für das alles verantwortlich ist, brauche ich gar nichts von Ihnen, vielen Dank, Sir", sagte Arden mit aufgesetzter Förmlichkeit. „Ich hätte wissen müssen, dass sein falsches Mitleid und seine gespielte Sorge nur eine Lüge waren."

„Ich glaube, dass Edward wirklich denkt, dass Ihr Bruder Mr Tompkins in einem Wutanfall ermordet hat." Robert machte eine Denkpause. „Es lässt sich nicht abstreiten, dass Brandon jähzornig ist."

„Das weiß ich, aber er *mochte* Mr Tompkins. Wir beide mochten ihn."

„Aber was, wenn Mr Tompkins ihn bei seiner Suche unterbrochen hätte? Hätte das Ihren Bruder nicht wütend gemacht?"

„Brandon sagte, dass von Mr Tompkins jede Spur fehlte, als er in Sir Williams Gemächer kam. Daher konnte er in aller Ruhe suchen, bis Sie eintrafen und ihn überraschten. Wenn Mr Tompkins *tatsächlich* dort gewesen wäre, glauben Sie nicht, dass er sofort Alarm geschlagen hätte, bei dem Durcheinander, das Brandon angerichtet hatte?"

Robert antwortete nicht, musste sich aber eingestehen, dass Arden durchaus richtig lag.

„Brandon hat also gesagt, er habe Mr Tompkins gar nicht gesehen."

Arden nickte. „Ganz genau. Damit kann er ihn auch nicht umgebracht haben, oder?"

„Wonach genau hat Brandon gesucht?" Robert beschloss kurzerhand, das Gespräch in eine andere Richtung zu lenken. „Sie haben behauptet, es sei nicht das Testament gewesen."

Arden presste die Lippen aufeinander und Robert hob einen Finger.

„Wenn Sie meine Hilfe wollen, dann müssen Sie ehrlich zu mir sein."

„Offenbar war Sir William in den Besitz von rufschädigenden Informationen über unseren Vater gelangt", sagte Arden schließlich widerwillig, während er sich unruhig auf dem Stuhl wand.

„Lady Mirandas erster Ehemann?"

„Unser Vater, ja."

„Und wie haben Sie davon erfahren?"

„Meine Mutter war deswegen aufgebracht. Sie hat uns gesagt, dass jemand Lügen über sie verbreitet habe."

„Gegenüber Sir William?", fragte Robert.

„Ja, und dass er anfing, an ihr zu zweifeln und sogar darüber nachdachte, die Ehe aufzulösen.“

„Das muss für sie und für euch Jungs in der Tat sehr aufwühlend gewesen sein.“ Robert dachte sehr genau darüber nach, wie er seine nächste Frage am besten formulierte. „Hat Sir William ihr die genaue Natur seiner Bedenken verraten?“

„Nur, dass man ihn getäuscht habe und er darüber nicht gerade glücklich war.“ Arden runzelte die Stirn. „Mutter sagte, dass Sir William Informationen über unseren Vater gesammelt habe. Sir William habe erwogen, vor Gericht zu ziehen und die Ehe mit meiner Mutter annullieren zu lassen.“

Robert ließ den Blick einen Moment lang nachdenklich auf Arden ruhen. „Vergeben Sie mir, wenn das ein wenig barsch klingt, aber Ihre Mutter wirkte nicht sehr glücklich in der Ehe. Hätte sie es nicht vielleicht sogar gefreut, wenn die Ehe annulliert worden wäre?“

„Sie glaubte nicht daran, dass es Sir William gelingen würde, die Ehe einfach so aufzulösen, als sei nie etwas gewesen, sondern dass er die Sache durch die Instanzen einklagen müsste. Sie sagte uns, eine Scheidung sei sehr kostspielig und müsse vom Parlament oder dergleichen abgesegnet werden. Und die Schande, eine geschiedene Frau zu sein, würde sie umbringen“, sagte Arden. „Und sie fürchtete, dass sie dann wieder arm wäre.“

„Ah, jetzt verstehe ich ihre Bedenken. Hat sie Sie und Brandon darum gebeten, die Informationen für sie aufzuspüren, bevor Sir William starb?“

„Nein, *natürlich* nicht. Sie würde uns nie um so etwas bitten. Brandon und ich entschieden gemeinsam, dass Edward, Peregrine und Augustus die Dokumente nicht in die Hände bekommen sollten, um sie am Ende noch gegen unsere Mutter einzusetzen und sie von Sir Williams Erbe auszuschließen.“

„Aber wenn es Sir William nicht *gelungen* war, sich von Ihrer Mutter scheiden zu lassen, dürften die Informationen, die er gesammelt hat, nicht länger von Belang sein, oder?“, merkte Robert an.

„Das können Sie nicht wissen.“ Arden lehnte sich vor. „Edward hätte möglicherweise zu dem Schluss kommen können, dass es *doch* einen Nutzen dafür gab.“

Robert nickte. „Es ist davon auszugehen, dass Sir William die Dokumente ebenso wie sein Testament mit sich führte, *falls* er denn tatsächlich über derartige Informationen verfügte.“

„Und das Testament ist nicht auffindbar.“ Arden seufzte. „Ich weiß, Sie werden mir nicht glauben, aber als Brandon in Sir Williams Gemächer eindrang, hoffte er ursprünglich, mit Mr Tompkins reden zu können, um ihn davon zu überzeugen, uns die Informationen über unseren Vater auszuhändigen.“

„Was uns zu der unschönen Vermutung bringt, dass der Jähzorn Ihres Bruders aufgeflammt sein könnte, sollte Mr Tompkins diese Bitte abgelehnt haben. In dem Fall hätte er vielleicht die Kontrolle verloren und ihn in Rage umgebracht.“

„Brandon hat mir *geschworen*, dass er es nicht war“, wiederholte Arden beharrlich.

„Könnte er Sie vielleicht belogen haben, weil er wusste, dass Sie sonst enttäuscht von ihm wären?“

Arden sah Robert in die Augen. „Nein. Wir stehen zueinander. Uns bleibt nichts anderes übrig.“

Robert lehnte sich zurück. „Ich bin mir nicht sicher, was ich tun kann, um Ihnen zu helfen, Arden. Allerdings werde ich mich darum bemühen, dass Brandon im Gefängnisgut behandelt wird und er einen kompetenten Juristen an die Seite gestellt bekommt, sollte der Magistrat die Anklagepunkte als valide betrachten und Brandon vor Gericht müssen.“

„Er wird es da drin nicht lange aushalten“, sagte Arden mit düsterem Unterton in der Stimme. „Er will jetzt schon verzweifelt da raus. Ich habe versucht, ihm zu sagen, dass er geduldig bleiben soll, aber er ist nicht die Art Mensch, die gern Ratschläge annimmt.“

„Das ist mir auch schon aufgefallen“, sagte Robert trocken.

„Ich mache mir Sorgen, dass er dort unten stirbt“, gestand Arden. „Entweder er versucht zu entkommen oder kommt zu dem Schluss, dass es besser für ihn wäre, zu sterben und die Sache so hinter sich zu bringen, anstatt allein dort unten zu versauern.“

„Denken Sie, es würde helfen, wenn ich mich mit ihm unterhielte?“, fragte Robert.

„Vermutlich nicht. Er hat nicht gerade ein gutes Bild von Ihnen, weil Sie ihm Edward auf den Hals gehetzt haben.“

„Mir waren die Hände gebunden, schließlich habe ich einen Toten im Schrank gefunden.“ Robert dachte kurz nach und blickte Arden dann tief in die Augen. „Ihnen ist klar, dass der Umstand, dass Brandon ungefähr zum

Todeszeitpunkt von Mr Tompkins in diesem Zimmer war, einer Jury ausreichen könnte, um ihn für schuldig zu befinden?"

„Das weiß ich". Arden rieb sich die Stirn und sah plötzlich um Jahre gealtert aus.

„Und ist Ihnen klar, dass ich im Falle eines Gerichtsverfahrens vermutlich als Zeuge gegen Ihren Bruder vorgeladen werde?"

„Ich bin kein Trottel, Sir Robert, und ich erwarte nicht, dass Sie vor Gericht für Brandon lügen."

„Das ist gut zu wissen. Allerdings könnte ich natürlich betonen, dass ich Ihren Bruder zu keinem Zeitpunkt *zusammen* mit Mr Tompkins gesehen habe."

„Dann glauben Sie also nicht, dass es Brandon war, der ihn umgebracht hat?"

Robert leerte sein Glas Brandy, bevor er antwortete. „Wenn Brandon Mr Tompkins nicht ermordet hat und wir ausschließen, dass er Selbstmord beging, wer, glauben Sie, ist dann der Mörder?"

Arden war eine ganze Weile lang still, bevor er antwortete. „Ich hätte entweder Edward oder Peregrine im Verdacht."

„Wieso?"

„Edward leitet das Unternehmen nicht besonders gut und braucht mehr Geld. Und Peregrine ..." Arden rümpfte die Nase. „Er macht einfach gern Ärger und stürzt alle um sich herum ins Unglück, genau wie der Alte. Es wäre für ihn nur ein großer Streich, seine Familie auf diese Weise in Aufruhr zu versetzen."

„Allerdings hätte Edward sicherlich ein Interesse daran, dass das Testament auftaucht, und würde nicht

Mr Tompkins umbringen, der als Einziger vielleicht wusste, wo es sich befindet."

„Edward ist der älteste Sohn. Wenn das Testament nicht gefunden wird, kann er davon ausgehen, dass die Gerichte ihm die Kontrolle über alles geben."

„Und damit könnte er sogar recht haben." Robert seufzte und fokussierte dann seine Aufmerksamkeit auf den jungen Mann, den er vor sich hatte. „Versprechen Sie mir, dass Sie nichts tun werden, um Edward zu einer Auseinandersetzung zu provozieren, wenn Sie heute Abend nach Hause kommen."

„Ich würde ihm am liebsten mit der Faust ins Gesicht schlagen, aber das werde ich nicht. Ich will nicht ebenfalls im Kerker landen", sagte Arden. „Aber ich *werde* ihn im Auge behalten und dafür sorgen, dass er nichts tun wird, um Brandons Erfolgsaussichten zu schmälern."

„Das ist ein ausgezeichneter Plan." Robert stand auf und stellte sein Brandy-Glas zurück auf das Tablett. „Und jetzt sollten Sie nach Hause gehen, sonst wird Ihre Mutter sich noch fragen, was nun noch mit Ihrem *anderen* Sohn passiert ist. "Er ging zur Tür und hielt sie seinem Gast auf. „Hat Sie schon bemerkt, dass Brandon nicht zu Hause ist?"

„Dr. Mantel und ich haben uns darauf verständigt, ihr die Wahrheit zu verschweigen. Sie glaubt, er wäre mit Freunden an der Rennbahn." Ardens Miene verfinsterte sich. „Es gefällt mir nicht, sie anzulügen, aber ich denke, so ist es das Beste."

„Dem muss ich zustimmen. Das ist sehr klug von Ihnen." Robert ließ Arden auf den Flur passieren und schloss dann die Tür hinter ihnen. „Gute Nacht, Arden.

Ich verspreche, dass ich für mich behalten werde, was
Sie mir anvertraut haben.“

Arden nickte und ging mit gesenktem Kopf auf die
Vordertür zu. Robert sah ihm einen Moment lang
hinterher. Dann ging er nach oben in sein
Schlafgemach, wo Lucy gerade saß und ein Buch las.

„Ah, gut, du bist noch wach.“ Robert nahm sich einen
Stuhl und stellte ihn ans Bett. „Ich habe mich gerade
mit Arden Hall unterhalten.“

„Worum ging es?“ Lucy nahm ihre Brille ab und legte
sie auf dem Nachttischchen ab. Sie sah zwar müde aus,
aber nicht mehr so aufgewühlt wie vorhin, was ihn
sehr erleichterte.

„Darum, was Brandon in Sir Williams Schlafzimmer
gesucht hat.“

„Er hat es dir *verraten*?“

„Er kam zu mir in der Annahme, dass ich es war, der
Anklage gegen seinen Bruder erhoben hat. Die
Annahme hat er von Edward Benson, der es offenbar
nicht für nötig hielt, seinen Bruder darin zu
korrigieren.“

„Gute Güte.“

„Arden sagte, dass Sir William im Besitz von
Dokumenten und Informationen gewesen sei, die mit
ihrem Vater zu tun hätten. Außerdem soll Sir William
deswegen eine Scheidung von Lady Miranda in
Betracht gezogen haben. Arden sagte mir, dass
Brandon versuchte, die Dokumente zu finden, bevor
Edward sie in die Hände kriegen und gegen seine
Mutter einsetzen konnte.“

„Ich würde sagen, diese Erklärung ergibt Sinn", sagte Lucy nachdenklich. „Hat er gesagt, *warum* Sir William sich für dieses Vorgehen entschied?"

„Nein, wieso?"

„Eine Scheidung ist wirklich *ausgesprochen* schwer umzusetzen und teuer. Es drängt sich die Frage auf, welche Beweise Sir William vorlagen, um diese Mühe zu rechtfertigen."

„Ich verstehe, was du meinst. Sir William war niemand, der sein Geld einfach so verschwendete." Robert runzelte die Stirn. „Mir ist nicht der Gedanke gekommen, zu fragen, ob er wusste, was genau in den Dokumenten stand. Das hätte ich tun sollen. Ich habe mich mehr dafür interessiert, warum er und Brandon so erpicht darauf waren, die Informationen selbst nach Sir Williams Tod unter Verschluss zu halten."

„Und was hat Arden dazu gesagt?"

„Er war überzeugt, dass Edward die Informationen nutzen würde, um Lady Miranda vom Erbe auszuschließen."

Lucy legte ihr Buch beiseite. „Aber wenn es dabei nur um Beweise ging, die es Sir William ermöglichten, eine Scheidung zu erwirken, wie könnte das dann jetzt noch Edward nutzen?"

„Arden sagte, dass es mit seinem Vater zu tun habe."

„Also Mirandas erstem Ehemann? Der, der unter mysteriösen Umständen ums Leben kam?"

„Ja, und ich sehe, worauf du hinauswillst. Wenn die Dokumente für Arden und Brandon keine Bedrohung darstellten, wären sie nicht daran interessiert."

„Davon ist auszugehen; besonders, wenn man bedenkt, dass sie möglicherweise sogar gewillt waren, dafür zu töten." Lucy überlegte einen Moment. „Ich frage mich, was Mr Hall getan hat? Vielleicht war er ein verurteilter Verbrecher oder ist im Gefängnis verstorben."

„Das könnte zumindest ein Grund sein, warum Arden mir gegenüber nicht ganz so offen war, was den Inhalt der Dokumente angeht, wie ich anfangs dachte." Robert fuhr sich mit der Hand durchs Haar. „Mir war klar, dass er mir nicht die ganze Geschichte erzählte, aber ich wollte so sehr *irgendetwas* aus ihm herauskriegen, dass ich zögerte, zu viel nachzuhaken."

„Wissen wir *überhaupt* etwas über Mirandas ersten Ehemann?"

„Wir nicht, aber möglicherweise weiß Peregrine mehr."

„Dann sollten wir ihn vielleicht dazu befragen." Lucy nickte. „Ich werde morgen mit ihm sprechen. Mir antwortet er vermutlich eher als dir."

Robert lehnte sich zurück. „Die Sache ist die ... ich glaube inzwischen nicht mehr, dass Brandon Mr Tompkins ermordet hat."

Lucy sah ihn ohne sichtbare Gefühlsregung an und schwieg.

„Es hängt alles irgendwie zusammen, nicht wahr?" Robert stöhnte. „Das Testament, die Informationen über den verstorbenen Mr Hall und die beiden Todesfälle."

„Das Testament wurde vielleicht längst gestohlen und vernichtet", erinnerte ihn Lucy.

„Außerdem haben wir auch noch einen jungen Burschen, der im Gefängnis auf eine Mordanklage wartet." Robert streckte die Hand aus und nahm die seiner Frau. „Wir müssen etwas unternehmen, Lucy. Es steht zu viel auf dem Spiel, als dass wir uns erlauben könnten, jetzt zu versagen.“

Kapitel 17

„Was für eine angenehme Überraschung, Lady Kurland." Peregrine verbeugte sich und bot Lucy einen Platz im Salon in der Nähe des Feuers an. „Sind Sie hier, um Lady Benson zu sehen? Wie ich höre, ist sie unterwegs, um ihre neuen schwarzen Gewänder von ihrer Schneiderin abzuholen und sich dabei zweifelsohne endlos darüber zu beschweren, dass die Farbe ihr nicht steht."

„Ich bin nicht wegen Lady Benson hier. Ich wollte mit Ihnen sprechen."

Peregrine setzte sich auf den Platz gegenüber und sah sie mit amüsierter Miene an. „Wie kann ich Ihnen also helfen?"

Lucy hielt die Hände im Schoß gefaltet. „Wie Sie selbst vorschlugen, würde ich Ihnen im Geiste der Zusammenarbeit bei der Aufklärung der kürzlichen Todesfälle in Ihrer Familie gerne ein paar Fragen stellen."

„Bitte fahren Sie fort." Er unterstrich seine Worte mit einer beiläufigen Geste. „Ich freue mich immer, einer Lady zu Diensten sein zu können."

„Es geht um Ihre Beziehung mit Lady Benson." Lucy hatte den Beschluss gefasst, dass sie mit einem ehrlichen Ansatz nichts zu verlieren hatte. „Ich bin ein wenig verwirrt, wie sie Ihren Vater kennengelernt hat."

Sein Blick wirkte müde. „Ah, das."

„Sie hatten ursprünglich angedeutet, dass Lady Benson Ihren Vater traf, indem sie sich auf eine gemeinsame Bekanntschaft mit einem seiner alten Freunde berief. Später sagten Sie dann, Sie hätten Ihren Vater mit zu einem Theaterstück genommen und ihm Lady Benson dort vorgestellt."

„*Habe* ich das?" Er seufzte. „Mein Gedächtnis ist nicht das Beste."

„Was davon stimmt denn nun?", hakte Lucy nach.

„Beides ist korrekt. Ich habe meinen Vater mit ins Theater genommen, Miranda war an jenem Tag zufällig Teil des Ensembles und behauptete, einen Freund meines Vaters zu kennen."

„Als Sie sie ihm vorstellten?"

„Ich denke, ich könnte dafür verantwortlich gewesen sein." Er zuckte mit den Schultern. „Spielt es denn eine Rolle? Um ehrlich zu sein, Lady Kurland, sehe ich nicht, was das mit dem Mord an meinem Vater zu tun haben könnte. Es sei denn, Sie versuchen, meine Stiefmutter zu belasten, was ich nur zu gern unterstütze."

„Glauben Sie wirklich, dass sie ihn ermordet hat?"

Er verzog das Gesicht. „Ich wünschte, es wäre so, aber sie war an diesem schicksalsträchtigen Morgen nicht in den Bädern."

„Woher wollen Sie das wissen?", fragte Lucy.

„Weil *ich* dort war." Er zog die Augenbrauen hoch. „Wussten Sie das denn nicht?"

Nun war es Lucy, die ihn verdutzt anstarrte. „Ich hatte gehört, dass ein weiterer Mann mit Ihrem Vater und Dr. Mantel in den Bädern war. Und das waren Sie?"

„Ja, mein Vater hatte sich in einer bestimmten Angelegenheit sehr stur gestellt. Wir hatten schon beim Frühstück deswegen gestritten und die Auseinandersetzung fortgesetzt, bis er sich in den Bädern umzog. Dann hatte ich genug, bin wutentbrannt gegangen und habe ihn Dr. Mantels Behandlung überlassen." Er zog eine Augenbraue hoch. „Gibt es sonst noch etwas?"

„Und worüber genau haben sie sich gestritten?"

„Miranda natürlich. Mein Vater hatte irgendein Anliegen mit ihr, dessen Natur er mir aber nicht offenbaren wollte."

„Sie haben sich also nicht darüber gestritten, dass jemand versuchte, Sie zu erpressen?"

Sein Lächeln wurde breiter. „Sieh an, sieh an! Sie haben ein Talent dafür, das Schlechteste jedes Menschen ans Tageslicht zu bringen, nicht wahr, Lady Kurland? Und das, obwohl Sie so verdammt aufrecht und respektabel auftreten."

Lucy schwieg und bedachte ihn stattdessen mit einem aufmerksamen Lächeln.

„Alle Wege führen zu Miranda, nicht wahr?" Peregrine seufzte. „Sie mochte nicht, wie ich ihre Söhne behandelte und erfand daher das Hirngespinst, dass ich Männer bevorzuge, um mich bei meinem Vater in Verruf zu bringen. Sie hat einen ihrer Freunde aus dem Theater davon überzeugt, meinem Vater ein Erpresserschreiben zu schicken. Das war alles pure

Boshaftigkeit. Ich glaube, auch mein Vater fing an, das einzusehen."

„Glauben Sie, er war Lady Benson leid?", fragte Lucy.

„Wer wäre das nicht? Sie ist ein geistloser und unangenehmer Blutegel." Er zuckte mit den Schultern. „Es gab da mit Sicherheit etwas in dieser Hinsicht, das ihn beschäftigte. Er liebte seine Geheimnisse und war über irgendetwas sehr erzürnt. Unglücklicherweise starb er, bevor es mir möglich war, ihm die ganze Geschichte zu entlocken."

„Das ist wirklich sehr schade", pflichtete Lucy ihm bei. „Können Sie mir irgendetwas über Mr Hall erzählen?"

Peregrine blinzelte ob des plötzlichen Themenwechsels. „Dennis Hall? Der Vater der beiden Jungs?" Sein unangenehmes Lächeln kehrte zurück. „Meine Güte, Lady Kurland, Sie wollen ja wirklich Miranda an den Kragen!"

„Manchmal kann man ein Problem in der Gegenwart lösen, indem man ein besseres Verständnis für die Vorkommnisse der Vergangenheit gewinnt", erwiderte Lucy. „War er ein Schauspieler?"

„Das nehme ich an. Ich kann nicht behaupten, dem Mann jemals begegnet zu sein. Soweit ich weiß, starb er im Gefängnis, als die Jungs noch sehr klein waren, und ließ seine Frau somit mittellos zurück. Miranda blieb bei der gleichen Truppe reisender Schauspieler und hat ihre Jungs in diesem Umfeld großgezogen, bis sie meinen Vater verführte."

„Das klingt, als hätten Sie Miranda recht gut gekannt, bevor sie Ihren Vater traf", bemerkte Lucy.

„Ich verdinge mich unter anderem als Theaterschreiber. Mirandas Truppe war die erste, die ein Stück von mir aufführte. Ich musste dafür sehr eng mit ihnen zusammenarbeiten, um sicherzustellen, dass sie mein geschriebenes Wort so auf die Bühne brachten, wie ich es erdacht hatte.“

„Und bei dieser Gelegenheit hat Ihnen Miranda von ihrem ersten Ehemann erzählt?“

„Miranda erzählte mir gar nichts, Lady Kurland. Zuerst traf ich die Jungs und erfuhr ihre Geschichte von den anderen Schauspielern, die Miranda dabei geholfen hatten, sie großzuziehen.“

„Und doch scheinen Sie heute weder für die Jungs noch für Miranda besonders viel übrig zu haben.“

„Weil sie mich mit voller Absicht benutzte, um meinen Vater für sich zu gewinnen“, sagte Peregrine. „Ich *hasse* es, von Leuten benutzt zu werden.“

„Ich vermute, dass das niemand gern mag.“ Lucy überlegte kurz. „Haben Sie je herausgefunden, was genau mit Mr Hall passiert ist?“

„Dazu müssten Sie Miranda befragen und ich bezweifle, dass sie Ihnen eine Antwort gäbe. Bei dem Thema ist sie viel zu empfindlich.“

„Können sich die Jungs denn an ihn erinnern?“

„Das bezweifle ich, denn Brandon war noch ein Säugling und Arden nicht viel älter.“ Peregrine wandte sich dem Fenster zu. „Ich höre eine Kutsche. Miranda ist zurückgekehrt. Wenn Sie nicht wünschen, mit ihr zu sprechen, würde ich vorschlagen, dass Sie jetzt gehen.“

„Ich habe kein Problem damit, mich mit ihr zu unterhalten“, erwiderte Lucy. „Genau genommen verdient sie vermutlich zumindest ein wenig Mitleid. Ihr Ehemann ist tot, ihre Stiefsöhne scheinen sich gegen sie verschworen zu haben und einer ihrer Söhne wird vermutlich des Mordes angeklagt.“

„Ich verabscheue sie, aber ich glaube nicht, dass Edward und Augustus dieses Gefühl teilen. Sie sorgen sich viel zu sehr um den guten Namen der Familie. Auch wenn sie Miranda vielleicht gern loswerden würden, haben sie nicht den Mumm, es tatsächlich umzusetzen.“ Peregrine läutete die Glocke und bestellte frischen Tee.

„Wenn man bedenkt, dass Augustus ein Mann der Kirche ist, möchte ich das auch hoffen“, sagte Lucy. „Und Edward ist der Erstgeborene und sollte damit die Witwe seines Vaters beschützen und dessen letzte Wünsche ehren.“

„Was er auch tun wird, sofern er denn das Testament je findet. Er und Miranda haben sich darauf geeinigt, die Sache vor Gericht zu bringen, wenn es nicht auftaucht.“ Peregrine wandte sich zur Tür. „Guten Morgen, Dr. Mantel. Wie geht es Ihrer Patientin?“

Dr. Mantel sah erschöpft aus und Lucy empfand kurz Mitleid mit ihm, der sich jeden einzelnen Tag mit Lady Miranda herumschlagen musste.

„Lady Benson ist noch sehr emotional, aber ihr Zustand verbessert sich rapide. Sie hat zwei volle Stunden bei der Schneiderin ausgehalten, ohne einen Schwindelanfall zu erleiden.“ Dr. Mantel verbeugte sich vor Lucy. „Guten Morgen, Lady Kurland.“

„Guten Morgen, Dr. Mantel. Ich bin so froh, zu hören, dass es Lady Benson besser geht.“

„Sie würde sich noch viel besser fühlen, wenn das Testament auftauchte, nicht wahr?", warf Peregrine ein. „Aber so geht es uns ja allen."

Dr. Mantel ignorierte Peregrine und schenkte stattdessen Lucy seine Aufmerksamkeit. „Ich werde sie Ende der Woche nach Yorkshire begleiten. Ich denke, dass das mehr als angebracht wäre."

„Zahlt *sie* jetzt etwa Ihr Gehalt oder tun Sie das aus reiner Herzensgüte?", fragte Peregrine.

Dr. Mantel wandte sich Peregrine zu. „Ich könnte Lady Benson wohl kaum in einer Notlage einfach so verlassen, Mr Benson."

„Also arbeiten Sie umsonst?" Peregrine lachte. „Viel Glück damit, falls Sie erwarten, jemals Ihr Gehalt zubekommen. Edward ist genauso knausrig wie mein Vater. Wenn das Testament nicht auftaucht, kontrolliert er den Geldhahn und das sollte meine Stiefmutter besser nicht vergessen."

Lady Benson trat ein und funkelte Peregrine an.

„Wieso bist du noch nicht wieder nach London zurückgekehrt?"

Er hielt es nicht für nötig, sich zu erheben, und musterte sie nur von seinem Platz auf dem Sofa aus. „Wieso sollte ich gehen, wenn ich mich doch hier so herrlich amüsiere?"

„Dein Vater ist *gestorben*! Was daran ist amüsant?", fragte Lady Benson mit bebender Stimme.

„Der Umstand, dass er dich und meine Brüder vor ein kleines Dilemma gestellt hat."

„Womit habe ich deinen ständigen Spott verdient?" Lady Benson ließ sich auf dem Sofa nieder. „Immer wieder beleidigst du mich grundlos." Sie zog ihr schwarzes Spitzentaschentuch hervor und tupfte sich damit die Wangen ab.

„Guter Gott, nach all den Jahren auf der Bühne bist du noch immer eine furchtbare Schauspielerin“, sagte Peregrine genüsslich. „Aber du hast dich ja eigentlich nie auf dein Talent in diesem Bereich verlassen, schließlich lagen dir andere Dinge viel mehr.“

Lady Benson schluckte schwer und eine Träne rann ihre Wange hinunter. „Du bist ein *furchtbarer* Mann.“

„Dem kann ich nicht widersprechen“, stimmte Peregrine ihr zu. „Widmest du dich wieder der Schauspielerei, wenn Edward das ganze Geld für sich behält, um das Unternehmen zu retten? Falls ja, solltest du vielleicht Unterricht nehmen.“

Lady Benson setzte sich auf. „Edward hat mir gerade erst versichert, dass er alles in seiner Macht Stehende tun wird, damit ich meine Witwenrente erhalte.“

„Hat er das?“ Peregrine setzte eine nachdenkliche Miene auf. „Ich frage mich, wieso er das getan hat.“

„Weil er ein besserer Mann ist, als du es je sein wirst“, rief Lady Benson mit Nachdruck aus. „Und er hat vor, die Wünsche seines Vaters zu ehren!“

Peregrine blickte erst zu Lucy, dann zurück zu Miranda. „Mein Vater sagte mir, dass er gewisse … rufschädigende Informationen über deinen ersten Ehemann hatte. Ich frage mich, wie lang du wohl noch Lady Benson *gewesen* wärst, wenn das, was er in Erfahrung gebracht hatte, stimmt.“

Lucy beobachtete Lady Benson sehr genau. Sie wirkte ausgesprochen erschreckt über Peregrines provokante Aussage. „Ich habe absolut *keine* Ahnung, wovon du sprichst, Peregrine.“ Sie stand auf und sah ihn finster an. „Wenn Sir William solche *Gerüchte* zu Ohren gekommen wären, wissen wir alle, von wem sie stammten.“

Er lehnte sich zurück und sah sie herausfordernd an. „Dann wären wir ja quitt, nicht wahr?“

Sie wirbelte herum und stürmte aus dem Zimmer. Von ihrer üblichen Schwäche fehlte jede Spur. Dr. Mantel und ihr Dienstmädchen eilten ihr hinterher.

Lucy sah Peregrine mit hochgezogenen Augenbrauen an. Er grinste breit. „Wieso um alles in der Welt haben Sie das getan?“

„Was denn?“

„Wieso haben Sie Lady Benson von Sir Williams Verdacht bezüglich ihres ersten Ehemanns erzählt?“

„Wieso sollte ich ihr nicht sagen, was sie vermutlich ohnehin schon wusste?“ Er zuckte mit den Schultern. „Sie ist nicht dumm. Sie musste bemerkt haben, dass jegliche Liebe meines Vaters für sie schon längst verschwunden war.“ Seine Augen verengten sich. „Wieso stört *Sie* das so?“

Da Peregrine nicht wusste, dass Mirandas Söhne bereits nach den Informationen über ihren Vater suchten, dachte Lucy genau über ihre Antwort nach.

„Nicht Sir William hat Ihnen von den belastenden Informationen über Mr Hall erzählt. Das war *ich*.“

„Und ich habe darüber nachgedacht und es damit in Verbindung gebracht, dass mein Vater wütend auf Miranda zu sein schien.“ Er lächelte. „Der Umstand, dass sie meine Aussage so schlecht aufnahm, beweist, dass wir auf der richtigen Spur sind.“

„Nicht *wir*, Mr Benson. Ihre Methoden sind hochgradig unkorrekt und man könnte sie sogar dreist nennen.“

„Sagt die Dame, die heimlich all meine Geheimnisse herausgefunden hat“, erwiderte Peregrine. „Sie sind kaum in einer Position, in der Sie mir Vorträge halten könnten, Lady Kurland.“

Lucy stand auf und machte einen Knicks. „Ich muss mich auf den Weg machen.“

Peregrine erhob sich ebenfalls, kam zu ihr herüber und küsste ihre Finger. „Es ist immer wieder eine Freude, meine liebe Lady Kurland. Kommen Sie doch bitte bald wieder.“

Lucy vermutete, dass ihn ihr erboster Blick nur noch mehr amüsierte, aber sie konnte nichts dagegen unternehmen.

„Richten Sie bitte Sir Robert meine Grüße aus.“

„Nur zu gerne.“ Lucy verließ das Zimmer in dem Wissen, besiegt worden zu sein. Allerdings wollte sie Peregrine nicht die Befriedigung geben, es ihr anzusehen. Sie fragte sich langsam, ob Peregrine irgendwann versehentlich mit der Wahrheit herausplatzen würde, dass er es war, der seinen Vater ermordet hatte …

***

Lucy versteckte ein Gähnen diskret hinter ihrem Fächer, während die Opernsängerin auf der Bühne der *Upper Assembly Rooms* ihre recht langwierige und deprimierende Arie fortsetzte. Neben Lucy wand sich Robert unruhig auf seinem Sitz umher. Entweder bereitete ihm sein Bein Schmerzen oder er langweilte sich ebenso sehr wie sie.

Nachdem die Sängerin endlich zum Ende kam und man sie mit stürmischem Applaus feierte, wurden die anwesenden Gäste während der folgenden Pause zu einer leichten Mahlzeit eingeladen. Robert stand auf, bot Lucy seinen Arm an und zusammen schlenderten sie aus dem Ballsaal mit seinen blau bemalten Wänden und den fünf Kristallkronleuchtern hinüber in das gemütlichere aber auch vollere achteckige Zimmer. Die vier Kamine lieferten viel zu viel Wärme für die dort versammelte Menschenmenge.

Lucy fächerte sich Luft zu und wandte sich dann an Robert. „Es ist viel zu warm hier drin. Sollen wir zu den Kartenspielern gehen oder in die Vorhalle?"

„Sehr gern." Er ging in Richtung des nächsten Ausgangs und entschuldigte sich dabei immer wieder höflich bei anderen Gästen, um durchgelassen zu werden. „Es fühlt sich hier drin fast so an, als würde man eine Rinderherde zusammentreiben."

Lucy gluckste. „Du hast recht. Vielleicht sollten wir dem Beispiel der Fletchers folgen und uns in den Erfrischungsraum begeben. Anna ist ebenfalls mit ihnen dort."

„Als ob ich von ihnen in den letzten paar Monaten nicht schon genug gesehen hätte." Robert tätschelte ihre behandschuhte Hand. „Es ist sehr schön, zur Abwechslung einen Moment mit dir allein zu verbringen und die verdammten Bensons aus dem Kopf zu kriegen."

Lucy drückte seine Finger. „Dann wirst du gleich sehr enttäuscht werden, denn da kommen Peregrine, Edward und Lady Benson zusammen mit Dr. Mantel."

Sie setzte ein Lächeln auf, als sich die Familie näherte. „Guten Abend, Lady Benson. Gefällt Ihnen das Konzert bisher?"

„Es ist ganz passabel", sagte Lady Benson. „Trotz meiner Einwände *bestanden* Dr. Mantel und Edward darauf, dass ich das Haus verlasse und versuche, meine Sorgen zu vergessen."

„Was für eine ausgezeichnete Idee", stimmte Robert zu. „Ich stelle oft fest, dass ein kurzer Spaziergang draußen mit meinen Hunden und ein paar andere Eindrücke meine Gedanken aufklaren lassen."

Lady Benson erschauderte leicht, vermutlich wegen des Gedankens an so viel Anstrengung. Sie wandte ihr schönes Gesicht nach oben zu Robert. „Sie haben auch nicht die gleichen Leiden wie ich, Sir Robert."

„Da haben Sie vermutlich recht." Robert verneigte sich. „Und jetzt muss ich meine Frau aus dieser Menschenmenge herausbringen und dafür sorgen, dass sie noch einen Happen essen kann. Sie entschuldigen uns?"

Er verabschiedete sich mit einem förmlichen Lächeln und führte Lucy in die entgegengesetzte Richtung.

„Peregrine war sehr still, nicht wahr?", sagte Lucy, als sie außer Hörweite waren.

„Vielleicht bereut er, all seine Geheimnisse mit dir geteilt zu haben."

„Das könnte sein", sagte Lucy mit einem Stirnrunzeln. „Lady Benson und Edward scheinen sich sehr gut zu verstehen, meinst du nicht auch?"

„Das ist mir nicht aufgefallen. Ich war zu sehr damit beschäftigt, zu hoffen, dass die Witwe nicht erneut einen Ohnmachtsanfall simuliert und erwartet, dass ich sie auffange." Er erschauderte. „Ich kann schwache Frauen wie sie nicht ausstehen."

„Du würdest mich also nicht auffangen, wenn ich in Ohnmacht fiele?", fragte Lucy.

Er blieb im Durchgang zum Nebenzimmer stehen und schenkte ihr ein Lächeln, das seine blauen Augen leuchten ließ. „*Du* bist keine schwache Frau. Und wenn ich mich recht entsinne, habe ich dich in der Vergangenheit mit Sicherheit schon einmal aufgefangen, als du in Ohnmacht zu fallen drohtest."

Sie berührte das Revers seines Mantels. „Mein ganz eigener Held."

„Wohl kaum, aber ich *würde* dich mit meinem Leben beschützen." Er führte ihre Hand an die Lippen und platzierte darauf einen Kuss. „Sollen wir Anna suchen und sie um ihre Meinung zur Opernsängerin fragen?"

Die zweite Hälfte des Konzerts war deutlich unterhaltsamer als die erste und bereitete Lucy großen Spaß. Selbst Robert wippte zeitweise mit dem Fuß im Takt der Musik und Anna schien sich himmlisch zu amüsieren. Lucy tat die arme Penelope ein wenig leid, da ihr ungeborenes Kind jedes Mal anfing zu treten, wenn sie es sich gerade gemütlich gemacht hatte.

Lucy bemerkte es nur, weil Penelope ihr Unbehagen sehr deutlich mit allen in ihrem Umfeld teilte. Der arme Dr. Fletcher sah am Ende des Konzerts recht erschöpft aus und schien erpicht darauf, möglichst schnell aufzubrechen. Da Robert eine Kutsche bestellt hatte, um sie die steile Anhöhe der *Gay Street* hinunter zum

Queen's Square zu bringen, fürchtete sie, dass Dr. Fletchers Wunsch der Situation zu entkommen noch deutlich länger unerfüllt bleiben würde.

Obwohl sie abwarteten, bis ein Großteil des Publikums den großen Ballsaal verlassen hatte, bis sie sich auf den Weg machten, hielt sich in der Empfangshalle noch immer eine große Menschenmenge auf. Draußen hatte es angefangen zu regnen, sodass viele der Gäste drinnen blieben und lautstark darüber spekulierten, ob der Regenschauer andauern würde oder man riskieren sollte, sich auf den Heimweg zu machen.

„Guten Abend, Miss Harrington." Lucy wandte sich um und erblickte Captain Akers, der sich Anna näherte. „Lady Kurland, Sir Robert."

„Captain Akers." Anna machte einen Knicks und errötete deutlich. „Wie geht es Ihnen? Ich habe Sie seit einigen Tagen nicht gesehen."

Er bedachte sie mit einem höflichen Lächeln, dem aber die vorher so deutlich erkennbare Wärme fehlte. „Ich muss um Verzeihung bitten, Miss Harrington. Ich war in London." Er blickte auf und überblickte die Menschenmenge. „Und nun muss ich mich auch schon wieder entschuldigen, da ich gerade auf der Suche nach meiner Schwester und der Familie ihres Verlobten bin. Ich sah, dass es regnete und holte die Kutsche, um sie nach Hause zu bringen."

„Wie ... freundlich und rücksichtsvoll von Ihnen", sagte Anna. Ihr Blick verweilte auf dem Gesicht des Captains. „Aber so sind Sie."

Er blickte kurz zu ihr hinunter und wandte dann abrupt die Augen ab, als ob der Anblick ihrer wunderschönen Züge für ihn nicht zu ertragen war.

„Auf Wiedersehen, Miss Harrington."

Und damit verschwand er in der Menschenmenge. Lucy streckte die Hand aus und berührte Annas Arm.

„Geht es dir gut?"

„Wieso sollte es das nicht?" Anna setzte ein recht unstetes Lächeln auf. „Sollen wir versuchen, uns zur Garderobe durchzuschlagen?"

„Darum kümmert sich bereits Dr. Fletcher", sagte Robert und deutete zur Wand in der Nähe des Eingangs. „Mrs Fletcher sitzt dort drüben, ich schlage vor, dass wir uns zu ihr gesellen."

Nachdem sie fast eine halbe Stunde auf die Kutsche gewartet hatten, steckte Robert seine Taschenuhr ein und musterte seine Gesellschaft. Penelope beschwerte sich gerade über etwas und Anna sah noch immer mitgenommen von der Begegnung mit ihrem Verehrer aus, während Lucy versuchte, den Rest der Gruppe aufzuheitern. Robert ging zur Eingangstür und blickte gen Himmel. Es hatte aufgehört zu regnen und es stand nicht viel Wasser auf den gepflasterten Straßen. Er wusste aus Erfahrung, dass es zu Fuß nur etwa fünfzehn Minuten bergab bis zu ihrem Haus waren.

Er wandte sich Lucy zu und murmelte: „Ich denke, wir sollten die Kutsche vergessen und zu Fuß gehen."

„Nur zu gern." Sie schloss die Spange ihres Schultertuchs mit so viel Elan, dass sie sofort Aufbruchsstimmung verbreitete. „Regnet es noch?"

„Nein." Robert zog Patricks Blick auf sich. „Wir haben uns dazu entschieden, die Kutsche zu vergessen und zu

Fuß zurückzugehen. Möchten Sie uns begleiten oder wäre das zu viel für Mrs Fletcher?"

Penelope stand auf. „Ich bin durchaus in der Lage zu laufen. Um ehrlich zu sein, fühle ich mich ganz rastlos und würde gerne so schnell wie möglich aufbrechen.

Dr. Fletcher zuckte mit den Schultern. „Wie du wünschst, meine Liebe. Allerdings könnte ich dir auch eine Sänfte bestellen, wenn dir das lieber wäre."

„Willst du mich in den Händen von irgendwelchen fremden Muskelprotzen lassen, die meine Umstände gnadenlos ausnutzen würden?", fragte Penelope.

„Ich würde natürlich an deiner Seite mitlaufen", versuchte Dr. Fletcher sie zu beschwichtigen. Doch seine Frau sah wenig überzeugt aus.

Auch Anna stand jetzt auf. „Ich bin auch bereit zu laufen."

„Dann lasst uns sofort aufbrechen." Robert sprach noch kurz mit einem der Angestellten an der Eingangstür und wies ihn an, dass dieser den Kutscher tadeln und davonschicken solle, falls doch noch ein Gefährt für Sir Robert Kurland auftauchen sollte.

Er bot Anna und Lucy je einen Arm an und führte sie dann an dem architektonisch beeindruckenden *Circus* vorbei die *Gay Street* hinunter, der sie fast ganz bis zum Queen'*s Square* folgen konnten.

Die Straßen waren recht gut erleuchtet und sie begegneten einigen Patrouillen der Stadtwache. Er hatte daher keine Sorge, die Damen sicher nach Hause bringen zu können. Als sie etwa die Hälfte der *Gay Street* hinter sich hatten, stieß Lucy ihm in die Rippen.

„Oje. Da sind schon wieder die Bensons."

Robert ging sofort langsamer und sah ein Stück weiter die Straße hinunter, wo sich einige Menschen versammelt hatten. „Es sieht so aus, als würden Edward und Lady Benson gerade zwei Sänften nehmen." Er schnaubte. „Die sind doch schon fast zu Hause!"

Er wartete, bis Dr. Fletcher und seine Frau zu ihm aufgeschlossen hatten, bevor er weiterging. Nachdem Lady Benson sicher fort war, bewegten sich die beiden verbliebenen Männer deutlich schneller weiter. Sie schienen keinerlei Aufmerksamkeit für ihre Umgebung zu haben und bemerkten damit auch nicht, dass Robert und seine Begleiter ihnen den gesamten Weg nach Hause folgen würden.

Als sie das untere Ende der Anhöhe erreicht hatten, kamen sie an eine Kreuzung, an der sie kurz warten mussten, um einige mit Fässern beladene Wagen passieren zu lassen. Anna ließ sich zurückfallen und schloss sich den Fletchers an. Als Robert einen Weg durch die Pfützen und den Schlamm der kreuzenden Straße gefunden hatte, fehlte von Peregrine und Dr. Mantel jede Spur.

„Wir sind fast zu Hause", murmelte er Lucy zu. „Allerdings kann ich es kaum erwarten, in unser richtiges Zuhause in Kurland St. Mary zurückzukehren. Wie viele Wochen bleiben wir noch gleich hier?"

„Weniger als vier", sagte Lucy und lächelte ihn an. „Und wenn du es hier wirklich so wenig magst, können wir auch jederzeit früher abreisen, sofern du gewillt bist, den Rest des Mietvertrags ungenutzt zu zahlen."

„Ich werde darüber nachdenken." Robert senkte die Stimme, sodass nur Lucy ihn hören konnte. „Ich würde vor unserer Abreise jedoch gern noch die Sache mit den Bensons aufklären."

„Ich auch. Es wäre sehr schade, jetzt schon abzureisen, wo wir so nahe dran sind, die Morde aufzuklären."

„Wir sind nahe dran?" Er blickte zu ihr hinunter. „Ich habe das Gefühl, dass wir weiter von der Wahrheit entfernt liegen, als an dem Tag, an dem Sir William starb."

„Ich glaube, Brandon hat niemanden ermordet", sagte Lucy. „Ich denke, es war die ganze Zeit Peregrine. Er war an dem Morgen in den Bädern, er verabscheut Lady Benson und ihre Söhne und ihm ist egal, was mit dem Rest der Familie passiert. Er scheint zu glauben, dass das alles nur ein großer Spaß ist, aber unter seinem amüsierten Äußeren verbirgt er eine tiefere Absicht."

„Warum, glaubst du, hat er dann Mr Tompkins umgebracht?"

„Weil Mr Tompkins wusste, wo Sir William das Testament versteckt hatte. Wenn Peregrine seinen Vater bereits ermordet und das Testament in den Bädern entwendet hatte, war es nicht in seinem Interesse, dass der Leibdiener Mr Carstairs verriet, wo es sich eigentlich hätte befinden sollen. Wie hätte man die Abwesenheit sonst erklärt? Das hätte einen ganz neuen Skandal ausgelöst."

„Du glaubst also, dass Peregrine das Testament hat?"

„Ich denke, er hatte es und hat es auch gelesen." Lucy überlegte kurz. „Hattest du nie das Gefühl, dass er irgendwie zu viel wusste? Dass er sich insgeheim immer über alle lustig machte, während wir im Dunkeln herumtappten?“

„Ja, jetzt wo du es erwähnst, kommt mir dieser Eindruck vertraut vor.“ Robert ging ein paar Schritte, bevor er weitersprach. „Und wenn es Peregrine ist, was sollen wir deiner Meinung nach tun?“

„Ihn damit konfrontieren?“

„Und was erreichen wir damit?“

„Damit bestätigen wir unseren Verdacht.“

„Aber beweisen können wir nichts, oder?“, wandte Robert ein.

„Aber vielleicht gelingt es uns, Edward davon zu überzeugen, die Anklage gegen Brandon fallenzulassen“, merkte Lucy an.

„Das ist ein gutes Argument.“ Robert dachte über das, was sie gesagt hatte, nach, während sie weitergingen. „Wenn Edward versuchen möchte, sich im Anschluss um Peregrine zu kümmern, dann ist das seine Sache. Glaubst du, Peregrine hat das Testament vernichtet?“

„Das würde ich meinen.“ Lucy seufzte. „Ich schätze, für ihn ist es amüsant, dabei zuzusehen, wie Edward all ihr Geld in seine strauchelnden Unternehmen steckt.“

„Ich dachte, du hättest gesagt, dass du Peregrine magst“, rief ihr Robert in Erinnerung.

„Wenn er kein Mörder wäre, fände ich seine maßlose Arroganz tatsächlich ein wenig bewundernswert. Aber er ist ein Mörder und ich habe keine hohe Meinung von ihm“, sagte Lucy.

„Also glaubst du, dass er Lady Benson für sich selbst haben wollte oder dass die Gerüchte, laut denen er Männer bevorzugt, stimmen?“

„Ich bin mir nicht sicher." Lucy seufzte. „Vielleicht können wir ihn das fragen, wenn wir ihn konfrontieren."

Ein Schrei hallte durch die Straßen und Roberts Blick schoss nach vorn. Er versuchte, in der Dunkelheit etwas zu erkennen, und sah etwas, das aussah wie eine körperliche Auseinandersetzung an der Ecke zum *Queen's Square.*

„Bleib hier", rief er Lucy zu und eilte dicht gefolgt von Patrick in Richtung der Prügelei.

Drei Männer hatten Peregrine und Dr. Mantel umzingelt, die sichtlich Mühe hatten, den Angriff abzuwehren. Der Doktor fiel mit einem dumpfen Geräusch auf das Pflaster und Peregrine folgte nur wenig später. Robert erreichte die Männer gerade rechtzeitig, um einen von ihnen vom Doktor herunter zu zerren, was die Angreifer sofort zur Flucht trieb.

Weder Dr. Mantel noch Peregrine schafften es, gleich wieder aufzustehen. Robert und Dr. Fletcher hockten sich neben sie.

„Geh zum Haus, Penelope, und sag ihnen, dass sie Laternen herbringen sollen", sagte Dr. Fletcher in einem Tonfall, der deutlich machte, dass es keine Zeit für die üblichen Allüren seiner Frau gab. *„Beeil dich!"*

Anna nahm Penelope an der Hand und sie eilten zusammen in Richtung des Hauses.

Dr. Mantel setzte sich mit einiger Schwierigkeit auf. Sein Gesicht war zerkratzt und er blutete an der Hand, als hätte er damit ein Messer abgewehrt.

„Was in Gottes Namen ist *passiert?*", fragte er krächzend.

„Man hat Sie angegriffen." Robert reichte dem Mann ein Taschentuch. „Haben sie Ihnen etwas gestohlen?"

Dr. Mantel durchsuchte seine Taschen. „Mein Geld ist weg und meine Uhr auch." Er wickelte Roberts Taschentuch um die verletzte Hand. „Zum Glück nichts, das man nicht ersetzen könnte." Sein Blick fiel auf Peregrine, der noch immer am Boden lag. „Geht es ihm gut?"

Patrick warf Dr. Mantel über die Schulter einen kurzen Blick zu, während er mit geübten Handgriffen Peregrines Körper abtastete. „Er ist bewusstlos. Übernehmen Sie die andere Seite und helfen Sie mir, den Ort der Blutung zu finden."

Dr. Mantel kroch um Peregrines Körper herum und nahm ihn einen Moment in Augenschein, bevor er vorsichtig eine Hand auf ihm ablegte. Er versuchte, sich zu räuspern, schüttelte den Kopf, sprang dann unbeholfen auf und trat einige hastige Schritte zurück.

„Ich weiß nicht, wie ich *das* machen soll. Ich weiß verdammt nochmal *gar nichts!*"

„Sir Robert!"

Robert blickte auf und erkannte Foley, der sich mit zwei Laternen näherte. Zwei der Dienstmädchen und eine Reihe von Bediensteten folgten ihm auf dem Fuße. Während Dr. Mantel davonstolperte, sich die Hand auf den Mund presste und zu würgen begann, übernahm Lucy dessen Platz an Peregrines Seite.

„Was soll ich tun, Dr. Fletcher?"

Patrick blickte kurz zu ihr auf. „Wie es aussieht, ist auf ihn eingestochen worden. Aber in diesem Licht und mit seiner dunklen Kleidung kann ich nicht sehen, wo die Wunde ist. Sie müssen ihn abtasten, um Blutflecken auf der Kleidung zu finden."

Lucy zog sich die Handschuhe aus und machte sich an die Arbeit. Sie hatte dabei keinen Sinn dafür, dass ihr neues Ballkleid bereits mit dem Schlamm und Dreck der Straße besudelt war.

„Hier!" Sie sah zu Patrick auf. „Direkt unter der Schulter tritt das Blut aus."

„Dann drücken Sie so fest Sie können auf die Stelle", befahl ihr Patrick. „Und bewegen Sie sich nicht."

Lucy tat, wie ihr geheißen. Sie spürte, wie die warme Flüssigkeit durch ihr seidenes Kleid drang. Der faulige Geruch der Gosse direkt neben ihnen umhüllte sie. Robert war dem überstürzt flüchtenden Dr. Mantel gefolgt, um dafür zu sorgen, dass dieser in seiner Verwirrung auch zum Haus der Bensons fand.

Anna war zurückgekehrt und zerriss ein Laken, um daraus eine Bandage herstellen zu können, während Dr. Fletcher und einer der Bediensteten versuchten, Peregrines sehr eng anliegenden Mantel und die Weste darunter aufzuschneiden. Sie hielt ihre Hände auf die Wunde gepresst. Ihre Finger wurden mit jeder Sekunde tauber und kälter.

„Gute Arbeit, Lady Kurland. Jetzt sind wir sicher, dass das die einzige Wunde ist, um die wir uns Sorgen machen müssen." Patrick kniete sich direkt neben sie. „Ich kann jetzt für Sie übernehmen."

„Lebt er noch?", fragte Lucy.

„Ja, noch. Aber er hat eine Menge Blut verloren. Halten Sie die Laterne ruhig, Foley." Dr. Fletcher schnitt Peregrines Hemd um die übel aussehende Wunde auf.

„Wenn ich es sage, ziehen Sie so schnell wie möglich Ihre Hände weg und gehen mir aus dem Weg.“

„Ja, Dr. Fletcher.“

Er formte ein Knäuel aus Stoff und legte zwei Lagen Bandagen unter Peregrines Oberkörper.

„Jetzt, Lady Kurland.“

Lucy ließ los und kurz strömte erneut Blut aus dem Schnitt, bevor Patrick den Stoff auf die Wunde drückte und die beiden Bandagen fest darum wickelte.

„Das sollte reichen, bis ich ihn ins Haus bringen und mir die Wunde genauer ansehen kann.“

Robert half Lucy auf die Beine und schlang einen Arm um ihre Schultern. Ihre Knie schmerzten und sie zitterte vor Kälte.

„Bringen Sie ihn bitte in unser Haus, Foley“, sagte Robert.

„Nicht zu den Bensons?“, fragte Patrick.

„Nein, ich würde es bevorzugen, wenn er die Nacht überlebt.“

Foley versammelte die Bediensteten und unter den Anweisungen von Dr. Fletcher hoben sie Peregrine hoch und trugen ihn ins Schlafzimmer neben dem des Doktors. Als schließlich alle wieder im Haus waren, wandte Robert sich an Foley. „Sperren Sie alle Türen ab. Lassen Sie niemanden herein, es sei denn, ich befehle es Ihnen.“

„Nicht einmal die Bensons, Sir?“, fragte Foley.

„Ganz besonders nicht die.“ Robert klopfte Foley auf die Schulter. „Vielen Dank, dass Sie so schnell reagiert haben und bitte richten Sie auch den anderen Angestellten meinen Dank aus.“

„Das werde ich, Sir." Foley verneigte sich. „Ich werde Brandy und Tee auf Ihr Zimmer bringen lassen, sobald wir alles organisiert haben, Sir."

Robert wandte sich Lucy zu, die noch immer in der Eingangshalle stand. Während er sie musterte, begann sie zu schwanken. Ihr Blick war fest auf ihre blutverschmierten Hände gerichtet.

Er fing sie am Ellbogen ab und hielt sie fest.

„Bleib standhaft, meine Liebste. Lass uns dich nach oben bringen."

„Ja …"

Er war erleichtert, dass sie nicht in Ohnmacht gefallen war, denn er vermutete, dass sein Bein es nicht ausgehalten hätte, sie die Treppen hinauf zu tragen. Betty erwartete sie bereits im Schlafzimmer. Sofort kümmerte sie sich um Lucy und brachte sie in den Ankleidebereich. Sie schimpfte unbeirrt über den Zustand ihrer Kleider und ihrer Hände. Robert atmete tief durch, während sich sein Herzschlag langsam beruhigte und zum normalen Rhythmus zurückfand.

„Soll ich Ihnen helfen, sich umzuziehen, Sir?" Silas' Stimme erklang hinter ihm. Robert sah an sich herab auf die verdreckte Kleidung.

„Ja, bitte."

„Sir, Sie haben sich in dem Handgemenge nicht verletzt, oder?", fragte Silas mit besorgter Miene, während er warmes Wasser in eine Schüssel füllte und ein Stück Seife und ein Handtuch bereitlegte.

„Nein, ich habe nur geholfen, so gut ich konnte." Robert schüttelte die Erinnerung und den Geruch von Blut ab und knöpfte seinen Mantel auf. „Was denken

Sie, Silas? Ich fürchte, mein bester Mantel wird nicht mehr zu retten sein, oder?"

Lucy blieb in der Badewanne liegen, bis sich das Wasser abkühlte. Sie hatte fast ein ganzes Stück der Lavendelseife verbraucht, die sie in den Heilbädern gekauft hatte. Verzweifelt hatte sie versucht, das Blut von ihrer Haut zu waschen, aber sie fühlte sich noch immer nicht sauber. Das warme Blut eines Menschen an ihren Fingern zu spüren, war eine Erfahrung, die sie hoffentlich nie wiederholen würde.

Es war ein Wunder, dass Peregrine überhaupt noch lebte ...

Betty half ihr aus der Wanne sowie beim Anlegen ihres Nachthemdes und Morgenmantels.

„Ist Sir Robert noch im Schlafzimmer?", fragte Lucy, während Betty ihr die Haare flocht.

„Er sagte, ich solle Ihnen ausrichten, dass er sich mit Dr. Fletcher unterhalten wolle und zurück sein werde, um das Abendessen mit Ihnen einzunehmen. Foley bringt es gerade aus der Küche." Betty schenkte Lucy ein Lächeln. „Wie fühlen Sie sich, Mylady?"

„Schon viel besser", sagte Lucy und erwiderte das Lächeln. „Das war nicht ganz das Ende für den Abend, das ich mir ausgemalt hatte."

„Ich bin mir nicht sicher, ob sich Ihr Kleid richtig reinigen lassen wird, Mylady." Betty legte es zusammen mit Lucys anderen Kleidungsstücken über den Arm. „Aber ich werde mein Bestes geben."

„Bitte machen Sie sich nicht die Mühe." Lucy erschauderte. „Ich glaube ohnehin nicht, dass ich dieses Kleid jemals wieder tragen könnte."

„Wie Sie wünschen, Mylady." Betty machte einen Knicks und verließ das Zimmer über den Bedienstetenausgang. „Bitte läuten Sie die Glocke, wenn Sie zu Bett gehen möchten."

Lucy setzte sich ans Feuer und bedankte sich bei Foley, als dieser ein abgedecktes Tablett mit dem Abendessen zusammen mit einer Kanne Kakao für sie nach oben brachte. Sie rührte das Essen nicht an, schenkte sich aber vom Kakao ein und starrte ins Feuer, bis sie Robert zurückkommen hörte.

„Nun, Peregrine ist noch nicht tot, aber laut Patrick schwebt er noch immer in Lebensgefahr." Robert blieb neben ihr stehen und platzierte einen Kuss auf ihrem Schopf, bevor er sich ihr gegenüber hinsetzte. Er hatte ein Glas Brandy in der Hand und trug seinen liebsten seidenen Morgenmantel.

Lucy erschauderte. „Angesichts des ganzen Bluts, das er verloren hat, wundert mich das nicht."

„Patrick hat außerdem deine ruhige Reaktion gelobt und auch ein paar passende Worte für Dr. Mantels Reaktion gefunden."

„Er ist wirklich sehr in Panik verfallen, nicht wahr?"

„In der Tat", sagte Robert trocken. „Ich habe sichergestellt, dass er ins Haus der Bensons zurückkehrte, und ihn dann sich selbst überlassen. Ich möchte wetten, dass er sich in seinem Zimmer verkrochen hat, wie der Feigling, der er offensichtlich ist. Ich bezweifle, dass er irgendjemandem erzählt hat, was vorgefallen ist."

„Nicht alle Ärzte sind es gewohnt, blutende Wunden zu sehen, Robert."

„Ich weiß, aber man muss seine berufliche Kompetenz infrage stellen, wenn er es nicht einmal schafft, die direkten Anweisungen eines anderen Arztes zu befolgen.“

Lucy nippte an ihrer heißen Schokolade und genoss das warme Gefühl, dass sich in ihrem Bauch ausbreitete.

„Wirkt es auf dich nicht eigenartig, dass Taschendiebe sich bis zum *Queen’s Square* vorwagen, der nicht nur gut beleuchtet ist, sondern auch von der Stadtwache überwacht wird?“, fragte Robert. „Denn ich finde es merkwürdig.“

Lucy seufzte. „Ich hatte gehofft, du würdest es nicht erwähnen.“

„Die Sache ist die, Lucy“, setzte Robert an, „macht es Peregrine verdächtiger, dass Edward ihn jetzt offenbar loswerden will? Oder heißt es vielmehr, dass Peregrine unschuldig ist und Edward deutlich durchtriebener ist, als wir bisher angenommen haben, und seine Wettbewerber ausschalten will?“

„Ich weiß es nicht“, sagte Lucy. „Braucht Dr. Fletcher jemanden, der sich heute Nacht mit ihm um Peregrine kümmert?“

Lucy schloss ihre Frage mit einem Gähnen. Robert lehnte sich zu ihr herüber und nahm ihr die Tasse aus der Hand.

„Wenn er das braucht, dann wirst du nicht diejenige sein. Und jetzt iss ein paar Crumpets und geh ins Bett.

Kapitel 18

Lucy wurde wach, als eine der Küchenhilfen das Feuer in ihrem Schlafzimmer entfachte. Es war noch immer dunkel, daher hielt sie die Augen geschlossen und wartete, bis der Krach vorbei und das Dienstmädchen wieder gegangen war. Sie drehte sich auf den Rücken, legte schützend eine Hand auf ihren leicht gerundeten Bauch und atmete tief durch. An ihren Fingern fühlte sie eine winzige Bewegung, als hätte sie einen Schmetterling verschluckt, und sie erstarrte sofort.

Nach dem furchtbaren Abschluss des gestrigen Abends hatte sie bereits Sorge, sich vielleicht überanstrengt zu haben, und hatte mit dem Schlimmsten gerechnet. Aber im Bett war keine Spur von Blut und sie fühlte die vertraute Übelkeit der letzten Tage. Sie lächelte in der Dunkelheit. So Gott wollte, hatte sie diesmal vielleicht Glück ...

Da sie nicht wieder einschlafen konnte, sich aber auch nicht zu sehr in ihren Hoffnungen verlieren wollte, lenkte sie ihre Gedanken auf das Problem mit Peregrine und den Morden in der Familie Benson. Was hatten sie übersehen? Wenn Robert recht hatte und Edward sichergehen wollte, dass er die komplette Kontrolle über das Vermögen der Familie erhielt, ergab der Angriff auf Peregrine Sinn. Aber selbst, wenn

Edward Peregrine losgeworden wäre und Augustus seine Schulden bezahlt hätte, um sein Schweigen zu erkaufen, stellte immer noch Lady Benson ein Problem für ihn dar.

Es sei denn ...

„Robert!“ Lucy drehte sich auf die Seite und rüttelte an der Schulter ihres Ehemanns. „Wach auf!“

Er öffnete die Augen und funkelte sie ungehalten an. „Was ist denn?“

„Lady Benson!“

„*Was?*“

Sie hatte vergessen, dass er morgens nie besonders umgänglich war.

„Was, wenn Dennis Hall gar nicht tot ist?“

Robert setzte sich auf und stützte sich auf den Ellbogen, um in ihre Augen blicken zu können. „Ihr erster Ehemann?“

„Ja. Es ist doch so offensichtlich!“, sagte Lucy. „Warum sind wir nicht schon viel früher darauf gekommen? Wenn Sir William herausgefunden hätte, dass Dennis Hall noch lebte, wäre Miranda eine *Bigamistin*, was ihm den nötigen Anlass gegeben hätte, um die Ehe zu annullieren.“

„In der Tat.“

Nun setzte Lucy sich auf. „Wenn es *wirklich* Edward ist, der das gesamte Vermögen der Bensons unter seine Kontrolle bringen will, könnte er mit dieser Information Miranda *und* ihre beiden Söhne loswerden, nicht wahr?“

„Arden machte sich Sorgen, dass Edward die Informationen über seinen Vater gegen ihn einsetzen würde“, sagte Robert. „Ich frage mich, ob es das war, was er mir verschwieg. Dass er wusste, dass seine Mutter eine Bigamistin war und dass er die Dokumente finden und vernichten wollte, um sie zu schützen." Er überlegte kurz, bevor er weitersprach. „Aber wie könnte Edward davon erfahren haben?"

„Wenn Sir William Peregrine gegenüber verkündet hat, dass er genug Beweise hatte, um seine Ehe aufzulösen, glaubst du nicht, dass er es auch Edward gesagt hätte? Oder Peregrine könnte es ihm gesagt haben oder *irgendjemand* anders."

Robert atmete tief durch und lehnte sich gegen das Kopfende des Betts, während Lucy ihn erwartungsvoll musterte.

„Also glaubst du jetzt, dass Edward der Mörder ist, obwohl wir keinerlei Beweise dafür haben, dass er an dem Morgen in den Bädern war", sagte Robert.

„Vielleicht hat er auch jemanden dafür bezahlt", sagte Lucy stur.

„Und was ist mit dem Testament?"

„Was soll damit sein?"

„Hat Edward es aus den Bädern entwendet oder ist es einfach so verschwunden?"

„Darüber ... habe ich noch nicht nachgedacht." Lucy biss sich auf die Lippe. „Aber läge es nicht ohnehin in seinem Interesse, wenn das Testament nie auftaucht? Wenn es verloren ist, wird er vor Gericht gehen und vermutlich die Kontrolle über das Vermögen erhalten. Wenn er es zusammen mit den Dokumenten über Dennis Hall gefunden hätte, kann er das Testament einfach versteckt halten und die anderen Informationen nutzen, um Miranda zu diskreditieren."

„Er *könnte* Mr Tompkins umgebracht haben", sagte Robert langsam. „Wir sind sicher, dass er an dem Morgen im Haus war und er war sehr erpicht darauf, Brandon die Schuld zuzuschieben."

Lucy nickte. Ihre Hände hielt sie fest in ihrem Schoß gefaltet und ihr langer Zopf hing über ihre Schulter.

„Das Problem ist, meine Liebste, dass wir *nichts* davon beweisen können", sagte Robert. „Wir haben keine Zeugen, die Edward an dem Morgen in den Bädern gesehen haben."

„Vielleicht haben wir bisher nur nicht die richtigen Fragen gestellt", sagte Lucy beharrlich. „Ich bin mehr als gewillt, noch einmal hin zu gehen und es erneut zu versuchen."

„Was für ein Durcheinander." Robert seufzte, zog Lucy zu sich heran und legte den Arm um sie. „Und jetzt bin ich hellwach und kann unmöglich wieder einschlafen."

Lucy rieb die Wange an seiner Brust. „Tut mir leid, dass ich dich geweckt habe."

„Das muss es nicht." Er drückte sie fester an sich. „Wenn mir der gleiche Gedanke gekommen wäre, hätte ich dich auch geweckt."

Eine Stunde später saß Robert mit Lucy am Frühstückstisch und aß ein eilig improvisiertes Mahl. Laut Foley hatte es die Köchin vor einige Herausforderungen gestellt, dass die beiden zwei Stunden früher aufgestanden waren als üblich. Er war mehr als zufrieden damit, die Reste des gestrigen Abendessens zu sich zu nehmen. Und da Lucy morgens aß wie ein Spatz, genügte ihr ein Stück Toast.

Patrick erschien im Türrahmen und hielt kurz inne, als er die beiden sah. Er hatte seinen Mantel ausgezogen und die Ärmel seines Hemds bis zum Ellbogen hochgekrempelt. Er war unrasiert und der weiße Leinenstoff seiner Kleidung war mit kleinen braunen Flecken aus getrocknetem Blut besprenkelt.

Robert bedeutete ihm einzutreten und bot ihm einen Stuhl an.

„Sie sehen aus, als wären Sie die ganze Nacht über wach gewesen. Setzen Sie sich und essen Sie etwas, bevor Sie noch vor Erschöpfung umfallen."

„Vielen Dank." Patrick grüßte Lucy mit einem Nicken und ließ sich von ihr eine Tasse Kaffee einschenken. „Mr Benson lebt noch. Die Blutung war recht schnell gestillt. Zum Glück, denn es gibt Männer, die komplett ausbluten, und es gibt nichts, was man dagegen tun könnte." Er schlürfte seinen Kaffee. „Ich habe die Wunde bandagiert und jetzt müssen wir darauf warten, dass er das Bewusstsein wiedererlangt. Es bleibt zu hoffen, dass sich das Fieber, das sich zweifellos einstellen wird, unter Kontrolle behalten lässt."

„Freut mich zu hören." Robert reichte Patrick einen Teller mit Essen. „Essen Sie."

Patrick gehorchte und dankte Lucy zwischen großen Bissen erneut für ihre Hilfe und schimpfte über Dr. Mantels Inkompetenz. Er lobte Betty dafür, dass diese die halbe Nacht an Peregrines Seite verbracht hatte, damit Patrick sich eine Weile ausruhen konnte.

„Darf ich Mr Benson heute Morgen besuchen?", fragte Lucy.

„Natürlich, Mylady." Patrick nickte. „Allerdings werden Sie im Moment kaum etwas Sinnvolles aus ihm herauskriegen."

„Vielen Dank." Sie sah Robert an. „Soll ich den Bensons schreiben und ihnen davon berichten, wo Peregrine ist und wie es um seine Gesundheit steht?"

„Nein, ich denke, ich werde Mr Edward Benson persönlich einen Besuch abstatten", sagte Robert „Ich würde sie alle lieber nicht in meinem Haus wissen."

Patrick legte das Messer hin und wischte sich den Mund mit der Serviette ab. „Ich bin überrascht, dass Mr Benson nicht gestern Abend hier aufgetaucht ist, wenn er gesehen hat, wie der panische Dr. Mantel hereingestürmt kam."

„Möglicherweise hat der werte Doktor niemandem erzählt, was passiert ist", schlug Robert vor. „Es würde sicherlich kein gutes Licht auf ihn werfen."

„Aber die Bensons müssen doch sicher bemerkt haben, dass Peregrine nach den *Assembly Rooms* nicht nach Hause gekommen ist." Patrick sah Robert finster an. „Außer, es geht hier etwas vor sich, von dem ich noch nichts weiß."

„Alles, was ich im Moment sagen kann, ist, dass keiner der Bensons jemals auch nur einen Augenblick allein mit Peregrine gelassen werden kann, sofern sie mich überhaupt davon überzeugen können, ihn besuchen zu dürfen", sagte Robert.

„Verstanden, Major." Patrick stand auf und salutierte vor Robert. „Vielen Dank für das Frühstück. Jetzt werde ich mich umziehen, mich mit meiner Frau unterhalten und Sie im Krankenzimmer treffen, sobald Sie bereit sind, Lady Kurland."

Noch bevor die Tür hinter Patrick zugefallen war, begann Lucy zu sprechen. „Hast du wirklich vor, Edward zu konfrontieren?"

„Ich glaube nicht, dass ich eine Wahl habe", antwortete Robert. „Aber wir wollen doch nicht, dass er die Stadtwache auf uns hetzt, indem er behauptet, dass wir seinen Bruder entführt haben."

„Aber was, wenn er gewalttätig wird?", fragte Lucy.

„Ich werde ihn nicht des Mordes beschuldigen, meine Liebste. Ich werde ihn lediglich darüber in Kenntnis setzen, dass Peregrine sich in meinem Haus befindet und nicht transportfähig ist, bis er sich genug erholt hat."

„Bitte sei vorsichtig."

Er griff über den Tisch hinweg nach ihrer Hand. „Das werde ich. Ich verspreche es."

Lucy lehnte sich über das Bett und musterte Peregrines gerötetes Gesicht. Dr. Fletcher hatte ihm etwas Laudanum gegeben, um die Schmerzen zu lindern, aber sie konnte schon jetzt sehen, dass er gegen ein Fieber ankämpfte.

„Ich habe die Wunde gereinigt und ein paar der Kräuter von Grace Turner für eine Tinktur genutzt, die ich anschließend aufgetragen habe", murmelte Dr. Fletcher und zog die Hand von der Stirn seines Patienten zurück. „Was auch immer in ihrer Kräutermischung ist, mir ist aufgefallen, dass es deutlich besser wirkt als die Salben, die ich sonst verwende."

„Dann hoffen wir auf das Beste." Lucy stellte sich gerade hin.

„Hat er heute Morgen schon irgendetwas gesagt?“

„Nicht viel und nichts davon ergab Sinn“, sagte Dr. Fletcher und versteckte ein Gähnen hinter vorgehaltener Hand.

„Ich werde gerne ein paar Stunden an seiner Seite sitzen, Doktor“, bot Lucy ihm an. „Ich habe vor, nach der Aufregung von gestern Abend den heutigen Morgen ruhig anzugehen.“

„Dann werde ich mich zu meiner Frau gesellen. Sie fühlt sich heute nicht gut und behauptet, dass ich sie angeschrien und wie eine Dienerin behandelt habe.“

„Sie haben mich auch angeschrien, aber ich kannte ja den Grund.“

„Sie sind deutlich ...“ Er zögerte, als falle ihm kein passendes Wort ein. „... *zäher* als meine Frau.“

„In der Tat.“ Lucy ging zur Tür und hielt sie auf. „Wenn Sie Foley darum bitten könnten, auf ein Wort mit mir vorbeizukommen, sobald er die Zeit hat, wäre ich sehr dankbar.“

Nachdem Dr. Fletcher gegangen war, räumte Lucy den Bereich um das Krankenbett um, bis er ihren Vorstellungen entsprach. Als Foley hereinkam, bat sie ihn darum, ihren Nähkorb und einen zusätzlichen Kerzenleuchter zu bringen. Sie arbeitete noch an einem Strampelanzug für Penelope und da die Geburt vermutlich früher stattfinden würde, als ursprünglich gedacht, wollte sie nicht am Ende mit einem halbfertigen Kleidungsstück dastehen.

Sie nähte eine Weile in Stille und sah nur ab und zu in Peregrines Richtung hinüber, der die gesamte Zeit bewusstlos blieb. Anna kam irgendwann herein und bot an, am Nachmittag für sie zu übernehmen. Lucy wies sie an, deswegen mit Dr. Fletcher zu sprechen. Sie wusste, dass Robert gegangen war, um sich mit Edward Benson zu unterhalten, und machte sich Sorgen, weil er noch nicht zurückgekehrt war.

Ein Stöhnen ließ sie ihr Nähzeug beiseitelegen und eilig hinüber zu Peregrine gehen. Seine Augen waren offen und er starrte sie direkt an.

„Was zum *Teufel*?", flüsterte er.

Sie hielt ihm ein Wasserglas an die Lippen und es gelang ihm, einen Schluck hinunterzuwürgen.

„Sie sind von Taschendieben angegriffen und verwundet worden. Dr. Fletcher kümmert sich um Sie."

Er zuckte vor Schmerz zusammen und packte sie am Handgelenk. „Ich kann mich nicht daran erinnern, was passiert ist."

„Sie hatten Glück, dass mein Ehemann und Dr. Fletcher kurz nach Beginn des Angriffs dazukamen. Sie konnten die Männer in die Flucht schlagen."

Er blinzelte sie fassungslos an. „Geht es Dr. Mantel gut?"

„Er hat ein paar leichte Verletzungen erlitten. Auf Sie hat man eingestochen."

Peregrine leckte sich über die trockenen Lippen und Lucy half ihm dabei, noch etwas Wasser zu trinken.

„Was haben sie gestohlen?"

„Ihr Geldbeutel und Ihre Taschenuhr fehlen", sagte Lucy.

„Also nicht viel", murmelte er. „Kaum ein Grund, mich dafür mit dem Messer anzugreifen."

„So sehe ich es auch." Sie stellte das Glas zurück aufs Tablett. „Wie Sie schon bemerkten, es ist wirklich *erstaunlich*, wie oft Ihre Familie zum Ziel von Angriffen wird, nicht wahr?"

Er starrte sie einen Moment an und schloss dann die Augen. Er presste den Mund zu einer schmalen Linie zusammen, was Lucy stark an seinen Vater erinnerte.

Sie wartete noch eine Weile ab, aber wenig später wandte er den Kopf ab und begann zu schnarchen. Mit einem Seufzen widmete Lucy sich wieder ihrer Näharbeit. Sie hatte das Gefühl, dass er sich noch deutlich schlechter fühlen würde als im Moment und stellte sich darauf ein, sein Fieber behandeln zu müssen.

***

„Wie ich bereits sagte, Mr Benson. Ihr Bruder befindet sich in den fähigen Händen meines Leibarztes. Dr. Fletcher sagte, es wäre nicht klug, ihn jetzt zu bewegen, um nicht zu riskieren, dass es zu einer erneuten Blutung kommt", wiederholte Robert mit geduldiger Stimme.

Man hatte ihn direkt in Edward Bensons Arbeitszimmer geführt und er hatte nirgendwo eine Spur der anderen Bewohner des Hauses gesehen. Zur Abwechslung sah sein sonst so gefasster Gastgeber sehr aufgebracht aus.

„Aber es würde ihm hier bei seiner Familie und in der Obhut von Dr. Mantel viel besser gehen", stammelte er.

„Ich bin mir sicher, dass Dr. Fletcher ihren Bruder in die Obhut seiner Familie zurückbringen wird, sobald er glaubt, dass diese Entscheidung medizinisch vertretbar. Ich gehe davon aus, dass Dr. Mantel dem zustimmen würde. Wollen Sie ihn zurate ziehen, bevor ich wieder gehe?"

„Dr. Mantel wurde bei dem Angriff ebenfalls verletzt und hat sich selbst Bettruhe verordnet. Ich würde es bevorzugen, ihn noch nicht behelligen zu müssen", sagte Edward.

„Wenn er selbst auf diese Weise verhindert ist, kann er sich ja kaum um Mr Peregrine Benson kümmern, nicht wahr?", sagte Robert mit einem final klingenden Unterton und stand auf. „Ich würde nicht von ihm erwarten, seine eigene Gesundheit aufs Spiel zu setzen."

Edward erhob sich ebenfalls. „Ich werde heute Nachmittag vorbeikommen, um Peregrine zu besuchen."

„Ich bezweifle, dass er sich mit Ihnen unterhalten kann, aber bitte kommen Sie doch vorbei und Foley wird Sie wissen lassen, ob ein Besuch klug wäre." Robert verneigte sich. „Ich sollte mich besser wieder auf den Weg machen."

„Vielen Dank." Edward erwiderte die Verbeugung. „Unsere Familie steht tief in Ihrer Schuld.

„Aber nein", sagte Robert. „Ich bin mir sicher, dass Sie genauso gehandelt hätten, wäre die Situation umgekehrt. Ich werde Sie auf dem Laufenden halten, wie Peregrines Genesung verläuft. Und falls sich sein Zustand verschlimmern sollte, werde ich Sie sofort in Kenntnis setzen."

Edwards Miene verfinsterte sich. „Ich dachte Sie hätten gesagt, er befinde sich auf dem Weg der Besserung."

„Nun, die Blutung ist gestoppt, aber Dr. Fletcher erwartet ein Fieber und das sollte man nie auf die leichte Schulter nehmen."

Er nickte erneut und ging in Richtung Tür. Er konnte die bohrenden Blicke von Edward Benson förmlich im Nacken spüren. Auf dem Flur begegnete er Augustus Benson, der offenbar gerade im Haus eingetroffen war. Er trug noch immer seine matschverschmierten Stiefel und den vom Regen durchnässten Mantel.

„Sir Robert! Wie ich höre, ist mein Bruder Peregrine schwer verletzt worden."

„Hat Mr Edward Benson Ihnen davon erzählt?", fragte Robert.

„Ja, natürlich." Augustus schüttelte den Kopf, was seine zahlreichen Kinnfalten zum Erzittern brachte. „Was ist nur aus unserer Welt geworden, wenn es heute möglich ist, dass ein Mann direkt vor der eigenen Tür von Schlägern überfallen wird? In unserer modernen Welt mangelt es an Gottestreue, Sir Robert. Das finde ich wirklich entsetzlich."

Robert wusste darauf keine Antwort. „Ihr Bruder befindet sich zurzeit in meinem Haus in der Obhut meines Arztes, Dr. Fletcher, der auch seine Wunden versorgt hat."

„Nicht Dr. Mantel?"

„Dr. Mantel wurde ebenfalls angegriffen und war nicht in der Lage, unter diesen Umständen seinen Beruf auszuüben."

„Ah, ich verstehe." Augustus zog sich den Mantel aus und legte ihn über eine Stuhllehne. „Vielleicht sollte ich Sie nach Hause begleiten und am Bett meines Bruder Peregrine ein Gebet sprechen."

„Ich glaube, er ist noch nicht bereit für Besuch“, wandte Robert ein.

Augustus spannte sich sichtlich an. „Ich bin wohl kaum gewöhnlicher *Besuch*. Peregrine und ich waren uns zwar nicht immer in allen Dingen einig, aber er ist dennoch mein Fleisch und Blut.“

„Und ich bin mir sicher, dass er hoch erfreut sein wird, Sie zu sehen, sobald er wieder bei Bewusstsein ist, aber bis dahin empfängt er niemanden.“

„Wenn Sie darauf bestehen.“ Augustus seufzte. „Ich nehme an, es ist am besten, wenn ich hierbleibe und meinen anderen Familienmitgliedern Trost spende.“

„Ich bin mir nicht sicher, ob außer Dr. Mantel und Edward Benson schon irgendjemand weiß, was vorgefallen ist.“

Augustus runzelte die Stirn. „Was ist mit Lady Benson? Sie hat Peregrine nie ausstehen können, aber ich bin mir sicher, dass sie ihm nichts Schlechtes wünschen würde.“ Er überlegte kurz. „Mit allem gebührenden Respekt, Sir Robert, aber ist es möglich, dass mein Bruder sterben wird?“

„Das ist immer möglich, Sir, und irgendwann auch unvermeidbar.“

„Dann informieren Sie mich bitte, falls meine Gebete erforderlich sind oder irgendwelche anderen Dienste wie das Verfassen seines Testaments.“

Robert runzelte die Stirn. „Man sollte annehmen, dass Sie alle schon ein Testament verfasst haben, nach all dem Wirrwarr um das von Sir William. Allerdings schätze ich, dass Ihr Bruder möglicherweise über nichts verfügt, wofür sich ein Testament lohnt.“

„Da liegen Sie falsch, Sir Robert." Augustus gluckste freudlos. „Peregrine ist der Einzige von uns, der über sein *eigenes* Vermögen verfügt. Seine Patentante war die Schwester unseres Vaters. Sie hat einen reichen Industriellen geheiratet und ist kinderlos gestorben. Ihr gesamtes Vermögen hat sie Peregrine hinterlassen."

Auch wenn er überrascht war, behielt Robert seine Gedanken zu dieser interessanten Information für sich. „Nun, ich muss mich auf den Weg machen. Es war mir ein Vergnügen, mit Ihnen zu sprechen, Reverend Benson."

Robert ließ Augustus im Flur stehen und ging zurück zu seinem eigenen Haus. Als er gerade den Türklopfer in die Hand genommen hatte, hielt er inne. Hätte er Augustus warnen sollen, vorsichtig zu sein? Sicherlich würde Edward nicht so dumm sein und versuchen, einen weiteren seiner Brüder zu ermorden. Außerdem war es Augustus kaum wert, umgebracht zu werden, und er würde sich im Austausch für sein Stillschweigen sicher damit abfinden, dass seine Schulden beglichen wurden.

Foley öffnete ihm die Tür und Robert schärfte ihm noch einmal ein, niemanden ohne Roberts oder Dr. Fletchers ausdrückliche Erlaubnis hineinzulassen. Er ging nach oben in den Salon, den er jedoch leer vorfand. Lucy war vermutlich noch immer bei Peregrine und Dr. Fletcher konnte vielleicht etwas wohlverdiente Ruhe genießen – sofern seine Frau ihm das gestattete.

Sein Blick fiel auf die Lokalzeitung, also setzte er sich und las darin. Wenn Augustus wegen Peregrine recht hatte, ergab sein Verhalten gegenüber seinem Vater und dem Rest der Familie durchaus eine Art morbiden Sinn. Aber hatte ihn das Vermögen zu einem Mörder oder vielmehr zu einem Opfer gemacht? Wer würde Peregrines Reichtum nach seinem Tod erben? Wahrscheinlich einer seiner Brüder.

Robert warf einen Blick auf die Uhr auf dem Kaminsims und machte es sich auf seinem Sessel bequem. Was auch immer die Antwort war, er würde zu Hause bleiben und Peregrine Benson verteidigen, bis dieser wieder selbst dazu in der Lage war.

***

Nachdem Lucy die ausgesprochen interessante Information erhalten hatte, dass Peregrine ein wohlhabender Mann war, kehrte sie nach dem Abendessen mit Robert ins Krankenzimmer zurück. Dr. Fletcher begutachtete seinen Patienten gerade mit tiefen Sorgenfalten, als Lucy eintrat.

„Er hat hohes Fieber."

„Dann wollen Sie vermutlich, dass ich ihn kühl halte und versuche, ihn dazu zu bewegen, Wasser zu trinken. Und wenn es ihm schlechter geht, rufe ich nach Ihnen."

„Ganz genau." Dr. Fletcher nickte. „Sie würden eine ausgezeichnete Ärztin abgeben, Lady Kurland."

„Lieber nicht." Lucy erschauderte. „Ich habe Robert und meine jüngeren Brüder durch zahlreiche Fieber gebracht. Ich weiß inzwischen lediglich, worauf ich achten muss."

Er bedachte sie mit einem Lächeln, während er die Laken bis zu Peregrines Taille hinunterzog. „Ich habe vollstes Vertrauen in Sie, Mylady. Falls Sie mich brauchen, zögern sie nicht, nach mir zu rufen. Ich werde zur Apotheke gehen und meine Vorräte auffüllen müssen, aber das werde ich so schnell wie möglich erledigen."

„Ich werde schon zurechtkommen, Dr. Fletcher." Lucy glättete ihre Kleider und band sich eine Schürze um. Sie hatte bereits eines ihrer Kleider ruiniert und wollte das nur ungern wiederholen. „Bitte nehmen Sie sich auch die Zeit, einen Bissen zu essen, bevor Sie auch nur daran denken, zurückzukehren."

„Das werde ich, Mylady" Dr. Fletcher hielt noch einmal an der Tür inne. „Hat Sir Robert erwähnt, ob einer der Bensons versucht hat, Eintritt zum Haus zu erlangen?"

„Offenbar haben sie es alle versucht. Selbst Lady Benson, die dabei sehr hysterisch wurde." Lucy seufzte. „Foley konnte sie alle abwimmeln, aber ich bezweifle, dass sie sich noch viel länger hinhalten lassen."

„Bis zum Morgen wird sich Mr Bensons Fieber entweder bessern oder sein Zustand wird sich verschlechtern, was dann darauf hindeutet, dass die Wunde infiziert ist." Dr. Fletcher verzog das Gesicht. „Er ist ein Mann in der Blüte, also kann ich nur hoffen und beten, dass er es abschütteln kann."

„Wir werden unser Bestes tun, damit er überlebt", sagte Lucy mit Nachdruck. „Ich werde Sie rufen, wenn sich sein Zustand verschlechtert."

Sie zündete die zusätzlichen Kerzen an, die Foley gebracht hatte, und stellte dabei sicher, dass Peregrine von dem Licht nicht gestört wurde. Sein Atem rasselte, seine Haut war glühend rot und er wälzte sich rastlos in den Laken.

Lucy wusch ihn mit kaltem Wasser und einem Schwamm und legte ihm eine kalte Kompresse auf die Stirn, die er jedoch sofort wegriss. Sie hatte Foley darum gebeten, Eis zu kaufen und es dazu verwendet, das Wasser so kalt wie möglich zu halten. Peregrine schien ihre Anstrengungen nicht im Geringsten zu schätzen. Immer wieder musste sie seinen unbeholfen umherschlagenden Armen ausweichen und ihn davon abhalten, die Bandagen um seine Brust abzureißen.

Nach einer halben Stunde des Ringens mit ihm war Lucy erschöpft und überlegte schon, Dr. Fletcher um Hilfe zu bitten. Doch zu ihrer Erleichterung wurde Peregrine plötzlich ruhig und begann zu schnarchen. Lucy setzte sich ans Feuer und wischte sich den Schweiß von der Stirn. Wenn er noch aufgebrachter wurde, würde sie Schwierigkeiten haben, ihn unter Kontrolle zu behalten. Vielleicht musste sie Silas um Hilfe bitten.

Sie nahm einen Schluck Tee, der sich inzwischen stark abgekühlt hatte, entschied sich aber dazu, keine neue Kanne zu bestellen. Wenn Sie nach irgendetwas fragte, würde Foley sofort Robert Bescheid sagen und dann würde der arme Dr. Fletcher darauf bestehen, selbst an Peregrines Seite zu warten, obwohl der Doktor eindeutig selbst ein wenig Erholung brauchte.

Die nächste Stunde verstrich größtenteils ereignislos. Lucy stellte ein Bonnet in Kindergröße fertig und machte sich daran, die Krempe mit gelber Seide zu besticken. Die Uhr auf dem Kaminsims tickte vor sich hin und das kleine Kohlenfeuer knackte und knisterte. Schließlich stach sie die Nadel in den Stoff und ging hinüber zum Bett.

Peregrines Augen waren geöffnet, aber er sah nicht wie er selbst aus. Lucy nahm seine Hand in die ihre und lächelte ihn an.

„Machen Sie sich keine Sorgen. Sie haben Fieber, aber es wird Ihnen schon bald viel besser gehen."

„Sterbe", krächzte er.

„Nicht, wenn Dr. Fletcher und ich da ein Wörtchen mitzureden haben", korrigierte ihn Lucy. „Sie brauchen Ihre Kräfte für Ihre Genesung."

Sie bot ihm Wasser an und er bekam tatsächlich ein paar Schlucke hinunter, bevor er den Kopf zurück auf das Kissen sinken ließ.

„Muss Ihnen sagen", flüsterte er.

„Was denn?", fragte Lucy und beugte sich näher an ihn heran, um die krächzende Stimme besser zu verstehen.

„Buchstaben."

Lucy sah ihn stirnrunzelnd an. „Ich verstehe nicht."

„Buchstaben und Zahlen." Er kniff immer wieder die Augen zusammen und seine Kehle spannte sich an. *„Hören Sie."*

Sie nahm erneut seine Hand und er packte sie am Handgelenk. Seine fiebrigen Finger brannten auf ihrer Haut. „Wie kann ich Ihnen helfen?"

„Der Schlüssel zu allem. Dachte es wäre amüsant, aber kann nicht mit mir sterben."

„Was soll sterben?", fragte Lucy. „Hat das mit dem Testament Ihres Vaters zu tun?"

Vom Gang her drang Krach durch die geschlossene Tür und Peregrines Blick wurde eindringlicher.

„Shakespeare war ein besserer Schreiber als ich."

„Das will ich doch meinen." Lucy sah ihm in die Augen. „Könnten Sie etwas *genauer* werden? Ich befürchte, man wird uns gleich unterbrechen."

Gerade als die Tür aufschwang, schloss Peregrine die Augen, als wäre er von der Anstrengung müde geworden. „Wie es Euch gefällt ..."

Lucy wirbelte herum und funkelte Edward Benson an, der im Türrahmen stand, Robert und Dr. Fletcher hinter sich.

„Bitte haben Sie ein wenig *Anstand!* Ihr Bruder ist sehr krank, Mr Benson."

Dr. Fletcher kam herein und übernahm Lucys Position am Kopfende neben Peregrine. „Sein Fieber ist noch nicht abgeklungen?"

„Noch nicht." Lucy trat vom Bett weg und stellte sich an Roberts Seite.

Ihr Ehemann bedachte Edward mit einem eisigen Blick. „Wie Sie mit eigenen Augen sehen können, Mr Benson, versucht niemand, Sie hinters Licht zu führen. Ihr Bruder ist schwer krank."

Edward blickte von Robert zu Lucy und dem völlig auf seinen Patienten fokussierten Dr. Fletcher.

„Ich muss mich entschuldigen." Er atmete laut durch. „Die Sorge um meinen Bruder hat meine guten Manieren und meinen Verstand beeinträchtigt."

„Sie können derzeit kaum etwas für ihn tun", sagte Robert mit leiser Stimme. „Wenn Sie hierzubleiben wünschen und mit Dr. Fletcher und dem Dienstmädchen meiner Frau Wache halten wollen, werde ich Sie nicht davon abhalten."

„Nein, ich werde morgen früh wiederkommen." Edward fasste sich an die Hutkrempe. „Ich bitte um

Entschuldigung. Ich weiß nicht, was über mich gekommen ist."

Robert und Lucy folgten ihm hinaus auf den Flur und begleiteten ihn die Treppen hinunter. Edward blieb in der Eingangshalle noch einmal stehen.

„Hat er nach jemandem gefragt? Hat er berichtet, was vorgefallen ist?"

„Er ist kaum bei Bewusstsein, Mr Benson", erklärte Lucy. „Und wenn er doch redet, dann sind seine Worte undeutlich und ohne Sinn."

„Hätten Sie etwas dagegen, wenn Dr. Mantel morgen kommt und an meiner Stelle an seiner Seite wacht?"

„Ganz und gar nicht." Robert verneigte sich.

„Ich muss mich mit dem Magistrat wegen Brandon treffen und mich mit Mr Carstairs über seine Abreise nach Yorkshire unterhalten." Mr Benson verneigte sich. „Ich bitte noch einmal, meine Ungeduld zu entschuldigen. Nach dem kürzlichen Tod meines Vaters möchte ich vermeiden, auch noch einen Bruder zu verlieren."

„Natürlich, Mr Benson." Robert hielt ihrem Besucher die Tür auf und verabschiedete sich mit einer Verbeugung. „Guten Abend."

Robert ließ die Tür mit einem leichten Knall ins Schloss fallen und wandte sich dann Lucy zu.

„Was zum Teufel war das denn? Edward hat sich an Foley vorbeigedrängt und ihn beinahe zu Boden geworfen und verlangt, sofort nach oben gebracht zu werden, um Peregrine zu sehen!"

„Vielleicht hatte er Sorge, dass wir ihn irgendwohin verschleppt haben könnten", sagte Lucy.

„Oder er macht sich Sorgen, was sein Bruder uns sagen könnte, und wollte ihn endgültig erledigen." Robert blinzelte verdutzt, als seine Frau in Richtung des Arbeitszimmers losmarschierte. „Und wo willst du *jetzt* hin?"

Er folgte ihr in das mit Bücherregalen gesäumte Zimmer und fand sie dort mit der Kerze in der Hand vor. Sie schien die Regale abzusuchen.

„Was genau machst du da?"

„Es muss hier *irgendwo* die gesammelten Werke von Shakespeare geben. Jede Bibliothek im Land hat irgendwo die Stücke des großen Meisters", murmelte Lucy.

„Woher rührt dieses plötzliche Interesse an Shakespeare?"

„Von dem, was Peregrine mir sagte – oder versuchte zu sagen. Ich hoffe, dass ich richtig verstanden habe, was er mir mitteilen wollte, denn es klang in der Tat *sehr* verworren."

Robert bekam ihren Ellbogen zu fassen und zwang sie dazu, ihn anzusehen. „Fang bitte von vorne an und dann helfe ich dir suchen."

Sie seufzte, als hätte sie einen besonders begriffsstutzigen Schüler vor sich. „Peregrine sagte, er müsse mir etwas sagen, für den Fall, dass er stirbt. Es sei alles ein Scherz gewesen, aber offenbar war es jetzt nicht mehr witzig."

„Und was hat das alles mit Shakespeare zu tun?", fragte Robert.

Sie rümpfte die Nase. „Ich versuche mich an seine genauen Worte zu erinnern. Er sagte, es habe *irgendetwas* mit Zahlen und Buchstaben zu tun und dass das der Schlüssel sei. Dann sagte er, seine Stücke seien nicht so gut wie die Shakespeares."

„Naja, immerhin ergibt *dieser* Teil Sinn", murmelte Robert. „*Und?*"

„Ich fragte, ob er von dem Testament seines Vaters redete und er hat mir nicht widersprochen." Sie runzelte die Stirn. „Und dann war da der Krach auf dem Gang und er verlor wieder das Bewusstsein."

„Das klingt für mich wie ein Haufen Unsinn."

„Aber denk dran: Peregrine und Sir William liebten Rätsel. Vielleicht wollte er uns einen Hinweis geben, wie wir das Testament finden können."

Robert musterte ihr hoffungsvolles Gesicht nachdenklich. „Also gut, gehen wir nochmal durch, was er gesagt hat." Er suchte ein Blatt Papier heraus und fing an zu schreiben.

„Buchstaben, Zahlen und Shakespeare." Er blickte auf. „Das sind keine besonders genauen Anweisungen. Wo um alles in der Welt sollen wir anfangen?"

„Ich weiß es nicht." Lucy biss sich auf die Lippe. „Was könnte für Peregrine und Sir William interessant gewesen sein?"

„Es gibt eine Menge Falken in Shakespeare", schlug Robert vor. „Der lateinische Name des Wanderfalken ist *Falco peregrinus*, allerdings weiß ich nicht, ob so einer bei Shakespeare vorkommt."

„Was für eine ausgezeichnete Eingebung!" Seine Frau schenkte ihm ein begeistertes Lächeln. „Wer sonst trägt Namen, die bei Shakespeare vorkommen?"

„Fast alle von ihnen", murrte Robert. „Es gibt auf jeden Fall ein paar Edwards und vermutlich auch einen

Augustus in *Julius Caesar*. Und Miranda taucht auf in …"

Lucy hob einen Finger. „Arden!"

„Auch bei Shakespeare." Robert nickte. „Brandon ebenfalls."

„Damit ergibt das Letzte, das Peregrine gesagt hat, bevor er das Bewusstsein verlor, endlich Sinn!", sagte Lucy.

„Du meinst, die Sache, die du bis jetzt gar nicht erwähnt hast und daher nicht auf meiner Liste steht?", fragte Robert.

„Nur, weil ich mir keinen Reim daraus machen konnte, bis mir *Arden* eingefallen ist. Ich habe Peregrine darum gebeten, Genaueres zu sagen und er murmelte, ,*Wie es Euch gefällt*. Erst dachte ich, dass er mir lediglich *zustimmte* und meiner Bitte nachkommen wollte." Sie sah Robert erwartungsvoll an.

„*Wie es Euch gefällt*", wiederholte Robert langsam. „Und der Wald von Arden. Das haben wir in der Schule durchgenommen." Sie lächelten sich in völliger Einigkeit an. „Dann lass uns mal nachsehen, ob wir das Stück irgendwo in diesen Regalen finden können."

„Kannst du es denn nicht auswendig?", fragte Lucy.

„Guter Gott, nein." Robert erschauderte schon bei dem Gedanken. „Ich habe jede Minute des verdammten Stücks gehasst."

„Wenn wir es hier nicht finden können, bin ich recht sicher, dass wir es in der Bücherei in der *Milsom Street* bekommen können", sagte Lucy. „Wir können direkt morgen früh danach suchen."

Jeder von ihnen nahm eine Kerze und sie begannen die Suche an gegenüberliegenden Enden der Bücherregale. Leider fehlte jede Spur von dem Stück.

Lucy ließ sich mit enttäuschtem Blick auf einen der Stühle fallen. „Na gut, das ist enttäuschend."

Robert lehnte sich an die Ecke des Schreibtischs. „Ich bezweifle ohnehin, dass wir heute Nacht viel mit der Information hätten anfangen können. Bist du dir *sicher*, dass Peregrine ansonsten nichts von sich gegeben hat, das darauf hindeutet, *wo* wir nach dem Testament zu suchen haben?"

„Es ist davon auszugehen, dass es irgendwo in Sir Williams Zimmer oder unter seinen Besitztümern versteckt ist." Lucy blickte zu ihm auf.

„Ich denke auch. Nur *wo*? Nach allem, was wir wissen, wurden die Zimmer und das Gepäck mehrfach und gründlich durchsucht und nichts ist aufgetaucht."

„Aber wie ich Sir William mit seiner Vorliebe für Rätsel kenne, ist das Testament vielleicht *in* irgendetwas Offensichtlichem versteckt, das einen Schlüssel oder ein Lösungswort benötigt, um geöffnet zu werden."

„Das klingt sehr plausibel."

„Dann können wir nichts tun, als selbst zu suchen. Da wir wissen, dass es um etwas geht, das sich verschließen lässt, sehen wir alles vielleicht in einem anderen Licht als die anderen Suchenden vor uns."

Die Uhr in der Eingangshalle schlug elfmal und Robert half Lucy auf die Beine. „Lass uns nach Peregrine sehen und dann ins Bett gehen."

Er hielt seiner Frau die Tür auf, ließ sie passieren und folgte ihr die Treppe hinauf.

„Ich hoffe wirklich, dass Peregrine die Sache überlebt“, sagte Lucy, während sie durch das in völlige Stille gehüllte Haus gingen. Sie klopfte an die Tür des Krankenzimmers und warf einen Blick hinein. Patrick kam zu ihnen hinaus auf den Gang.

„Er ringt immer noch mit dem Fieber“, sagte Patrick und nickte Robert zu. „Mit Ihrer Erlaubnis, Sir Robert, werde ich Silas darum bitten, heute Nacht mit mir bei Mr Benson zu bleiben, um für seine Sicherheit zu sorgen.“

„Natürlich. Ich benötige seine Dienste nicht.“ Robert nickte. „Ich bin durchaus in der Lage, mich selbst zu entkleiden. Denken Sie, Peregrine wird sich erholen?“

„Ich bin optimistisch.“ Patrick sah Robert in die Augen. „Wenn sich sein Zustand verschlechtert, werde ich Silas zu Ihnen schicken, damit Sie die Bensons verständigen können.“

„Vielen Dank.“ Robert klopfte Patrick auf die Schulter. „Ich weiß Ihre Fähigkeiten jeden Tag mehr zu schätzen.“

Sein Freund ging zurück ins Zimmer und schloss die Tür hinter sich. Robert sah Lucy an.

„Lass uns ins Bett gehen und versuchen, wenigstens ein bisschen zu schlafen. Ich vermute, dass morgen ein sehr interessanter Tag wird.“

Kapitel 19

Lucy legte das Buch aus der Bücherei auf Roberts Schreibtisch und ging los, um ihre Brille zu holen. Ihr fiel ein, dass sie sie beim Nähkorb im Krankenzimmer gelassen hatte. Sie klopfte an die Tür und wurde sofort von Anna mit einem Lächeln hereingelassen.

„Mr Bensons Fieber ist abgeklungen. Dr. Fletcher ist sehr zufrieden.“

„Das ist wunderbar.“ Lucy ging ans Bett, wo Peregrine tief und fest schlief. Seine Miene zeigte keine Spur von Schabernack oder Boshaftigkeit, sodass er kaum wie er selbst aussah. „Heilt die Wunde gut?“

„Dr. Fletcher hat sie heute Morgen gereinigt und neu verbunden und keine Anzeichen einer Schwellung oder den Geruch von Nekrose feststellen können.“

„Dann hoffen wir, dass er sich wieder vollständig erholt.“ Lucy schenkte ihrer Schwester ein Lächeln. „Hast du schon gefrühstückt?“

„Das werde ich, sobald Betty mich ablöst. Ich habe Penelope versprochen, dass ich heute ein wenig Zeit mit ihr verbringe, weil sie sich vernachlässigt fühlt.“

Lucy verdrehte die Augen. „Penelope ist *unglaublich* selbstsüchtig.“

„Ich habe ein *bisschen* Mitleid mit ihr, Lucy.“ Anna dachte kurz nach. „Sie erwartet ihr erstes Kind und ihr

Ehemann ist schon wieder mit einem Notfall beschäftigt, während sie sich stillschweigend Sorgen wegen der Geburt macht."

„Stillschweigend?" Lucy schnaubte. „Penelope kennt das Wort doch überhaupt nicht. Sie hasst es nur, nicht im Mittelpunkt zu stehen."

Anna biss sich auf die Lippe. „Ich glaube wirklich, dass sie hinter ihrem nach Aufmerksamkeit heischenden Verhalten aufrichtig Angst hat. Und ich bin kaum die richtige Person, um ihre Sorgen zu lindern, oder?"

„Du kannst nur dein Bestes geben", sagte Lucy. „Ich verspreche, dass ich dir und Penelope *all* meine Aufmerksamkeit schenke, sobald Mr Peregrine Benson und seine Familie Bath verlassen haben."

Sie wandte sich zum Gehen. „Wenn du mich brauchst, findest du mich in Sir Roberts Arbeitszimmer. Und danach besuchen wir vielleicht die Bensons."

Lucy dachte über Annas erstaunlich nachsichtige Einstellung nach, während sie die Treppe hinunterging. Sie musste gestehen, dass ihre Schwester vielleicht richtig damit lag, dass Penelope sich ein wenig allein fühlte. Keine von ihnen hatte eine Mutter, die ihr durch den Ablauf der Geburt helfen könnte, aber immerhin hatte Lucy schon vielen Geburten beigewohnt und wusste, was passieren würde. Sie hatte den Verdacht, dass Penelope, obwohl sie die Frau eines Arztes war, aufgrund ihrer behüteten Kindheit niemals die Gelegenheit gehabt hatte, eine Geburt mitzuerleben.

Einem Impuls folgend, änderte Lucy die Richtung und ging zu den Zimmern, die Penelope mit Dr. Fletcher bewohnte. Sie klopfte an die Tür.

„Herein?

Lucy trat ein und fand Penelope am Fenster sitzend vor. Sie hatte ihre Hände über der großen Rundung ihres Bauchs verschränkt. Penelope legte einen Finger über die Lippen und stand unbeholfen auf. Ihr Bauch schien ein Stück nach unten zu sacken.

„Dr. Fletcher schläft nebenan. Ich wollte gerade in den Salon kommen."

„Dann werde ich dich begleiten." Lucy hielt ihr die Tür auf und trat einen Schritt zurück, um sie vorbeizulassen. „Wie geht es dir heute?"

„Ich bin erschöpft", sagte Penelope ohne ihre übliche Überlegenheit.

„Willst du wieder ins Bett?", fragte Lucy.

„Ich kann nicht schlafen." Penelope seufzte. „Das Kind tritt mich die ganze Nacht."

„Wie furchtbar für dich." Lucy rieb sanft Penelopes Rücken, während sie gingen. „Hast du schon versucht, deine Füße hochzulegen?"

„Ich habe alles versucht, was mein Mann mir vorgeschlagen hat, aber nichts funktioniert." Sie strich sich mit der Hand über den Bauch. „Ich kann es kaum erwarten, dass das Kind auf die Welt kommt."

„So, wie du aussiehst, kann es nicht mehr lange dauern." Lucy setzte Penelope ans Feuer und stellte einen Hocker unter ihre Beine.

„Warum bist du so nett zu mir?", fragte Penelope.

„Weil du hier festsitzt und weit weg von Zuhause und ohne deine Schwester dein Kind zur Welt bringen wirst", antwortete Lucy. „Ich möchte, dass du weißt, dass ich alles in meiner Macht Stehende tun werde, um dafür zu sorgen, dass du jede Form von Unterstützung erhältst, die du brauchst."

Penelopes Lippe bebte. „Ich glaube, das ist das Netteste, das du jemals zu mir gesagt hast, Lucy, und ich habe es wahrscheinlich gar nicht verdient."

Lucy setzte sich zu ihr auf den Fußhocker und nahm Penelopes Hände in die ihren. „Wir hatten in der Vergangenheit unsere Differenzen, aber was das hier angeht – ein neues Leben in die Welt zu bringen – halten wir Frauen zusammen. Ich möchte nur das Beste für dich und Dr. Fletcher."

„Vielen Dank", flüsterte Penelope. „Es ist *wirklich* sehr unangenehm, nicht zuhause zu sein und ich bin mir bewusst, dass mein Temperament vielleicht manchmal ein wenig *schwierig* ist."

Lucy drückte Penelopes Finger. „Wir werden das zusammen durchstehen. Das schwöre ich dir."

Penelope nickte und es gelang ihr, ein Lächeln aufzusetzen. „Dr. Fletcher sagt das Gleiche. Er besteht darauf, dass seine berufliche Ehre fordert, dass ich die Sache nicht nur überlebe, sondern sie beinahe schon *genießen* werde."

„Das ist für ihn leicht zu sagen", murmelte Lucy. „Er ist ja nicht derjenige, der die eigentliche Arbeit leisten muss."

Diesmal war Penelopes Lachen natürlicher und Lucy lächelte noch immer, als sie die Treppen nach unten zu Roberts Arbeitszimmer ging, wo dieser sie schon erwartete. Sobald diese Sache mit den Bensons überstanden war, schwor sie sich, mehr Zeit für Penelope und Anna zu finden.

Robert war bereits ins Buch vertieft und sah nur kurz auf, als sie sich zu ihm gesellte.

„Hast du schon etwas Interessantes gefunden?", fragte sie.

„Ja, und ich musste nicht besonders weit lesen. Das hier ist die erste Erwähnung von Arden Wood, direkt am Anfang des Stücks im ersten Akt."

Lucy las die Zeilen laut vor.

„Wie es heißt soll er schon im Wald von Arden sein und bei ihm jede Menge muntrer Männer. Und da leben sie wie Robin Hood im alten England. Es heißt, dass viele junge Herren zu ihm stoßen, Tag für Tag, und sich sorglos die Zeit vertreiben wie im Goldenen Zeitalter."

Sie rümpfte die Nase. „Was sagt uns das?"

„Ich habe keine Ahnung", sagte Robert. „Ich habe die Stelle abgeschrieben und dachte, dass wir den Zettel vielleicht mitnehmen, wenn wir heute Abend Sir Williams Gepäck durchsuchen."

„Heute Nacht?"

„Ja, ich dachte, wir schleichen uns über die Bedienstetentreppe hinein. Foley hat noch den Schlüssel zur Hintertür."

„Peregrine sagte, dass es mit Buchstaben und Nummern zu tun habe," rief ihm Lucy in Erinnerung. „Also vielleicht ist es ein Rätsel oder eine Zahlenfolge oder ein Wortspiel?"

„Das sind alles gute Möglichkeiten." Robert nahm ein weiteres Blatt Papier und reichte ihr eine frisch angespitzte Feder. „Vielleicht sollten wir einfach so viele Möglichkeiten, wie uns einfallen, notieren und hoffen, dass wir damit die richtige Kombination finden."

„Wir sollten auch die Briefe ansehen, die Peregrine mit seinem Vater ausgetauscht hat", sagte Lucy. „Darin könnte ein Hinweis versteckt sein."

„Das ist ein ausgezeichneter Plan." Er verzog das Gesicht. „Glaubst du, es besteht die Chance, dass Peregrine aufwacht und uns die ganze Wahrheit verrät?"

„Dr. Fletcher ist noch nicht gewillt, ihn jetzt schon zu wecken. Er sagt, er brauche erholsamen Schlaf." Lucy öffnete das Tintenfass und benetzte die Spitze der Feder. „Und jetzt, da Peregrine vermutlich überlebt, bezweifle ich irgendwie, dass er dazu bereit sein wird, weitere Geheimnisse zu enthüllen."

Eine Stunde später klopfte Foley an die Tür und ließ sie wissen, dass Augustus, Lady Benson und Dr. Mantel in das Krankenzimmer gelassen werden wollten. Robert stand auf und streckte sich.

„Ich werde sie vorlassen müssen, aber ich werde sie nicht allein hochgehen lassen. Würdest du mich einen Moment entschuldigen?"

Lucy legte die Feder ab. „Da ich nicht vorankomme, würde ich zumindest gern die Bensons *sehen*. Vielleicht kann ich ihnen nach ihrem Krankenbesuch etwas Tee anbieten und in Erfahrung bringen, ob sie über ein bestimmtes Thema sprechen wollen."

„Wie du wünschst." Robert nickte. „Du bist viel besser darin, Leuten Informationen zu entlocken als ich. Vielleicht könntest du herausfinden, wo die einzelnen Familienmitglieder heute Abend sein werden."

„Ich werde mein Bestes geben." Lucy stand auf und strich ihre Kleider glatt. „Die Bensons lieben es ohnehin, ihre Geheimnisse mit uns zu teilen, daher weiß Gott, was sie uns heute alles erzählen mögen."

Lucy hatte es sich bereits im Salon mit Anna und Penelope gemütlich gemacht und Getränke bestellt, als Robert schließlich Lady Benson, Augustus und Dr. Mantel hereinführte. Sie ging zu Lady Benson hinüber, nahm sie bei der Hand und führte sie zum Sofa.

„Bitte setzen Sie sich, Mylady. Ich kann mir nicht vorstellen, wie Sie sich fühlen müssen."

Lady Benson stieß ein wehklagendes Seufzen aus. „Das können Sie wirklich nicht, Lady Kurland. Das können Sie *wirklich* nicht! Mein geliebter Ehemann ist tot, mein jüngster Sohn hat mich im Stich gelassen und jetzt *das*! Peregrine hat mich nie gemocht, daher bereitet es ihm vermutlich *Freude*, dass er mir so viel Sorge und Trauer beschert."

Lucy runzelte die Stirn. „Ich glaube kaum, dass er sich absichtlich mit einem Messer hat verletzen lassen, nur um Sie zu ärgern, Madam."

„Oh, da wären Sie überrascht." Lady Benson machte eine dramatische Geste. „Er hat vermutlich gehofft, dass mein werter Dr. Mantel getötet und *er* derjenige sein würde, der mit leichten Verletzungen ‚entkommt'."

Lucy tauchte einen perplexen Blick mit Anna aus.

„Ich glaube, das entspricht überhaupt nicht der Wahrheit, Lady Benson. Aber natürlich sind Sie aufgebracht und meinen nicht ernst, was Sie sagen." Dr. Mantel schaltete sich eilig ins Gespräch ein. „Mr

Peregrine Benson war genau so überrascht wie ich, als sich diese Männer auf uns stürzten."

„Er war schon immer ein passabler Schauspieler", sagte Lady Benson mit einem Schnauben. „Und sein Hass für mich kennt keine Grenzen."

Lucy warf einen Blick auf das Teetablett. „Kann ich Ihnen etwas Tee anbieten, Lady Benson? Hoffentlich wird sich Mr Benson bald so weit erholt haben, dass Sie ihn mit zurück in Ihr Haus nehmen können, wo Dr. Mantel sich um ihn kümmern kann."

Sie schenkte dem Doktor ein Lächeln. Ihr Blick fiel auf die angeheilten Wunden an seiner Hand und im Gesicht. „Wie fühlen Sie sich nach einem so schrecklichen Erlebnis, Doktor?"

Er verzog das Gesicht. „Mir ist mein eigenes Verhalten ausgesprochen peinlich, um ehrlich zu sein, Mylady. Ich bin wirklich sehr in Panik verfallen."

„Nicht alle Ärzte sind es so gewohnt wie Dr. Fletcher, stark blutende Wunden zu behandeln", rief ihm Lucy in Erinnerung.

„Das ist sehr freundlich von Ihnen." Dr. Mantel nahm eine Tasse Tee an und setzte sich.

Obwohl sie ihn freundlich anlächelte, würde sie darauf bestehen, dass Dr. Fletcher Peregrine nicht in die Obhut von Dr. Mantel geben würde, bevor der Patient nicht in der Lage war, sich selbst zu verteidigen und keine Gefahr eines Rückfalls bestand. Sie hatte den Verdacht, dass der Doktor der Bensons ansonsten erneut seinen Patienten enttäuschen würde.

Der Rest des Besuchs verlief ohne neue Enthüllungen. Allerdings konnte Lucy herausfinden, dass alle Bensons vorhatten, heute Nacht daheim zu bleiben. Sie war erleichtert zu hören, dass das einzige Zimmer in der Nähe von Sir Williams das von Miranda war und dass diese einer Dosis Laudanum zum Einschlafen nicht abgeneigt war.

Was auch immer passierte, sie war entschlossen, dass Robert und sie das Testament aufspüren und endlich herausfinden würden, welcher der Bensons ein Mörder war.

***

„Bist du bereit, Lucy?"

„Ja, ich komme gleich."

Lucy sammelte ihre Notizen zusammen und faltete sie sorgfältig, sodass sie in die Tasche ihres dunkelsten Kleids passten. Sie trug weiche Hausschuhe und hatte beschlossen, keinen Schal oder ein Retikül mit sich zu führen, um nicht Gefahr zu laufen, etwas zurückzulassen. Sie ging die Treppe hinunter in die Eingangshalle, wo sie ihr Ehemann bereits erwartete. Die Kerzen und Laternen brannten und das Haus war ruhig, da alle anderen bereits zu Bett gegangen waren.

Robert trug einen schwarzen Mantel und eine dunkle Weste, die im starken Kontrast zu seinem weißen Hemd und seiner weißen Krawatte standen. In der Hand hielt er einen großen Schlüssel und er sprach gerade mit Foley, der ihm beschrieb, welche Tür sie nehmen konnten, um das Haus der Bensons zu betreten, und wo sich die Hintertreppe befand.

Foley wandte sich Lucy zu, als diese sich über die Treppe näherte. „Sind Sie sich ganz sicher, dass ich

362

nicht derjenige sein sollte, der Sir Robert begleitet, Mylady?“

„Ich würde lieber selbst mitgehen“, versicherte Lucy ihm. „Wir würden nicht wollen, dass Sie Ärger bekommen.“

„Wie Sie wünschen, Mylady.“ Foley seufzte und öffnete die Tür, die in den hinteren Teil des Hauses führte. „Von den Ställen aus gibt es einen Weg, der direkt zu der Tür führt, die Sie nehmen müssen, Sir Robert. Bitte seien Sie vorsichtig.“

Lucy folgte Robert aus dem Haus und war davon überrascht, wie hell der Mond heute Nacht schien. Falls irgendjemand aus einem der Fenster der Benson-Residenz sah, würde man sie sofort entdecken. Aber hinter keinem der Fenster brannte noch Licht und es gab auch sonst kein Anzeichen, dass noch jemand wach war.

Robert folgte dem Weg und entdeckte ohne große Probleme die Tür an der Rückseite des Hauses. Da die meisten Häuser um den *Queen's Square* angemietet waren, gab es kaum Wachhunde in der Umgebung, die die Anwesenheit von Eindringlingen verraten konnten.

Das Türschloss öffnete sich mit einem Klicken und Robert trat ein. Er blieb kurz stehen, um zu lauschen, bevor er Lucy bedeutete, ihm zu folgen.

Die Bedienstetentreppe befand sich nahe der Hintertür, was bedeutete, dass sie nicht die Küche durchqueren mussten.

Glücklicherweise besaß Robert einen ausgezeichneten Orientierungssinn, während Lucy Schwierigkeiten hatte, sich in der Dunkelheit zurechtzufinden. Als sie endlich Sir Williams Ankleidezimmer erreichten, öffnete Robert vorsichtig die Tür und zuckte kurz zusammen, als diese ein Quietschen von sich gab.

„Bleib hier", flüsterte er. „Für den Fall, dass wir flüchten müssen. Ich werde nachsehen, ob die anderen Türen verschlossen sind."

Er verschwand im Zwielicht und ließ Lucy mit angehaltenem Atem im Türrahmen stehen. Obwohl sich ihre Augen langsam an die Dunkelheit gewöhnten, stieg ihre Anspannung. Nach und nach konnte sie die Umrisse der Möbel erkennen und bekam ein Gefühl für die Größe des Zimmers. Die Dimensionen unterschieden sich vom Schnitt ihres eigenen Hauses, in welchem sich die Schlafzimmer im Stockwerk darunter befanden.

Der Funke eines Feuersteins und ein aufflackerndes Licht am anderen Ende des Zimmers zogen ihre Aufmerksamkeit auf sich. Robert trug die entzündete Kerze zu ihr herüber, wobei er die Flamme mit einer Hand vor dem Wind abschirmte.

„Lass uns im Schlafzimmer anfangen. Dann sind wir weiter von Lady Benson entfernt und die meisten von Sir Williams Taschen sind ohnehin dort."

Sie nahm die Hand, die er ihr anbot und folgte ihm durchs Zimmer in Sir Williams Schlafgemach. Robert schloss die Tür hinter ihr und stellte die Kerze an der Bettseite ab.

„Wir brauchen ein wenig mehr Licht."

Lucy fragte sich, warum er ausgerechnet um Mitternacht den Einbruch wagen musste, wo es schwer war, überhaupt irgendetwas zu erkennen, aber sie behielt den Gedanken für sich und entzündete eine weitere Kerze.

„Lass uns die Schränke und die Kommode durchsuchen, nur um sicherzugehen, dass dort nichts vergessen wurde", sagte Robert.

„Und wir müssen auch sicherstellen, dass es keine losen Bretter oder andere Orte gibt, an denen man etwas verstecken könnte", merkte Lucy an.

„Da das Haus nur angemietet ist, bezweifle ich, dass hier irgendein Möbelstück diesen Zweck hat oder dass Sir William in dem Fall davon wusste."

„Oh." Lucy nickte. „Natürlich nicht."

„Allerdings sollten wir trotzdem die Augen nach allem Ungewöhnlichen offenhalten."

Obwohl sie gegen jede Oberfläche klopfte und ihre Finger an der Rückseite der Schubladen entlangfahren ließ, fand Lucy nichts Interessantes.

Schließlich widmete sich Robert drei großen Gepäckstücken, die Sir William aus Yorkshire mitgebracht hatte.

„Welches, glaubst du, hat am wahrscheinlichsten eine Geheimschublade oder einen versteckten Behälter?" Robert kniete sich hin und Lucy schloss sich ihm an.

„Das größte Stück." Lucy klopfte den großen Koffer ab. Er war etwa drei Fuß hoch und breit. „Ist er verschlossen?"

Robert löste die Schnallen auf der Oberseite des Koffers und öffnete ihn ohne Schwierigkeiten. „Nein, Gott sei Dank nicht."

Er hielt die Kerze über den Inhalt und verzog das Gesicht. „Jetzt wünsche ich mir *doch*, wir hätten Foley mitgenommen. Ich habe keine Ahnung, wie wir das alles wieder einpacken sollen."

Bis sie den Koffer ganz entleert und alles hinter sich aufgehäuft hatten, teilte Lucy langsam Roberts Einschätzung. Sie hatten wertvolle Minuten darauf verwendet, die Innenseite des Deckels zu untersuchen, konnten aber nichts finden außer eines gefalteten Geldscheins. Sie hatte gründlich jede Tasche jedes einzelnen Kleidungsstücks untersucht und auch Sir Williams Tränke und Tinkturen in Augenschein genommen, aber ohne Erfolg.

„Moment ..." Robert tastete die Innenseite des Kofferbodens ab. „Das Futter ist hier am Rand eingeschlagen."

Er maß grob die Innenseite des Koffers und glich es mit den Außenmaßen ab. „Ich vermute, der Koffer hat einen doppelten Boden. Mal schauen, ob wir ihn entfernen können."

Mit vereinten Kräften gelang es ihnen, den dünnen hölzernen Boden aufzuhebeln und das Versteck zum Vorschein zu bringen.

Robert lächelte sie an. „Ich denke, wir haben es gefunden." Vorsichtig hob er eine reich verzierte, schwarze Kiste heraus. „Lass uns alles wieder einräumen und uns das hier dann in Ruhe ansehen."

***

„Das hier scheinen kleine Rädchen zu sein, die gedreht werden müssen, um das Schloss zu öffnen", murmelte Robert. „Ich vermute, das hier betrifft die Zahlen und Buchstaben, von denen Peregrine gesprochen hat." Er blickte zu Lucy auf. „Jetzt müssen wir nur herausfinden, wie genau die Kombination lautet."

„Wie viele Buchstaben oder Zahlen gibt es?", flüsterte Lucy.

„Sechs, wie es aussieht." Robert hielt die Kerze näher, sodass er die Zeichen erkennen konnte, die in das Messing graviert waren. „Das sieht alles nach Zahlen aus, mit Ausnahme der ersten Stelle. Das ist ein Buchstabe." Er seufzte. „Ich weiß überhaupt nicht, wo wir anfangen sollen."

„Fang mit dem Buchstaben *A* an", sagte Lucy. „Das ist der erste Buchstabe in Arden."

Robert drehte das Rädchen mit dem Daumen auf *A* und hörte ein kaum wahrnehmbares Klicken. „Nun, das war Glück. Was ist mit dem Rest?"

„Wenn es nur Zahlen sind, dann kann es sich nicht um Worte aus dem Stück handeln", dachte Lucy laut nach. „Ich frage mich, ob es um die numerischen Entsprechungen von Ardens Buchstaben geht."

„Das wäre zu kurz", sagte Robert, „Es sei denn, man wiederholt das *A*."

„Lass uns das versuchen. *R* ist der achtzehnte Buchstabe des Alphabets."

„Was nicht funktionieren wird, da die Zahlen nur von Null bis Neun reichen."

„Dann ist es vielleicht eine Eins gefolgt von einer Acht, gefolgt von einer Vier für *D* und einer Fünf für *E*, dann Vierzehn ... Das ist zu lang, nicht wahr?" Lucy seufzte.

„Was kann es dann sein?", fragte Robert. „Gab es irgendein besonderes Muster in den Rätseln zwischen Sir William und Peregrine?"

„Es ging oft um Shakespeare-Zitate", sagte Lucy langsam.

„In welchem Kontext?" Langsam fing sein Bein an, vom langen Sitzen auf dem Boden zu schmerzen. „Und könnten diese irgendwie mit Zahlen in Verbindung gebracht werden?"

„Ich wünschte, es wäre so einfach." Lucy seufzte. „Vielleicht sollten wir die Kiste lieber mit in unser Haus nehmen und uns dort darum kümmern."

„Ich würde den Bensons nur ungern etwas entwenden", wandte Robert ein.

„Was machen wir dann überhaupt hier, wenn du gar nicht die Absicht hast, das Testament zu finden und dieses Rätsel endlich aufzuklären?", fauchte Lucy. „Wenn wir die Kiste mitnehmen, können wir sie Peregrine geben und *ihn* dazu bringen, sie zu öffnen!"

„Und was, wenn er der Mörder ist?", wandte Robert ein. „Wollen wir ihm dann wirklich alles bereitwillig aushändigen?"

„Meine *Güte*, Robert ..."

Er presste die Hand vor ihren Mund, als eine vertraute Stimme aus dem Ankleidezimmer nebenan ertönte.

„Ich muss mich noch einmal auf die Suche machen! Ich kann nicht erlauben, dass diese schrecklichen Dinge in meiner Familie passieren!", klagte Lady Benson. „Wenn wir nur das *Testament* finden könnten."

Robert tauschte einen Blick mit Lucy aus und nahm langsam die Hand von ihrem Mund. Im Schlafzimmer selbst gab es keinen Zugang zur Bedienstetentreppe. Er nahm Lucy an der Hand und half ihr auf die Beine. Sie hob die Kiste hoch und hielt sie fest umklammert vor der Brust.

„Bitte, Miranda, mache dir keine Sorgen. Du und Edward habt euch darauf geeinigt, vor Gericht zu gehen und das Geld gerecht zwischen euch aufzuteilen."

Das war Dr. Mantels ruhige Stimme.

„Aber wie kann ich ihm *vertrauen*? Sieh nur, was mit Peregrine passiert ist!", rief Miranda aus. „Ich kann *niemandem* vertrauen."

„Du kannst mir vertrauen, mein Liebling."

Robert tauschte einen überraschten Blick mit Lucy aus.

„Natürlich kann ich das, aber ich weiß immer noch nicht, ob du mir wirklich *alles* gesagt hast."

„Wenn ich dir etwas vorenthalte, dann gäbe es dafür einen guten Grund. Ich liebe dich und ertrage es nicht, dich so aufgebracht zu sehen."

„Du bist so *gut* zu mir, so *freundlich* ...."

Miranda wurde still, was wie Robert vermutete, daran lag, dass sie gerade geküsst wurde.

„Komm jetzt zurück ins Bett und ich werde dich bis morgen früh beschäftigt halten, wenn die Welt schon wieder viel heller wirkt", murmelte Dr. Mantel.

Robert erschauderte. Sie war definitiv geküsst worden.

Robert ging rückwärts auf die Tür zu, die ins Treppenhaus führte und tastete hinter dem Rücken nach der Klinke. Wenn Miranda sich dazu entschied, die Bitten ihres Liebhabers zu ignorieren und doch durch die Tür zu gehen, wollte er sicher sein, dass er und Lucy einen Ausweg hatten.

Das Nächste, das er hörte, war das Klicken von Mirandas Schlafzimmertür und das tiefe, zufriedene Lachen von Dr. Mantel. Mit Lucys Hand fest in der seinen zählte er langsam bis fünfhundert, bevor Robert zurück ins Ankleidezimmer ging. Er atmete erst wieder erleichtert auf, als sie zurück in ihren eigenen vier Wänden waren.

Während Robert sich mit Foley unterhielt, der für sie wach geblieben war, stellte Lucy die lackierte Kiste auf den Schreibtisch und untersuchte sie gründlich. Sie konnte kaum glauben, dass sie eine ganze Stunde bei den Bensons verbracht hatten und wie knapp sie beinahe entdeckt worden waren. Sie öffnete das Shakespeare-Stück und schlug die Seite auf, auf der der Wald von Arden zuerst genannt wurde. Sie musterte nachdenklich die Zahlen auf der Seite.

„Akt eins, Szene eins", murmelte Lucy und fuhr dann mit dem Finger weiter über die Zeilen, bis sie den Teil des Texts erreichte, in dem der Wald zuerst erwähnt wurde. „Zeile ... einhundert." Sie runzelte die Stirn. „Peregrine schien anzudeuten, dass es der Schlüssel sei, die Buchstaben in Zahlen zu umzuwandeln. Außerdem war das auch eine Methode, die oft in den Rätseln seines Vaters vorkam. Könnte es so einfach sein?"

„Könnte was so einfach sein?", fragte Robert, als er hereinkam und die Tür hinter sich schloss. Er trug eine Flasche Brandy unter dem Arm und zwei Gläser in der rechten Hand. „Ich dachte, dass wir uns nach dem Schreck einen Drink verdient haben.“

„Du kannst gerne trinken, aber ich denke gerade über die Kombination nach. Sir William hat oft numerische Hinweise benutzt, um auf bestimmte Zeilen in Shakespeare-Stücken zu verweisen. Peregrine musste nachschauen, wo etwas stand, und damit zur Lösung kommen.“

Er setzte sich neben sie. „Du willst dich nicht darüber unterhalten, was Dr. Mantel in Miranda Bensons Schlafzimmer verloren hat?“

„Darüber müssen wir uns ebenfalls unterhalten, aber was ist mit der Kombination?“ Sie tippte auf die aufgeschlagene Seite des Buchs. „Wenn Peregrine meinte, dass wir Zahlen für Buchstaben einsetzen sollen, dann verweist *A* vielleicht nicht auf *Arden*, sondern auf Akt eins?“

Robert beugte sich näher heran und las die Liste von Zahlen, die sie aufgeschrieben hatte. „Akt eins, Szene eins, Zeile einhundert? Woher ist die Einhundert?“

Lucy deutete auf den Text im Buch und auf die Zeile, in der *Arden* stand. „Siehst du?“ Sie bewegte den Finger auf die winzig gedruckte Einhundert an der rechten Seite der Spalte neben den Worten. „Es steht gleich hier.“

„Ah!“ Robert nickte. „Eins, null, null. Das ergibt insgesamt also fünf Zahlen plus den Buchstaben *A*. Soll ich es versuchen?“

„*A, eins, eins, eins, null, null.*“ Robert drehte die kleinen Messingrädchen, bis es ein lautes Klicken gab. „Guter Gott, Lucy. Ich glaube, du hast es geschafft.“

Er öffnete vorsichtig die Kiste und starrte einen Moment lang nur auf den Stapel Dokumente. Eines davon trug mehrere Siegel und war mit einer roten Schleife versehen.

„Der letzte Wille von Sir William Benson, Baronet", las Lucy laut vor und sah dann ihren Ehemann an.

„Was um alles in der Welt sollen wir jetzt damit machen?"

Kapitel 20

„Welchem Umstand verdanke ich diese Ehre?", fragte Peregrine, als Robert und Lucy in sein Krankenzimmer kamen. Er saß aufrecht im Bett und fühlte sich inzwischen offenbar gut genug, um sich über die Schüssel Haferschleim herzumachen, die auf seinem Nachttisch stand. „Wollen Sie mich hinauswerfen?"

„Noch nicht ganz."

Robert legte die schwarze Kiste auf das Bett. Er und Lucy hatten sich eine ganze Weile darüber gestritten, was sie mit all den Informationen, die sie aufgedeckt hatten, anfangen sollten. Da sie inzwischen davon ausgingen, dass Sir William vermutlich aus einem anderen Grund ermordet worden war, vertrat Robert die Meinung, dass Peregrine ihre einzige Möglichkeit war, den Rest des Falls aufzuklären.

„Wie um alles in der Welt haben Sie das gefunden?", rief Peregrine aus. Lucy schenkte ihm ein Lächeln. „Mit Ihrer Hilfe und mit ein bisschen Glück."

„Während ich in Fieberträumen lag? Sie sind eine wirklich listige Frau, Lady Kurland."

„Sie dachten, Sie würden sterben", bemerkte Lucy. „Sie haben mich *angefleht* die Kiste zu suchen und das Lösungswort herauszufinden."

„Ich kann mich nicht daran erinnern, was ich tat." Peregrine seufzte. „Aber das klingt ganz wie etwas, das ich *tatsächlich* tun würde, daher kann ich es Ihnen kaum zum Vorwurf machen." Er warf Robert einen Blick zu. „Wieso geben Sie es mir und nicht Mr Carstairs?"

„Da gibt es das kleine Problem, dass wir Hausfriedensbruch begingen, um es zu finden." Robert schlug ein Bein über das andere. „Und wir dachten, dass Sie uns vielleicht helfen würden, zu verstehen, was genau hier vor sich geht, bevor wir den nächsten Schritt wagen."

Peregrine öffnete die Kiste und nahm das Testament heraus. „Ich habe es bereits gesehen."

Robert nickte. „Das hatten wir uns schon gedacht, was die Frage aufwirft, warum Sie es nicht zerstört haben, sondern es wieder dort verstauten, wo Ihr Vater es versteckt hatte."

„Ich fand es amüsant. Die Vorstellung, dass sie alle verzweifelt danach suchen und niemand auch nur auf die Idee kommt, mich danach zu fragen – seinen Lieblingssohn." Peregrine zuckte mit den Schultern und krümmte sich dann, als hätte sich seine Wunde schmerzhaft zu Wort gemeldet. „Mein Vater erzählte mir beim Frühstück von seiner neuesten Version. Daher bin ich ihm an dem Tag in die Bäder gefolgt und habe mich mit ihm gestritten. Ich habe es ihm aus der Tasche gestohlen, als er mit Dr. Mantel zum Schwimmen ging."

„Sie hießen seine Entscheidungen nicht gut?", fragte Robert.

„In der Tat. Er hatte vor, alles mir zu hinterlassen."

Lucy blinzelte ihn verdutzt an. „Und *dagegen* hatten Sie Einwände?"

„Wie auch *nicht?*" Zur Abwechslung lächelte Peregrine nicht. „Erstens habe ich bezweifelt, dass es vor Gericht Bestand gehabt hätte, und zweitens fand ich es meinen Brüdern gegenüber sehr ungerecht, egal wie sehr sie mir vielleicht missfallen. Der bloße Gedanke, dass sie alle zu mir kommen würden, wenn sie mal wieder in Schulden steckten, war schon ermüdend. Ich bin bereits recht wohlhabend und auch wenn ich Geld mag, brauche ich nicht gleich *alles*."

„Wissen Sie, wer das neue Testament bezeugt hat?", fragte Robert.

Peregrine nahm das Testament und blätterte durch die vielen Seiten bis zum Ende, wo ein umfangreicher Nachtrag folgte. „Hier, lesen Sie selbst. Mr Tompkins und Dr. Mantel haben das verdammte Ding bezeugt."

„Dr. Mantel?" Robert warf Lucy einen Blick zu. „Ging Lady Benson leer aus?"

Peregrine verzog das Gesicht. „Sie hätte kaum etwas erhalten und damit wäre sie auf meinen guten Willen angewiesen gewesen."

„Das erklärt einiges." Robert nickte. „Ich frage mich, ob Sie vielleicht so freundlich sein könnten und die anderen Dokumente ansehen würden, die Sir William hier aufbewahrte."

„Natürlich." Peregrine legte das Testament beiseite und nahm ein weiteres Bündel Briefe heraus. „Diese hier betreffen die Hall-Brüder und ihren Vater Dennis. Ich habe sie noch nie gelesen." Er blätterte sie durch und seine Augen weiteten sich zunehmend. „Es scheint so, als gäbe es keine belastbaren Beweise dafür, dass Mr

Hall wirklich tot ist, was Miranda vermutlich zu einer Bigamistin macht." Sein Lächeln wurde breiter. „Guter *Gott*, wie wunderbar *skandalös*!"

„Es ist davon auszugehen, dass das der Grund war, warum Sir William seine Frau aus dem Testament streichen wollte", sagte Lucy. „Ihr stand eigentlich *gar nichts* zu."

Peregrine stapelte die Briefe wieder aufeinander. „Das ist alles schön und gut, aber das verrät mir immer noch nicht, wer meinen Vater ermordet hat, oder?"

„Tatsächlich, denken wir, dass es das tut." Robert sah zu Lucy, die ihm mit einem Nicken bedeutete, weiterzusprechen. Wir vermuten, dass Dr. Mantel ihn und Mr Tompkins umgebracht hat."

„Dr. *Mantel*?", fragte Peregrine ungläubig. „*Wieso*?"

„Weil er eine Liebesbeziehung mit Lady Benson unterhält. Wenn er herausgefunden hätte, dass sie aus Sir Williams Testament gestrichen wurde, denken Sie nicht, dass er deswegen etwas unternommen hätte?"

„Und er hätte davon gewusst, schließlich war er einer der Zeugen", sagte Peregrine langsam. „Wieso ist mir nie in den Sinn gekommen, dass er der Mörder sein könnte?"

„Vermutlich, weil Sie, wie wir auch, dachten, dass er ein Arzt ist und damit einen Eid geschworen hatte, *kein Leid zuzufügen*", sagte Robert. „Unser eigener Arzt ist so vertrauenswürdig, dass es uns für die Wahrheit blind gemacht hat."

Peregrine nickte. „Dr. Mantel war außerdem ebenfalls an diesem schicksalsträchtigen Tag in den Bädern."

„Das Einzige, das wir noch nicht sicher wissen, ist, wie viel Lady Benson von alledem wusste", merkte Lucy an. „Und deshalb brauchen wir Ihre Hilfe ..."

***

„Seien Sie vorsichtig!", tadelte Peregrine die beiden Diener, die ihn trugen. „Ich will nicht noch eine Verletzung erleiden."

Lucy und Robert folgten dem schimpfenden Peregrine ins Haus der Bensons und weiter die Treppen hinauf in den Salon. Edward, Augustus, Lady Benson, Arden und Dr. Mantel saßen dort versammelt in Erwartung seiner Rückkehr. Während Peregrine es sich ebenso dramatisch, wie es sonst vonseiten Lady Benson üblich war, auf einem Stuhl gemütlich machte, ging Robert noch einmal nach unten, um sicherzugehen, dass Mr Carstairs eingetroffen war.

Er begleitete den Anwalt nach oben und ignorierte dabei dessen gemurmelte Bemerkungen über das ungebührliche Verhalten der Bensons und seinen Wunsch, nie wieder Geschäfte mit ihnen zu machen. Als sie den Salon gemeinsam erreichten, führte er Mr Carstairs hinein und blieb selbst an der Tür stehen, um den Ausgang zu versperren.

Peregrine sah zu ihm hinüber und nickte.

„Es ist schön, wieder bei der Familie zu sein", sagte Peregrine mit lauter Stimme, die das Geplapper der anderen übertönte. Zum ersten Mal konnte Robert ihn sich gut auf der Bühne vorstellen. „Ich dachte, dass ich sterben müsste, also habe ich meine vergangenen Entscheidungen noch einmal überdacht." Er seufzte

377

schwer und streckte die Hand in Lucys Richtung aus, die ihm die Kiste brachte.

„Ich muss ein Geständnis ablegen."

Edward blickte ihn finster an. „Was hast du jetzt wieder angestellt, Peregrine?"

„Ich … habe Vaters Testament gestohlen."

Robert zuckte vor dem sofort losbrechenden Stimmenwirrwarr zurück. Als sich alle wieder beruhigt hatten, war Edward der Erste, der sprach.

„*Wieso?*"

Peregrine zuckte mit den Schultern. „Ich wollte nicht, dass ihr seht, was darin steht."

„Hat Vater dich endlich enterbt?", fragte Edward mit hoffnungsvoller Stimme.

„Nein, er hat *euch* alle enterbt."

Edward war sichtlich geschockt und Lady Benson schlug die Hand vor den Mund.

„Du willst sagen … er hat alles *dir* hinterlassen?", fragte Edward mit versagender Stimme.

„Ja." Peregrine hielt Mr Carstairs das Testament hin. „Sie sollten gut darauf aufpassen, bevor ein Mitglied meiner Familie es noch vernichtet." Er fuhr fort. „Es war am Ende *gut*, dass ich das verdammte Ding entwendet habe, bevor jemand entschied, dass es besser wäre, wenn es versteckt bliebe. Mr Tompkins war einer der Zeugen und er ist tot. Und Dr. Mantel war der andere und wurde zusammen mit mir von Schlägern überfallen." Er machte eine Kunstpause. „Es wirkt fast so, als wolle *irgendjemand* nicht, dass das neue Testament ans Tageslicht kommt."

Edward funkelte seinen Bruder an. „Ich hoffe, du willst nicht andeuten, dass *ich* das war, Peregrine."

„Ich schätze, du könntest es gewesen sein oder Augustus oder selbst meine liebe Stiefmutter, die es *hassen* würde, mich um Geld anzubetteln."

Robert war von der Boshaftigkeit in Peregrines Stimme überrascht, aber zur Abwechslung konnte er es ihm nicht zum Vorwurf machen. So wie er die Launenhaftigkeit der Benson-Familie und ihre Neigung zu offen ausgetragenem Streit kannte, hoffte er, dass die Sache zu seiner Zufriedenheit hochkochen würde.

„Ich muss doch bitten." Dr. Mantel stand auf. „Lassen Sie Lady Benson da heraus. Sie hat nichts verbrochen."

Peregrine zog die Augenbrauen hoch. „Nun, das kommt darauf an, ob Sie der Meinung sind, dass *Bigamie* eine Sünde ist, nicht wahr? Was denkst du, Miranda?"

Lady Mirandas Kinnlade klappte herunter und sie sog scharf ihren Atem ein. Dr. Mantel packte sie am Ellbogen.

„Sie müssen ihm nicht antworten, Mylady."

„Oh, ich denke, das muss sie sehr wohl", konterte Peregrine. „Hat sie auch Sie mit ihren Tränen und ihren Klagen zum Narren gehalten, Dr. Mantel? Hat sie Ihnen versprochen, dass Sie ihr neuer Ehemann sein könnten, wenn Sie ihr dabei halfen, ihren alten loszuwerden?" Sein Lachen war höhnisch. „Wie *schade*, dass sie niemanden heiraten kann, denn sie ist noch verheiratet."

„Mein Vater ist tot", warf Arden ein. „Er starb, als wir noch Kinder waren."

„Ich fürchte, das ist nicht wahr." Peregrine hielt Arden die Dokumente hin. „Ich vermute, hier nach haben Brandon und du auf Geheiß eurer Mutter gesucht, als er dabei auf Mr Tompkins traf und ihn umbrachte."

„Unfug!", schrie Arden. „Brandon hat *niemanden* umgebracht und meine Mutter hat uns *nie* darum gebeten, nach den Dokumenten zu suchen!"

„Wer war es dann?", schaltete Robert sich ein und zog damit Ardens wütenden Blick auf sich, „War es vielleicht zufällig Dr. *Mantel*?"

„Ja, er behauptete, dass er wegen der Gesundheit meiner Mutter beunruhigt sei, weil sie sich wegen dieser Sache sorge." Arden sah Robert finster an. „Was ist daran so *schlimm*?"

„Vielleicht kann Dr. Mantel das beantworten." Robert blickte den beharrlich schweigenden Doktor an. „Allerdings muss man sich schon fragen, ob der Titel *Doktor* Ihnen tatsächlich wegen Ihrer Fähigkeiten verliehen wurde oder Sie ihn sich nur zugelegt haben, um an Sir William und Lady Benson heranzukommen. Nach Einschätzung meines Arztes sind Ihre Fähigkeiten *entsetzlich* mangelhaft."

„Ich bin mir nicht sicher, was Sie andeuten wollen, Sir Robert." Dr. Mantel zog die Augenbrauen hoch.

„Er will *andeuten*, dass Sie meinen Vater ermordet haben, damit Sie Miranda heiraten können. Und jetzt haben Sie herausgefunden, dass Sie beide daraus keinerlei Mehrwert ziehen", erklärte Peregrine genüsslich.

„*Er* ist wertvoll!" Lady Benson sprang auf und schritt mit erhobenem Finger auf Peregrine zu. „Und zu deiner Information: *Er* macht mich nicht zur Bigamistin!"

Dr. Mantel schloss kurz die Augen, während sich alle Blicke auf Lady Benson richteten.

„Willst du … damit sagen, dass Dr. Mantel eigentlich dein erster Ehemann ist?", fragte Peregrine langsam.

Lady Benson hob das Kinn. „Ja, das ist er! Dennis *liebt* mich und *alles*, was er getan hat, hat er nur deswegen getan!"

Robert hielt sich bereit, als Dr. Mantel zur Flucht in Richtung Tür ansetzte. Er trat ihm entschlossen in den Weg. Der Doktor drehte ihm die Schulter zu, beugte sich vor und prallte mit dem Kopf voran gegen Roberts Oberkörper. Dieser krachte mit Wucht rückwärts zu Boden. Irgendwo hinter Robert ertönte der grelle Aufschrei von Lady Benson und das Brüllen von Edward und Arden.

Lucy erschien an seiner Seite. „Geht es dir gut, Robert?"

„Ja, ich denke schon." Er stand mit ihrer Hilfe auf, schloss die Tür und hielt die Bensons so davon ab, zur Verfolgung anzusetzen. „Er wird nicht weit kommen. Ich habe unten ein paar Männer postiert, die Dr. Mantel in Gewahrsam nehmen werden."

Er ging zu Peregrine hinüber, der ihn breit anlächelte. „Da wir jetzt hinreichend geklärt haben, dass Dr. Mantel ein Mörder ist, können wir uns vielleicht um die anderen wichtigen Details kümmern. Ich nehme an, dass Dr. Mantel Mr Tompkins ermordet hat, weil er die einzige Person außer Peregrine war, die wusste, was im Testament stand."

„*Und* er hat dafür gesorgt, dass ich von Schlägern überfallen wurde", fügte Peregrine hinzu.

„Genau.“ Robert nickte. „Es war schlau von ihm, sich selbst verletzen zu lassen.“

Robert wandte sich halb zu Lady Benson um, die geräuschvoll schluchzte, während Arden versuchte, sie zu trösten. Robert hob die Stimme. „Wenn Dr. Mantel *tatsächlich* beide Männer ermordet hat, dann würden Sie sicherlich die Anklage gegen Brandon fallen lassen, Mr Benson?“

Lady Bensons Kopf schoss nach oben. „Welche Anklage?“

Arden nahm ihre Hand. „Brandon wird im Stadtkerker festgehalten wegen des Verdachts, Mr Tompkins ermordet zu haben.“

„Warum hat mir davon niemand etwas *gesagt*?“, klagte sie.

Zum ersten Mal schaltete Lucy sich ein. „Vielleicht hatte Dr. Mantel vor, Peregrine beide Morde anzuhängen, nachdem dieser seinen Verletzungen erlegen wäre. Damit hätte er Brandon – der ja vermutlich sein Sohn ist – befreien können, ohne Ihnen von der ganzen Geschichte erzählen zu müssen.“

„Wenn Dennis das seinem *eigenen* Sohn angetan hat ...“ Lady Benson bleckte die Zähne. „Dann werde ich ihn *selbst* umbringen! Es war nie geplant, Mr Tompkins zu ermorden! Davon *wusste* ich nichts. Ich habe ihn nur darum gebeten, dafür zu sorgen, dass Sir William nicht mehr leiden musste. Er *hasste* es, alt zu sein.“

„Du glaubst, mein Vater wäre dir dankbar dafür gewesen, dass du ihn von seinem Elend erlöst hast?“ Peregrines Stimme triefte vor Abscheu. „Du widerliche, selbstsüchtige Harpyie!“

Robert musste sich vor Lady Benson stellen, als diese sich zu einem Angriff auf Peregrine aufschwang. Arden schritt ein, um sie zu beruhigen und wieder unter Kontrolle zu bringen.

Schließlich wurde Lady Benson hinaus in ihr Schlafzimmer gebracht und dort eingesperrt. Man richtete Robert aus, dass Dr. Mantel, oder wie auch immer sein echter Name lautete, gefasst worden und auf dem Weg in den Stadtkerker war. Edward zog sich ein wenig benommen mit Augustus ins Arbeitszimmer zurück, um einen Brief zu schreiben, mit dem Brandons Freilassung erwirkt und Dr. Mantel belastet wurde.

Mr Carstairs nahm das Testament an sich und verstaute es sicher in seinem Koffer. „Diese Familie ist eine Ausgeburt der Hölle. Sobald ich zurück in Yorkshire bin, werde ich diesen Zirkus an einen anderen Partner abtreten.“

„Eine ausgezeichnete Idee“, lobte ihn Robert. „Vielleicht wird Mr Peregrine Benson diese unwürdige Angelegenheit bald mit Ihnen klären und damit die anderen Bensons endlich glücklich machen.“

„Das werde ich in der Tat.“ Peregrine grinste den ungehalten dreinblickenden Anwalt an. „Ich kann es kaum erwarten!“

„Damit ich das richtig verstehe“, sagte Dr. Fletcher, während er ans Feuer im Salon trat, „Dr. Mantel war gar nicht als Arzt qualifiziert, sondern die ganze Zeit ein *Schauspieler*?“

„Das ist es, worüber Sie sich Gedanken machen?", fragte Robert. „Der Umstand, dass er zwei Menschen ermordet hat, ist doch wohl bedeutsamer."

„Das weiß ich doch." Dr. Fletcher winkte ungeduldig ab. „Und er ist – oder war – Lady Bensons Ehemann?"

„Korrekt." Robert nickte. „Er ist irgendwann, nachdem sie Sir William geheiratet hatte, zu ihr zurückgekehrt. Ich bin mir nicht sicher, ob sie *wusste*, dass er noch lebte, als sie erneut heiratete, aber das kommt vielleicht vor Gericht heraus. Sie hat Dr. Mantel dazu ermutigt, vorzugeben, ihr Arzt zu sein und ihren Ehemann loszuwerden, sobald sie hier in Bath waren. Sie hatten vermutlich gedacht, dass man weniger Fragen stellen würde, als wenn er zuhause gestorben wäre, wo ihn jeder kannte."

„Sie haben nicht mit Ihnen und Lady Kurland und Ihrem Gespür für Mordfälle gerechnet, nicht wahr?", sagte Dr. Fletcher. „Aus medizinischer Sicht, gehe ich davon aus, dass Dr. Mantel Sir William erstochen haben könnte, als er ihm ins Schwimmbecken half. Dann drückte er den Kopf unter Wasser und ging einfach weg, in der Annahme, dass er einfach nur abwarten musste."

„Genau das *wäre* passiert, wenn Sie und Sir Robert an dem Morgen nicht in den Bädern gewesen wären", merkte Lucy an. „Niemand hätte etwas bemerkt, wenn Sir Williams eigener Arzt bestätigt hätte, dass er ertrunken oder an einem Herzinfarkt gestorben sei."

„Lady Benson hat außerdem gestanden, dass Dr. Mantel versucht habe, an das Testament zu kommen, indem er den Angestellten bestach, mit dem du, Lucy, geredet hast", sagte Robert. „Das ist vermutlich der

Grund, warum Miranda die Kleider so gründlich durchsucht hat, als du sie ihr zurückgebracht hast. Ich bin mir noch nicht ganz sicher, wie sehr sie an der Planung beteiligt war, oder ob Dr. Mantel sie im Dunkeln gelassen hat."

„Was für ein Durcheinander", seufzte Lucy. „Und wenn *Peregrine* gestorben wäre …" Sie erschauderte. „Dann hätten wir nichts davon aufklären können."

Die Tür zum Salon wurde weit aufgestoßen und gab die Sicht auf Penelope frei, die sehr verwirrt dreinsah. Sie deutete auf ihr Kleid.

„Ich bin ganz *nass*! Was um alles in der Welt passiert hier?"

Dr. Fletcher begann, vor sich hin zu stammeln, während Lucy aufsprang, zu Penelope hinübereilte und sie an der Hand nahm.

„Das Kind ist auf dem Weg. Lass uns hoch in dein Schlafzimmer gehen, während Dr. Fletcher sich daran erinnert, was er zu tun hat, und sich uns anschließt."

Später am Abend blickte Robert auf, als Lucy zu ihm ins Arbeitszimmer kam.

„Wie ist die Lage?"

Sie lächelte ihn breit an. „Penelope und Dr. Fletcher haben einen prächtigen, gesunden Jungen."

Er hob das Brandyglas. „Wie schön für sie."

„Und natürlich hatte Penelope die einfachste und schnellste Geburt, die ich je gesehen habe und gibt damit an, dass sie keine Ahnung hat, worüber Frauen sich eigentlich beschweren. Sie wird wahrscheinlich unerträglich sein." Lucy seufzte, als Robert sie zu sich auf den Schoß zog.

„Hat Anna dir geholfen?“

„Ja. Und Gott sei Dank war sie da, denn Dr. Fletcher war plötzlich ein zerstreuter und vor sich hin murmelnder Trottel.“ Lucy überlegte einen Moment. „Und ich glaube, es hat Anna gutgetan, eine so einfache Geburt zu sehen. Sie hat mir anvertraut, dass sie darüber nachdenkt, Captain Akers zu schreiben und ihn um einen Besuch in Kurland St. Mary zu bitten.“

„Nun, das sind *wirklich* gute Nachrichten. Haben die Fletchers schon einen Namen für das Kind?“

„Als ich ging, haben sie noch darüber gestritten.“ Lucy unterdrückte nur mit Mühe ein Lächeln. „Dr. Fletcher wollte das Kind Robert Declan nennen und aus irgendeinem Grund war Penelope *gar nicht* damit einverstanden.“

Robert gluckste und schlang den Arm um Lucys Taille. Seine Finger strichen über ihren immer runder werdenden Bauch. „Ich hoffe, wenn *das* hier kommt, wirst du nichts dagegen haben, irgendwo ein *Robert* unterzubringen, wenn es ein Junge wird.“

Sie legte die Hand auf seine. „Du *wusstest* es?“

„Meine Liebste, ich bin vielleicht ein wenig unaufmerksam, aber nicht, was eine so intime Sache angeht, die sich direkt in meinem Bett abspielt.“

„Wieso hast du nichts gesagt?“, fragte Lucy.

„Weil ich davon ausging, dass du es mir schon irgendwann mitteilen würdest.“ Er blickte zu ihr auf. „Und ich hoffte, dass das passieren würde, bevor ich für weitere sechs Monate in Bath hätte bleiben müssen.“

„Ich hatte zu viel Angst“, gestand Lucy. „Ich bin mir nicht einmal sicher, ob ich *jetzt* darüber reden will.“

„Dann werden wir auch nicht davon reden, bis wir wieder zu Hause sind." Er küsste sie sanft und blickte ihr in die Augen. „Lass uns über etwas anderes sprechen."

„Die Bensons?", schlug Lucy vor.

Robert funkelte sie an. „Guter Gott, nein! Von dieser Familie habe ich für eine Lebzeit mehr als genug!"